W0317098

Aus Freude am Lesen

Seit ihrer Schulzeit begeistern sich der Gelegenheitsschauspieler, -koch und -dichter Achim Wiese und sein Freund Wolf für japanische Kultur und Küche. Da entdeckt Achim, inzwischen Mitte zwanzig, 1992 bei einer Waldwanderung ausgerechnet im rustikalen Vereinsheim der Wanderfreunde Gurschebach e.V. ein japanisches Spezialitätenrestaurant. Von der Entdeckung elektrisiert, beginnt er mit Wolf, Lokal und seine Küche zu erkunden: eine erstklassige Küche, wie sich bald herausstellt, betrieben von der schönen und geheimnisvollen Japanerin Mitsuko. Achim gibt sich fortan große Mühe, Mitsuko näherzukommen und ihr mit seinem Halbwissen über japanische Kultur zu imponieren. Und schiebt alles beiseite, was nicht in sein schwärmerisches Bild passt … »Mitsukos Restaurant« ist eine wunderbar leichthändige und doch tiefsinnige Komödie über die Geheimnisse erlesener Kochkunst und die Rituale der Verführung, über Verwirrspiele der Liebe und die nicht selten burleske Begegnung gegensätzlicher Kulturen.

CHRISTOPH PETERS wurde 1966 in Kalkar (Niederrhein) geboren und lebt heute in Berlin. Für seine Erzählungen und Romane wurde er vielfach ausgezeichnet, u. a. mit dem aspekte-Literaturpreis und dem Rheingau-Literaturpreis. Zuletzt erschien bei Luchterhand der Erzählband »Sven Hofestedt sucht Geld für Erleuchtung«.

CHRISTOPH PETERS BEI BTB: Kommen und gehen, manchmal bleiben (73060) · Stadt Land Fluß. Roman (73274) · Das Tuch aus Nacht. Roman (73343) · Heinrich Grewents Arbeit und Liebe. Eine Erzählung (73064) · Ein Zimmer im Haus des Krieges. Roman (73768)

Christoph Peters

Mitsukos Restaurant

Roman

btb

MIX
Papier aus verantwortungsvollen Quellen
FSC
www.fsc.org
FSC® C083411

Verlagsgruppe Random House FSC® N001967
Das für dieses Buch verwendete
FSC®-zertifizierte Papier *Lux Cream* liefert
Stora Enso, Finnland.

2. Auflage
Genehmigte Taschenbuchausgabe März 2011,
btb Verlag in der Verlagsgruppe Random House GmbH, München

Umschlaggestaltung: semper smile München, unter Verwendung
einer Originalvorlage von R · M · E, Roland Eschlbeck
Druck und Einband: CPI – Clausen & Bosse, Leck
MM · Herstellung: SK
Printed in Germany
ISBN 978-3-442-74159-5

Besuchen Sie unseren LiteraturBlog:
www.transatlantik.de

www.btb-verlag.de
www.facebook.com/btbverlag

Für Veronika – nur so.

Eines Tages fragte Meister Kyōzan Ejaku den Meister Isan Reiyū auf dem Berg Isan im Tan-Distrikt: »Wenn Hunderte, Tausende und Zehntausende von Umständen gleichzeitig auf mich einstürzen, was kann ich dann tun?«

Isan Reiyū erwiderte: »Blau ist eine andere Farbe als Gelb. Etwas Langes unterscheidet sich von etwas Kurzem. Alle Wesen haben ihren eigenen Ort im Universum. An uns sind sie nicht interessiert.«

Daraufhin warf sich Meister Kyōzan vor Meister Isan nieder.

Dogen Zenji (1200–1253)

1

Anfangsschwierigkeiten

Am frühen Abend des 19. Mai 1984 fuhren die Abiturienten Achim Wiese und Wolf Erben aus dem niederrheinischen Kaff Huiswyck rund hundert Kilometer nach Düsseldorf, um zum ersten Mal in ihrem Leben japanisch zu essen. Sie hatten sich auf dieses Essen gründlicher vorbereitet als auf irgendeine der zurückliegenden Prüfungen und wußten doch nur schemenhaft, was sie erwartete. Alle, denen sie in den voraufgegangenen Wochen von dem Plan erzählt hatten, waren der Ansicht gewesen, daß es der bei weitem absonderlichste Einfall sei, den ihre für absonderliche Einfälle berüchtigten Köpfe bis dahin hervorgebracht hätten.

Zu dieser Zeit waren japanische Spezialitäten hierzulande noch wenig verbreitet und die Straßen aus der Provinz in die Städte um ein Vielfaches länger. Niemand, den sie kannten, hatte je japanisch gegessen oder auch nur die Karte eines japanischen Restaurants in Händen gehalten. Die meisten Menschen verzogen schon bei dem Wort *Sushi* den Mund wie sonst höchstens, wenn die Rede auf das Hirn aus den offenen Schädeln lebendiger Affen kam, das *Indiana Jones* im *Tempel des Todes* serviert worden war. Achim und Wolf hatten beträchtliche Schwierigkeiten gehabt, überhaupt ein japanisches Lokal in erreichbarer Entfernung aufzutun. Jenseits der holländischen Grenze florierten eine Reihe Chinesen und Indonesier, die trotz des bereits damals abgedroschenen Verdachts, bei ihnen werde Hundefutter verarbeitet, beliebte Ziele niederrheinischer Feinschmecker waren, aber von einem Japaner hatte nicht einmal der berühmte Genneper Tankwart Henk Praats je etwas gehört, der für nahezu alle Wünsche deutscher Autofahrer die passende Adresse kannte. Achim und Wolf wären beinahe aufs Geratewohl nach Amsterdam gefahren, wo man angeblich jede Küche der bekannten Welt probieren konnte, hatten sich aber dann aus Angst, von einem betrügerischen Meister mit vergammeltem Fisch vergiftet zu werden, dagegen entschieden. Zwischenzeitlich berichtete das Kulturjournal *facetten* über die Eröffnung der ersten Sushi-Bar in München, die *Mishimas Garden Palace* hieß und wie Witzigmanns *Aubergine* und Winklers *Tantris* täglich mit fangfrischer Ware aus den legendären Pariser Hallen beliefert wurde. In *Mishimas Garden Palace* betrieb man zusätzlich eine Aquarienanlage, damit der Gast sich die Barbe oder Brasse selbst auswählen konnte, die ihm wenig später perfekt zugeschnitten, aber roh, serviert werden sollte. Allerdings lag München über siebenhundert Kilometer von Huiswyck entfernt, so daß Achim und Wolf dort hätten übernachten müssen, was angesichts der Menüpreise, die in dem Fernsehbeitrag genannt worden waren, weit über ihre finanziellen Möglichkeiten gegangen wäre. Schließlich hatte der Zufall oder das Schicksal in Gestalt ihres Kunstlehrers Heinrich van de Kerkhoff ihnen den Katalog einer Ausstellung japanischer Keramik zugespielt, die seit kurzem im Düsseldorfer *Hetjens-Museum* gezeigt wurde. Am Ende des Katalogs waren sie auf die Anzeige eines ebenfalls in Düsseldorf ansässigen Restaurants namens *Kabuki* gestoßen: *»Erleben Sie japanische Küche, zubereitet von Meistern aus Tokio und Osaka, in original japanischen Räumlichkeiten. – Einmalig in Deutschland!«*

Mittlerweile war ihnen von Dr. Riebsamen, dem Direktor des *Adam-Rainer-Lynen-Gymnasiums* in Cleve, offiziell mitgeteilt worden, daß sie das Abitur bestanden hatten: Wolf mit – in den Worten des Direktors – »unübertrefflichem Ergebnis«, Achim hingegen mit Noten, die seine tiefe Verachtung für das, wie er selbst es ausdrückte, »faschistische Gleichschaltungssystem Schule« widerspiegelten. In neun Tagen würde ein Festakt samt Zeugnisübergabe diese trostloseste aller vorstellbaren Lebensphasen beenden. –

»Verdammter Mist«, brummte Achim, weil ihm zum wiederholten Mal durch plötzliches Abknicken des Blättchens der Tabak auf den Sitz gefallen war und es zusehends unwahrscheinlicher wurde, daß die im Beutel verbliebenen Reste für eine Zigarette reichten.

»Du saust alles voll«, sagte Wolf.

Der Wagen, ein dunkelblauer Mercedes 190, war das Abiturgeschenk seiner Eltern, weshalb Wolf sich verpflichtet fühlte, die Mitschüler daran zu hindern, ihn schon vor der Verabschiedung in eine rollende Müllkippe zu verwandeln. Achim gab trotzdem nicht auf, und sein nächster Versuch endete mit einem Tabakstäbchen von gut doppelter Streichholzdicke, das wegen der Trockenheit und des hohen Verdichtungsgrads der Krümel einen scharfen kobaltblauen Rauch ergab.

»Wo bleibt eigentlich der Frühling?« fragte er.

»Wo soll er denn bleiben?« erwiderte Wolf.

»Du meinst, daß schon die Erwartung ein Fehler ist?«

»Wahrscheinlich.«

»Wie bei rohem Fisch.«

»Würde ich nicht vergleichen.«

»Warum?«

»Hört sich komisch an.«

Achim überlegte einen Moment, nickte zustimmend, kurbelte das Fenster hinunter und warf die in wenigen Zügen verglühte Kippe auf die nasse Fahrbahn.

Es hatte den ganzen Tag auf eine dunkle, gleichförmige Weise geregnet, aber kurz hinter Moers war das Grau plötzlich aufgebrochen, und jetzt glänzte die Autobahn golden. Langgezogene Pfützen spiegelten die untergehende Sonne, und in den Baggerseen längs der Strecke kräuselte sich das fahle Gelb des östlichen Himmels wie ein Seidentuch, das langsam auf eine Schwertklinge zutrieb.

»Aquaplaning«, stellte Wolf fest.

»Ich dachte, das Auto ist neu.«

»Halt einfach die Klappe.«

Am Horizont strahlten Industrieanlagen im Zwielicht, als wären sie Kulissen für einen schmutzigen Ruhrgebietskrimi, und über den Schloten räkelten sich Rauchschwaden wie dicke Nutten am Tatort. Wolf fuhr deutlich zu schnell, trotzdem würden sie es heute nicht mehr schaffen, die Ausstellung zu besuchen. Ihre Abfahrt hatte sich um Stunden verzögert, weil Wolfs Freundin Maria am Vormittag von einem ihrer plötzlichen, wenngleich nicht grundlosen Eifersuchtsanfälle überwältigt worden war. Achim hatte Wolfs Anruf um kurz vor elf kommentarlos hingenommen. Er war auf die überdachte Terrasse seines Elternhauses getreten, hatte sich in einen der mit Plastikplanen verpackten Liegestühle gesetzt, in den Regen gestarrt und der Tatsache gedacht, daß er diesen Ort bald für immer verlassen würde. Obwohl es philosophisch gesehen falsch war und die Zukunft so nah wie nie zuvor, hatte er sie herbeigesehnt.

»Eigentlich schmeckt grüner Tee fies«, sagte Achim.

»Den besseren bekommen wir gar nicht, den behalten die Japaner für sich«, entgegnete Wolf.

»Ich meine: ohne Zucker.«

»Mein Vater ist mal von einem französischen Kollegen zum besten Chinesen in Paris eingeladen worden und wollte Zucker zum grünen Tee. Der Kellner hat genickt und ist gegangen. Fünf Minuten später hat mein Vater den Kellner noch mal gerufen und ihn an den Zucker erinnert. Der Kellner hat sich entschuldigt und ist wieder gegangen. Nach dem dritten Mal hat der Kollege, dem das Ganze ziemlich peinlich war, zu meinem Vater gesagt: ›In diesem Restaurant für diesen Tee Zucker zu verlangen, ist so, als ob Sie im *Maxim's* Zucker für ihren *Château Lafite* bestellen würden. Der Mann will Sie nicht brüskieren, deshalb sagt er nichts, aber er wird Ihnen keinen Zucker bringen.‹«

»Das waren Chinesen.«

»Für *Chianti classico* würde dasselbe gelten.«

»Du meinst für Sake.«

»So oder so.«

»Der schmeckt nicht schlecht.«

»Mag sein.«

»Solltest du probieren.«

»Hast du schon – ich weiß.«

Wer von ihnen sich als erster mit Japan beschäftigt hatte, war eine Streitfrage, die sich nicht mehr klären ließ. Fest stand, daß ihre Beschäftigung unterschiedliche Ursprünge hatte: Während Wolf über seine Begeisterung für traditionelles Kriegshandwerk und Kurosawas Historienfilme auf Japan gestoßen war, hatte Achim, ausgehend von eigenen Holzschnittversuchen, mit van de Kerkhoffs Büchern über Hokusei und Utamaro zunächst die japanische Kunst für sich entdeckt. Später war er bei seiner Suche nach den Schlüsseln der Weltweisheit auf die Schriften Suzukis und Okakuras gestoßen.

»Neulich habe ich eine Dokumentation gesehen, da hieß

es, Rikyū sei des öfteren voll mit Sake durch die Gegend getorkelt«, sagte Wolf.

»Kann sein.«

»Darf er das als Tee-Meister und Zen-Priester überhaupt?«

Achim überhörte die Provokation und antwortete nicht.

Wie immer freitags um diese Uhrzeit geriet der Verkehr, je näher sie dem Stadtzentrum kamen, zunehmend ins Stokken. Tausende hatten sich in Kleinwagenverbänden und Bus-Konvois aufgemacht, um die Sinnlosigkeit ihres Daseins für ein Wochenende in der Düsseldorfer Altstadt zu ertränken. Im Gegensatz zu Wolf, der dieses Revier selbst zuweilen nutzte, um ohne Mühe und frei von späteren Komplikationen Frauen für spontanen Geschlechtsverkehr zu werben, fand Achim den Bezirk billig.

»Der Mob auf dem Weg in die Versenkung«, sagte er, als sie neben einem mit fünf winkenden Mädchen besetzten Opel Corsa zum Stehen kamen, woraufhin Wolf in obszönes Gelächter ausbrach, »Schneckchen« schmatzte und zurückwinkte, als hätte er seine Pläne für den Abend soeben geändert.

»Arschloch«, brummte Achim. Einige hundert Meter weiter auf der Oberkasseler Brücke, immer noch im Schrittempo, deutete er nach rechts und sagte: »Da hinten wohnt Beuys.«

Wolf zuckte mit den Achseln.

»Beuys hat sich auch viel mit Japan beschäftigt«, sagte Achim.

»Ein Mißverständnis.«

»Die Japaner sehen das anders.«

»Die Japaner verstehen uns heutzutage besser als sich selbst.«

Mittlerweile war es kurz vor sieben, das Museum hatte seit einer Stunde geschlossen, Wolf schimpfte: »Scheiß-Weiber«, und Achim sagte: »Ach Quatsch.«

Sie schoben sich von Ampelphase zu Ampelphase über die Hofgartenrampe in Richtung Königsallee, wo Wolf ein bestimmtes Parkhaus im Visier hatte, weil er später eine Diskothek in der Nähe aufsuchen wollte. Dort trafen sich, wie er einem Düsseldorfer Stadtmagazin entnommen hatte, die Töchter der ortsansässigen japanischen Geschäftsleute zur Drogen- und Kontaktaufnahme.

»Japanische Mädchen«, erläuterte Wolf beim Aussteigen, »werden dazu erzogen, ihren Männern zu dienen, um sie glücklich zu machen, aber nicht durch christliche Sexualmoral genau daran gehindert.«

Achim seufzte.

Als sie auf die Straße traten, hatte es zu nieseln angefangen, so fein und schwebend, daß Schirme nutzlos gewesen wären. Wolf fuhr sich mit der Hand durchs Haar, dachte, daß Regenwasser seiner Frisur noch immer gut bekommen sei. Achim maulte: »Wegen deiner Scheiß-Disko latschen wir jetzt eine halbe Stunde durch den Regen.«

»Zehn Minuten.

»Fünfzehn.«

»*Stelle dich auf Regen ein, auch wenn es nicht regnet,* lautet eine der sieben Regeln Rikyūs.«

»Es regnet aber.«

»Dann dürfte es erst recht kein Problem für dich sein.«

Da die Geschäfte bereits um halb sieben schlossen, waren Viertel, in denen weder Bierkneipen noch Speisegaststätten vorherrschten, um diese Uhrzeit bereits ausgestorben.

»Ich bin wirklich gespannt«, sagte Achim.

»Auf rohen Fisch.«

»Vielleicht auch auf etwas anderes.«

»Du bist doch der Authentizitätsfanatiker.«

»Ich meine nur, daß ich völlig offen hingehe.«

Zu Beginn der Bolker Straße schwenkten sie rechts in die kaum beleuchtete Grabbe-Straße, an deren Ende unter einem ziegelgedeckten Vordach eine voluminöse rote Laterne den Eingang des Restaurants *Kabuki* markierte. Das Haus war ein schäbiger Zweckbau aus der Nachkriegszeit, hatte aber im unteren Teil mit Hilfe dunkler Balken und weißer Blendplatten, auf die mächtige Schriftzeichen kalligraphiert waren, ein leidlich japanisches Gepräge erhalten. Hinter die Fenster waren traditionelle Papierwände montiert, so daß die Gäste im Innern ebenso vor neugierigen Blicken bewahrt blieben wie die Geheimnisse der Küche. Selbst der breite Schaukasten rechts der Tür war japanischer Herkunft, was man an den aufwendigen Holzverbindungen sah, die ein deutscher Schreiner ohne Zweifel durch Baumarktschrauben ersetzt hätte.

Achim und Wolf versuchten zunächst, sich auf den verschiedenen Speise- und Getränkekarten zu orientieren. Sie lasen, räusperten sich, lasen weiter, schwiegen. Vom Anfang der Straße her wehte ein Klanggemisch aus volkstümlicher Musik, elektronisch erzeugten Tanzrhythmen und bierseligen Stimmen herüber. Achim trat von einem Fuß auf den anderen, Wolf zupfte sich am Ohr.

Es standen vier Menüs zur Auswahl, das kleinste mit fünf, das größte mit elf Gängen. Roher Fisch spielte darin, wenn überhaupt, nur eine untergeordnete Rolle. Die Begriffe *Sushi* und *Sashimi* fehlten völlig, und auch von *Tempura*, der angeblich vollkommenen Technik, Gemüse und Meeresfrüchte auszubacken, war nirgends die Rede. Es gab *Abalone mit grünem Spargel; Chrysanthemensalat; fritierten Tofu in Bernsteinsauce; Taschenkrebsfleisch auf Zweischicht-Ei; gefüllte Lotuswurzeln; marinierten Bonito-Fisch; Hähnchenbrust nach Chikozen-Art; Makrele in Miso-Sauce; Teriyaki-Ente; gegrillten Tintenfisch mit Seeigelrogen; Herzmuscheln auf Mangold;*

marinierte Spanferkelschulter mit Kapuzinerkresseblüten; Süßkartoffelküchlein; Grüntee-Eis; Azukibohnen-Gelee; außerdem einige Dinge, die keine deutschen Namen hatten, und *frisches Obst*. Letzteres war das einzige Gericht, unter dem sie sich etwas vorstellen konnten, vorausgesetzt, daß in Japan nicht Früchte wuchsen, von deren Existenz sie nie gehört hatten. Das preiswerteste Menü kostete siebenundachtzig Mark, das teuerste einhundertneunundreißig. Außerdem hätten sie sich – allerdings mit dreitägiger Vorbestellung – zum Preis von hundertneunundvierzig Mark pro Person eine traditionelle *Chanoyu-Teezeremonie* einschließlich des dazugehörigen, der Jahreszeit entsprechenden *Kaiseki-Menüs* im separaten Teeraum des Hauses zubereiten lassen können.

»Glaubst du, daß *das da* authentisch japanische Küche ist?« fragte Achim.

»Ich weiß nicht«, sagte Wolf. »Spanferkel? Kapuzinerkresse?«

»Klingt komisch.«

»Kein roher Fisch.«

»Marinierter Bonito vielleicht?«

»Andererseits ...«

»Und sie haben nur die Menüs.«

»Nur Menüs.«

»Daß japanisches Essen teuer ist, wußte ich ja ...«

»In dieser Münchner Sushi-Bar soll eine Portion, alles drum und dran, vierzig Mark kosten.«

»Wieviel hast du dabei?« fragte Achim.

Wolf holte sein Portemonnaie aus der Hosentasche und zählte: »Etwas über neunzig.«

»Ich Mitte achtzig.«

»Wenn wir zusammenlegen, könnte es für zwei Menüs reichen.«

»Aber nicht mehr für Sake. Die billigste Flasche liegt bei fünfzehn Mark.«

»Dann ist es sinnlos.«

»Ja. Es ist sinnlos.«

Der Nieselregen hatte sie trotz des schützenden Vordachs mit einer silbrigen Schicht winziger Tröpfchen überzogen. Die Luft war schwer wie ein nasser Lappen. So geduckt, mit hochgezogenen Schultern im Licht der roten Laterne, hätten sie ebensogut Nachwuchs-Yakuza auf der Flucht in einem Thriller der frühen siebziger Jahre sein können, die an ihrem ersten Auftrag gescheitert waren. Das würde sie ein Fingerglied kosten, wenn nicht ein Wunder geschähe. Doch weder ein barscher Leibwächter noch ein geheimnisvoller Alter, dem sie vertrauen konnten, öffnete die Tür.

»Und jetzt?« fragte Achim nach einer Weile.

»Mein Vater geht immer zu einem Chinesen auf der Kö. Der ist nicht schlecht. Jedenfalls besser als das *Peking* in Cleve.«

»... und trinkt grünen Tee mit Zucker.«

»Bier.«

»Das berühmte chinesische Bier ...«

»Genau: nach dem deutschen Reinheitsgebot gebraut.«

Einige hundert Jahre zuvor in Japan

Schwer ruht die Nacht auf den Bergen des Hinterlands. In der Kiefer am Tor des vereinzelten Hofes nördlich von Tokoname wacht vor dem unermeßlichen Himmel im bleichen Licht des schwindenden Mondes der Schattenriß einer Eule, gesammelt und schwarz. Nichts entgeht ihrem Blick. Was sie auch sieht, es verbleibt in ihrem von Selbstsucht und Alter befreiten Gedächtnis. Das Vergangene und das Künftige sind ihr eins. Sie entstammt dem Reich der Zeichen und weiß sie zu deuten: Etwas kündigt sich an. Lautlos stürzt sich der Vogel ins Leere, gleitet davon, als berührten seine Flügel die Luft nicht.

Der Mann, der hier lebt und dem der Gedanke, den Hof sein eigen zu nennen, fremd ist, kennt keine Furcht. Man sagt ihm besondere Kräfte nach. Es heißt, Raum und Zeit beschränkten ihn nicht. Anders die Menschen der Stadt. Verzagt vom Kampf mit den Mächten des Wassers, der Erde, kauern sie in ihren Hütten und erwarten den Schlaf des Vergessens voll Angst.

Es knarrt im Gebälk. Buschwerk raschelt. Wie ein Griff in den Nacken plötzlich die Schläge galoppierender Hufe. Sie nähern sich rasch, fallen in Schritt, stehen still. Schnaubende Nüstern – es ist mehr als nur ein Pferd. Das Klirren von Zaumzeug, jemand springt aus dem Sattel. Seine Sohlen treffen auf gestampften Lehm, sorgsam von allem Unrat gereinigt.

Der Fremde öffnet das Tor, geht auf das Haus zu, nimmt die Treppe in einem Satz, hält vor der Tür inne. Schwaches Licht dringt durch Ritzen, beleuchtet die kantigen Züge: ein Mann in mittlerem Alter von erkennbar edler Geburt. Er bewegt sich zögernd, hebt die Hand, tritt ein. Im eisernen Becken am Boden glimmt noch die Kohle des Tages.

»Meister«, sagt der Mann, »Meister Tsujimura. Vergebt mir, daß ich in Euer Haus eindringe, ohne daß Ihr mir Einlaß gewährt habt. Vergebt die späte Stunde, seht mir meine würdelose Erscheinung nach. Ihr kennt mich nicht. Niemand hat mich Euch angekündigt. Ich weiß: Selten kommt Gutes aus dem Dunkel, und die Nacht ist der Mantel des Diebes. Doch ich stehe hier in lauterer Absicht: Hört mich an.«

Über der Feuerstelle steigt Hitze als zitternde Säule dem offenen Dach zu. Mondschein fällt auf irdene Formen, Schalen, Teedosen, Wassergefäße, in rohen Gestellen aufgereiht wie die stummen Diener einer Zeremonie. Ein Schemen, der ein Mensch sein könnte oder sein Schatten, vielleicht nur ein Tuch, ein Gewand, bewegt sich kaum sichtbar im Luftzug.

»Meister Tsujimura«, wiederholt der Fremde. »Ich komme von weit her. Euer Ruhm ist über die Hügel des Akaishi-Gebirges, durch die Schluchten des Tenryū-Flusses, zwischen den Gipfeln von Iide-San und Azume-San, vorbei an hochaufragenden Burgen und waffenstarrenden Feldlagern bis zu mir gedrungen. Und ich habe mich aufgemacht, ohne zu wissen, ob ich Euch fände und ob Ihr mich anhören würdet. Bis zu der unglückseligen Schlacht, die mir alles genommen hat, war ich Herr. Meine Besitzungen reichten vom Meer im Westen bis zu den Bergen im Osten. Wer auf dem höchsten Gipfel meines Landes stand, sah seine Grenzen nicht. Doch jetzt bin ich niemand.«

Abermals bricht die Rede des Fremden ab. Seine Augen

suchen in der Dunkelheit den Mann, dessentwegen er ein nichtswürdiges Leben statt des stolzen Todes gewählt hat.

›Ein Strich, und ich bin ausgelöscht‹, denkt er, als hinter ihm eine Stimme, weder bebend vor Zorn noch gespannt vor Erwartung, fragt: »Wie heißt du?«

»Takanosu Norishige«, antwortet der Fremde und wendet sich um.

»Ich kann nichts für dich tun.«

2

Wie im Flug waren acht Jahre vergangen

»Bier«, murmelte Achim, »Weizenbier«, und zündete sich die erste legale Zigarette seit Stunden an. Angesichts der zwanzigtausend Mark Geldstrafe bei Verstoß gegen das Rauchverbot im Wald hatte er die letzten so hastig in sich hineingesaugt, daß ihm jedesmal schlecht geworden war.

Der Sommer 1992 entwickelte sich zum heißesten seit Beginn der Temperaturaufzeichnungen. Einige Klimaforscher prognostizierten die Überflutung der norddeutschen Tiefebene in hundert Jahren, was jedoch – abgesehen von den Bauern Frieslands und Mecklenburgs, die unter Ernteausfällen litten – niemanden beunruhigte. Die Weltuntergangsstimmung früherer Jahre war nach dem Ende des Kalten Krieges einer lustlosen Ergebenheit gewichen, der sich mehr und mehr ein Anspruch auf angenehme Umstände im allgemeinen beigesellte. Dementsprechend wurde das schöne Wetter von weiten Teilen der Bevölkerung begrüßt und führte, bei insgesamt sinkender Produktivität der Wirtschaft, zu Umsatzsteigerungen im Gastgewerbe und einer nachhaltigen Belebung der Innenstädte.

Das *Theater Herz-und-Hirn*, an dem Achim Wiese auf Vermittlung Kurt Rübners, eines Freundes aus gemeinsamer Münchner Zeit, während der vergangenen Saison in kleineren und mittleren Rollen zu sehen gewesen war, hatte Ferien, und ob Achims Engagement für die kommende Spielzeit verlängert werden würde, stand in den Sternen. Seine Rücklagen reichten bei großzügigerem Lebensstil bis Mitte November, so daß er jetzt einer seiner nutzlosen Lieblingsbeschäftigungen nachging: Er machte Waldspaziergänge. Streng genommen handelte es sich dabei längst nicht mehr um Spaziergänge, sondern um ausgedehnte Wanderungen, die ihn nur deshalb nicht quer durchs Land führten wie Handwerksgesellen vergangener Epochen, weil die unterwegs anfallenden Kosten seine Rücklagen früher aufgezehrt hätten, als er nach neuen Verdienstquellen Ausschau halten wollte.

Achim war immer gewandert. Schon als Kind hatte er seine Nachmittage mit stundenlangen Streifzügen durch die Auwälder und Streuwiesen rund um Huiswyck verbracht, war Mardern und Füchsen nachgestiegen, hatte seltene Vögel beobachtet, Falter und Käfer gefangen, um sie anschließend in wissenschaftliche Präparate zu verwandeln und entsprechend der zoologischen Systematik in Schaukästen einzuordnen. Damals war es sein erklärtes Lebensziel gewesen, ein großer Naturforscher zu werden, doch im Alter von fünfzehn hatte er begriffen, daß es keine großen Naturforscher mehr gab, sondern nur Wissenschaftler auf immer kleiner werdenden Spezialgebieten. In der Folgezeit war er mit der Erbitterung eines Betrogenen gewandert, der jenseits des Horizonts ein neues Ziel finden wollte. Da sich nichts dergleichen gezeigt hatte, war ihm schließlich der Gedanke des Ziels als solcher abhandengekommen, und er hatte sich verschiedenen Künsten und Interessensfeldern zugewandt – unter anderem der Kultur Japans. Seit Achim vor anderthalb Jahren trotz beträchtlicher Bedenken auf Kurt Rübners Angebot, am *Theater Herz-und-Hirn* zu spielen, eingegangen und nach A. übergesiedelt war, hatte er vor lauter Arbeit keine Zeit für Wanderungen gefunden. Vor zwei Tagen endlich war er angesichts des blauen Himmels einem spontanen Impuls gefolgt und losgegangen, um die Umgebung *Gurschebachs* – so hieß der Stadtteil von A., in dem er ein überteuertes 1-Zimmer-Apartment bewohnte – zu erkunden. Insbesondere wollte er herausfinden, ob tatsächlich möglich war, was das Kartenmaterial, das er sich unlängst besorgt hatte, nahelegte: daß man nämlich fünf oder sechs Stunden Richtung *Nord*westen gehen konnte, ohne auf besiedeltes Gebiet zu stoßen. Wie bereits an den Tagen zuvor, hatte er sich auch an diesem Donnerstag zunächst nach *Süd*westen orientiert und sich in den halb verwilderten Obstplantagen längs des *Gurschebachs,* eines Rinnsals, dem Ort, Wald und ein berühmter Faschingsverein ihre Namen verdankten, den Bauch mit Schattenmorellen vollgeschlagen. Die Bäume trugen so schwer, daß ihre Äste den Boden berührten, doch außer Achim und den Starenschwärmen, die in Abständen vor ihm aufgeflogen waren, hatte niemand Interesse an den Kirschen gezeigt. In der flirrenden Hitze nahmen die Bauern- und Schrebergärten geradezu provençalischen Charakter an, so daß Achim sich zeitweilig nicht mehr gefühlt hatte, als wanderte er an den Rändern einer rheinischen Provinzhauptstadt, sondern durch eine mediterrane Landschaft. Die hoch aufragenden Mietskasernen zu seiner Rechten hatte er ebenso ausgeblendet wie den nahen Autobahnring, der über eine künstliche Anhöhe in Sichtweite vor ihm verlief. Jenseits der Gärten, kurz bevor die Autobahn den Weg abschnitt, hatte Achim seine südländische Illusion verlassen und sich nach rechts gewandt, um hinter der nahen Hauptstraße ein Neubaugebiet zu durchqueren, an dessen Rand eine natürliche Kuppe zum Rand des *kleinen Gurschebacher Walds* hinaufführte. Der Boden war sandig, und die hohen, weit auseinander stehenden Kiefern hätten auch Pinien sein können, so daß Achim sich im gleißenden Mittagslicht abermals in den Süden versetzt gefühlt und Ausläufer des Apennin durchschritten hatte. Nach etwa einstündigem Marsch hatte ihn eine schmale Fußgängerbrücke über ein weiteres Autobahnteilstück schließlich in den *großen Gurschebacher Wald* geführt, der angenehm kühl und von Geheimnissen durchwirkt gewesen war wie die Buchenhaine in den freundlichen Märchen der Kindheit. Achim hatte Eichhörnchen und Wildschweinspuren, einen Schwarzspecht und einen Habicht gesehen, Kaisermäntel und Distelfalter waren vor ihm hergeflattert, und entgegen den Ankündigungen Kurt Rübners, der Scharen von Hundebesitzern, Joggern und Vereinswanderern prophezeit hatte, war ihm bis zum frühen Nachmittag kein Mensch begegnet. Da Achim es haßte, umzudrehen und dieselbe Strecke zurückzukehren, hatte er um kurz nach vier die breite Ost-West-Schneise genommen, die schnurgerade über eine zweite Fußgängerbrücke zum Zentralparkplatz für die Naherholungssucher führte.

Dort stand er jetzt, murmelte »Bier, Weizenbier« und zündete sich besagte Zigarette an. Er schlenderte rauchend einen asphaltierten Weg parallel zur Straße Richtung Stadt und genoß die Befriedigung, daß es ihm, ohne unterwegs noch einmal in die Karte zu schauen, gelungen war, dort anzukommen, wo er am Morgen anzukommen geplant hatte.

Immer mehr Wagen rollten heran, füllten die Parkplatzreihen, und immer neue Leute stiegen aus, um im Wald ihren Freizeitaktivitäten nachzugehen. Sie trugen modische Sportkleidung, Accessoires wie digitale Schrittzähler, Stoppuhren und aerodynamisch optimierte Trinkflaschen, als kämen sie nicht einfach zum Waldlauf, sondern nähmen an einer großangelegten Studie zum Nutzen der neuesten Trendsportart teil. Achim drosselte sein Tempo noch einmal, um sich und allen, die es wissen oder nicht wissen wollten, deutlich zu machen, daß *seinen* Bewegungen keinerlei Ehrgeiz zugrunde lag. Während er in Gedanken noch mit dieser Demonstration der Langsamkeit beschäftigt war, wurden seine Füße mit jedem Schritt schwerer. Nach sechs Stunden auf federnden Waldböden spürte er die unnachgiebige Härte des Asphalts durch die dünnen Ledersohlen um so deutlicher. Links der Kapelle, die wie alle Waldkapellen dem heiligen Hubertus geweiht war, ließ Achim sich trotz seines riesigen Durstes auf eine Bank fallen. Seine Beine fühlten sich an, als könnten sie nie wieder einen Schritt tun. Brennende Schmerzpunkte an Zehen und Fersen signalisierten, daß er sich nicht nur Druckstellen, sondern handfeste Blasen gelaufen hatte. Während Achim noch zögerte, Schuhe und Socken auszuziehen, um den Zustand seiner Füße zu prüfen, wurde sein Blick von einem japanisch anmutenden Werbeblock auf der Tür eines weißen *Nissan*-Kombis festgehalten, der im Schrittempo an ihm vorbeirollte. Der Wagen wendete unmittelbar vor der Schranke zum Waldweg, fuhr ebenso langsam wieder zurück und bog nach knapp hundert Metern in eine Einfahrt. Das Manöver war sinnlos und schien keinen anderen Zweck zu verfolgen, als Achim Wiese die Aufschrift *Mitsukos Restaurant, Japanische Spezialitäten im Wanderheim, Gurschebachstr. 1, tägl. außer dienstags 11.30 – 1.00 Uhr, Inh. Mitsuko Walther-Nishida* zur Kenntnis zu bringen.

›Rot und Schwarz vor Weiß in Japan. / Hier: / blauer Himmel, Sand und Kiefern‹, dachte Achim in Form eines Haiku und bedauerte, weder Stift noch Zettel bei sich zu haben. Dann glitt er in Gedanken so weit davon, daß er anschließend nicht hätte sagen können, wie lange er fort gewesen war, und sich ein weiteres Mal über die Löchrigkeit des Raum-Zeit-Kontinuums wunderte.

Er vergaß seine Füße, sprang auf und hinkte das kurze Stück die Straße entlang bis zu der Einfahrt, in der das Auto verschwunden war.

Das stählerne Tor stand offen. Achim blickte auf einen grau gepflasterten Hof, der an eine Sportplatzanlage grenzte. Zum Wald hin befand sich ein langgestreckter Schuppen, in dessen offenem Teil zusammengeklappte Biertische, Autoreifen, ein Würstchenbuden-Anhänger, mehrere Kubikmeter hölzerner Weinkisten und Unmengen Gerümpel eingelagert waren. Ein auffällig schwarzhaariger Mann in den Fünfzigern lud bei laufendem Motor Gemüsekisten aus dem Kofferraum des Nissan und trug sie die Kellertreppe eines dunklen Blockhauses hinunter, das auf einem Sockel aus gemauertem Naturstein thronte. Achim fragte sich, ob das Haus alpenländischen oder nordamerikanischen Vorbildern gehorchte und ob der Mann Europäer, Japaner oder vielleicht Amerikaner mit japanischen Vorfahren war: In A. befand sich eines der zahllosen Hauptquartiere der U.S. Streitkräfte, und der eine oder andere Besatzungssoldat blieb nach dem Ende seiner Dienstzeit hier, weil er die Frau fürs Leben oder sonst eine Beschäftigung gefunden hatte.

Achim folgte dem von einer Hecke überwucherten Maschendrahtzaun, der das Gelände umschloß. An einigen Stellen war das Gebüsch weniger dicht, so daß er Tische, Stühle und Gäste ausmachen konnte. Schließlich öffneten sich Hecke und Zaun zu einem Eingang in Form eines schmiedeeisernen Rundbogens, der mit Lampionsträngen umwikkelt war. Von vorn wirkte das Gebäude deutlich größer als von der Seite. Eine fünfstufige Treppe führte zur Tür hinauf. Rotweiße Blenden mit ausgeschnittenen Herzen rahmten die Fenster und machten deutlich, daß ein Schweizer- oder Schwarzwaldhof das Vorbild gewesen war und keine Trapperhütte im Lake District. Unter der verwitterten Trophäe eines Sechzehnenders zwischen Wappen und Eichenlaub stand mit breitem, ockerfarbenem Pinselstrich: *WANDERHEIM im Erwin-Brenner-Haus, erbaut 1981 zum fünfzigjährigen Gründungsjubiläum der Wanderfreunde Gurschebach e.V ...*

All das hätte den gängigen Vorstellungen einer rustikalen Waldschenke entsprochen, die man nur im äußersten Notfall betrat, wäre über der Tür nicht ein Schild mit der Aufschrift *MITSUKOS RESTAURANT* montiert gewesen und rechts davon eine orangefarbene Papierlaterne, auf der die getuschten Umrisse eines froschartigen Männleins im Manga-Stil sowie eine Reihe japanischer Zeichen zu erkennen waren. Der Durchschlag im Schaukasten, auf dem Alkoholika nebst verschiedenen Brat-, Bock-, Blut- und Leberwürsten mit Brot oder Kartoffelsalat in altertümlicher Maschinenschrift aufgelistet waren, bewegte sich ebenfalls im Rahmen des üblichen. Daneben jedoch – und Achim hätte es nicht geglaubt, wenn er es nicht mit eigenen Augen gesehen hätte – war eine von Hand geschriebene, auf gelbe Bögen kopierte Speisekarte mit Stecknadeln an die Rückwand gepinnt, auf der in Japanisch, Deutsch und Englisch eine Reihe von Gerichten aufgeführt wurde, unter denen er sich im Wesentlichen nichts vorstellen konnte: *Tonkatsu – paniertes Schnitzel japanische Art – deep fried pork-schnitzel japanese style; Butinaku no tatsutage – Schweinefleisch mit Ingwersauce; Rumpsteak mit Miso-Sauce; Hähnchenschenkel mit Teriyaki-Sauce; marinierte Hühnerbrust, knusprig; frischer Lachs mit Wasabi-Butter; frischer Heilbutt im Soja-Sake-Sud; Tempura mit Fischfilets und Garnelen; Tofu in Gemüsesauce*. Das billigste – *Tonkatsu* – sollte siebzehn Mark, das teuerste – *Tempura mit Fischfilets und Garnelen* – siebenundzwanzig Mark kosten, was in etwa den Preisen entsprach, die der ortsansässige Grieche für Gerichte mit vergleichbaren Zutaten verlangte: Selbst das Gyros mit Reis und Krautsalat kostete inzwischen schon vierzehn neunzig.

Achim dachte an die *indonesische Reistafel*, die er vor Jahren zusammen mit seinem Freund Wolf bei dem Chinesen in Düsseldorf gegessen hatte, nachdem das japanische Restaurant, zu dem sie gefahren waren, um das Ende des falschen und den Beginn des wahren Lebens zu feiern, sich als unbezahlbar herausgestellt hatte. Während ihnen angesichts der fettriefenden Industriefrühlingsrollen, labberigen Fleischstreifen, tranigen Fischhappen und Dosengemüse in unterschiedlich gefärbten Glutamatpampen längst der Appetit vergangen war, hatten sie sich wechselseitig versichert, daß der Laden deutlich besser sei als das Clever *Peking*. Nach dem obligatorischen Pflaumenwein, der wie gezuckertes Parfüm geschmeckt hatte, waren sie in eine völlig überschätzte Diskothek weitergezogen. Dort hatte Achim Bier, später auch Whisky getrunken, um seinem Aufstoßen einen anderen Geschmack überzustülpen, und von seinem Barhocker aus zugeschaut, wie Wolf an dem Projekt, eine Japanerin für die Nacht aufzureißen, ebenso kläglich scheiterte wie zuvor bei der Wahl des Restaurants. Am Ende hatte die einzige Asiatin auf der Tanzfläche, deren japanische Abstammung äußerst fraglich gewesen war, Wolf wild gestikulierend beschimpft.

Sowohl Wolfs als auch Achims Japanbegeisterung war in den folgenden Jahren aufgrund veränderter Lebensumstände wenn nicht erloschen so doch in den Hintergrund getreten: Wolf hatte sich gleich zu Beginn seines Studiums mit dem Sohn eines Ashanti-Königs angefreundet, der ebenfalls Medizin studiert und Wolfs nächtliche Jagdgründe um die afrikanischen Feste in Bonn erweitert hatte. Die Zeit, die ihm zwischen Vorlesungen und Nachtleben verblieben war, hatte er – auch in Vorbereitung eines längeren Ghana-Aufenthalts – auf die Beschäftigung mit Afrika verwandt.

Währenddessen war Achim mehr oder weniger erfolgreich mit Versuchen auf unterschiedlichsten Gebieten beschäftigt gewesen, die alle eines gemeinsam hatten: Sie warfen nur manchmal und dann meist wenig Geld ab. Abgesehen davon war selbst in den ebenso eigenwilligen wie heterogenen Kreisen, in denen er verkehrte, nie jemand gewesen, der Lust gehabt hätte, mit ihm auch nur die Keramikabteilung eines ostasiatischen Museums anzuschauen, geschweige denn nach einem der dünn gesäten, zudem vermutlich unbezahlbaren japanischen Restaurants zu suchen.

»Auf Japanisch heißt Schnitzel also *Tonkatsu*«, faßte Achim zusammen. Darüber hinaus fiel ihm auf, daß er außer *Sushi* und *Sashimi*, die hier ebenso fehlten wie damals in Düsseldorf, an japanischen Gerichten immer noch nur *Tempura* kannte, und deshalb abermals keine Ahnung hatte, ob das, was hier als japanische Küche verkauft wurde, auch nur im geringsten etwas mit dem zu tun hatte, was Japaner in Japan aßen. Achim schwankte zwischen der Erregung des Entdeckers, Zweifeln an der Echtheit des Entdeckten und ungläubigem Staunen über seine Naivität, die Möglichkeit eines ernstzunehmenden japanischen Restaurants in diesem Umfeld auch nur in Erwägung zu ziehen.

In diesem Moment trug eine junge Frau mit weißem Schürzchen und asiatischen Zügen ein Tablett aus der Tür, auf dem sich ein frisch gezapftes Bier befand. Bevor die Kellnerin erneut auf unbestimmte Zeit im Innern des Schwarzwaldhofes verschwinden konnte, setzte er sich an den nächstbesten Tisch, winkte sie hektisch herbei und bestellte: »Ein Kristallweizen. Ohne Zitrone.«

»Möchten Sie auch essen?«

Achim erinnerte sich, daß der Klang des Japanischen, das er in untertitelten Samurai-Filmen gehört hatte, deutlich harscher gewesen war, als es die Sprache sein mußte, die das Deutsch der Frau in diesen sanften Singsang verwandelte, dachte ›HOKKATAA-HAY!‹, und fragte: »Was gibt es denn?«

»Verschiedene Würste. *Hausmacher*. Und ab halb sechs haben wir japanische Küche.«

»Rohen Fisch?«

Die Kellnerin verdrehte die Augen, als hörte sie diese Frage zum siebenundzwanzigtausendeinhundertdreiundachtzigsten Mal und sagte: »Die japanische Küche hat sehr viel mehr zu bieten als rohen Fisch.«

Auch die Gesichter der Frauen hatte er sich kantiger vorgestellt und bleich, selbst wenn er in Rechnung stellte, daß die meisten Filme, denen sein Japanbild entstammte, schwarzweiß gewesen waren und die japanische Kultur gekalkte Frauenhaut wohl gerade deshalb verehrte, weil sie in natura so selten vorkam.

»Zum Beispiel?«

»Ich bringe Ihnen die Karte.«

Die korrekte Aussprache des »R« bereitete ihr jedenfalls keine Schwierigkeiten.

Achim formte und artikulierte nacheinander ein logopädisch korrektes »L«, das gerollte und das Zäpfen-»R«, um zu verstehen, wie man die Laute verwechseln konnte, und gelangte zu keiner Erkenntnis.

Im Fenster oberhalb seines Tisches schob sich die Spiegelung von Himmel und Astwerk wie ein Projektorbild über das, was sich in den Räumen dahinter abspielte. Fragmenten einer Dunstabzugshaube und dem Geschirr in den Wandregalen zufolge, mußte es die Küche sein. In Abständen tauchte hier eine zweite Asiatin auf, deren Gesichtsschnitt eher dem entsprach, was Achim sich unter japanischen Zügen vorstellte. Ihre Bewegungen und die weiße Mütze legten nahe, daß es sich um die Köchin, möglicherweise um *Mitsuko* selbst, handelte – wenn der Name nicht eine Marketingerfindung war.

Achim runzelte die Stirn. Er hatte gelesen, daß professionelles Kochen in Japan Männersache sei, und das war ihm auch einleuchtend erschienen: Die Messer des Kochs stammten aus derselben Schmiede wie die Schwerter des Kriegers, und der Geist, in dem die Klinge geführt wurde, um den Gegner mit einem einzigen Streich zu töten, war derselbe wie der, in dem ein Filet geschnitten wurde, ganz gleich, ob eine Makrele oder der berühmte Kugelfisch auf dem Brett lag, den eine falsche Bewegung in tödliches Gift verwandeln konnte. Daß ein Koch, durch dessen Ungeschicklichkeit ein Gast ums Leben gekommen war, *Seppuku* beging, hatte in Achims Augen Logik, aber es war auch immer wieder vorgekommen, daß Köche sich schon wegen eines mißlungenen Mahls mit der gleichen Selbstverständlichkeit den Bauch aufgeschlitzt hatten, wie der Samurai-General nach verlorener Schlacht. Die artige Japanerin kochte am heimischen Herd, und ihr Mann käme ebensowenig auf die Idee, ihr dort behilflich zu sein, wie er ihr als Küchenchef Zutritt zu seinem Arbeitsplatz gewähren würde. Ein Sushi- oder Tempura-Koch mußte bis zu fünfzehn Jahre lernen, ehe er sich Meister nennen durfte. Achim fand diese Strenge nach allem, was er in deutschen oder italienischen Restaurantküchen erlebt hatte, durchaus nachahmenswert. Die meisten Frauen, die er kannte, hielten derartigen Perfektionismus allerdings für ebensolchen Irrsinn wie den krankhaften Zwang mancher Männer, Abend für Abend in Hobbykellern zu verschwinden, um detailgetreue Schiffsmodelle zu bauen oder Armeen in Zinn zu gießen. –

»Ihr Weizenbier. Und die Karte«, unterbrach die Kellnerin seine Überlegungen.

»Danke.«

Das Bier lief so dünnflüssig die Kehle hinunter, daß Achim sein Glas in drei Zügen leerte und ein neues bestellte. Er wunderte sich über die laszive Art, mit der die Bedienung ihren für eine Japanerin ungewöhnlich üppigen Körper bewegte, und fragte sich, ob er schon einmal etwas von *Geisha-Massagen* im Anzeigenteil des hiesigen Stadtmagazins gelesen hatte.

Die Karte war ein kunstlederner Schnellhefter voll kopierter Zettel in Klarsichthüllen. Neben den Gerichten, die er im Schaukasten gesehen hatte, gab es anderthalb Seiten mit Vorspeisen und Salaten, eine halbe Seite mit Suppen sowie fünf Desserts. Außerdem – neben zwei japanischen Biersorten, Sake und Tee – eine internationale Weinkarte, die so ambitioniert daherkam, als säße er statt vor einem Wanderheim in einem prämierten Feinschmeckerlokal.

»Haben Sie etwas gefunden?« fragte die Geisha und stellte ihm das nächste Bier hin.

»Sushi gibt es nicht«, stellte Achim fest.

»Manchmal.«

»In Japan ißt man doch überall Sushi. Sogar zum Frühstück.«

»Aber in Deutschland bekommt man nur sehr selten Fisch, der frisch genug ist. Für Sushi muß er *extra* frisch sein.«

Die Tatsache, daß es kein Sushi gab, weil der Fisch hierzulande nicht frisch genug war, nahm Achim eher für Mitsuko ein, als daß sie seine Zweifel an ihrer Küche verstärkt hätte. Er hatte oft genug in Markthallen und Lebensmittelgroßhandlungen gestanden, um zu wissen, daß frischer Fisch schon für deutsche Restaurants ein Problem darstellte, die immerhin die Möglichkeit hatten, älterer Ware mit entsprechend mehr Zitrone und einer Handvoll Dill zu begegnen.

»Haben Sie schon die japanische Küche probiert?«

»Nicht direkt ...«

»Sie verpassen etwas.«

»Bestimmt.«

»Aber unsere *Hausmacher Wurstplatte* kann ich auch empfehlen. Wir schlachten selbst.«

»Danke«, sagte Achim, der plötzlich das Gefühl hatte, dieses Restaurant auf der Stelle verlassen zu müssen, da er andernfalls womöglich Opfer einer spontanen Fehlsteuerung seines Gehirns werden und sich hier für immer unmöglich machen würde: »Ich zahle dann auch.«

Als er durch den Torbogen ging und sich noch einmal umdrehte, in der Hoffnung zumindest eine Ahnung zu bekommen, um was es sich bei dieser Lokalität handelte, stand der schwarzhaarige Mann, der den Nissan entladen hatte, breitbeinig und mit vor der Brust verschränkten Armen auf der Eingangstreppe. Er blickte gelassen aufmerksam wie der Wächter eines Shintō-Schreins über die Tische, den Wald und die Sportler, und Achim fand, daß er sein Land in der Fremde selbst an einem Ort wie diesem äußerst würdig vertrat.

Einige hundert Jahre zuvor in Japan

Das Geräusch anhaltenden Regens übertönt die Stimmen der Stadt und des Meeres. Wer nicht aufbrechen muß zu unaufschiebbarem Handel, Liebesdingen, Todesfällen, meidet, was vom Weg übrig ist: Morast und Rinnsal. Aus Resten von Wäldern sprießen Wolken wie Schimmel. Weiter entfernt lösen Baumkronen sich in Windstille auf. Der prachtvolle Rappe Fürst Takanosu Norishiges steht vor Nässe triefend rechts des eilig aufgeschlagenen Schilfdachs bei der Werkstatt des Töpfers Tsujimura Kōsei und harrt der Dinge. Neben ihm grast ein gefleckter Wallach, dem in Wellen ein Zittern die Flanken entlangläuft.

In sich versunken hockt der Fürst auf dem niedrigen Faltstuhl aus Kirsche und Tierhaut, starrt in die Flammen und legt einen Scheit nach. Derart brennt ihm Stunde um Stunde herunter bei Tag und bei Nacht. An verkeilten Ästen hängt ein eiserner Kessel. Das siedende Wasser läßt an Gebirgsbäche denken. Im einfachen Kleid des Gefolgsmanns wird keiner den Fürsten erkennen.

Viele trachten ihm nach dem Leben: hier als dem Feind, dessen Kopf Gold wert ist, dort als vormals gestrengem Herrn, dessen Tod Widersacher und Neider betrieben, seit er zur Welt kam. Jetzt, wo ihm nichts mehr gehört und niemand gehorcht, kann kein Wächter an seiner statt sterben. Doch er fürchtet sich nicht: Kaum ein Kämpfer zwischen Hokkaidō und Kyūshū versteht das Schwert zu führen wie er.

Im Hof der Werkstatt schimmert bleiern ein Findling in einem Beet aus Kieseln. Wer darauf achtet, hört Knabenfüße Ton weichtreten und Zeilen vom Lied eines Mädchens, das nur für sich selbst singt. Das Haus gibt nicht vor, Schutz zu gewähren vor mehr als der Nässe. Die papiernen Felder des Fachwerks lassen die Grenze von Innen und Außen verschwimmen. Eine Wand wird von unsichtbaren Händen geöffnet. Der Raum, der sich auftut, ist ein gebauter Gedanke zu Demut und Stolz. Mit entschiedener Geste, als wollte er den Regen beiseite schieben, tritt ein Mann in grauem Kimono hinaus. Es ist der Töpfer Tsujimura Kōsei. Sein Gesicht unter dem kurzgeschorenen Haar bekundet eine Kraft, die schon vor Jahrzehnten gebändigt wurde. Seine Augen sind lichtlose Sicheln unter hängenden Lidern. Was er denkt, wird sich nicht darin spiegeln.

Er ruft: »Ichirō.«

Niemand antwortet.

Der Töpfer horcht in den Regen, geht zügig zum Tor, schaut den Weg hinauf und hinunter, wie einer, der verspätete Gäste erwartet. Beim Anblick des Fürsten in seinem Verschlag schüttelt er lange den Kopf. Darin mag Respekt oder Ablehnung liegen. Ohne ersichtlichen Grund hebt er einen Stock vom Boden, schlägt dreimal von außen gegen das Tor, als wollte er sich seine eigene Ankunft melden und Einlaß erbitten.

Der Junge, der herbeigerannt kommt – er kann ein Sohn sein oder ein Lehrling –, wirft sich nieder.

»Steh auf«, sagt Kōsei und reicht ihm den Stock. »Gib das dem Mann, dem die Pferde gehören.«

Der Junge verneigt sich, rennt, so schnell er kann, dem Geheiß des Meisters zu folgen.

Kōsei kehrt gemessenen Schrittes zum Haus zurück. Beim Bambus links der geöffneten Wand bleibt er stehen, bricht einen Zweig ab, kratzt das Zeichen für »Lehm« in die Erde und lacht wie ein Kind.

Es ist das Ende des Frühlings. Er war warm und feucht. Was der Sommer bringen wird, weiß niemand.

3

Das Karma bei der Arbeit

Nachdem Achim zu Hause angekommen war, seine geschundenen Füße verarztet und unter verschiedenen Nummern vergeblich versucht hatte, Wolf zu erreichen, war ihm nichts Besseres eingefallen, als dessen Mutter anzurufen. Frau Erben hatte ihn eine halbe Stunde lang über sein Leben in den letzten fünf Jahren ausgefragt, und Achim hatte ihr aus dem Gefühl kindlichen Respekts, das man den Eltern ehemaliger Mitschüler gegenüber auch als Erwachsener schwer ablegt, von seiner Arbeit als Hilfskoch in Restaurants, als Ausstatter, Schauspieler, Mann für alle Fälle bei Kunstprojekten, Film- und Theaterproduktionen, und zuletzt auch von seiner Wandelrolle als *Betteldichter, Wahrsager, Mathematiker* und *Staatsbeamter* in den *Vögeln* des Aristophanes am *Theater Herz-und-Hirn* erzählt, ehe sie so freundlich gewesen war, ihm in leicht herablassendem Ton mitzuteilen, daß Wolf seit nun auch schon wieder sieben Monaten eine Rheinbrücke, um nicht zu sagen einen Katzensprung von A.-Gurschebach entfernt, in B.-Taubenheim wohne, an der Seite von Professor Klaus-Jürgen Wessinghage in dessen berühmter *Oleanderklinik für plastische Chirurgie* schneide und sich bestimmt freuen werde, von ihm zu hören. Unmittelbar im Anschluß daran hatte Achim Wolf selbst am Apparat gehabt. Das Gespräch war vertraut gewesen, als hätten sie täglich miteinander zu tun, obwohl sie tatsächlich einige Minuten benötigten, um zu rekonstruieren, daß sie zuletzt vor gut neun Monaten voneinander gehört hatten. Achim hatte den Grund seines Anrufs behutsam vorbereiten und schließlich wie ein schlagendes Argument plazieren wollen und »Japan« deshalb zunächst nur beiläufig ins Spiel gebracht, woraufhin Wolf von einem japanischen Holzschnittbuch mit erotischen Darstellungen aus dem 18. Jahrhundert geschwärmt hatte, dessen Schamfreiheit so grandios gewesen sei, daß er es habe kaufen müssen. Hauptsächlich beschäftige er sich zur Zeit allerdings, angeregt durch eine Ausstellung, die seit April in Paris gezeigt werde, mit den Wikingern.

»Warst du inzwischen eigentlich japanisch essen?« hatte Achim dann, noch immer betont nebensächlich, gefragt, und Wolfs Antwort war uneindeutig gewesen: »Eigentlich nicht, aber hier in B. gibt es das *Shabu-Shabu*, die haben *Teppan-Tische*. Mein Chef ist begeistert davon, wir können auch mal hingehen.«

»Teppan-Tische sind Show«, hatte Achim verächtlich entgegnet, »eine Erfindung für reiche Westler, die japanische Fingerfertigkeit bewundern sollen: Zirkus ...«

Wolf war in Gelächter ausgebrochen, hatte ihn einen »Fundamentalisten« genannt, und daraufhin hatte Achim – als Beweis seiner Offenheit für alles Erdenkliche, wenn es nur hinreichend sonderbar war – *Mitsukos Restaurant* aus dem Ärmel gezogen. Die Beschreibung, die er gegeben hatte, war detailreich und trotzdem nahezu übertreibungsfrei gewesen und hatte für Wolf ebenso unglaublich geklungen, wie Achim am Nachmittag der Anblick selbst erschienen war.

»Was ist das?« fragte Wolf, als sie anderthalb Wochen später das Wanderheim betraten und von der dunklen Stimme eines beliebten Radiomoderators begrüßt wurden: »Das nächste Lied *Dein ist mein ganzes Herz* von Heinz-Rudolf Kunze wünscht sich Willi aus Niebelheim für seinen ›Zuckerschatz‹, der heute Geburtstag hat: ›Flippi, du bist und bleibst meine Schönste‹ …«

»Ich weiß es nicht«, sagte Achim und schaute sich um, wie einer, der in einem Zimmer aufgewacht ist, das er nicht kennt, aber keine Symptome eines Katers verspürt. Der Raum war in der Mode der siebziger Jahre vollständig mit inzwischen nachgedunkelten Kiefernlatten ausgekleidet und ähnelte, wenn man den schäbigen PVC-Boden ausblendete, einer überdimensionalen Sauna. Im linken Teil waren zusätzlich Stellwände vor die Vertäfelung montiert, Rasterkonstruktionen aus schmalen Vierkanthölzern, rückseitig mit Papier bespannt, auf denen in unregelmäßigen Abständen handkolorierte Photos aus dem alten Japan hingen. Rechts des Eingangs befand sich ein klassischer Kneipentresen aus deutscher Eiche mit bronzenem Handlauf, auf dem zwischen allerlei Wimpeln und Kram große Weckgläser mit Wurzeln und Beeren standen, die in klarem Schnaps ihrer wahren Bestimmung zugeführt wurden. Die Regale beherbergten neben dem Geschirr eine Abteilung für Pokale und Souvenirs aus allen bekannten Waldgebieten des ehemaligen Westdeutschlands. Offenbar nahmen die Wanderfreunde Gurschebach regelmäßig und erfolgreich an Wettwanderungen teil. Auf der breiten Leuchtreklame für *A.'cher Rotfuchsbräu*, die an schweren Ketten von der Decke hing, waren asiatische Nippesfigürchen unterschiedlichster Machart aufgereiht, am augenfälligsten eine feldhamstergroße, bunte Blechkatze, deren rechter Arm unablässig winkte. Vor der Theke, wo ein bärtiger Mann mit langem grauem Haar in eine grelle Sonntagszeitung vertieft ein Glas gelblicher Flüssigkeit schlürfte, standen zwei mit Holzimitat furnierte

Tische, ein unbesetzter rechteckiger und ein großer runder, an dem zwei erkennbar angeschlagene ältere Damen saßen. Die eine, zu deren Füßen ein zotteliger Hund lag, starrte auf einen Schoppen Weißwein, die andere, deren aufgedunsenes Gesicht trotz scharfer Lidstriche und jeder Menge Rouge nicht mehr zu halten war, schüttete sich einen Korn in ihr Bier. Der Mann an der Theke, der auch ohne den toten, mit Straß oder Brillanten besetzten Goldleoparden auf der Brust wie eine Mischung aus Piratenkapitän und Butterfahrtenanimateur ausgesehen hätte, brummte, beharrlich in seine Zeitung vertieft: »Jetzt habe ich in meiner unendlichen Güte diesen schizophrenen Papagei in Kommission und renne alle fünf Minuten nach vorn, weil er mit sich selbst diskutiert wie eine von diesen wahnsinnigen Familien samt dementer Oma, die sich nicht entscheiden können, ob ein Karnickel oder ein Meerschwein angeschafft werden soll.«

Achim und Wolf sahen sich fragend an und wollten schon wieder gehen, als der schwarzhaarige Mann, der vor anderthalb Wochen zunächst das Auto ausgeräumt und später so überzeugend den Tempelwächter gegeben hatte, hinter dem Tresen hervortrat. Er verneigte sich höflich, sagte: »Ich nehme an, die Herren sind zum Essen gekommen«, und manövrierte sie mit einem Schwenk des rechten Arms in den Restauranttrakt. War Achim wegen des Akzents der Bedienung neulich noch unsicher gewesen, woher sie stammte, bestand beim Wirt nicht der geringste Zweifel, daß er sein Deutsch hier in der Gegend gelernt hatte. Achim wunderte sich, erinnerte sich dann aber des schwarzen Taxifahrers aus München, der in Ghana König gewesen und eine Zeitlang wegen seines bayrischen Dialekts durch die Talkshows gereicht worden war: Warum sollte ein Japaner nicht deutsch mit rheinischer Färbung sprechen?

»Wo Sie möchten«, sagte der Wirt, und es schien ihm nicht im geringsten peinlich zu sein, daß sein Restaurant zur besten Sonntagmittagessenszeit, wenn man die verlorenen Gestalten vorn nicht zählte, vollkommen leer war. ›Typisch japanisch‹, dachte Achim. ›Regungslos das Gesicht verlieren und sich anschließend, ohne mit der Wimper zu zucken, den Bauch aufschlitzen.‹

Achim und Wolf nahmen den Tisch in der hinteren Ecke, so daß sie den Raum bis zur Theke überblicken konnten. Die beiden Frauen wurden jetzt von einem mannshohen Paravent aus den gleichen Stellagen verborgen, die auch die Wände verkleideten.

»Möchten Sie schon etwas trinken?« fragte der Wirt, nachdem er ihnen mit formvollendeter Geste die aufgeschlagene Karte hingelegt hatte.

»Erst mal schauen«, sagte Achim.

»Welche Sorten Sake haben Sie denn?« erkundigte sich Wolf, als wäre er darin bewandert, woraufhin der Wirt ihm mit einem kurzen »Sie gestatten« wiederum höchst elegant die Sake-Seite aufblätterte: »Wir haben hier eine kleine Auswahl ... – Sie kennen sich aus mit Sake?«

»Ein bißchen«, antwortete Wolf.

»Schön ist zum Beispiel *Urakasumi*, rund im Geschmack, ausbalanciert, nach hinten ein bißchen wie geröstete Pinienkerne ... Wenn Sie es lieber leichter mögen, würde ich Ihnen ...«

»Wir schauen erst mal, es muß ja zum Essen passen«, unterbrach ihn Wolf. Sobald der Mann außer Hörweite war, flüsterte er: »Glaubst du, daß er echt ist?«

»Der Kopfform nach zu urteilen schon. Vom Gesichtsschnitt her könnte er auch Koreaner sein ...«

»Ich meine, bist du sicher, daß er überhaupt Asiate ist?«

»Die Fische im Aquarium sind jedenfalls Koi: sauteuer und in Deutschland kaum zu bekommen.«

»Ein Japaner mit Schnauzer?«

»Mifune als *Fürst Toronaga* in *Shōgun*.«

»Aber nicht getrimmt wie ein Autoschlosser vor zwanzig Jahren.«

»Vielleicht hat er hier studiert und ist hängengeblieben.«

Wolf schüttelte den Kopf, während seine Augen die Karte auf und ab wanderten: »Sie haben auch Menüs. Gar nicht teuer, um die fünfunddreißig Mark.«

»Willst du gleich das Risiko eines Menüs auf dich nehmen? Das sind fünf Gänge«, erwiderte Achim, der zwar im Prinzip jederzeit bereit war, viel Geld für herausragende Küche auszugeben, aber aufgrund ungezählter bitterer Erfahrungen Restaurants inzwischen immer erst mit einem preiswerten Gericht testete. Es gab wenig, das ihn so aufbrachte wie schlechtes Essen, was keineswegs bedeutete, daß er ausschließlich in Gourmettempeln aß: Eine gute Thüringer Rostbratwurst konnte ihn ebenso glücklich machen wie Entenbrust in Portwein-Jus. Doch wenn ihm in der Karte etwas beschrieben worden war, auf das er sich während des Wartens gefreut hatte, und ihm dann ein Fraß hingestellt wurde, der jeder Beschreibung spottete, konnte Achim unschuldige und im Prinzip bezaubernde Kellnerinnen derart haßerfüllt maßregeln, daß sie heulend davonrannten und sich weigerten, noch einmal an seinen Tisch zurückzukehren. »Ich will mich nicht ärgern«, erklärte er.

»Da hätte man für wenig Geld von allem etwas«, sagte Wolf. »Und SIE macht doch nun wirklich einen überzeugenden Eindruck.«

Soeben war eine Frau hereingekommen, deutlich jünger als der Wirt, und hinter die Theke gehuscht. Achim vermutete, daß es dieselbe war, die er neulich durchs Fenster in der Küche gesehen hatte, jedenfalls war ihre gesamte Erscheinung eindeutig japanisch: klein, schlank, großflächige Züge, heller Teint … – Und schön, außerordentlich schön war sie. Auch heute trug sie eine Kochmütze über gewelltem, nicht pechschwarzem, sondern kastanienbraunem Haar, das sie im Nacken locker zusammengebunden hatte. Selbst auf die Entfernung fielen Achim ihre vollkommen geformten, flach anliegenden Ohren auf, und er raunte: »Hast du die Ohren gesehen?«

»Ich glaube, daß sie das im Griff hat«, erwiderte Wolf.

»Wie elfenbeinerne *Netsuke*.«

Die Frau schüttete Tee aus einer goldschimmernden Dose in ein einfaches Henkelglas, überbrühte ihn mit zischendem Wasser aus der riesigen italienischen Kaffeemaschine, und wechselte ein paar Sätze mit dem Kapitän hinter der Zeitung. Für Wolf und Achim war lediglich dessen Gesprächsanteil zu verstehen: »Mach mir ein Steak. Mit viel Zwiebeln … Ohne *L*-eis. Du weißt doch, daß ich keinen *L*-eis mag … Ich nehm' B*l*-ot dazu. Habt ihr noch von dem Selbstgebackenen? – Gut. Von mir aus auch Gemüse. Weil du's bist. – Und das Steak nicht halb roh: Ich kann kein Blut sehen.«

»Aber sie ist eine Frau«, sagte Achim.

»Die Emanzipation wird inzwischen auch Japan erreicht haben.«

»Warum, frage ich dich, muß alles überall gleich sein? Und nicht nur gleich, sondern genauso wie bei uns gerade jetzt? Ich meine, weshalb trägt er zum Beispiel keinen Kimono, sondern diese bescheuerte Anzughose mit weißem Hemd, die langweiligste Herrenkleidung, die überhaupt je …«

»Weil die Welt schlecht ist.«

»Genau. Schlecht.«

»Aber manchmal schmeckt das Essen.«

»Oft auch nicht.«

Der Wirt brachte ein weiteres Herrengedeck an den Damentisch, und auf dem Rückweg schlug er dem Kapitän locker auf die Schulter, was in seiner Kumpelhaftigkeit wirkte, als wäre er bei dem Versuch, sich an hiesige Sitten anzupassen, gar zu übereifrig: »Holm, mein Freund, du bist und bleibst ein Bauer.«

Der Kapitän winkte ab.

»Was nehmen wir?« fragte Wolf.

»Ich bin für *Drei verschiedene Tagesvorspeisen*. Da hat sie drei Gelegenheiten, uns zu überzeugen. Schafft sie das, bestellen wir weiter, wenn nicht, gehen wir woanders hin.«

»Das ist peinlich.«

»Fünfundneunzig Prozent aller Erstbesuche in Restaurants sind Letztbesuche, und man ist für den Rest des Tages bedient.«

Die Köchin hatte sich ebenso schattenhaft, wie sie gekommen war, wieder zurückgezogen, während der Wirt sich gemessenen Schrittes näherte, ohne daß sie die Diskussion beendet hatten: »Haben Sie gewählt?«

»Diese *Tagesvorspeisen* – was muß man sich darunter vorstellen?« wollte Achim wissen.

»Mal dies, mal das ... Am besten, Sie lassen sich überraschen.«

»Und das Schnitzel? *Tonkatsu*? – Ist das quasi *à la Milanese* beziehungsweise *Wiener Art* oder ...«

»Japanische Art.«

»Aber fritiert?«

»Ich nehme das Menü fünf«, warf Wolf ein, ohne dem Wirt Zeit für eine Antwort zu lassen, weil er verhindern wollte, daß Achim sich Zutaten, Gartechnik und Würzung jedes einzelnen Gerichts erläutern ließ, um am Ende doch bei seiner Vorspeise zu bleiben.

»Das *Tempura*-Menü, sehr wohl«, sagte der Wirt.

»... und diesen ersten Sake, den Sie empfohlen hatten, *Urakasumi* war das, glaube ich ... – Kalt bitte.«

»Für mich auch«, knurrte Achim.

»Auch das Tempura-Menü?«

»Nein. Den Sake ... Zum Essen die *Tagesvorspeisen*. Und dann *Lachs mit Wasabi*. – Das ist dieses grüne Meerrettichpulver, oder?«

»Ein bißchen scharf.«

»Macht nichts.«

Achims Blick fiel auf die Füße des Wirts: Er hatte weiße Tennissocken an. Sie steckten in den gleichen, aus braunen Lederstreifen gefertigten Sandalen, die sein Vater den Sommer über trug. Achim errötete vor Peinlichkeit. Er hatte zu verantworten, daß sie hier saßen, und mehr als alles andere war es der bedingungslose, jeden Lebensbereich einschließende Ästhetizismus gewesen, dessentwegen Wolf und er die japanische Kultur seit über zehn Jahren verehrten. Während er nach einer Entschuldigung suchte, fielen ihm die weißen Strümpfe wieder ein, in denen er Samurai über Reisstrohmatten durch Filmkulissenräume hatte flitzen sehen, und ihm wurde klar, daß der Wirt von dem Schauder, den seine Fußbekleidung einem halbwegs geschmackssicheren Europäer verursachte, nicht die geringste Ahnung haben konnte.

»Lassen Sie uns die Karten noch einen Augenblick hier«, sagte Wolf, »mich interessiert, was Sie an grünem Tee haben.«

Achim fragte sich, ob Wolf den Kenner nur spielte, um den Wirt oder ihn zu beeindrucken, oder ob er mit seinen schikken Medizinerfreunden in Wahrheit längst Stammgast bei irgendeinem *Teppan*-Japaner war und es nur nicht zugeben wollte.

Unterdessen brachte der Wirt dampfende, nach Pfefferminzöl riechende Waschlappen in Bambuskörbchen: »Ihre heißen Tücher. Zur Entspannung.«

»Stimmt mich zuversichtlich«, sagte Wolf, rieb sich sorgsam die Hände ab, legte seinen Kopf in den Nacken und breitete das Tuch über sein ganzes Gesicht. Achim, der wiederum keine Ahnung hatte, tat es ihm nach.

Zurück hinter der Theke raunzte der Wirt den Kapitän an: »Wo bleibt denn dein Buchbinder?«, als handelte es sich um dessen Liebhaber, was sich angesichts von Holms Erscheinungsbild und Auftreten nahezu ausschließen ließ.

»Hat gesoffen, gestern.«

»Ohne dich?«

»Sonst säße ich kaum hier.«

Während Wolf sich in die Teekarte vertiefte, gedankenverloren »*Kabuse*« und »*Gyokuro*« murmelte, versuchte Achim seine Verwirrung zu ordnen: Ihm fiel ein, daß in Japan Vorgesetzte mit Untergebenen, Firmeninhaber mit Angestellten nach der Arbeit ins Restaurant gingen, um gemeinsam zu feiern. Er dachte an Tapas-Bars in Madrid, wo Einzeltrinker zwischen Filmsternchen und Immobilienmillionären am Tresen saßen und räsonierten. Möglicherweise hatte Mitsuko bei der Konzeption ihres Restaurants eine ähnliche schichtenübergreifende Gästestruktur vorgeschwebt, doch Achim bezweifelte, daß die deutsche Gesellschaft dafür bereits reif war.

»Er hat große Weine. Wirklich *große*, nicht bloß ganz gute«, sagte Wolf, der inzwischen in die nächste Abteilung der Getränkekarte vorgestoßen war, während Achims Spannung, wie jedesmal, wenn er sich vor einer neuen, womöglich tiefgreifenden Geschmackserfahrung wähnte, ins Unerträgliche wuchs. »Neulich schon gesehen«, brummte er, während der Wirt sich mit einem roten Lacktablett näherte, auf dem zwei offene, bis zum Rand mit durchsichtiger Flüssigkeit gefüllte Naturholzkästchen sowie zwei rechteckige Keramiktellerchen mit einer unbekannten Speise standen: »Zweimal kalter *Urakasumi* und ein kleiner Gruß aus der Küche«, sagte er, »*Tamagoyaki*, japanisches Ei-Omelett, mit geriebenem *Daikon*. Guten Appetit.«

»Das sieht gut aus«, konstatierte Wolf.

»Sie können ein bißchen Soja ... – Aber das wissen Sie sicher.«

»Danke.«

Angesichts der beiden hellgelben von feinen Linien wie Baumkuchen durchzogenen Scheibchen schob Achim seine Brauen in die Stirn, was eine Mischung aus Anerkennung und Skepsis zum Ausdruck bringen sollte, sagte: »Keine Ahnung, wie sie das gemacht hat«, und dann: »O Gott: Stäbchen.«

Erst in diesem Moment begriff er, was sich in den japanisch beschrifteten Papierschläuchen befand, die auf Porzellanbänkchen gestützt an den Plätzen gelegen hatten, als sie gekommen waren.

»Du kannst nicht mit Stäbchen essen?« fragte Wolf und träufelte sich ein wenig Sojasauce über das weißliche Püree neben dem Omelett. »Ich dachte, du wärst Koch?«

Er hatte sein Paar bereits aus der Hülle gezogen, mit einem kurzen Ruck auseinandergebrochen und sich die erste Scheibe in den Mund geschoben.

»Küchenschabe«, knurrte Achim. »Ich filetiere dir jeden Fisch, und wenn du willst, balanciere ich das Messer auf der Nase, aber das hier ist eine andere Kategorie Werkzeug. Du schneidest deine Patienten ja auch nicht mit Nagelfeilen auf.«

»Schau mir einfach zu«, schmatzte Wolf und klapperte demonstrativ mit seinen Stäbchenspitzen: »Das schmeckt phantastisch. Wenn du soweit bist ...«

Auf die Rückseite der Papiertüte waren Piktogramme im Stil japanischer Holzschnitte gedruckt, denen man entnehmen konnte, wie die Stäbchen gehalten werden mußten. Trotzdem dauerte es einige Zeit, bis Achims Hand die Anweisungen halbwegs umsetzen konnte.

»Neu«, sagte er, nachdem er ruhig und konzentriert gekaut hatte, »vollkommen neu: Ich habe nicht nur nicht die geringste Vorstellung, wie sie das gemacht hat, sondern auch keinen Schimmer, womit es gewürzt ist. Irgendeine Form von Süße. Und dann hat sie es aufgerollt. Aber warum fällt es nicht auseinander? So flüssig, daß man derart dünne Schichten zusammenbacken kann, ist verschlagenes Ei nicht.«

»Zum Wohl«, sagte Wolf, hob sein Sake-Kästchen von dem lackierten Untersetzer, schleckte mit der Zungenspitze einige Kristallkörner ab, die auf den Rand gestreut waren, und nahm einen Schluck.

»Salz oder Zucker?« fragte Achim.

»Salz.«

Achim führte sein Kästchen ebenfalls zum Mund, begutachtete es skeptisch von allen Seiten und hielt schnuppernd inne: »Riecht wie Zedernholz«, stellte er fest, und, nachdem er probiert hatte: »Schmeckt auch so.«

»Sake dieser Qualität kriegt man selten in Deutschland.«

»Kann ja sein, aber würdest du einen Riesling oder von mir aus auch einen Bordeaux in einem Becher aus frisch geschlagenem Holz servieren?«

»Die besten Weine werden in Holz ausgebaut. Sherry reift in Eiche und Whisky in ausrangierten Sherryfässern.«

»Das ist was anderes.«

»Und schon geht es weiter«, unterbrach sie der Wirt: »Einmal die Menüvorspeise, *Meeresfrüchte in Essigsauce*, und die *drei Verschiedenen*. Guten Appetit.«

Abgesehen von dem mit geröstetem Sesam bestreuten, kleinen grünen Lingam, von dem Achim annahm, daß er aus Spinat bestand, hätte er nicht einmal raten können, was ihm da, wiederum auf einem lackierten Tablett und in drei völlig unterschiedlichen Behältnissen, vorgesetzt wurde. Da auch die aufsteigenden Düfte keinerlei Anhaltspunkte lieferten, beschloß er auf die Hochachtung des Wirts zu verzichten und seine Unkenntnis zuzugeben: »Entschuldigen Sie ... – ER kennt sich mit japanischer Küche besser aus als ich: Könnten Sie mir kurz erläutern, was das alles ist?«

»Selbstverständlich, der Herr: Da hätten wir einmal *blanchierten Spinat mit Sesamsauce*, daneben in *Ingwer-Soja geschmorte Thunfischwürfel*, und als letztes *hausgemachten Seidentofu mit Bonitoflocken* – eine besondere Spezialität: Lassen Sie sich's schmecken.«

»Seidentofu?« fragte Achim, aber er hätte ebensogut Bonitoflocken fragen können, oder wo man hierzulande Thunfisch zum Schmoren kaufen konnte.

»Wie genau man das macht? Ich weiß nur, daß es eine ziemlich komplizierte Prozedur ist. Ansonsten müssen Sie die Chefin fragen.«

Achim kämpfte noch immer mit seinen Stäbchen und überlegte, sich Löffel und Gabel bringen zu lassen. Andererseits schmeckte alles, was er versuchte, so ausgesucht fein, daß die erzwungene Langsamkeit auch ihr Gutes hatte: Mit der ihm eigenen Gier und europäischem Besteck wären die Häppchen – denn mehr als ein Häppchen war es nicht, was da von jedem Gericht, perfekt arrangiert und farblich zum jeweiligen Behältnis passend, vor ihm lag – binnen zwei Minuten verschlungen gewesen. So blieb ihm Zeit, die verschiedenen Geschmacksrichtungen abwechselnd zu versuchen, in Kombination mit einem Schluck Sake, über dem ein Hauch von Zedern schwebte, und immer neue Nuancen zu entdecken: Allein die Aromaexplosion, wenn er ein einzelnes, geröstetes Sesamkorn zerbiß, war so unerwartet, daß er sich fragte, ob die Körner auf den Brötchen seines Bäckers tatsächlich von der gleichen Pflanze stammten.

»Habe ich dir zuviel versprochen?« fragte er triumphierend, als hätte er seinem König Beweise für den westlichen, von ihm persönlich entdeckten Seeweg nach Japan zu Füßen gelegt. Wolf lachte laut und noch lauter, als aus Richtung der Theke zweistimmig »Der Genosse Buchbinder!« herüberdröhnte.

»Ich warte hier schon seit Stunden«, knurrte der Kapitän.

»Otto, was trinkste?« fragte der Wirt.

»Was Holm hat«, antwortete Otto.

»Ingwertee.«

Otto bestieg, obwohl höchstens Mitte dreißig, äußerst ungelenk den Hocker neben dem Kapitän und seufzte.

»Dieser Pilz schafft mich«, sagte er.

»War das letzte wieder schlecht gewesen?«

»*Pilz*, nicht *Pils*, und *der*, nicht *das*.«

Er wischte sich mit sorgfältig manikürten Händen über seinen kahlen, sommerroten Schädel, als wollte er Flusen von einer Glasplatte entfernen: »Ich habe etwas versucht heute nacht, wenn es klappt, krieg' ich ihn in den Griff.«

»Was?«

»Wenn du es genau wissen willst ...«

Bevor der Buchbinder die chemischen Details ausführen konnte, brachte Mitsuko dem Kapitän sein Steak. Sie lächelte und fragte mit einer angenehmen, melodischen Stimme: »Und du, Otto? Möchtest du auch essen?«

Otto schien über die freundliche Ansprache gleichermaßen glücklich wie verwirrt und nuschelte unverständliches Zeug, aus dem sich schließlich »... nähme ein Reisomelett, wenn das geht« herausschälte.

»Ich habe frisch gekochtes Hühnchen für *Reis-Omelett-Spezial.*«

»Gern.«

Ihr Deutsch war beinahe akzentfrei. Allenfalls der Hauch einer süddeutschen, vielleicht badischen Färbung klang durch. Wer darauf achtete, hörte bei »frisch« und »Reis«, daß sie tatsächlich Schwierigkeiten mit dem *R* hatte, diese aber durch ein Zurückklappen der Zunge, als wollte sie das bayrische Rollen imitieren, so geschickt kaschierte, daß es fast nicht auffiel.

Sie war schon wieder verschwunden.

»Wenn ihr einfach normale Steaks anbieten würdet, statt Tofu und Algen und *L*-eis, wäre euer Laden auch voll«, sagte Holm.

»Es dauert halt seine Zeit, bis der deutsche Michel gelernt hat, was gut ist. Du nicht, du willst ja sogar dein Steak durch, da ist sowieso Hopfen und Malz verloren ...«

Wenig später stellte der Wirt Wolf eine *rote Misosuppe mit Stockschwämmchen* hin und Achim nichts.

Als der Zwischengang, *Gurkensalat mit japanischem Roastbeef,* serviert wurde, das nach Wolfs Bekunden nicht nur optisch, sondern auch geschmacklich keinerlei Ähnlichkeit mit dem zähen Brotbelag hiesiger Metzger hatte, war Achim immerhin schon in der Lage, mit seinen Stäbchen eine Scheibe von dessen Teller über die ganze Breite des Tisches bis in seinen Mund zu befördern, was seinen Ärger darüber, daß er aufgrund eigener Zögerlichkeit wiederum aussetzen mußte, ein wenig milderte: »Gib zu, du warst schon japanisch essen«, sagte er plötzlich im Ton eines Kommissars, der den Täter überführt hat.

»Mein Chef ist mit dem Besitzer des *Shabu-Shabu* befreundet, da kriegen wir manchmal etwas gebracht. *Bento-Box* für Business lunch«, sagte Wolf mit einer leichten Überlegenheit im Ton und ohne einen Hauch schlechten Gewissens.

»Kocht ER genauso gut wie SIE?«

»Anders.«

»Heißt?«

»Ich kann nur sagen, ob etwas schmeckt. Nicht, ob es richtig oder perfekt zubereitet wurde.«

»Und schmeckt es?«

»Mir schon. Aber ich glaube, SIE ist besser.«

»SIE ist wahnsinnig gut«, konstatierte Achim und stand in einer Art Übersprungshandlung auf, um sich die Fische im Aquarium aus der Nähe anzusehen. Wolf folgte kopfschüttelnd. Im Unterschied zu Achim, der jetzt, wo es zu spät war, manchmal bereute, nicht Biologie studiert zu haben und Feldforscher in entlegenen Wildnissen geworden zu sein, hatten ihn Tiere – hatte ihn die Natur insgesamt nie interessiert.

Ein gutes Dutzend Baby-Koi, keiner größer als fünfzehn Zentimeter, jagte zwischen Wurzeln und Steinen hin und her, dazu zwei ebenso große Saugwelse, die den Algenwuchs eindämmen sollten. Einige der Koi trugen rot-schwarze Abzeichen auf weißem Grund, andere verlaufende Graulasuren. Einer, der Klassiker, hatte die aufgehende Sonne im Nebel auf der Stirn, allerdings war seine Bauchpartie so eingefallen, daß Achim ihm nur geringe Überlebenschancen einräumte. Es gab einen vollkommen silbernen und einen ebenso makellos goldenen, beide schillerten wie Paillettenkleider und machten von allen den gesündesten Eindruck. Weder Achim noch Wolf wußten, welche Typen besonders selten und kostbar waren, wohl aber, daß für ausgewachsene Exemplare mit perfekter Zeichnung Hunderttausende bezahlt wurden. Achim erinnerte sich, daß vergangenen Winter einem bekannten Schlagersänger, Werner Polen, wie das Land, Koi im Gegenwert eines Ferraris in den eigens für sie angelegten Teichen erfroren waren.

»Koi-Zucht ist auch eine ZEN- …«, sagte Wolf, aber Achim fiel ihm mit einem derart heftigen »Quatsch« ins Wort, daß die »Disziplin« unterging.

»Wie, bitte schön«, setzte er nach, »soll denn der menschliche Geist mit der Befruchtung von Fischrogen eins werden? Das würde nicht einmal in der modernen Rinderzucht funktionieren, wo der Besamer die Spermien persönlich in der Kuh versenkt, was ja immerhin eine ruhige und konzentrierte Geste erfordert.«

»Aber sie sind in Klöstern herausgezüchtet worden.«

»Eher am Kaiserhof.«

»Gib zu, du hast keine Ahnung«, sagte Wolf und schüttelte den Kopf wie ein Lehrer, der zwei vormaligen Musterschülern Klassenarbeiten mit Drei-Minus und Vier-Plus zurückgeben mußte. »Wir haben nachgelassen. Jedenfalls was Japan anlangt«, faßte er zusammen, als ein Zischen aus der Durchreiche ihre Spekulationen über die Entwicklungsgeschichte des Koi-Karpfens beendete. Bei dem orange-rosafarbenen Fisch-Steak, das auf einer gußeisernen Servierpfanne leuchtete und einen duftenden Schwaden in den Raum entließ, handelte es sich offensichtlich um Achims Lachs.

»Sind echte«, sagte der Wirt mit Blick auf das Aquarium, und in seiner Stimme lag Stolz.

»Koi«, sagte Wolf.

»*Nishiki-Koi*. – *Koi* heißt einfach *Karpfen*. Deshalb ist es auch Unsinn, *Koi-Karpfen* zu sagen: Das wären dann *Karpfen-*

Karpfen. Wir importieren selbst, falls Sie Interesse haben … – Einmal der *Wasabi-Lachs*. Und die *Tempura mit Garnelen und Fischfilets*. Guten Appetit. – Darf es noch ein *Urakasumi* sein?«

»Gern.«

Um das brodelnde Pfännchen herum, das jetzt, eingelassen in eine Hartholzform, auf einem frischen Lacktablett vor Achim stand, waren drei Schalen gruppiert. Die erste enthielt dampfende Gemüsestreifen, die zweite grellbunte Karotten-, Gurken und Rettichstücke, die weder gedünstet noch roh waren – vermutlich das, was in der Karte *japanische Gemüse-Pickles* geheißen hatte. In der dritten befand sich der Reis, der das eigentliche Zentrum jeder japanischen Mahlzeit bildete. Streng genommen galten alle anderen Gerichte als Beilagen, die dazu dienten, dem Reis, sowohl dem festen als auch dem flüssigen in Gestalt des Sake, einen seiner Würde und Schönheit entsprechenden Auftritt zu verschaffen.

Wolf hatte einen riesigen, weiß-blau gestreiften Porzellanteller vor sich, auf dem ein luftiges, hellbeiges Gebirge aus explodierten Teighüllen in den unterschiedlichsten Formen errichtet worden war, dazu eine dreifach geteilte Schale mit einer dunklen Flüssigkeit, einem kleinen Häufchen gelblicher Raspel und einem größeren aus geriebenem Rettich, wie er bereits das Amuse gueule begleitet hatte, außerdem das gleiche eingelegte Gemüse.

»Ich schätze, das muß hier rein«, sagte Wolf und gab von beiden Pasten in die Flüssigkeit. »Herr Ozawa reicht nur Sauce, ohne Gekrüsel.«

Achims Stäbchen bekamen allmählich einen festeren Griff. Sein mit einer moosgrünen Lasur überzogener Lachs ließ sich mühelos in natürliche Stücke zerteilen, die im Innern noch eine Spur dunkler und butterzart waren. »Ich würde wetten, der ist wild gefangen«, sagte er zwischen zwei Bissen und war vor lauter Aufgeräumtheit kaum wiederzuerkennen, als der Wirt die nächste Runde Sake brachte: »Es schmeckt phantastisch. Glauben Sie mir, ich habe schon viel Lachs gegessen, in allen Variationen, aber nichts, das an Ihren herangereicht hätte: Geben Sie das auch der Küche weiter.«

Wolfs Tempura war außen so kroß und trocken, daß er sich fragte, ob sie tatsächlich in Öl ausgebacken war, doch ihm fiel keine Technik ein, mittels derer sich ähnlich expressive Formen rund um Fritiergut erzeugen ließen. Im Innern hatten die Gemüsestücke noch Biß, Garnelen und Fischfilets hingegen waren so saftig, daß er Mitsuko die fünfzehnjährige Ausbildung bis zum Meistertitel ohne weiteres zutraute.

Sie aßen schweigend. Vorn hatte Holm seinen Teller bis zum letzten Salatblatt geleert. Der Buchbinder zerlegte das Omelett, als wäre es eine alte Handschrift, nickte von Zeit zu Zeit, wie um etwas zu bejahen, das er gar nicht gefragt worden war. Mitsuko hatte ihm, ohne daß er darum gebeten hätte, eine Flasche Ketchup hingestellt, was Achim bis zum nächsten Bissen Lachs erneut an allem zweifeln ließ, was er gerade geschmeckt hatte. Ihm fiel das Achselzucken des alten Bratschers Gerd Kuhn wieder ein, der mit seinem Orchester jüngst auf Japan-Tournee gewesen war und auf Achims alberne Frage, wie es dort denn so sei, geantwortet hatte: »Das alte Japan ist wunderbar, aber kaum noch zu finden, und das moderne ist wie Amerika, nur schlimmer.«

Die beiden älteren Damen hatten genug getrunken und schwankten ohne zu bezahlen hinaus, geleitet von einem kurzen: »Bis morgen, Connie; Lore halt dich« seitens des Wirts. Ihr Hund immerhin machte einen gepflegten und wohlerzogenen Eindruck, als er aufgeregt schwanzwedelnd und ohne Gekläffe folgte.

»Wenn du Dessert willst, mußt du dir eins bestellen«, sagte Wolf, nachdem er den letzten Garnelenschwanz in einem Schluck Sake gebadet hatte. »Im Menü ist es dabei.«

»Desserts gehören eigentlich nicht zur japanischen Küche.«

»Nur daß du nachher nicht wieder jammerst.«

Der Wirt kam, um den Tisch abzuräumen. Achim wiederholte: »Wunderbar, einfach großartig«, und bat, allen Vorbehalten zum Trotz, noch einmal um die Karte: »Oder können Sie mir ein Dessert empfehlen? – Desserts sind unüblich in Japan, oder?«

»Die Japaner, die zu uns kommen, sind verrückt nach IHREN Desserts: *Grüntee-Eis* zum Beispiel ist sehr beliebt. Klassisch wäre *Azukibohnen-Gelee* zu einer Schale *Gyokuro*. Oder Sie nehmen frisches Obst ...«

»Aber das Eis macht sie selbst?«

»Alles ist selbstgemacht.«

»Ich nehme das Eis«, entschied Achim, da er sich an die Vorstellung, Bohnen zum Dessert zu essen, erst würde gewöhnen müssen, und weil er das Risiko, mit etwas Ekligem zu schließen, nicht eingehen wollte: Irgendwo in seinem Hinterkopf raunte ein Mahner, daß es bestimmte Sorten vergorener Bohnen und fermentierter Tofus in der japanischen Küche gebe, die für europäische Zungen ebenso schwer goutierbar seien, wie reifer Stilton für Japaner.

»Das kenne ich nicht«, sagte Wolf, als ihm der Wirt auf einem schwarzglasierten Keramiktellerchen einen durchscheinenden, ochsenblutfarbenen Würfel servierte, in dem ein rätselhaftes Wesen aus der Tiefsee zu schweben schien. »Was ist das?«

»*Umeshu-Pflaume in Aga-Aga-Gelee.*« Der Wirt lächelte zufrieden und fügte hinzu: »Schön, daß es uns doch noch gelungen ist, Sie zu überraschen.«

»Und in Japan ißt man tatsächlich Eis?« fragte Achim.
»Auf jeden Fall. Am liebsten mit *Azukibohnen*.«
»Aber es ist aus Europa übernommen?«
Der Wirt zuckte mit den Schultern: »Früher gab's auch kaum Fleisch in Japan, heute züchten sie dort die besten Rinder der Welt: *Kobe-Beef* – kennen Sie sicher. Da wird jedes einzelne Tier mehrere Stunden am Tag von Hand massiert und mit Spezial-Sake eingerieben.«
Wolf nickte.
»Und bei uns bestellen die meisten Japaner erst einmal *Tonkatsu,* Schnitzel. Wenn das so schmeckt wie bei Muttern, kommen sie wieder.«
Achims Eis hatte mit dem, was gemeinhin unter dieser Bezeichnung verkauft wurde, lediglich die Temperatur gemeinsam: Das Aroma einer frisch gemähten Wiese, das er bis dahin nur gerochen, aber nie geschmeckt hatte, breitete sich aus, Süßgras, unterlegt mit einer Spur Bitternis, weit entfernt von allem, was er an europäischen Nachspeisen kannte. Es hinterließ ein merkwürdiges Gefühl im Mundraum, als hätte sich sommertrockener Staub über die Schleimhäute gelegt, der, nachdem man die eigentliche Creme hinuntergeschluckt hatte, weiterhin diesen sanften Geschmack verströmte.
»Die Leute sind Idioten, daß sie ihr Geld zum Griechen tragen, und hier ist kein Mensch«, sagte Achim. »Aber sie fahren auch nach Hamburg, um ihr Resthirn in Andrew Lloyd Webbers Musikschlamm zu ertränken, während wir vor halbvollem Haus ...«
»Waren Kurts *Vögel* denn gut?«
»Ich war nicht schlecht.«
Hinter der Theke wurden die Stimmen plötzlich lauter, alle drei Männer redeten gleichzeitig, dann hörte man den Wirt mit Nachdruck sagen: »Von mir aus hätte der Russe den

Osten behalten können. Ich hätte von dem ganzen maroden Kram nichts zurückhaben müssen. Und wenn man ehrlich ist: Die Leute da sind auch ein anderer Schlag als unsereins hier.«

»Sag das nicht zu Willi.«

»Willi hat sich angepaßt. Der ist jetzt mehr wie wir: quasi normal.«

»Aber die Frauen von drüben sollen interessant sein.«

»Das hab' ich auch gehört.«

Achim sah Wolf an, und Wolf sah Achim an. Beide spielten verschiedene Theorien durch, ohne sie zu thematisieren. Schließlich beendete Wolf Denken und Schweigen mit: »Tee oder Schnaps zum Abschluß?«

»Für mich Schnaps. Tee hatte ich schon.«

»Was trinkt man denn so in Japan?« fragte Wolf den Wirt.

»Die Japaner trinken am liebsten Brandy. Ich hätte aber auch *Shōchū*, einen Reisschnaps, der ist nicht übel. Wenn Sie mich persönlich fragen: Nehmen Sie das *Zunsweierer Zibärtle*, ein Wildzwetschgen-Wasser aus der Ortenau, wie Sie noch keins getrunken haben.«

Achim kratzte sich am Hinterkopf, während er nach einer Formulierung suchte, die seine nächste Frage, ganz gleich wie die Antwort ausfallen würde, nicht idiotisch klingen lassen würde. Er schaute noch einmal genau hin: Hinter den Brillengläsern und angesichts seines Alters war nicht zu entscheiden, ob die Augenlider des Wirts einfach herabhingen oder tatsächlich eine Mongolenfalte zeigten. Aus seinem weit offenen Oberhemd quollen keinerlei Brusthaare, und auch die Unterarme waren glatt, wie bei den meisten Asiaten.

»Hört sich überzeugend an«, sagte Wolf.

»Sie leben aber schon länger hier in der Gegend?« tastete Achim sich vor.

»Ich bin aus Birgelheim, zehn Kilometer rheinaufwärts.«

»Ihre Eltern sind, ich meine waren ... Beziehungsweise Japan ist für Sie dann eher ...«

»Meine Lebensgefährtin ist Japanerin.«

»Das dachte ich mir nämlich.« Achim atmete tief durch. »Ich nehme auch diesen Zwetschgenschnaps«, stotterte er, während Wolf sich so heftig auf die Lippe biß, daß sie weiß wurde.

Einige hundert Jahre zuvor in Japan

Die Natter im Sand spricht vom Sommer. Möglich, daß sie ein Tier ist, nicht sicher: Verwandelte Wesen halten sich häufig hier auf, gute und böse. Wer die Gabe der Unterscheidung besitzt, entdeckt ihre Stimmen im Rauschen der Blätter. Fürst Takanosus Stirn ist verfinstert trotz gleißenden Lichts. Er sieht zu, wie die Schlange sich nähert, eilig, als wäre die Koppel ein Ziel, das den Weg lohnt. Seine Augen folgen der Spur, vergänglicher noch als das Gras, in dem sie verschwindet. Die Wellenbewegung der Halme ist nicht länger nur freundliche Rede des Windes. Eine Drohung schwingt mit. Noch wittern die Pferde nichts. Sie gälte dem Herrn, nicht ihnen. Vielleicht hat die Eifersucht einer Verlassenen ihn aufgespürt und fordert Genugtuung.

Ein Rascheln schwillt an, scharf umgrenzt wie Reis, der in kupferne Waagschalen prasselt. Bevor es die Pferde erreicht, hat der Fürst mit einem Schlag aus dem Sprung, so schnell, daß der Sonne nicht Zeit blieb, sich in der Klinge zu spiegeln, der Natter ein Ende gesetzt. Als zwei Silben des nie geschriebenen Worts stehen Kopf und Leib einen stillen Moment vor dem farblosen Himmel, prallen dumpf auf den Weg. Staub verwirbelt. Fürst Takanosu weiß um die Unbedachtheit des Hiebs, noch bevor er das Schwert in die Scheide zurückschiebt. Vielleicht hat er fremde Mächte erzürnt, die dunklen

Reiche des Wassers. Seine Rechte schleudert die Folgen fort. Was immer sie sein werden, da ist nichts, das ihnen Gewicht geben könnte.

Von jenseits der Kuppe weht Mädchenlachen herüber. Ein feuchter Tagtraum klingt an. Die Nase des Fürsten nimmt Witterung auf von Körpern und flüchtigem Öl. Seit Wochen schon hat sein Geschlecht keine Frau mehr berührt. Abermals ziehen seine Brauen sich bedrohlich zusammen. Zwei Mädchen nähern sich, eben der Kindheit entwachsen und von jener Art Liebreiz, die Schmerzen verursacht. Ihre Kimonos sind aus kostbar besticktem Seidenbrokat – hier eine Landschaft, Bergketten, Wald, dort Blütenzweige und Vögel. Eine Zofe begleitet sie, prüft die Umgebung mit scharfen Augen. Ungezwungen springen die Mädchen umher, als befänden sie sich in den sorgsam bewachten Gebäuden des Vaters. Sie werden vor der Schlange erschrecken, mag sie auch tot sein wie verbranntes Geäst. Zu groß war die Furcht in den Gesichtern der Alten, wenn ihr Name erwähnt wurde.

Sie sehen die fremden Pferde. Es sind Tiere aus vornehmer Zucht. Ihr Besitzer muß reich sein – ist er auch jung?

Die Zofe hat kantige Wangen und kräftige Arme, als wäre sie fähig, Klingen zu führen. Sie erblickt den Fürsten als erste. Er steht bei seinem Verschlag, im Rücken den sonnendurchfluteten Hain. Ein scharfes Zischen der Frau beendet Plaudern und Lachen. Der Ingrimm des Fürsten läßt die Mädchen erstarren. Ihre Hüterin ist vorausgeeilt, fällt auf die Knie, ergreift mit jeder Hand eine Hälfte der toten Natter, erhebt sich und schleudert sie wie ein Sturm vor die Füße des Fürsten. Verwünschungen brechen sich Bahn, die längst erloschenen Zeiten entstammen: Damals trug ein Fluch noch den Tod. Ihre Stimme schrillt aus unüberbrückbaren Fernen herüber, als auch an Frühsommertagen wie diesem die Bäche vereist waren. Fürst Takanosu Norishige wird von etwas berührt, das er kennt, doch in keiner Erinnerung findet: ein Wesen ohne Gestalt von jenseits des Anfangs. Seine Blicke gleiten verhangen über die Frau jenseits des Abgrunds hinweg, achten nicht länger der Mädchen, die stumm und bleich sind, verlieren sich im grau wogenden Gras.

4

Verschiedene Männer

Als Mitsuko Nishida am 12. Juni 1956 im *Hospital der Schwestern des Allerheiligsten Blutes Jesu* zu Tokio als zweite Tochter des Herrn Nishida Mitsuyoshi und seiner Frau Katsue zur Welt kam, lag das Ende der Besetzung Japans durch alliierte, allen voran amerikanische Truppen gerade vier Jahre zurück. Die Wirtschaft des Landes hatte sich nach Atombombenabwürfen und Kapitulation auf ähnlich wundersame Weise wieder erholt wie in Deutschland, und das, obwohl die Zahl der arbeitsfähigen Männer durch massenhaften Selbstmord nach dem Sturz des Tennō vom Himmel auf die Erde nochmals dezimiert worden war. Dementsprechend hatten auch in Japan die Erfordernisse der Gegenwart kaum Zeit für eine ordnungsgemäße Zerknirschung über die Vergangenheit gelassen, und die von den Siegern verordnete Erneuerung der Gesellschaft an Haupt und Gliedern war bald den Fliehkräften einer rotierenden Konjunktur zum Opfer gefallen. Bewährte Männer, deren Kenntnisse und Fähigkeiten zum Aufschwung etwas beitragen konnten, fanden sich, sofern sie nicht einer der vierzehn alles beherrschenden Zaibatsu-Familien angehörten oder unleugbare Kriegsverbrechen begangen hatten, längst wieder in ihren früheren Stellungen.

Mitsukos Vater, Herr Nishida Mitsuyoshi, war zu diesem Zeitpunkt siebenunddreißig Jahre alt und seit sechs Jahren

Oberhaupt des Hauses Nishida, eines jener altehrwürdigen Samuraigeschlechter, die nicht nur den ruhmreichen Namen, sondern auch das beträchtliche Vermögen vieler Generationen durch die Wirrnisse der Zeiten getragen hatten, ohne je in die erste Riege der Clans aufgestiegen zu sein. Wie es schien, würde er den Reichtum der Familie nicht nur bewahren, sondern womöglich zu seinem größten Mehrer seit Urahn Usebashu werden, der unter dem Ashikaga-Shōgun Yoshimitsu durch geschickte Bündnisse den Grundstein für beinahe sechshundert Jahre Wohlfahrt gelegt hatte.

Da das Vermögen des Hauses Nishida schon lange nicht mehr auf Großgrundbesitz und rechtlosen Bauern gründete, blieb die von den Siegermächten verordnete Bodenreform des Jahres 1946 für seine Entwicklung weitgehend folgenlos.

Offiziell hatte Nishida Mitsuyoshi während des Krieges ein rudimentäres Studium der Architektur absolviert, tatsächlich aber war er als rechte Hand seines Vaters, des Herrn Nishida Mitsumoto, durchaus an baulichen Maßnahmen zur Umwandlung der japanischen Zivilwirtschaft in eine Rüstungsmaschinerie beteiligt gewesen. Nach Kriegsende hatte der Vater alle Verantwortung für die Tätigkeiten des Unternehmens übernommen. Da es jedoch nie direkt an Entwicklung und Produktion von Waffen beteiligt gewesen war, sondern sich ausschließlich um Bauplanung und Bauleitung gekümmert hatte, mußten lediglich Bußgelder für Reparationszahlungen abgeführt werden, die angesichts der Auftragslage im kriegszerstörten Land kaum ins Gewicht fielen.

1950 war Nishida Mitsumoto im Alter von einundsechzig Jahren über Zeichnungen zu einem neuen Motorenwerk zusammengebrochen und drei Tage später verstorben. Im folgenden Frühling heiratete sein einziger Sohn und Erbe, Nishida Mitsuyoshi, Suzuki Katsue, die jüngste Tochter eines zwar berühmten aber durch den Krieg ruinierten Zweiges des Hauses Suzuki, dessen männliche Mitglieder sich allesamt, sofern sie nicht in der Schlacht gefallen waren, nach dieser oder jener Niederlage ins Schwert gestürzt hatten. Suzuki Katsue war zu Demut und Duldsamkeit erzogen worden, hatte jedoch bereits als Kind die furchtbaren Auswirkungen japanischer Männerehre zur Genüge erfahren, so daß sie weder willens noch in der Lage war, Glück und Erfüllung im stillen Dienst am Gatten zu finden, wie es sich im Japan der fünfziger Jahre für eine sittsame Ehefrau gehört hätte. Im Herbst 1952 gebar sie Mitsukos ältere Schwester Mitsumi, die nach Ansicht ihres Mannes unbedingt ein Sohn hätte werden sollen. An dem Tag, als seine Enttäuschung zum Vorwurf wurde, beschloß sie, sich Nishida Mitsuyoshis Wünschen auf wenn auch stille, so doch unbeugsame Weise zu verweigern und ihre Tochter im Geist des Widerspruchs zu erziehen. Zu diesem Zeitpunkt beschäftigte sich das Unternehmen Nishida längst nicht mehr nur mit dem Wiederaufbau von Straßen und Wohnungen, sondern hatte als eines der führenden Büros für Industriearchitektur maßgeblichen Anteil am Aufstieg Japans zur Weltwirtschaftsmacht. Die reiche Erfahrung Nishida Mitsuyoshis und seines Mitarbeiterstabs im Bau von Produktionsanlagen verschafften dem Unternehmen Aufträge aus allen wichtigen Branchen.

Nishida Mitsuyoshi erwarb mit wachsendem Erfolg auch neue Insignien des Reichtums: von kostbaren Schweizer Uhren, ausgewählten europäischen und amerikanischen Limousinen über ein Strandhaus nahe Kagoshima und eine Luxus-Berghütte bei Kamikochi bis hin zu einer Hochseeyacht, für die eigens ein Skipper eingestellt wurde, obwohl das Schiff so gut wie nie auslief. Später kamen ein Chalet in der Schweiz, ein Privatflugzeug und zunehmend auch herausragende Kunstgegenstände hinzu. Nishida Mitsuyoshi schaffte diese Dinge weniger aus Prunksucht an, als vielmehr, weil es sich für einen Mann seines Standes gehörte, so wie die Vorfahren im Lauf der Jahrhunderte Schwerter von Hasabe Kunishige oder Ikkanshi Tadatsuna und berühmte Teeschalen, unter anderem ein Stück aus der Werkstatt Chojiros, sowie eine Schale mit Namen »Narbenprinzessin« des großen Tsujimura in den Besitz der Familie gebracht hatten. All diese Kostbarkeiten wurden nur zu besonderen Gelegenheiten gezeigt oder benutzt, mehrten jedoch allein durch das Wissen um ihr Vorhandensein das Ansehen ihres Besitzers.

Das Unternehmen wurde im Lauf der sechziger Jahre zunehmend auch international tätig, so daß Nishida Mitsuyoshi seine Familie nur noch selten zu Gesicht bekam. Anders als die Mutter, die nie größeres Interesse an den ungelenken Liebesbekundungen ihres Mannes, wohl aber an den Annehmlichkeiten einer gut gefüllten Haushaltskasse gehabt hatte, ließen sich Mitsumi und vor allem Mitsuko durch kostspielige Mitbringsel des Vaters nicht über dessen permanente Abwesenheit hinwegtrösten. Mitsuko würdigte die amerikanischen Kinderpettycoats keines Blickes, die auf Reisen von der persönlichen Sekretärin ihres Vaters gekauft wurden. Ebenso wenig interessierte sie sich für Barbiepuppen und Disney-Plüschtiere, um die ihre Klassenkameradinnen sie glühend beneideten. Durch das Vorbild der Mutter und deren Schwester, Tante Aiko, die mit einem australischen Offizier durchgebrannt war, bestärkt, übte Mitsuko sich schon früh in unterschiedlichsten Formen der Aufsässigkeit. Sie schoß mit selbstgebauten Bögen Löcher in die papierbespannten Wände und las dieselben alten Samuraigeschichten, die schon ihr Vater als Junge geliebt hatte. Wenn jemand sie ihr wegnehmen wollte, weil das keine Bücher für Mädchen seien, herrschte sie ihn im Stil eines Fürsten der Muromachi-Zeit an, wenn sie groß sei, werde sie Mann von Beruf. Nishida Mitsuyoshi – so er denn im Haus weilte – legte Provokationen, Fehlverhalten und Ausfälle seiner Töchter der Mutter als Pflichtvergessenheit zur Last und verhängte sinnlose Strafen, die infolge seiner meist unmittelbar darauf folgenden Abreise selten vollstreckt wurden. Im übrigen war ihm die Rolle des Patriarchen zwar anerzogen, im Herzen jedoch fremd, und häufig blieb ihm nichts anderes übrig, als sich der Koalition seiner Frauen zu beugen. Doch selbst eine hysterische Großkrise, die mit einer zerschlagenen *Kakiemon*-Vase aus dem Jahr 1741 endete, konnte ihn nicht dazu bewegen, der gerade einmal achtjährigen Mitsuko das Kendo-Training zu erlauben, als sie sich in den Kopf gesetzt hatte, die Kunst des Schwertkampfs zu erlernen. Ihre wiederholte Frage, was eines Tages mit den Familienschwertern geschehen werde, behandelte er, als wäre sie nicht gestellt worden. Er wünschte auch nicht, daß sie sich an den traditionellen Trommeln versuchte, mit deren Hilfe man die alten Geister beschwören konnte, denn die dazu erforderliche Athletik von Leib und Seele würde ein Mädchen in seiner gesamten Erscheinung derart verunstalten, daß es niemals einen passenden Gemahl fände. Mitsuko ihrerseits rührte die *Shamisen*, das traditionelle Saiteninstrument der Geishas und hochwohlgeborenen Töchter, nicht an, so daß sie im Alter von neun Jahren Klavierunterricht erhielt – ein Kompromiß, der ihr bis zu einem gewissen Grade gefiel, insbesondere als sie, befähigt durch Begabung und Fleiß, mit dreizehn anfing, die geheimnisvollen und bösartigen Stücke Liszts und Skriabins zu spielen. Ihre Lehrerin sorgte dafür, daß sie im Alter von vierzehn am Beethoven-Konservatorium in Tokio studieren konnte, doch zu diesem Zeitpunkt galt Mitsukos wahre Liebe längst der Kochkunst. Sie verbrachte jede

Minute, die sie nicht an die Schulbank beziehungsweise den Klavierhocker gefesselt war, in der Küche bei Sugito Kyō, einer ältlichen Kriegerwitwe, die der Familie Nishida den Haushalt besorgte. Von ihr lernte sie Zubereitungsweisen und Rezepte wie eine brave Tochter und war doch mit dem schwertscharfen Messer in der Hand auch das geschändete Fräulein Aki auf seinem unerbittlichen Rachefeldzug durch Paläste und Amtsstuben. Im Prinzip hätte dieser Eifer das Wohlgefallen Nishida Mitsuyoshis gefunden, wäre Mitsuko nicht wiederum den Weg des größten Widerstands gegangen, indem sie den durch die internationalen Erfolge japanischer Virtuosen eben erst geweckten Ehrgeiz ihrer Eltern mit der Ankündigung zerschlug, fürderhin an keinem Klavierwettbewerb mehr teilzunehmen, und gleich anschließend erklärte, daß sie nicht beabsichtige, ihre inzwischen hinlänglich unter Beweis gestellten Fertigkeiten als Köchin in den Dienst eines dummen und häßlichen Ehemannes zu stellen, der dann ohnehin lieber mit seinen idiotischen Kollegen bei irgendwelchen Nutten esse, genau wie der geschätzte Herr ... – Der letzte Satz wurde durch eine Ohrfeige Nishida Mitsuyoshis abrupt beendet, was zur Folge hatte, daß seine Tochter sechs Monate lang nicht nur kein Wort mit ihm sprach, sondern ihn, wann und wo immer sie ihm begegnete, vollständig übersah, bis er sich heimlich bei ihr entschuldigt hatte. Im selben Jahr, 1973, verließ Mitsukos ältere Schwester Mitsumi auf Vermittlung eines dem Hause nahestehenden Bankdirektors, des Doktors Emil Brantschen aus Zürich, Japan in Richtung der Schweiz, um an dessen Geldinstitut als Dolmetscherin die Geschäftsvorgänge und Verhandlungen mit japanischen Unternehmen zu begleiten. Möglicherweise kam diese Maßnahme konkreten Fluchtplänen Mitsumis zuvor oder lenkte diese in arrangierte Bahnen, jedenfalls heiratete sie kurz darauf Peter Brantschen, den ältesten Sohn des Direktors, ohne daß ihr Vater Einwände gegen die Tatsache geltend machte, daß es sich beim Gemahl seiner Tochter um einen Europäer, mithin den Angehörigen eines abstoßenden Barbarenvolkes handelte.

Mitsuko vernachlässigte ihre Karriere als Pianistin so sehr, daß sie schließlich vom Konzertstudiengang zur Musiklehrerausbildung mit Schwerpunkt Klavier wechseln mußte, die sie im Alter von zweiundzwanzig Jahren ohne jede Neigung, diesen Beruf auszuüben, und mit mäßigem Abschlußzeugnis beendete. Sie zeigte auch nicht die geringste Bereitschaft, einen der vom Vater präsentierten jungen Männer, die meist mindestens zehn Jahre älter waren als sie selbst, in ihrer Zukunftsplanung zu berücksichtigen.

Im Januar 1981, als sich die Familie zum Skifahren im eigenen Chalet nahe Zermatt befand, verkündete die fünfundzwanzigjährige Mitsuko den völlig konsternierten Eltern, daß sie dieses Mal nicht nach Japan zurückkehren, sondern ihr Glück ebenfalls in der Schweiz versuchen werde. Wie sich herausstellte, hatte sie diesen Entschluß zusammen mit Mitsumi und deren Schweizer Schwiegerfamilie über Monate sorgfältig vorbereitet: Die konsularischen Formalitäten waren erledigt, ein winziges Apartment in Zürich angemietet, und Mitsuko konnte zum 1. Februar eine Ausbildung als Köchin im hochdekorierten Restaurant *Seeblick* des dortigen Steigenberger Hotels beginnen. Während Nishida Mitsuyoshi nach Luft rang, wissend, daß das über Jahrhunderte ausgeübte Recht des Familienoberhauptes, derartige Eigenmächtigkeiten eines weiblichen Mitgliedes gegebenenfalls mit einem tödlichen Schwertstreich zu beenden, unter den Bedingungen der gegenwärtigen Zeit, zumal auf Schweizer Boden nicht galt, hatte seine Frau die Fassung längst wiedergewonnen. Allein wegen des Entsetzens im Gesicht ihres Mannes hätte sie schallend gelacht, wäre der Schmerz über die riesige Entfernung, die sie künftig von ihrer Lieblingstochter trennen würde, nicht größer gewesen als das Triumphgefühl. Da es für Nishida Mitsuyoshi inzwischen nicht einmal mehr daheim in Japan eine Möglichkeit gegeben hätte, Mitsuko am Verlassen des Landes zu hindern, ließ er sie am Ende achselzuckend ziehen. Zurück in Tokio trennte sich seine Frau nach dreißig Ehejahren von ihm und genoß fortan vermögend, aber bar aller ehelichen Pflichten ihr Leben.

Im Sommer desselben Jahres reichte auch Mitsumi die Scheidung ein, da ihr Mann Peter als Liebhaber ebenso eine Enttäuschung gewesen war wie als Gesprächspartner, und ihr, seit sie selbst einen Schweizer Paß und die Schwester Stelle, Visum und Wohnung hatte, nur noch lästig fiel. Mitsuko hingegen nutzte die eben erst gewonnene Freiheit, um nach gerade einmal sechs Monaten den zweiten Schweizer, mit dem sie geschlafen hatte, zu heiraten. Der Erwählte, ein wachsweicher Hüne namens Harald Walther, der als Sous-Chef im Zürich-Hilton arbeitete und sein Glück kaum fassen konnte, versprach – gleichsam als Hochzeitsgeschenk – mit ihr ein eigenes Restaurant zu eröffnen. Diese Aussicht ließ ihre Schönheit zu voller Leuchtkraft erblühen und löschte die allzu frühen Spuren von Verhärtung in ihrem Gesicht wieder aus. Sie liebte die Schweiz, und die Schweiz schien diese Liebe zu erwidern. Mitsukos angeborene Musikalität half ihr, binnen kurzem das in der Schule gelernte Deutsch so deutlich zu verbessern, daß man ihr die Herkunft kaum noch anhörte. Da sie über viele Jahre die Gnadenlosigkeit japanischer Musikpädagogen ausgehalten hatte, empfand sie, anders als die meisten Lehrlinge, ihre Ausbildung, die in der Hauptsache aus Schälen, Schneiden, Hacken in Zwölfstundenschichten an jeweils sieben aufeinanderfolgenden Tagen bestand, weder als persönliche Kränkung noch als Schinderei. Sie war Schlimmeres gewohnt und hatte im übrigen grundsätzlich akzeptiert, daß nur die vollständige Automatisierung von Bewegungsabläufen durch Übung, schlafwandlerische Sicherheit im Umgang mit dem Werkzeug und das Vergessen aller eigenen Bedürfnisse in reinem Tun, den Boden für die wahre Freiheit der Kunst bereitete, ganz gleich, ob es sich um eine Fuge oder um ein Soufflé handelte. Da Harald Walther dieselben, jedem geglückten Privatleben feindlichen Arbeitszeiten hatte wie Mitsuko und zudem mit deutlich geringerer Willenskraft ausgestattet war, kam er meist noch erschöpfter nach Hause als sie, und die gemeinsam verbrachte Zeit wurde noch früher als in Ehen üblich zu stummem Fernsehkonsum, während dessen erst der eine und dann der andere einschlief. Abgesehen davon, daß die Zeugung eines Kindes unter diesen Bedingungen einer Reihe außerordentlich glücklicher Zufälle bedurft hätte, war Mitsuko von ihrem Sieg über den japanischen Mann im allgemeinen und ihren Vater im besonderen derart erfüllt, daß sie die damit einhergehende Selbstbestimmung nicht für das süßeste Prinzchen der Menschheitsgeschichte aufgegeben hätte. Sie beendete ihre Lehre mit Auszeichnung und nahm das Angebot, weiterhin im *Seeblick* zu arbeiten, zunächst dankbar an. So könnten sie die Realisierung des großen Projekts in aller Ruhe angehen, einen perfekten Platz finden und mit dem passenden Bankhaus ein solides Finanzierungskonzept entwickeln. Indes erwiesen sich schon die Vorbereitungen der Restauranteröffnung mit Harald als äußerst schwierig. Möglicherweise war er aufgrund seines Charakters, der Mitsuko wegen seiner Sanftheit und Scheu gerade im Kontrast zu den japanischen Herrenmenschen so angenehm berührt hatte, für den harten Weg in die Selbständigkeit nicht durchsetzungsfähig genug, vielleicht war ihre Vision eines Restaurants auch weit weniger die seine, als er selbst es im Überschwang der ersten Liebe geglaubt hatte, oder es ängstigte ihn die Vorstellung, in einer ihm gänzlich fremden Küchendisziplin an der Seite einer darin überlegenen Partnerin noch einmal von vorn anzufangen. Jedenfalls hatte er an den drei Lokalitäten, die sie innerhalb von fünf Monaten besichtigten, immer andere Kinkerlitzchen auszusetzen, und für das Gespräch mit der Bank fand sich nie ein Termin, der ihm paßte. Mitsuko wechselte nach zwei Jahren ins *Restaurant des Bundes japanischer Unternehmer in der Schweiz*, um ihrer Kenntnis der europäischen Hochküche die notwendigen professionellen Erfahrungen auf dem japanischen Sektor hinzuzufügen.

Während die Gier nach unbekannten Geschmackserlebnissen und die Suche nach handwerklicher Perfektion Mitsuko vollständig beherrschten und alle anderen Bedürfnisse in den Hintergrund drängten, schien Harald sich mehr und mehr damit abzufinden, ein namenloser Soßenkoch in einem namhaften Restaurant zu sein. Eines Tages hätte er so lange zu viel probiert, daß seine Zunge stumpf geworden wäre und es immer größerer Dosen Cognacs oder Calvados bedürfte, damit er überhaupt noch etwas schmeckte. Mitsuko sah ihn jetzt manchmal mitleidig, dann wieder verächtlich, meist jedoch vollkommen teilnahmslos an, wenn er abends zunehmend verquollener im Sessel hing und mit halbgeöffnetem Mund vor sich hin schnarchte. Sie hatte schon als junges Mädchen vermutet, daß es sich bei den vielbeschworenen Gefühlstiefen erfüllter Liebe um eine Propagandamaßnahme handelte, die die Frauen den Männern gefügig machen sollte, und dementsprechend ihre Erwartungen an eheliches Glück nie übermäßig hoch geschraubt. Es bereitete ihr keine Qualen, die ohnehin geringfügigen sexuellen Bedürfnisse ihres Mannes gelegentlich zu befriedigen, im übrigen war sie in dieser Hinsicht autonom. Angesichts der zunehmend aufgeweichten Gemütsverfassung Haralds schlief sie manchmal mit anderen und tat auch sonst, was sie wollte.

Daß sie schön war und ihre fremde Art Schönheit neben gewöhnlicher männlicher Begehrlichkeit auch fehlgesteuerte Gelüste weckte, Trophäensammler und Perverse anlockte, war nie wirklich in Mitsukos Bewußtsein gedrungen. Wahrscheinlich geriet sie aber auch deshalb immer wieder an Schwachköpfe, Versager oder Hochstapler, weil sie die Regeln, die für das Paarungsverhalten europäischer Männer und Frauen galten, nur teilweise kannte und noch überhaupt nicht in eigene Reaktionsmuster umgewandelt hatte. Ihre Ahnungslosigkeit führte regelmäßig zu Fehleinschätzungen und falschen Hoffnungen sowohl auf seiten Mitsukos als auch bei ihren Partnern, die über japanische Frauen meist gar nichts wußten und sich nicht klarmachten, daß sie es im Falle von Mitsuko mit etwas wie der durchgedrehten Tochter des Fürsten zu Irgendwas-Irgendwo zu tun hatten. Statt dessen kamen ihnen beim Anblick von Mitsukos mongolisch geschnittenen Augen lediglich exotische Massageclubs oder preiswerte Katalogschönheiten aus dem Südpazifik in den Sinn.

Der Entschluß, Zürich zu verlassen und nach Birgelheim zu gehen, fiel im Herbst 1989 noch überraschender als die Mauer und hätte alle Züge einer wildromantischen Amour fou gehabt, wäre die beteiligte Frau nicht Mitsuko Nishida und der Mann, mit dem sie durchbrannte, nicht ein gewisser Ferdi Kapellen, Eigentümer einer überdimensionierten Hotelanlage in der mittelrheinischen Provinz, gewesen, der dringend eine kulinarische Attraktion für eines der beiden dazugehörigen Restaurants suchte, um auch außerhalb der Federweißer-und-Zwiebelkuchen-Saison Gäste nach Birgelheim zu locken.

Harald Walther sah Mitsuko erst dreizehn Monate später vor Gericht wieder. Er erschien dort derart verwahrlost, daß der Richter alle Ermessensspielräume zugunsten Mitsukos nutzte und die Ehe mit dem Gefühl beendete, ihr das Leben gerettet zu haben, wobei er sie während der Verhandlung anstarrte, als wäre er selbst am liebsten das nächste Unglück gewesen, in das sie sich stürzte.

Auch Ferdi Kapellen hatte schmierige Visionen gehabt, nachdem er Mitsuko bei einem Zürcher Edel-Vietnamesen zwischen Nudelsuppe und Mango-Klebreis angesprochen hatte, und er hatte es seiner virilen Ausstrahlung zugeschrieben, daß sie drei Wochen später in seinen neuen schwarzen 7er BMW stieg. Daß Mitsuko seine von billigen Sexfilmchen inspirierten erotischen Phantasien weder teilte noch die Absicht hatte, sie trotzdem und womöglich sogar mit Vergnügen zu verwirklichen, sondern lediglich gewöhnlichen Geschlechtsverkehr praktizierte, mit geschlossenen Augen und ohne Licht, nagte um so mehr an ihm, als seine stumpfsinnigen Kumpane bei jeder Gelegenheit anzügliche Bemerkungen machten, die er weder zweideutig anstacheln noch eindeutig von sich weisen wollte – ersteres, weil die Desillusionierung ihn schmerzte, letzteres, weil der durch die Eroberung Mitsukos gewonnene neidvolle Respekt der Geschäftsfreunde dann auf der Stelle in Häme umgeschlagen wäre.

Mitsukos Wirkungsstätte in Birgelheim war ein typisches, im verschwommenen Stil der achtziger Jahre eingerichtetes Hotelrestaurant mit Kirschholzmöbeln, Plastikpflanzen und pseudo-expressionistischen Polsterstoffen, die sich an den Wänden in Aquarellen fortsetzten. Wenn sie die Küchenausstattung richtig interpretierte, war es noch nie von einem ambitionierten Koch geleitet worden. Ferdi Kapellen hatte die Enttäuschung in ihren Augen und das Bedrohliche dahinter gleich bei ihrem ersten Rundgang durch die Anlage bemerkt und mit derselben Überzeugungskraft, die ihm schon zahlreiche Verhandlungspartner und Frauen gefügig gemacht hatte, erklärt: »Das wird alles genau so, wie du es haben willst, ich kenne hier einen Meister, der baut dir den Laden komplett um. Wie in Tokio wird das nachher aussehen. Das ist ja der Witz an der Sache: Wir erschaffen hier Japan am Rhein neu. Da wird an nichts gespart.«

Die Planung des Umbaus benötigte allerdings Zeit. Zeit, während der Ferdi Kapellen häufig auf Geschäftsreisen war und Mitsuko mit mehr oder weniger tatkräftiger Unterstützung des Kollegen Hennig, der das zweite Restaurant der Anlage, die *Birgelheimer Winzerstubb*, gepachtet hatte, versuchte, in den vorhandenen Räumlichkeiten ein Bistrokonzept umzusetzen, das europäische Elemente mit asiatischen verband, um die Gäste behutsam auf die Ankunft Japans vorzubereiten.

Gegen Ende des Sommers 1990 schließlich, zehn Monate nachdem Mitsuko die Schweiz verlassen hatte, saß sie an einem warmen Abend ohne Gäste zusammen mit ihrer persönlichen Küchenhilfe, der zwei Jahre jüngeren Sue Anh aus Thailand, auf der Gartenterrasse des Bistros, als Ferdi Kapellen mit einem dunkelhaarigen, attraktiven Mann Anfang Fünfzig aus dem Wagen stieg, den er als seinen alten Freund Eugen Schober vorstellte: »Der Meister, den ich dir versprochen habe. Wie alle guten Leute vielbeschäftigt und schwer zu bekommen. Aber Eugen hat jetzt Kapazitäten frei und könnte anfangen, mit dir das Restaurant einzurichten.«

Eugen Schober, der nach eigenem Bekunden nahezu alle handwerklichen Techniken beherrschte, hatte noch nie ein japanisches Haus von innen gesehen, doch die Vorstellung, eine entsprechende Einrichtung zu schreinern, schreckte ihn nicht. In den darauffolgenden Monaten verbrachten sie viele

Stunden zusammen über Bildbänden, die Mitsuko von ihrer Mutter hatte schicken lassen, mit dem Erstellen und Korrigieren von Planzeichnungen, später bei der Auswahl der Gehölze und Lacke. Obwohl oder weil sie außer der Liebe zu gutem Essen nichts gemeinsam hatten, verstanden sie sich mühelos. Mitsuko empfand die Arbeit mit Eugen als so angenehm, daß sie darüber zuweilen sogar gesprächig wurde und ihm von ihrer Familie, ihrem Leben in Japan, den Jahren in der Schweiz erzählte. Mitten in der Rede schlug sie sich dann plötzlich die Hand vor den Mund und kicherte, wie die Mädchen in Eugens Jugend, weil sie sich ihres eigenen Wortschwalls schämte. Was sie am meisten verwunderte, war die Tatsache, daß es tatsächlich Männer gab, die einer Frau zuhörten, ohne sich zu langweilen und ohne alles besser zu wissen. Während Ferdis immer länger dauernder Abwesenheiten, verbrachte Eugen seine Abende meist in Mitsukos Bistro. Wenn es voll war, half er aus, und wenn sie nichts zu tun hatte, besprachen sie Restaurantideen. Nebenbei führte Mitsuko ihn in die japanische Küche ein, indem sie ihm im Laufe des Abends kleine Gerichte zum Probieren brachte, so daß er nach einem halben Jahr bereits genügend Kenntnisse hatte, um mit ihr zusammen die künftige Karte im Blick auf Geschmack und Erwartungshaltung mittelrheinischer Gäste zu entwickeln.

Im Februar 1991, sechs Wochen nach Mitsukos Scheidung und kurz bevor der Einbau der neuen Einrichtung erfolgen sollte, stand eines Montags in aller Frühe eine Reihe entschlossen dreinblickender Herren mit allerhand Ausweisen und Bescheiden vor der Tür und verlangte Ferdi Kapellen zu sprechen. Mitsuko wußte, vielmehr vermeinte zu wissen, daß er sich gerade in Italien aufhielt, um mit seinem Rotweinlieferanten zu verhandeln, und daß er sich nicht hatte festlegen wollen, ob er in drei, vier oder fünf Tagen zurückkehren würde. Laut Auskunft des leitenden Beamten, hatte er zahlreiche Fristen verstreichen lassen, war verschiedensten Vorladungen nicht gefolgt und galt mittlerweile als flüchtig.

Da die gemeinsame Arbeit während der vergangenen Monate Mitsuko das Gefühl gegeben hatte, in Eugen Schober einen verläßlichen Freund und Geschäftspartner ohne sexuelle Nebeninteressen zu haben, und da er abgesehen von Sue Anh, die selbst regelmäßig mit der deutschen Bürokratie zu kämpfen hatte, der einzige Mensch in Birgelheim war, den sie näher kannte, rief sie ihn an, sobald die Beamtenkohorte das Gelände wieder verlassen hatte. Eugen Schober war ebenso schockiert wie Mitsuko, bewahrte jedoch die Ruhe und versicherte ihr, in seinem Berufsleben schon alle Katastrophen, die man sich nur vorstellen könne, erlebt zu haben, aber noch keine ohne Ausweg. Er selbst saß auf einer Werkstatt voll mit fertigen japanischen Wandverkleidungen, Thekenelementen und Einbaumöbeln im Wert von rund dreißigtausend Mark, für die er nicht einmal einen schriftlichen Auftrag vorweisen konnte und die ihm, wie es aussah, auch niemand sonst abnehmen würde, doch das spielte keine Rolle: Wenn sie Hilfe brauche, sei er sofort bei ihr.

Ferdi Kapellen kam weder nach fünf noch nach zehn Tagen zurück, und Mitsuko stand, da sie ohne jede finanzielle Sicherheit war und nichts außer Aufenthalts- und Arbeitserlaubnis besaß, spätestens im März vor den Trümmern ihrer beruflichen wie privaten Existenz.

Eugen Schober, der noch zwei weitere Monate für Mitsukos Restaurant eingeplant hatte, war ebenfalls ohne Beschäftigung. Er regelte für sie, was sich regeln ließ. Sie verbrachten immer mehr Zeit zusammen, besprachen die neuesten Nachrichten von Ermittlern, Anwälten und Vollstreckern und überlegten, was sie tun könnten. Manchmal saß Sue Anh bei ihnen, die mit Ferdi Kapellen ihre schützende Hand verloren hatte. Eugen wunderte sich, daß Mitsuko nie weinte. Diese Art Zähigkeit und Kraft hatte er noch bei keiner Frau erlebt. Sie sagte: »Ich brauche nur meinen Vater anzurufen, dann habe ich am nächsten Tag das Geld für ein Ticket nach Japan, aber dazu ist die Lage nicht aussichtslos genug. So leicht gibt eine Japanerin nicht auf – und auf diese Weise schon gar nicht.«

Sie kochte für ihn, ließ ihn grüne Tees und erstklassige Sakes versuchen, im Gegenzug erweiterte er ihre Kenntnisse französischer Weine und mittelrheinischer Spezialitäten. Da er schon als Sommelier gearbeitet hatte und die Keller verschiedener, in Konkurs gegangener Feinschmeckerrestaurants äußerst günstig in seinen Besitz übergegangen waren, lagerten in seinem eigenen – und das zu beurteilen, reichte auch Mitsukos Wissen – sensationelle Flaschen.

Eines Nachts gingen sie dann doch zusammen ins Bett. Es ergab sich einfach und kostete Mitsuko keinerlei Überwindung. Am nächsten Morgen faßte Eugen den Mut, den Gedanken zu äußern, den er insgeheim seit langem gehegt hatte, nämlich, daß sie ihr Restaurant mit ihm zusammen eröffnen könnte. Er habe Verbindungen zu den besten Gastronomielieferanten der Region, kenne Gemüsebauern, Angelvereinswarte, Winzer und auch sonst alle möglichen Leute, die dies und das beschaffen könnten. Zufällig wisse er, daß Ende des Jahres der Pachtvertrag für das Wanderheim in A.-Gurschebach auslaufe. Das Lokal wirke auf den ersten Blick ein bißchen heruntergewirtschaftet, aber mit ihrer Kochkunst und seinen Beziehungen lasse es sich ohne Zweifel in eine Goldgrube verwandeln: Alle, die aus dem Wald kämen, hätten Durst, im Sommer auf Kaltgetränke und im Winter auf Heißes. Über das Trinken könne man die Leute allmählich an japanisches

Essen heranführen. Für die Anlaufphase würde er eine Sau in Hausmacherwurstspezialitäten verwandeln und auf Dosen ziehen. Er stamme aus einer Metzgerfamilie und habe noch die Rezepte seines Urgroßvaters, das fräßen einem die Leute hier in der Gegend wie die Haare vom Kopf. Der Vorsitzende des Wandervereins, Heinrich Wiesleitner, habe ihn schon oft gefragt, ob er den Laden nicht auf Vordermann bringen wolle, Heinrich sei es leid, ständig neue Pächter zu suchen, die letzten hätten ihn allesamt beschissen, »ganz gleich ob Jugoslawen, Italiener oder der oberhessische Drecksack, der nicht besser gewesen ist als Ferdi Kapellen und sich aus dem Staub gemacht hat, ohne eine einzige Rechnung zu bezahlen. Wir werden das schaffen. Sue Anh kann dir in der Küche helfen, oder mir im Service, und wenn sie Lust hat, veranstalten wir einmal im Monat einen Thai-Abend, da kocht sie original thailändisches Essen, das kennen die Bauern in Gurschebach auch noch nicht.«

Einige hundert Jahre zuvor in Japan

Bei Tag sind die Räume der Werkstatt licht und verschattet zugleich. Von den Rändern her geben die Dinge ihre Geschlossenheit auf und erscheinen als Stadien. In Gestellen hinter dem Meister warten Gefäße auf ihren Brand. Trotz der zum Hof hin geöffneten Wände ist die Bewegung der Luft so schwach, daß nur Spinnfäden im Gebälk sie bekunden. Draußen steht der Bambus reglos da. Dann tobt ein Windhosenkindchen über den Platz und schüttelt ihn durch.

Blank wie Spiegel werfen die Dielen ein Bild von Himmel und Fachwerk zurück. Seit Jahrzehnten schlägt sich der Ruß von unablässig glimmenden Kohlen im Relief des Holzes nieder. Wer seine Zeichnung zu lesen verstünde, wüßte mehr als genug. Das tägliche Putzen obliegt dem Knaben Ichirō. Sechzehn Monate schon gehört er zum Haushalt Kōseis. Manchmal schmerzen die Knie, manchmal der Rücken. Selten, daß er Geschwister und Eltern vermißt. Kōsei ist als Meister streng und an Vaters statt sanft. Er züchtigt selten.

Das dumpfe Geräusch eines Klumpens, den ein fortgeschrittener Schüler in gleichbleibendem Rhythmus Mal um Mal auf das Arbeitsbrett schlägt, ordnet die Zeit. Die Tonerde wird gefügig gemacht, nimmt erstmals Gestalt an: im Rund aufgeworfene Rippen eines versteinerten Urwurms, der sich eingerollt hatte, als glühender Staub die Gegend bedeckte.

Der Name des Schülers ist Kenji. Er hat sich das Haupt scheren lassen, obwohl er kein Mönch ist. Abermals liegt zu viel Absicht in dem, was er tut: Solange er will, daß es endet, wird es dauern. Ihm bleibt nur das Kneten: Tage, Wochen, Monate, Jahre. Abends versucht er mit schweren Armen und Lidern gegen Schlaf und Zorn ein schlichtes Gefäß aus gerollten Wülsten aufzubauen, so ebenmäßig, daß man am Ende weder Hände noch Wülste noch Mühe erahnt. Vor der Nacht schlägt er sein Scheitern ein, ballt es zusammen und räumt es beiseite.

Um die verwickelten Schnüre zu sehen, die Kenji an Trugschlüsse fesseln, muß Kōsei nicht von der Arbeit aufschauen. Im Ton spürt er das Echo jedweder Kraft, die durch den Raum irrt.

Mit sicheren Daumen drückt er die Wandung einer Schale aus einem Batzen. Seit dem Winter formt er *Chawan* auf diese alte und einfache Art, die höchste Achtsamkeit fordert, damit das Gefäß am Ende Augen, Händen und Tee genügt. Nach Tagen im Ofen werden nur wenige Stücke die Prüfung bestehen. Unten am Hang wird die Halde aus Fehlbränden und Bruch zwischen den Büschen wiederum wachsen. Ammern brüten dort.

Auf den Jochbeinen Kenjis flattert die Wangenhaut. Darunter sind die Muskeln gespannt, als würde er Knochen zermalmen. Sein Atem dröhnt. Verkantete Strömungen kann man greifen, sie werden hin und her geworfen, finden keinen Ausgang trotz offener Wand.

Ohne ein Wort schraubt Meister Kōsei sich aus dem Sitz in die Höhe. Er tritt zu den fertigen Stücken des Frühjahrsbrandes und wählt eine kostbare Teedose mit elfenbeinernem Deckel. Knapp oberhalb ihres Stands ist die verwirbelnde Asche zu dunklem Glasfluß erstarrt. Mit einem Zucken der

Hand bedeutet er Kenji, sich zu erheben, und reicht ihm die *Chaire*: »Geh, sammle Käfer draußen im Wald.«

Kenji nimmt sie wortlos und stürzt hinaus.

Kōsei setzt seine Arbeit fort. Was in der Schale durchscheinen wird, bestimmt am Ende das Feuer.

5

Ein toter Fisch ist kein Beinbruch

Am frühen Freitagabend, knapp vier Wochen nachdem er Mitsukos Restaurant entdeckt hatte, wurde Achim auf dem Rückweg einer Wanderung ans Rheinufer von einer Gewitterfront eingeholt, die sich, Stunden bevor die Wettervorhersage sie angekündigt hatte, in von Sturm gepeitschten Wassermassen ergoß, so daß er in einer Grillhütte Unterschlupf suchen mußte, um nicht bis auf die Haut durchnäßt oder von umherfliegenden Ästen erschlagen zu werden. Als der Regen nach einer halben Stunde nachließ, rannte Achim, so schnell er konnte, Richtung Waldrand und erreichte das Wanderheim um zwanzig nach sechs außer Atem, aber trocken genug für einen Restaurantbesuch. Seit dem Mittagessen mit Wolf war er vier weitere Male hier gewesen. Eugen Schober begrüßte ihn bereits wie einen Stammgast mit Handschlag und räumte ungefragt das RESERVIERT-Schild vom Tisch neben dem Aquarium. Dort saß Achim gern, wenn er allein war, und folgte während der Menüpausen den Gedankenbewegungen der Fische.

Vor der Theke, versteckt hinter Schlagzeilen, hockte Mitsuko und warf einen aufgefächerten Blick seitlich an ihrer Zeitung vorbei, von dem sie nicht gewollt hatte, daß Achim ihn fing, geschweige denn als Erstaunen zurückgab. Links von ihr schlürfte ein Japaner mittleren Alters dampfende Suppe aus einer schwarzen Lackschale, fischte nach Tofustücken und spuckte zwischen Kaubewegungen eine zusammengestauchte Wortfolge aus, die Mitsuko mit »Haij« beantwortete, ohne ihre Lektüre zu unterbrechen. Im Radio lief »Junge, komm bald wieder, bald wieder nach Haus …«.

Eugen Schober baute sich vor Achims Tisch auf, als würde er ihm im nächsten Moment eine Rolle im *Traumschiff* anbieten, steigerte die Spannung bis zum Äußersten, indem er sich demonstrativ räusperte, und sagte: »Ich habe ein Wildschwein.«

Der Satz traf Achim völlig unvorbereitet, weshalb ihm nicht mehr einfiel als: »Ach was.«

»Ein Ganzes. Ein Überläufer.«

»Ist denn nicht Schonzeit?«

»Von Januar bis Mai. Aber die fällt auch bald weg. Die Biester wachsen uns über den Kopf.«

»Das heißt, ich könnte heute *Wildschwein/japanisch* bei Ihnen bekommen?«

»Genau.«

»Und wie bereitet man das dort zu? Ich meine, Schmorbraten oder Gulasch kann ich mir kaum vorstellen, oder?«

»Die Chefin hat lange in ihren Büchern geblättert und nichts gefunden. Aber Mama in Tokio kennt jemanden aus dem Restaurant *Toyoda*: Das ist eine kulinarische Institution in Japan, über hundert Jahre alt, Sie haben vielleicht davon gehört. Der Bekannte hat zwei Rezepte geschickt, ein deftiges aus Hokkaido für einen Wildschweineintopf und ein moderneres, wie sie es bei sich anbieten: in Spezialmarinade gebeizte Koteletts oder Steaks à la minute vom Grill. Die Chefin hat es ein bißchen in ihrem Stil abgewandelt. Das Ergebnis sollten Sie sich nicht entgehen lassen.«

»Warum nicht, bei dem Sauwetter«, sagte Achim und bemerkte den Wortwitz zu spät: »Ich schaue trotzdem noch mal in die Karte.«

»Zu trinken?«

»Warmer Sake. *Juyondai* vielleicht.«

Es gab wenige Momente im Leben, die Achim so liebte, wie die vor der aufgeschlagenen Karte eines Restaurants, dessen Küche er vertraute. Er sammelte alle Aufmerksamkeit und horchte in sich hinein. Ebenso wie selbst der großartigste Vers des passenden Augenblicks bedurfte, um ins Innerste eines Menschen vorzudringen, brauchte jede Delikatesse die richtige Stunde, um mehr zu sein als ein qualitativ hochwertiges Handwerkserzeugnis. Ein Gericht, das heute den Tag auf den Punkt brachte, reichte morgen gerade noch zur Sättigung, und ein Essen, das dem Gebot der Stunde zuwiderlief, konnte derart heftige Abwehrreaktionen hervorrufen, daß Achim es nach wenigen Bissen von sich schob. An manchen Tagen wollte er sich ins Unbekannte stürzen, an anderen brauchte er einen gewohnten Geschmack oder eine vertraute Konsistenz, um in einer vom Uferlosen umspülten Welt eine Mahlzeit lang Halt zu finden. Wenn er in dieser Verfassung nicht bekam, was er wollte, fiel er in Verzweiflung oder wurde derart übellaunig, daß selbst enge Freunde ihn nicht lange ertrugen.

Heute war ein Fleischtag, soviel stand fest. Achim hatte fünfundzwanzig Kilometer Fußmarsch hinter sich und seit dem Morgen außer einem Stück Käsekuchen im Café am Waldfriedhof nichts gegessen. Das Gewitter hatte sein Hirn durchlüftet, er fühlte sich Neuem gewachsen. Trotzdem biß er in Gedanken noch einmal in eine krosse Tempura-Garnele, spürte dem Teriyaki-Huhn nach, ehe er sie auf das nächste oder übernächste Mal verschob. Als Eugen Schober den Sake brachte, bestellte er: »Das Wildschwein und die drei verschiedenen Vorspeisen.«

»Eine gute Entscheidung«, sagte Eugen Schober, ging zur Theke zurück, tippte die Gerichte in die Kasse und gab Mitsuko ihre Bons. Mitsuko faltete die Zeitung zusammen, glitt lautlos vom Barhocker und verschwand Richtung Küche. Einen Lidschlag später sah Achim das warme Braun ihrer Augen deutlich länger als im Vorübergehen zwischen den Stellwänden, und ihm schoß ein Schrecken quer durch den Brustkorb.

Mit sechs oder sieben hatte ihn der Anblick einer japanischen Cellistin im Fernsehen derart hingerissen, daß er für den Rest seiner Kindheit entschlossen gewesen war, eine Asiatin zu heiraten, doch außer einer Brieffreundin in Seoul, der er mit dreizehn geschrieben hatte, bis sie seiner Bitte entsprochen und ein Photo von sich beigelegt hatte, war er keiner ostasiatischen Frau je nähergekommen.

Achim sann Mitsukos merkwürdigem Blick nach, als er zur Tür hineingekommen war, und ein leichter Schauer lief seinen Rücken hinunter.

Von ferne grollten die Donner eines neuerlichen Gewitters herüber. Wie Salven schlugen die Tropfen auf den Hof, der Saal verfinsterte sich. Abgesehen von der Bierreklame über der Theke und einem Neonkegel aus der Durchreiche, waren die gelblichen Röhren des Aquariums die einzige Lichtquelle im Raum.

Die kleinen Karpfen kreisten um eine Kiesmulde, bewegten sich heftig auf und ab, was nichts Gutes verhieß. Die Welse, sonst scheu und unauffällig, versuchten, sich mit wilden Stößen und Schwanzschlägen gegenseitig abzudrängen. Im Zentrum der Bewegungen sah Achim einen wächsernen Körper, vielmehr das, was davon übrig war: Der schwächliche Koi mit der aufgehenden Sonne auf der Stirn hatte seine jüngste Inkarnationsform abgestreift. Anstelle der Augen befanden sich leere Höhlen im Kopf. Das leuchtende Rot sah schon nur noch, wer um sein Vorhandensein wußte.

›Karpfen sind Allesfresser‹, dachte Achim, ›Allesfresser und Kannibalen. – Wie wir.‹

Er fragte sich, ob das besondere Verhältnis des Menschen zum Karpfen mit dieser Ähnlichkeit zu tun hatte. Er war der heilige Fisch der Venus, Augenweide japanischer Kaiser, Glücksbote der Chinesen, Fastenspeise christlicher Mönche, Weihnachtsessen von östlich der Elbe bis weit hinter Moskau und in manchen Weltgegenden von Gott durch ein Tabu geschützt. Womöglich gab es Parallelen zur Beziehung des Menschen zum Schwein. Achim meinte sich zu erinnern, daß in irgendeiner ostasiatischen Sprache das Wort für Karpfen »Schwein der Flüsse« bedeutete. Dort, wo man Karpfen liebte, wurde auch das Schwein geschätzt. Andererseits galt sein Verzehr in manchen islamischen Gegenden als Sünde.

»Da liegt ein Toter im Becken«, rief er zur Theke hinüber und fühlte sich als Überbringer der schlechten Nachricht beinahe schuldig: »Der mit der roten Sonne.«

»Normale Verluste. Im Tierleben nicht anders als bei uns.«

»Man muß ihn herausholen, damit das Wasser nicht kippt.«

»Bis wir hier schließen, ist nichts mehr übrig, was kippen könnte.«

»Er war bestimmt kostbar.«

»Wissen Sie: In Holms Laden schwimmen fünfhundert Stück, die haben wir gerade frisch aus Japan gekriegt.«

Anders als sonst läutete Mitsuko an diesem Abend nicht die Glocke, sondern kam persönlich aus der Küche und brachte Achim sein Begrüßungshäppchen. Sie verneigte sich, sagte, ohne ihm ins Gesicht zu schauen: »Heute habe ich *japanisch marinierte Sardinen* für Sie, guten Appetit«, kicherte verlegen, verneigte sich abermals und huschte davon. Ehe sie hinter der Stellwand verschwand, drehte sie sich noch einmal um, als wollte sie schauen, ob Achims Aufmerksamkeit noch ihr oder bereits ihrem Essen galt, und traf seinen Blick frontal. Achim gerieten verschiedene Gedankengänge durcheinander. Er rief Eugen Schober etwas Dämliches über den Regen in Japan zu, an das er sich bei dessen Antwort: »Eher wie Bindfäden, vor allem um diese Jahreszeit«, schon nicht mehr erinnerte, während der hintere Teil seines Bewußtseins Mitsukos Gang nachhing, der klar und entschieden war, nicht nach innen gedreht und kleinschrittig wie häufig bei Japanerinnen, die einer altertümlichen, für Europäer nicht nachvollziehbaren Mode folgend zum Trippeln erzogen worden waren. Nur in dem Moment, unmittelbar bevor sie sich umwandte, hatte sie kurz geschwankt.

›Ich gefalle ihr‹, dachte Achim, während Eugen Schober sich über die Folgen des Gewitters für die diesjährige Weinernte ausließ, ›aber was bedeutet das?‹

Er starrte die Fischlein unter den feingehackten Wurzeln und Kräutern an und fragte sich, wie er sie essen sollte, ohne sich zu bekleckern. Dann herrschte Stille. Achim war verwirrt, bis er begriff, daß Eugen Schober zu Ende gesprochen hatte und eine Reaktion erwartete. Er sagte: »Der deutsche Wein ist ja zusehends besser geworden in den vergangenen Jahren.«

Damit lag er auf jeden Fall richtig. Er hob den Kopf der obersten Sardine, unsicher, ob er eßbar oder Abfall war. Der Fisch brach hinter den Brustflossen auseinander. Das Stück, das er zwischen den Stäbchen hielt, ließe sich problemlos in den Mund schieben: »Essen Sie den Kopf eigentlich mit?«

»Manche sagen, der Kopf ist das Beste, wie bei Garnelen.«

Achim litt nicht unter Ekel oder vorurteilsbedingten Abneigungen hinsichtlich bestimmter Nahrungsmittel. Er aß nahezu alles, solange es gut zubereitet war. Seiner festen Überzeugung nach beruhten die Abwehrreflexe, die viele jüngere Frauen in seiner Umgebung allen möglichen Speisen gegenüber entwickelten, auf neurotischen Projektionen, denen nachzugeben in letzter Konsequenz die Selbsteinweisung in eine sterile Zelle bedeutete. Er biß auf den Fischkopf, was im inneren Ohr ein Geräusch wie bei berstenden Kartoffelchips verursachte, Zunge und Gaumen allerdings entschieden vielgestaltigere taktile Reize bot: Auf die mit Marinade vollgesogene Bratkruste folgte hauchdünner Schädel, weiter vorn waren die kleinteiligen Kieferspangen zu spüren, dazwischen leberweiches Hirn, zartes Backen- und kräftigeres Brustfleisch. Im selben Moment füllte der Geschmack des Meeres Achims Mund. Nicht der tranige, mit Schweröl versetzte der sterbenden Nordsee, den man aus seinem Gedächtnis streichen mußte, wenn man genußvoll Fisch essen wollte, sondern der an Salz, frisches Seegras und schäumende Gischt erinnernde eines fernen Ozeans, auf dem winzige Fischerboote aus Holz hin und her geworfen wurden wie Spielsteine von Riesen. Im Ausatmen verwandelte sich der Geschmack in Duft und füllte die Atemwege, als stünde Achim an einem umtosten Kai. Er schloß die Augen, ob er nicht Wellen anbranden oder Möwen schreien hörte, und tatsächlich wurde aus dem Knirschen der Fischknöchelchen zwischen seinen Zähnen das Bersten von Muschelschalen im Sand.

Achim sah durch halbgeöffnete Lider, wie sich die Koi im schummrigen Gelb des Aquariums gegenseitig die Gräte ihres Geschwisters abjagten und zwischen Wurzeln und Kieselsteinen hindurchtobten. Schon bald, wenn jeder sich vergewissert hätte, daß kein Fitzel Eßbares mehr daran hing, würden sie das Interesse verlieren. Wie wenig schließlich übrigblieb, und selbst das wenige würde sich in einigen Tagen aufgelöst haben. Eine sanfte Melancholie vermischte sich mit dem kühlen japanischen Meer auf der Zunge, das nur in seiner Vorstellung existierte, ausgelöst durch einen Geschmack, den er mit niemandem teilte.

»War es recht?«

Wiederum stand Mitsuko vor ihm und riß ihn aus seinen Abschweifungen. Er wußte keine Antwort, nickte langsam und nachdrücklich, versuchte ihren Blick festzuhalten, in der Hoffnung, daß sein eigener ihr erzählen würde, wie sehr ihm der Ausdruck zu Herzen gegangen war, den sie den Sardinen abgerungen hatte. Mitsuko lächelte, ihr Gesicht schien Achim jetzt ganz dicht bei seinem, doch da er nie zuvor in japanische Augen eingetaucht war, kamen ihm Zweifel, ob sie ihrerseits seinen Blick richtig deutete und sein Schweigen nicht etwa als höfliche Formulierung von Unzufriedenheit mißverstand. Sicherheitshalber fügte er hinzu: »Es war wirklich das Meer, das Sie mir serviert haben.«

»Jetzt habe ich *Thunfischtatar, gedünsteten Kabocha-Kürbis* und *Hähnchenspieß im Sesammantel.*«

Sie kicherte wieder auf diese jungmädchenhafte Art, die Achim nicht einordnen konnte, rannte diesmal aber nicht fort, sondern gab ihm die Chance, etwas zu sagen, nicht als Gast, sondern als Mensch – als Mann. Achim nestelte an seiner Zigarettenpackung und merkte gerade noch rechtzeitig, daß es sicher das falsche Signal wäre, sich jetzt, wo der nächste Gang bereits vor ihm stand, eine Zigarette anzustecken. Er murmelte: »Da bin ich aber neugierig«, und dachte im selben Moment, daß es weniger idiotisch gewesen wäre, er hätte es bei »Danke« bewenden lassen.

»Guten Appetit.«

Sobald Mitsuko in der Küche verschwunden war, kam Eugen

Schober, der seine Zeitung zu Ende gelesen hatte, an den Tisch und fragte: »Sind Sie eigentlich auch im Fernsehen?«

Achim ahnte, worauf es hinauslief: Im Vorraum hingen Autogrammkarten zweitklassiger Schauspieler, einer beliebten Nachrichtensprecherin sowie einer Meteorologin, die im *Allgemeinen Deutschen Fernsehen* Wettervorhersagen machte, und als Krönung – darüber hatte Achim sich gewundert, aber nicht weiter nachgedacht – Andy Garcia auf einem Polaroidphoto, eingerahmt von Mitsuko, Eugen Schober und dem Japaner, der auch jetzt vor der Theke saß.

»Ich habe neulich schon gedacht, Ihr Gesicht kommt mir bekannt vor.«

Möglicherweise hatte Achim die Bedeutung der Schauspielerei in seinem Leben oder seine eigene Bedeutung als Schauspieler übertrieben.

»Kleinere Rollen«, sagte er, wobei das Wort *Rolle* für die Komparsendienste, die er gelegentlich in Münchner Krimiserien geleistet hatte, deutlich zu hoch gegriffen war: »Ich bin eher auf der Bühne zu Hause. Theater, Rezitation, Performance, also auch das, was in den Bereich Kunst hineinreicht.«

»Und in welchen Filmen, wenn man fragen darf?«

Achim zögerte, weil er diesmal weder falsche Erwartungen wecken, noch den Wirt enttäuschen wollte, sagte dann aber mit einem Understatement, das an Hochstapelei grenzte: »Hier und da im *Tatort* vielleicht ... Doch, wie gesagt, ich halte mich da eher zurück.«

Eugen Schober reichte der *»Tatort«* als Stichwort, um auf die Berühmtheiten zu sprechen zu kommen, die schon in ihrem Restaurant gegessen hatten. Er erzählte von »Ingrid, unserer Wetterfee«, und legte seine Sicht der Intrige dar, die seit Wochen in der Nachrichtenredaktion gegen seine Freundin Sabine gesponnen wurde. Sein Monolog, der in einem ruhigen, ab und zu vom Donner unterbrochenen, rheinischen Singsang über Achim hinwegplätscherte, verirrte sich immer tiefer in die Sümpfe des Gazettenklatsches. Achim nutzte die Gelegenheit, sich seinen Vorspeisen zuzuwenden. Nachdem er die Schälchen geleert hatte, überlegte er, was er Mitsuko sagen würde: zwei, drei Sätze, weder banal noch verquast, eine Spur poetisch, keinesfalls geschwollen. Eugen Schober stellte gerade frappierende Parallelen zwischen Sabines Kindheit und seiner eigenen her, die mit einer Metzgerei beziehungsweise zwei verschiedenen Metzgereien und »der schlechten Zeit« zu tun hatten, als ihm auffiel, daß Achim zu Ende gegessen hatte, und er beendete den Satz: »Die Wursterei liegt bei mir …« mit: »Hat es geschmeckt?«

»Großartig.«

Er räumte das Geschirr ab und schlurfte zur Theke. Achim fiel auf, wie langsam und schwerfällig er sich bewegte: ein Mann an der Schwelle des Alters. Mitsuko hingegen schätzte er auf Anfang bis Mitte Dreißig. Er war nach wie vor unsicher, welche Art Verhältnis beide verband. Zwar hatte Eugen Schober Mitsuko als seine Lebensgefährtin bezeichnet, doch sie waren so grundverschieden, daß Achim sich das Offensichtliche weder vorstellen konnte noch wollte.

Das Gewitter hing jetzt direkt über ihnen. Ein Blitz, der in unmittelbarer Nähe einschlug, ließ den Raum für Sekundenbruchteile in eisigem Weiß erstrahlen, als sollten die Bilder aller Gegenstände und Wesen auf die papierbespannten Wände belichtet werden, während die gespaltenen Wolken mit einem Knall aufeinanderprallten. Die Beleuchtung des Aquariums flackerte kurz, und die Fische standen still. Achim fragte sich, ob Aquarien Blitze anzogen und was mit den Farben der Koi geschähe, wenn man sie pochieren würde.

Die Glocke in der Durchreiche klingelte, und zu seiner Enttäuschung brachte diesmal nicht Mitsuko, sondern Eugen Schober den nächsten Gang: »*Wildschweinkoteletts nach Art des Hauses.*« –

Nachdem er den letzten Knochen abgenagt hatte, erklärte Achim in feierlichem Ton: »Das war das beste Fleisch, das ich in meinem Leben gegessen habe.«

Eugen Schober nickte zufrieden: »Sagen Sie das der Chefin doch persönlich. Wissen Sie: Sie ist furchtbar wütend gewesen, als ich mit der Sau angekommen bin, von wegen: ›Das gibt es in Japan gar nicht, das kann ich unmöglich anbieten.‹ Ich habe ihr bloß gesagt: ›Ich wette, daß es in Japan Wildschweine gibt, und wenn es die gibt, werden sie auch gegessen.‹«

Achim war klar, daß Eugen Schober ihn benutzen wollte, um eine interne Auseinandersetzung zu seinen Gunsten zu entscheiden, doch die Chance, auf diese Weise in Mitsukos Küche zu gelangen, war zu verlockend, als daß es ihn abgehalten hätte: »Wenn Sie meinen ...«

»In Ihrem Fall glaube ich nicht, daß sie etwas dagegen hat.«

Achim horchte kurz auf, konnte aber keine Zweideutigkeit entdecken.

Anders als sonst stand die Küchentür offen. Eugen Schober marschierte forschen Schrittes hinein und blähte sich im Vorgefühl seines Triumphs: »Herrn Wiese hat dein Wildschwein phantastisch geschmeckt, Schatz. Das wollte er dir gerne persönlich sagen.«

Mitsuko lehnte an der Anrichte und schaute wie ertappt von einem Kochbuch auf. Einen Moment lang schien sie verärgert, daß Eugen Schober einen Gast in die Küche brachte, ohne sie vorher gefragt zu haben, doch dann war dieser Gast Achim, und sie kehrte die Mundwinkel in ein kokettes Lächeln, soweit dies angesichts der Grenzverletzung möglich war: »Das freut mich – sehr.«

»Herr Wiese und ich, wir unterhalten uns immer ein bißchen, wenn Zeit ist. Er interessiert sich für Japan, das hatte ich dir ja schon erzählt. Und er versteht auch etwas vom Kochen.«

Eugen Schober drängte ihn ein Stück weiter in die Küche, wobei Achim jede Regung in Mitsukos Gesicht beobachtete, um sicherzugehen, daß er sich nicht gleichfalls ihren Zorn zuzog.

»Bitte. Kommen Sie. Es ist natürlich nicht alles sauber, wir haben ja gerade erst angefangen.«

Achim überflog mit einem Blick die chromglänzenden Arbeitsflächen, Regale und offenen Schränke. Die Küchen, in denen er bisher gestanden hatte, waren nie in einem solchen Zustand gewesen. Selbst der Herd sah wie frisch poliert aus. Achim setzte gerade an, etwas in der Art zu sagen, als sich mit einem Schlag die Eingangstür öffnete und ein Durcheinander von Männerstimmen hereinbrach. Der Zoofachhändler Holm Wiesloch und sein Gefolge, der Buchbinder Otto Scharnagel, der Gemüsebauer Willi Lasceaux samt Frau Anneliese, hatten trotz des Unwetters beschlossen, ihren Feierabend an Eugen Schobers Theke zu verbringen: »Was stehst du rum, schmeiß die Zapfanlage an, hier sind Leute mit trockener Kehle«, dröhnte Holm.

»Sperr's Maul auf und halt den Kopf in den Wind«, gab Eugen Schober zurück.

Über Mitsukos Gesicht lief eine Welle aus Spott und Verachtung, die jedoch abermals in ein Lächeln für Achim mündete. Eugen Schober trat in den Flur, schlug Holm auf die Schulter, drehte sich noch einmal um und sagte zu Mitsuko, während er Achim zuzwinkerte: »Herr Wiese hätte noch ein paar Fragen zu Japan, wo ich ihm nicht weiterhelfen kann. – Es ging um Teekeramik, nicht wahr? – Da bist du doch Expertin. Und laß dir nicht wieder die Würmer aus der Nase ziehen …«

Mitsuko versteinerte. Achim stand plötzlich mit ihr allein da. Er gab sich Mühe, locker zu wirken, damit die Situation nicht in eine Peinlichkeit stürzte, hinter die sie nie wieder zurückgelangten: »Diesen Mann hab' ich neulich schon gesehen, er kommt scheint's öfter …«

Mitsuko entledigte sich Holm Wieslochs, indem sie einen nicht vorhandenen Krümel von der Anrichte wischte und sagte: »Eugen hat erzählt, daß Sie Japanexperte sind.«

Achim war die Übertreibung unangenehm, und er fragte sich wiederum, ob sie überzogener Selbstdarstellung oder Eugen Schobers Phantasie geschuldet war.

»Experte beim besten Willen nicht: Ich habe mich ein bißchen mit Japan beschäftigt, aber natürlich längst nicht intensiv genug.«

»Hierher kommen nicht viele Leute, die überhaupt etwas über Japan wissen …«

Von der Theke her mischten sich auf- und abschwellende Meinungen, Gelächter und Beschimpfungen mit Schlagermelodien, manchmal unterbrochen von schrillem Frauenlachen oder abziehendem Donner. Mitsuko schämte sich dieser Menschen, und Achim konnte ihr die Scham nicht nehmen, ohne taktlos zu sein, schließlich handelte es sich um Freunde ihres Partners.

»Wo genau stammen Sie her?«

»Aus Tokio.«

»Jemand, der mit mir in der Schule war, wohnt auch da.«

»Sind Sie schon in Japan gewesen?«

»Bis jetzt nicht, aber meine nächste größere Reise soll nach Japan gehen. Das habe ich zumindest fest vor.«

»Dann müssen Sie mir vorher Bescheid sagen. Ich kann Ihnen ein paar Tips geben. Obwohl ich auch lange nicht mehr dort war.«

Während Mitsuko noch immer vor dem aufgeschlagenen Buch stand, ging Achim umher wie ein Storch auf Froschjagd, steckte seine Nase in Töpfe und Woks auf der Suche nach Geheimnissen: Einer war mit Öl gefüllt, in einem zweiten hatte sie Chilis geröstet, weitere hingen von der Dunstabzugshaube. In einem Sieb tropfte Chinakohl ab und in einer Kasserolle schwammen ausgekochte Schweinsfüße zusammen mit Hühnerflügeln. Die Kombination war ungewöhnlich. Er schnupperte und fragte: »Sie kochen Brühe aus Schwein *und* Huhn?«

»Für Nudelsuppe. Und als Fond. Leider bekommt man in Deutschland keine Hahnenkämme. Damit wird der Geschmack am besten. Haben Sie japanische Nudelsuppe probiert?«

»Konnte ich in der Karte nirgends finden.«

»Steht auch nicht in der Karte.«

»Es gibt einen Film, der heißt, warten Sie …«

Mitsuko rief »Tampopo!« und stieß einen Begeisterungsschrei aus.

»So hieß er. Glaub' ich.«

»Nudelsuppe mit Schweinefleisch.«

»Ich liebe japanisches Kino. Kurosawa vor allem.«

Genau genommen war das der einzige japanische Regisseur, den er namentlich kannte. Er hatte eine Reihe seiner Filme gesehen, zuletzt *RAN,* doch das lag Jahre zurück. Wenn Mitsuko weitere Regisseure oder gar Schauspieler ins Spiel brächte, würde seine Ahnungslosigkeit sofort auffliegen. Andererseits brauchte sie offenkundig einen Menschen, mit dem sie über Japan reden konnte, und mit ein wenig Geschick in der Themenwahl könnte er dieser Mensch werden. Er suchte fieberhaft nach etwas Japanischem, über das er sprechen konnte, ohne Gefahr zu laufen, als Blender enttarnt zu werden, und das trotzdem nicht an den Haaren herbeigezogen wirkte: »Besonders beeindruckt hat mich auch dieser Film über Rikyū. Ich hab' leider den Regisseur vergessen. Wie Rikyū in den Strudel aus Verdächtigungen und Intrigen hineingerät einerseits ... auf der anderen Seite die Stille, die er ausstrahlt ... durch nichts zu erschüttern.«

»Sen no Rikyū?« Unwillkürlich machte Mitsuko eine Verbeugung in seine Richtung. »Sie sind der erste Deutsche, den ich treffe, der Sen no Rikyū kennt.«

»Sie würden sich wundern: Es gibt in Deutschland sogar Vereine, in denen sich Leute an der Teezeremonie versuchen. Wobei ich Zweifel habe, daß man als Europäer in so einen Kernbereich der japanischen Kultur überhaupt eindringen kann. Ich stelle mir vor, daß Sie von Kindesbeinen an darauf vorbereitet werden ...«

»Und da gab es einen Film? Bestimmt interessant, oder?«

»... Ich weiß auch gar nicht, ob der westliche Individualitätsbegriff nicht letztlich, wie soll ich sagen ... Unsere Art immer alles neu erfinden zu wollen ...«

Ihm lag eine brillante Formulierung auf der Zunge, als Eugen Schober den Kopf zur Tür hereinstreckte und mit dem Satz »Schatz, kannst du Schnitzel für Holm und Otto machen?« Achims Gedanken zum Einsturz brachte.

Er wandte sich zur Tür, um zu gehen, aber Mitsuko sagte: »Bleiben Sie doch, das ist schnell passiert.«

Achim war erleichtert, daß ihre Begegnung nicht beendet wurde, ehe sie begonnen hatte: »Für mich steht Sen no Rikyū in einer Reihe mit Sokrates, Seneca, Thomas More. Symbolfiguren der Konfrontation von Macht und Geist, die entweder in die Korrumpierung des Geistes führt oder tödlich endet. Nur daß es im Falle Rikyūs eben zusätzlich dieses große Geheimnis gibt. Wenn ich es richtig verstanden habe, weiß bis heute niemand, wofür er eigentlich bestraft wurde, alle möglichen Spekulationen ...«

Achim bewegte sich durch die Geschichte wie auf einem Knüppeldamm im Moor und hoffte, daß die Undurchdringlichkeit der historischen Tatsachen seinem Unwissen ausreichend Deckung bot. Mitsuko warf ein: »Es hing mit seinen Geschäften zusammen«, und drehte die Flamme unter dem Fritier-Wok auf. Dann ging sie zum Kühlschrank und holte zwei Schnitzel aus einer Tupperdose. Achim konnte nicht sehen, ob sich außer dem Fleisch noch Würzmittel darin befanden. »Er hat Teekeramik geschmuggelt und zu Wucherpreisen verkauft und damit mächtige Leute gegen sich aufgebracht.«

Von allen Theorien über Rikyūs Tod, war das die, die Achim am meisten mißfiel, doch Mitsuko vertrat sie derart bestimmt, daß er sich nicht traute, ihr zu widersprechen, zumal seine Kenntnisse in der Hauptsache auf diesem Film beruhten.

Sie hatte eine weitere Dose vorbereitet, in der sich weiße Brösel befanden, ein Ei verquirlt, die Schnitzel hindurchgezogen, nacheinander in die Bröselbüchse geworfen, den Deckel geschlossen und geschüttelt: »Er hat ein Vermögen damit verdient.«

Achim wollte das Gespräch auf weniger heikles Terrain führen und fragte: »Soll ich Teller anrichten? Sie müssen mir nur sagen, wo ich sie finde, ich habe einen gültigen Gesundheitspaß ...«

»Die großen, blauweißen dort oben ... – Wenn Sie mich fragen, war die Teezeremonie viel zu kompliziert geworden. Komplizierte Geheimniskrämerei. Vielleicht mußte er sich auch deshalb umbringen. General Hideyoshi wollte Alleinherrschaft. Er konnte nicht länger akzeptieren, daß Rikyū die Regeln, wie man den Tee zubereitete, genauso diktierte wie die Preise für chinesische Antiquitäten, die man für die Zeremonie brauchte. Und Tote spielten für Hideyoshi keine Rolle. Freunde, Feinde, einer, tausend: egal.«

Während die Schnitzel im siedenden Öl schwammen, häufelte Mitsuko hauchdünn gehobeltes Kraut und das, was in der Karte »japanischer Kartoffelsalat« hieß, auf die Teller, schnitt Zitronenschiffchen, gab eingelegte Karottenscheiben und Soße in je zwei Schälchen, die mit ihrem tiefen, erdigen Braun dem weißen, von einem Liniennetz durchzogenen Porzellan eine unterschwellige Bedrohlichkeit hinzufügten.

Achim hatte *Tonkatsu* bis jetzt nicht probiert, weil seine Zweifel an dessen japanischer Identität ebenso groß gewesen waren wie an der des Kartoffelsalats, und er überlegte, ob Mitsuko bereits genug Vertrauen zu ihm gefaßt hatte, eine entsprechende Frage wahrheitsgemäß zu beantworten: »In Japan ißt man tatsächlich Schnitzel mit Kartoffelsalat?«

Mitsuko hielt sich die Hand vor den Mund und kicherte: »Kinder-Glücks-Essen!«

»Und wo ist der Unterschied zum deutschen Kantinenlappen?«

»Japanisches Paniermehl.«

»Sonst nichts?«

»Kein Altöl.«

»Ich meine: ein spezielles Gewürz oder eine Marinade …?«

»Warum, haben Sie einen Gastronomiepaß?«

Achim hörte plötzlich Mißtrauen, das er sofort ausräumen mußte. Womöglich hielt sie ihn für den Spion eines Konkurrenten: »Ich habe häufig in Küchen gearbeitet, wenn ich kein Engagement hatte, als ich noch in München gewohnt habe, als Aushilfe. Gekocht habe ich nur im Notfall – hier in der Gegend sowieso nicht.«

»Aber Sie können kochen?«

Achim überlegte, welche Antwort ihr besser gefiele, und entschied sich für: »Ja.«

Mitsuko taxierte ihn, als wollte sie an seiner Haltung ablesen, wie ernst die Behauptung zu nehmen war. Er stellte sich unwillkürlich breitschultriger auf, um zu kaschieren, daß er die Wahrheit wiederum ein wenig frisiert hatte. Zwar kochte er mit einigem Ehrgeiz und auch gut, wenn es um einzelne Gerichte oder eine vorbereitete Menüfolge ging, aber er brauchte für alles zu lange und verfügte über keinerlei Arbeitsökonomie. Es überforderte ihn, einen Tisch, an dem vier unterschiedliche Speisenfolgen bestellt worden waren, zeitgleich zu beschicken. Deshalb schien es ihm ratsam, das Thema nicht zu vertiefen, abgesehen davon, daß Mitsuko jemanden suchte, mit dem sie über Japan sprechen konnte, und keinen Küchenjungen. Wenn er ihr näherkommen wollte, lag darin der Schlüssel. Gerade rechtzeitig fiel ihm wieder ein, daß Eugen Schober neulich angedeutet hatte, Mitsuko besitze irgendwelche alten Teeschalen, an denen er überhaupt nichts finden könne, die aber angeblich wertvoll seien. Achim besann sich der beiden großen Keramiker der Azuchi-Momoyama-Zeit, von denen zumindest der eine direkt von Rikyū beeinflußt worden war. Beider Schalen hatte Achim eine Zeitlang zu bewundern versucht, weil ihm alles, was er darüber las, tiefsinnig und bedeutsam erschienen war. Aber die Schalen selbst hatte er nicht im mindesten verstanden, schlimmer noch, sie waren ihm vorgekommen wie Hausfrauenarbeiten aus Volkshochschulkursen. Vielleicht konnte Mitsuko ihm zeigen, was es damit auf sich hatte, weshalb auf Auktionen Hunderttausende – Dollars, nicht Yen – für Stücke von ihrer Hand bezahlt wurden: »Was halten Sie eigentlich von Chojiro? Oder von Tsujimura?«

Mitsuko, die im Begriff war, das zweite Schnitzel auf dem vorbereiteten Teller zu plazieren, gefror mitten in der Bewegung und sah ihn aus einer Ferne an, die allenfalls in Epochen zu bemessen war.

Achim lächelte unsicher, wissend, daß er seine Frage reichlich platt gestellt hatte, und zugleich zweifelnd, ob Mitsukos Erstarrung tatsächlich damit zusammenhing: »Ich weiß schon, das sind große Meister, aber wie ist Ihr persönliches Verhältnis zu ihnen?«

Sie setzte ihre Bewegung fort, das Schnitzel glitt an seinen Platz, mit einer Art Tanzschritt drehte sie sich erneut zum Herd, fischte das zweite aus dem Öl, arrangierte es auf dem Teller, schob beide Portionen zur Durchreiche und läutete die Glocke. Sie stieß einen kurzen Seufzer aus und sah ihn an wie jemanden, von dem möglicherweise eine Gefahr ausging: »Sehr bedeutend«, nuschelte sie und senkte den Blick, »für Japaner. Eigentlich nur für uns Japaner. Europäer verstehen das nicht. Aber das macht nichts. Es ist kein Verlust, wenn man es nicht versteht.«

Sie griff nach einem Löffel, der unmittelbar hinter ihr lag, und ließ ihn in die Handfläche schnellen, kicherte wieder, um etwas zu überspielen, von dem Achim keine Ahnung hatte, was es sein konnte.

»Es ist nur«, sagte er vorsichtig, »ich habe viel darüber gelesen und mir Abbildungen angeschaut, auch einzelne Originale hier und da in Museen, in Düsseldorf, Hamburg, und trotzdem merke ich, daß ...«

Mitsukos Züge entspannten sich ein wenig, als käme sie zu dem Ergebnis, daß er harmlos war: »Vielleicht muß man damit aufwachsen«, sagte sie. »Nicht nur mit einer Chawan, auch mit Tatami-Matten, Tuschmalerei und Kalligraphie … In japanischen Räumen.«

»Wenn ich mir die Schalen von Tsujimura anschaue, frage ich mich – oder anders gesagt …«

»Vergessen Sie Tsujimura. Auch Chojiro. Fangen Sie mit *Oribe*-Keramik an. Oder mit *Shino*-Ware. Das sieht ein bißchen aus wie moderne Kunst und ein bißchen wie altes Japan.«

Achim merkte, daß er noch nicht all ihre Bedenken ausgeräumt hatte. Um ihr endgültig zu beweisen, daß seine Absichten lauter waren, sagte er: »Mich hat vor allem immer der Zen-Buddhismus interessiert. Für mich hängt die Seele Japans mit Zen zusammen. Dogen und Daisetz Suzuki habe ich schon als Schüler gelesen.«

Er wollte einen kleinen Vortrag über Zen und Schauspielerei beginnen, als Mitsuko ihm wie aus dem Nichts eine flache Schale mit gepuderten weißen Klößchen hinhielt: »Hier, versuchen Sie mal.«

»Was ist das?«

»Versuchen Sie's«

Achim schluckte sein Lieblings-Kōan hinunter und biß statt dessen in eine Substanz, die eine zugleich feste und weiche Konsistenz hatte, an rohen Plätzchenteig erinnerte, dabei aber weniger süß und auch nicht klebrig war, eher trocken. Im Innern stieß er auf eine Paste von ebenfalls dezenter Süße, deren Geschmack sich keiner ihm bekannten Frucht zuordnen ließ: »Wunderbar«, sagte er mit halbvollem Mund.

»Japanische Reisküchlein. Mit Azukibohnen gefüllt.«

»Unglaublich.«

»Wissen Sie«, sagte Mitsuko jetzt unvermittelt, »ich finde es sehr schön, endlich einen Gast zu haben, der Japan versteht.«

Achim hatte nicht die geringste Ahnung, wo er die Direktheit einordnen sollte, mit der sie ihn bei diesem Satz ansah und der allein ausgereicht hätte, ihn aus der Fassung zu bringen. Eine deutsche Frau hätte er in diesem Moment berührt, ihr über den Arm gestrichen, ihr seine Hand in den Rücken gelegt, in die sie sich dann hineingedreht hätte, möglicherweise, um ihn zu küssen. Oder dieses Mal hätte sie sich noch herausgewunden, um es ihm nicht zu einfach zu machen. Aber was galt in Japan, insbesondere dann, wenn die Frau offiziell zu jemand anderem gehörte und dieser andere sich im Nebenraum befand?

»Ich auch«, erwiderte er, biß sich auf die Zunge und hoffte inständig, daß ihr der Unsinn seiner Antwort nicht auffiel.

»Wir können eigentlich auch *Du* sagen: Ich bin Mitsuko.«

»Achim.«

Bevor er einen unverzeihlichen Fehler machen konnte, drehte sie sich um, beugte sich auf Zehenspitzen über die Anrichte, so daß ihr Hintern sich ihm klein und rund entgegenstreckte, schob den Kopf zur Durchreiche hinaus und rief: »Eugen, mach mal eine Flasche Sekt auf, ich trinke mit Achim auf *Du*.«

Einige hundert Jahre zuvor in Japan

Eine schmale Frau in einfacher Kleidung trägt Wasser über den Hof. Das Zirpen der Grillen übertönt ihre Schritte. Im gleißenden Licht wird die Kiefer zum Drachen. Das Tor fällt zu.

So friedlich nimmt sich der Sommer aus, fernab des lärmenden Hafens, der Marktstände, wo Töpferwaren und Meeresgetier feilgeboten werden und Händler aus allen Teilen des Landes die Zeit totschlagen bei Freudenmädchen und Glücksspiel.

Doch jetzt dröhnt die Stimme Fürst Norishiges bis in die Werkstatt: »Zeig, was du da hast!«

Er hat Kenji gepackt, ihm den Arm auf den Rücken gedreht. Vergeblich versucht sich der Lehrling dem Griff zu entwinden: »Niemals.«

»Gib es her!«

»Wenn Ihr es haben wollt, müßt Ihr mich töten.«

Er quetscht Kenjis Hand. Begleitet von einem Schrei, öffnet sie sich. Norishige fängt das Gefäß mit dem Spann wie den ledernen Ball beim Kemari-Spiel.

»Narr«, knurrt er und stößt Kenji fort, »wegen deines Starrsinns wäre sie fast zerbrochen.«

Kenji schüttelt sich den Staub von den Kleidern, seine Augen sind wild. »Dieb«, faucht er. »Der Meister wird Euch niemals eine Schale verkaufen, für alles Gold der Welt nicht!«

Mit einem Ausfallschritt, die Hand am Schwert, will der Fürst ihn erschrecken, doch Kenji weicht keinen Fußbreit zurück: »Der Meister kann Euch zerbrechen«, sagt er und greift erneut nach der Teedose. Norishige läßt den Zorn des Jungen ins Leere laufen, und Kenji schlägt der Länge nach hin. Das Gelächter des Fürsten hallt über die Wiese, läßt das Getier einen Moment lang verstummen. Er tritt zur Seite. Abseits ruht ein Fels, der, ehe der Hof des Töpfers hier stand, den Weg zum Hafen markiert hat. Norishige setzt sich. Er hält die Chaire in Augenhöhe, dreht und wendet sie im Licht, nickt zustimmend, schüttelt ratlos den Kopf. Seine Finger folgen dem Glasfluß, streicheln die Oberfläche, die hier glatt, dort körnig ist – die Berührung sanft wie bei keiner Frau.

»Wenn Ihr sie nicht zurückgebt …«

»Schweig, Kindskopf!«

»… werde ich sterben. Von Eurer oder von eigener Hand.«

Der Fürst achtet nicht länger, was der Lehrjunge sagt, versinkt in Betrachtung. Seine Züge verlieren das Harte, spiegeln statt dessen eine Bewegung des Herzens, deren Beschaffenheit niemand kennt. So gänzlich der Aufmerksamkeit entfallen, weiß Kenji nicht mehr, als wer er hier steht. Statt Kraft zu sammeln, sich ein letztes Mal auf den Mann zu stürzen, der ihn zwingt das Vertrauen Kōseis zu enttäuschen, starrt er das Gras an. Das Gras flüstert.

Nach einer Weile sagt Norishige, diesmal ganz ruhig: »Verrate mir das Geheimnis.«

Kenji erschrickt, begreift nicht, was die Frage bedeutet. Eben noch war er entschlossen, sich eher töten zu lassen, als dem Meister ohne Gefäß unter die Augen zu treten. Jetzt ist all sein Mut Verzagtheit gewichen: »Ich weiß kein Geheimnis.«

Seine Stimme klingt matt.

Ebenso unerwartet, wie der Fürst ihn angegriffen hat, gibt er ihm nun die Chaire zurück.

Kenji steht da wie ein Tölpel, verneigt sich und läuft Richtung Wald. Bevor er die ersten Bäume erreicht, hält er an, kniet nieder und versucht im Gewirr der Halme einen schillernden Käfer zu fangen. Der Käfer verschwindet in einem Erdloch.

6

Das Japanische an der Chinesin

Anfang August hatte Kurt Rübner Achim angeboten, die Rolle des *Schülers* in der Uraufführung eines Stückes namens *Zett – Neues vom Untergang des Abendlandes* des gerade einmal einundzwanzigjährigen Dramatikers Braun zu spielen, der in A. wohnte. Darüber hinaus wurde er für Nebenfiguren im *Woyzeck* und in Ionescos *Fußgänger der Luft* besetzt, so daß er jetzt wieder regelmäßig zu Proben in die Innenstadt fuhr. Nebenbei experimentierte er mit Gedichten, ohne etwas zustande zu bringen. Was sich in der vergangenen Saison bereits angedeutet hatte, wurde nun manifest, daß nämlich seine Auffassung vom Theater sich sowohl im großen und ganzen als auch im Detail fundamental von der Kurts unterschied: Während Kurt in *Zett* eine klare politische Botschaft entdeckt hatte, die er herausarbeiten wollte, war Achim überzeugt, daß das Stück wenn überhaupt von Allgemeingültigem, dann von der Verschlossenheit der Sätze und den Sickergruben darunter handelte und dementsprechend inszeniert werden müsse.

Am Nachmittag gegen fünf hatte Achim die Probe übellaunig verlassen und war durch die Gerhardstraße, in der sich das von ihnen beiden gleichermaßen verachtete Staatstheater sowie die besseren Geschäfte der Stadt befanden, am Dom vorbei ins Fachwerkviertel gegangen, um Wolf auf ein Bier zu treffen.

Sie hatten sich selten gesehen in den vergangenen Wochen. Wolf war beruflich stark eingespannt und brauchte ausreichend Schlaf, damit er sich nicht verschnitt. Sein Leben hatte jetzt eine feste Ordnung, und Achim staunte, daß ein ehemals freier Mann wie er angesichts einer derart festgezurrten Zukunft das Messer nicht gegen sich selbst richtete.

Er setzte sich vor den *Pfaffensarg*, eine Studentenkneipe, die ihren Namen dem Priesterseminar verdankte, bestellte ein Kristallweizen und sah den Frauen nach, die je nach Absatzhöhe mehr oder weniger große Schwierigkeiten mit dem Kopfsteinpflaster hatten. Die feuchtheiße Luft steckte unbeweglich zwischen den Häuserfronten, viertelstündlich schlug die Domuhr, und Schluck für Schluck rann ihm die Zeit die Kehle hinunter. Gegen Ende des zweiten Biers ging sein Ärger über Kurt allmählich auf den mittlerweile fünfzig Minuten verspäteten Wolf über. Gerade als er sich dazu durchgerungen hatte, den Termin als geplatzt zu betrachten, hörte er von hinten: »Schau, was ich dir mitgebracht habe«, und Wolfs von Natur aus obszöne Lache.

Wolf hielt ihm ein lose zusammengebundenes, postkartengroßes Heftchen in einer Klarsichthülle hin, auf dem ein grimmig dreinblickender Samurai einen Mann fortstieß, der offenbar die Edeldame, die vor seinen Füßen kniete, enthaupten wollte. Die Szene wurde von rosaroten Kirschblüten umrahmt, und links stand weiße Schrift in einem schwarzen Feld wie Erinnerungswürdiges auf einer Grabstele.

»Schenk ich dir.«

Achim war zu verdutzt, als daß er noch daran gedacht hätte, sich über die Unpünktlichkeit zu beschweren, statt dessen blätterte er behutsam die hauchdünnen Seiten des Büchleins um, das eine gewalttätige Geschichte in alten, japanischen Holzschnitten erzählte.

»Du kannst dich locker ein halbes Stündchen mit Mitsuko darüber unterhalten, und wenn sie richtig viel Zeit für dich hat, liest sie dir vor, was passiert.«

»Womit hab' ich das verdient?«

»Es handelt von dem berühmten Schwertkämpfer Miyamoto Musashi.«

»Einfach so?«

»Da du doch gerade in eine neue Japan-Phase kommst, dachte ich, du hättest vielleicht Spaß dran. Ich hab' mir auch schon welche besorgt.«

Ehrfürchtig betrachtete Achim die virtuos geschnittenen Szenen, die größtenteils wild kämpfende Männer zeigten, wobei Miyamoto Musashi immer mit zwei Schwertern gleichzeitig um sich schlug und stets Sieger blieb.

»Wo kriegst du so was her?«

Wolf grinste auf diese zwielichtige Weise, die Achim schon zu Schulzeiten gehaßt hatte, sobald er selbst davon getroffen worden war, und die ihn amüsierte, solange sie Dritten galt: »Wir haben manchmal Patienten aus Japan. Wenn man seine Arbeit gut macht und ihnen signalisiert, daß man sich für ihre Kultur interessiert, zeigen sie sich gern erkenntlich.«

»Japanische Brüste sind eher klein, oder?«

»Habe ich nicht in statistisch relevanten Mengen auf dem Tisch gehabt. Wir beschäftigen uns auch viel mit Handchirurgie: komplizierte Brüche, Sehnentransplantation, prothetische Neuentwicklungen, solche Sachen. Wessinghage ist auf dem Gebiet weltweit führend.«

»Und es gibt Japaner, die eigens dafür nach Deutschland kommen?«

»Außerdem arbeiten wir natürlich mit internationalen Model-Agenturen zusammen: Hier wie da steckt ziemlich viel Geld drin.«

»Damit die Mädchen jenseits der dreißig noch gebucht werden?«

»Umgekehrt: Sie bekommen mit vierzehn, fünfzehn den letzten Schliff vor der Markteinführung.«

Achim schaute begriffsstutzig, und Wolf erklärte in hochtrabend objektivem Ton, als würde er einem Patienten die medizinische Notwendigkeit der teuersten Behandlungsmethode darlegen, daß die meisten dieser im Prinzip hochklassigen Körper chirurgisch nachgearbeitet werden müßten, ehe man sie auf den Laufsteg schicken könne, da, von wenigen Ausnahmen abgesehen, kein Mensch vollkommen gewachsen sei und manche kleine Unschönheit am Po oder Oberschenkel sich weder mit Diät noch durch Sport beheben lasse, so daß dann – in Absprache mit Eltern und Agentur – kleinere Eingriffe vorgenommen würden.

»Ich habe mich noch nie bei einer Freundin gefragt, ob sie Fehler hat und ob man die operieren könnte«, sagte Achim.

»Deine Freundinnen verdienen auch kein Geld mit ihrem Fleisch.«

»Nimm Mitsuko zum Beispiel.«

»Das ist wirklich nicht die Sorte Frau, um die es hier geht.«

»Du mußt zugeben, daß sie schön ist: wahnsinnig schön sogar.«

»Ich hab' sie bis jetzt nur in Küchenschürze gesehen.«

»Aber ihre Ausstrahlung, die Art, wie sie sich bewegt.«

»Etwas kantig.«

»Du meinst: Es fehlt Silikon.«

»Bist du ihr nähergekommen?«

»Wir unterhalten uns.«

»Immerhin. Neulich hatte sie dir gerade mal bedeutungsschwere Blicke zugeworfen.«

»Ich muß behutsam vorgehen. Sie ist wie eine Sphinx. Sehr

eigen. Ich habe noch niemanden getroffen, den man mit ihr vergleichen könnte.«

»Wie viele Japanerinnen kennst du außer ihr?«

»Sie birgt ein Rätsel. Ich bin sicher, daß sie ein Geheimnis hat. Etwas Dunkles …«

»Das hast du über Kerstin gesagt, über Katja, ich glaube sogar schon vor zehn Jahren über … wie hieß sie noch, die Dicke?«

»Ich weiß nicht, wen du meinst.«

»Ich verstehe, daß du zur Abwechslung mal was Fremdes ausprobieren willst. Ich bin in Afrika gewesen, das war auch ziemlich eindrucksvoll: Jede Afrikanerin hält sich für eine Königin, und man ist den ganzen Tag damit beschäftigt, sie bei Laune zu halten. Wenn du mal eine Schwarze willst, versuch es in Brasilien. Nur als Tip. Japanerinnen, das stimmt schon, sind speziell. Da kann man Lust …«

»Sie ist nicht einfach irgendeine Japanerin.«

»Du weißt, daß sexueller Exotismus eine extreme Ausformung des Inzesttabus ist? Und ein besonders ausgeprägtes Inzesttabu deutet auf schwere ödipale Störungen hin. Vielleicht solltest du mal über dein Verhältnis zu deiner Mutter nachdenken. Zumal Mitsuko ein ganzes Stück älter ist als du.«

»Schwachsinn!« zischte Achim.

»Warum suchst du dir nicht einfach mal was Frisches, Gesundes: nette Unterhaltung, abends bißchen Sofakuscheln, Fernsehen, unkomplizierter Sex, am Wochenende Party – so was wie die Kleine hier?«

Wolf lachte in Richtung der Bedienung, eines Mädchens wie aus der Margarine-Reklame: hübsch, gut gebaut und vielseitig verwendbar.

»Weil Mitsuko eine unglaubliche Frau ist, vielleicht die Frau, von der ich schon als Kind geträumt habe. Weil ich spüre, daß mich mit ihr etwas Außergewöhnliches verbindet, etwas Kulturübergreifendes, Eurasisches, dem ich nachgehen muß, auch wenn es schwierig wird.«

»Ich dachte, deine schamanische Phase wäre vorbei.«

»Es ist etwas Uraltes an ihr.«

»Das könnte man bis zu einem gewissen Grad beheben.«

Achim überhörte Wolfs Einwurf und fuhr unbeirrt fort: »Wir tragen beide diese vorzeitliche Vergangenheit in uns, die weit über unsere jetzige Existenz hinausreicht. Ich sehe es in ihren Augen. – Hast du ihr überhaupt in die Augen geschaut oder bloß ihre Körpermaße im Hinblick auf Produktoptimierung und Fortpflanzungstauglichkeit überprüft?«

»Asiatische halt. Dunkler als europäische.«

»Wenigstens eine Nacht lang muß ich mich in diese Tunnel stürzen, ohne Beschränkung durch ...«

»Vielleicht schließt sie die Augen beim Sex.«

»Darum geht es nicht. Zumindest nicht primär.«

»Vor ein paar Monaten hast du mir etwas von dem realistischeren Blick auf die Verhältnisse zwischen Männern und Frauen erzählt, den du jetzt hättest.«

»Fürs erste wäre ich schon froh, wenn ich für sie kochen könnte. Oder den Tee von ihr zubereitet bekäme, in einer alten Schale unter einer Kalligraphie oder einem getuschten Bambus im Wind.«

»Sei vorsichtig.«

Achim sah Wolf fragend an und wartete auf die Auflösung der Warnung in Häme, doch Wolf blieb ernst und sagte: »Du weißt nicht, was im Hintergrund steht.«

»Wie meinst du das?«

»Genau so.«

»Aha?«

»Glaub mir.«

Angespornt durch die Idee, Mitsuko mit Hilfe seiner Japankenntnisse so zu beeindrucken, daß er über den geistigen Austausch zur Freundschaft und über die Freundschaft wohin auch immer gelangen würde, hatte Achim seine alten Bücher zu japanischen Themen wieder ausgegraben – er besaß gerade einmal acht, darunter zwei Kataloge über Keramik, die er noch einmal eingehend studierte – und war zu dem Ergebnis gekommen, daß er seine Kenntnisse dringend ausbauen mußte. Da Mitsuko auf seine Bemerkungen über Zen mit einer Süßspeise reagiert hatte, schien es ihm allerdings fraglich, ob ihn eine vertiefte Beschäftigung mit den philosophischen Grundlagen ihrer Kultur dem vagen Ziel einer Nacht entscheidend näherbringen würde. Die künstlerischen Ausdrucksformen hingegen lagen ihr am Herzen. Als erstes bestellte er deshalb *Das Kopfkissenbuch der Hofdame Sei Shonagon* aus dem 11. Jahrhundert, ein Schlüsselwerk der japanischen Literatur, von dem er nebenbei hoffte, etwas über die geheimen Gedanken der japanischen Frau im allgemeinen zu erfahren. Diese Hoffnung erfüllte sich nicht. Er kaufte Kawabatas *Tausend Kraniche*, Inoues *Jagdgewehr* und auf Wolfs Empfehlung hin den Roman *Der Tempelbrand* von Mishima. Mit Basho, dem berühmtesten japanischen Dichter, hatte er sich ohnehin seit langem beschäftigen wollen, und tatsächlich fiel ihm eine hübsche Ausgabe von *Auf schmalen Pfaden durchs Hinterland* in die Hände, dem Tagebuch einer mehrmonatigen Wanderung, die er selbst gern gemacht hätte, auch wenn ihm die eingestreuten Haiku einstweilen ebenso verschlossen blieben wie alte Teeschalen. Besonders froh war er über eine *Illustrierte Geschichte der japanischen Malerei*, in der er eine große Zahl der berühmten, nach jahrelanger Übung in einer einzigen mühelosen Bewegung ausgeführten Pinselzeichnungen fand: wenige Striche, die ein Wasserfall wurden, den man beinahe hinabstürzen hörte, ein Reiher still im Schilf, oder blühende Pflaumenzweige, noch halb vom Schnee bedeckt. Mit Hilfe einer erfahrenen Buchhändlerin versuchte er unter verschiedensten Stich- und Schlagwörtern etwas Brauchbares über die Teezeremonie zu finden, ein Lehrbuch oder einen Bildband, vermittels dessen er sich einen genaueren Eindruck der Gegenstände und Abläufe verschaffen könnte, doch außer Okakuras *Buch von Tee*, das er bereits besaß und das eher vom Geist des Ganzen denn von konkreten Einzelheiten handelte, schien nichts auf dem Markt zu sein. Er durchstöberte Antiquariate, stieß auf einen dreißig Jahre alten Prachtband über Kyoto, dessen Bilder die Stadt so makellos und ewig vorstellten, als hätte es weder einen Krieg noch die anschließende Wirtschaftsexplosion gegeben. Das mit Abstand Interessanteste jedoch, das ihm in die Hände fiel, war der bibliophile Nachdruck einer Holzschnitt-Folge von Utamaro, in der so wild und mit gynäkologischer Detailgenauigkeit kopuliert wurde, daß das Buch juristisch betrachtet eines Warnhinweises zum Schutz Minderjähriger bedurft hätte. Die Enthemmtheit sowohl der Darstellung als auch der dargestellten Akte selbst stand in krassem Widerspruch zum Klischee der zur Maske erstarrten japanischen Frau, die mit gesenktem Blick vorbeihuschte und überhaupt nur aufgrund des Rauschens der Seide ihres Kimonos bemerkt wurde. Etwas Derartiges schien Wolf im Original erworben zu haben. Achim verbrachte einen ganzen Abend mit dem Studium der Bilder, um verwertbare Erkenntnisse über die erotischen Verhältnisse und Vorlieben in Japan zu gewinnen, und schloß das Buch mit der banalen Einsicht, daß er nicht einmal einschätzen konnte, ob eine moderne Japanerin wie Mitsuko ein Gespräch über diese Holzschnitte, die immerhin von einem der berühmtesten Künstler ihres Landes stammten, als ebenso selbstverständlich betrachten würde wie Utamaro Geschlechtsorgane, oder ob sie peinlich berührt, wenn nicht gar empört über seine Schamlosigkeit wäre, würde er ihr das Buch zeigen. Die Wechselspiele aus heimlichen Blikken, raffiniert Verborgenem und offen zur Schau Gestelltem, die sowohl zwischen den Protagonisten als auch mit dem Betrachter stattfanden, ließen jedenfalls vermuten, daß die sprichwörtliche japanische Verschlossenheit sich nicht generell auf die Praxis der Liebe erstreckte.

Zum ersten Mal seit seinem Umzug nach A. ging er außerdem in die ostasiatische Abteilung des *Museums für angewandte Kunst*, sah sich Lackarbeiten, Netsuke-Schnitzereien und eine kleine Sammlung japanischer Keramiken aus dem 19. Jahrhundert an. Lange stand er vor einer hochwandigen Chawan mit grünblauer Tenmoku-Glasur, die über breite, schwarze Pinselschläge geschwappt war wie ein nasser Algenteppich auf Schiefer. Obwohl auch diese Schale seltsam ungeschliffen wirkte, erschien sie ihm doch weniger abweisend als die Stücke in seinen Katalogen, und er nahm sich vor, sie eines Tages zusammen mit Mitsuko anzuschauen.

Der Zufall wollte es, daß am ersten Septembersamstag spätnachts im dritten Programm ein anderthalbstündiger Dokumentarfilm über japanische Keramik der Gegenwart gezeigt wurde. Alle drei Töpfer, die zu Wort kamen, standen in weit zurückreichenden Familientraditionen: Einer war der fünfzehnte, einer der zwölfte und einer immerhin noch der siebte Nachfolger seit Gründung der Werkstatt durch den jeweiligen Urahn. Jeder hatte seine eigenen überlieferten Geheimnisse. Hidehisa Toyotomi, der Fünfzehnte, beispielsweise besaß ein unschätzbar kostbares Lager im Lauf von Jahrhunderten gesammelter Kiesel, die er für seine im ganzen Land berühmten Glasuren pulverisierte. Wenn er diesen neue hinzufügte, dann in der Gewißheit, daß ein Urenkel sie eines fernen Tages verwenden würde, wenn er selbst längst weniger als Staub wäre. Achim staunte ebenso über die geringe Zahl von Worten, die alle drei Männer machten, wie über die Sicherheit und Präzision ihrer Handgriffe, was immer sie anfaßten. Wenn Sato Toriyama, der Zwölfte, einen Zweig aufhob und ins Licht drehte, bestand kein Zweifel, daß genau diese Geste in ebenjenem Moment für den Erhalt der Welt notwendig war. Doch dann lachte er plötzlich wie einer, der dem Wind nichts in den Weg stellen wollte. Bei allen dreien landete der weitaus größte Teil ihrer Arbeit nach dem Brand auf einer riesigen Schutthalde, weil das Feuer seit Urzeiten und bis in Ewigkeit unbeherrschbar war und größere Macht hatte als der Mensch und sein Wille. Das Mönchische, das jeder auf seine Weise verkörperte, stand in merkwürdigem Gegensatz zu den astronomischen Preisen, die für ihre Schalen bezahlt werden mußten. Doch spätestens als Fuchizawa Shin'ichi, der Siebte, ohne vom Boden aufzuschauen, in leisen, gleichwohl scharf akzentuierten Sätzen erläuterte, daß man eine solche Schale nicht einfach kaufe wie ein Auto oder eine Waschmaschine, sondern sich ihr langsam und vorsichtig nähern müsse gleich einem fremden Tier, einer Katze zum Beispiel, war Achim überzeugt, daß es damit seine Richtigkeit hatte. Manchmal dauere diese Annäherung Jahre, und am Ende sei es die Katze, die sich ihren Besitzer wähle, nicht umgekehrt. Achim ahnte, was dieser Vergleich im Hinblick auf eine Teeschale bedeuten sollte, aber die Ästhetik der immer wieder in langen, ruhigen Einstellungen gezeigten Gefäße mit ihren an die Einwirkung von Urgewalten erinnernden Verformungen und den unberechenbaren Glasurverläufen begriff er nicht besser als zuvor.

Das sagte er Mitsuko nicht, als er ihr von dem Film erzählte, sondern er sprach von der außerordentlich beeindruckenden

Persönlichkeit der drei Männer, der beinahe mystischen Aura, die sie umgebe. Mitsuko reagierte allerdings eher pflichtgemäß auf seine Begeisterung, beinahe schon desinteressiert, und Achim wußte nicht, ob ihr die Auswahl der Keramiker mißfiel, ob sie sich womöglich nur für die alten Meister begeisterte oder einfach einen schlechten Tag hatte.

Ende September wurde das Wetter herbstlich. Kaltfront folgte auf Kaltfront, die Waldwege versumpften. Achim ging jetzt, je nachdem wie die Proben lagen, entweder am frühen Nachmittag oder spätabends ins Restaurant. Er war dann oft der einzige beziehungsweise letzte Gast, und Mitsuko konnte ihn persönlich bedienen. Wenn noch nichts oder nichts mehr zu tun war, setzte sie sich zu ihm. Nach elf, sobald die Küche geschlossen war, holte sie ihn an den Personaltisch, sofern Eugen das nicht bereits getan hatte. Eugen lockte ihn gern unter dem Vorwand, daß er neue Weine oder Obstbrände im Hinblick auf die Karte mit ihm versuchen wolle, um nicht allein und ohne Grund trinken zu müssen. Mitsuko sah diese Verkostungen ungern, insbesondere solange noch andere Gäste anwesend waren, weshalb Achim seinen Platzwechsel möglichst hinauszögerte, bis sie aus der Küche kam.

Auch nach drei Monaten, in denen sie sich mehrmals pro Woche gesehen hatten, herrschte zwischen ihnen eine merkwürdige Schüchternheit. Sie begrüßten sich – wenn überhaupt mit einer Berührung – allenfalls mit Handschlag, und obwohl es viel mehr Themen gab, über die Achim sich gern mit Mitsuko unterhalten hätte, als Stunden, die dafür zur Verfügung standen, stellten sich immer wieder Gesprächspausen ein, in denen nicht nur Achim hastig zu überlegen schien, wie sie fortfahren könnten, damit der Faden nicht riß. Er führte diese Scheu darauf zurück, daß auch Mitsuko heimliche Gedanken hin- und herwälzte, von denen sie nicht wußte, was ihnen folgen würde.

Der Jahrhundertsommer hatte dem Restaurant eine Vielzahl neuer Gäste gebracht, die nun von der Biergartensaison ins schwierigere Wintergeschäft überführt werden mußten. Die gewachsene Kundschaft bedingte, daß Sue Anh, die den Sommer über hauptsächlich im Service gearbeitet hatte, jetzt meist in der Küche half und Eugen allein für Bedienung und Ausschank zuständig war. Zum Wochenende hin gab es oft so viel zu tun, daß er Otto oder Willi an die Zapfhähne stellte, was angesichts der quer durchs Lokal fortgesetzten Stammtischdebatten gerade den Teil der neuen Gäste verschreckte, der bereit war, viel Geld für herausragende Küche und erstklassige Weine auszugeben. Achim riet Eugen deshalb nach einer japanischen Kellnerin Ausschau zu halten. Mehrfach und ausführlich erläuterte er ihm, auch in Anwesenheit Mitsukos, daß die meisten Leute, die ein exotisches Restaurant besuchten, nicht nur gutes Essen erwarteten, sondern vor allem eine besondere Atmosphäre. Für viele Gäste sei ein Abend beim Chinesen oder Mexikaner eine Art Fernreise im Taschenformat. Man wolle für ein paar Stunden in eine fremde Kultur eintauchen. Dies gelte um so mehr für ein japanisches Restaurant, da Japan mangels entsprechender Lokale und aufgrund so verheißungsvoller Begriffe wie *Geisha* und *Samurai* geheimnisumwoben sei, und eine mandeläugige, bleich geschminkte Schönheit im Kimono trage nun einmal entschieden mehr zu fernöstlichem Zauber bei, als der beste selbst importierte Tee oder Sake. Achim nutzte die Gelegenheit, Eugen zudem das ewig dudelnde Schlagerradio auszureden, das jedes Flair vernichte und das er am besten durch CDs mit japanischer Musik oder zumindest europäischer Klassik ersetze.

Zwei Wochen später, als Achim nach einer Probe kam, die bis halb elf gedauert und in einem heftigen Streit zwischen ihm und Kurt geendet hatte, saß eine junge Asiatin am Personaltisch, die auf den ersten Blick die perfekte Bedienung zu sein schien. Sie sah gefährlich schön aus. Schmal und geschmeidig wie ein Otter, taugte sie für jedwede fernöstlich ausgestattete Männerphantasie. Auf der anderen Seite strahlte sie eine fast hochmütige Unnahbarkeit aus, die augenscheinlich gerade den Männern galt und verhindern würde, daß deren Begleiterinnen die Lust verlören, sich von ihr bedienen zu lassen. Obwohl sie, wie sich herausstellte, erst seit einem guten halben Jahr in Deutschland lebte, sprach sie nahezu fehlerfrei. In ihrer Stimme schwang etwas mit, das Achim, während sie nichts sagte als: »In China möchte ich nicht mehr leben. Dort sind die Leute so verklemmt. Außerdem kann ich sowieso nicht zurück«, ein Aufstöhnen hören ließ, als hätte ihr einer, womöglich er selbst seine Hand zwischen die Schenkel geschoben. Sie bemerkte Achims gedankenverlorenen Übergriff und nahm seinen ungeschützten Blick mit einem Lächeln auf, das sowohl Spott als auch Ermutigung enthielt. Achim erschrak, wurde rot, und schaute wie ertappt zu Mitsuko, die einen eingerissenen Fingernagel abzubeißen versuchte, ohne daß Blut floß, und nichts bemerkt hatte.

»Ich bin Yun Tsi, und wie heißt du?«

»Achim.«

Sie war fünfundzwanzig. Bis vor acht Monaten hatte sie in Peking Germanistik studiert und sich, nachdem sie jahrelang durch staatliche Eliteprogramme gefördert worden war, während eines Austauschsemesters, das nur den linientreuesten Studenten gestattet und finanziert wurde, ohne jede Vorwarnung abgesetzt: »Sie sind natürlich nicht froh darüber. Weißt du, es gibt auch hier an der Universität chinesische Kader.

Ich hatte eine Liste mit Namen von Leuten, die mir helfen sollten. Jetzt helfen sie mir nicht, sondern tun ein bißchen das Gegenteil.«

Sie sprach mit Achim wie mit jemandem, den sie schon lange kannte, und die Ausdruckswechsel in ihrem ebenmäßigen, großflächigen Gesicht saugten seine Aufmerksamkeit auf wie ein Löschblatt Tusche. Mitsuko, Eugen, Sue Anh, Holm und Otto hatten sich ebenso in Luft aufgelöst wie Achims Wut auf Kurt und sein Herzklopfen, als er Mitsuko mit einem Streichen über ihre Schulter, das zu lang und zu warm gewesen war, begrüßt hatte.

»China interessiert mich auch sehr«, hörte er sich sagen, »vor allem die alte chinesische Literatur und Philosophie, Lao Tse, Li Bai. Früher habe ich mir manchmal das *I Ging* mit Münzen geworfen. Ein *Urteil* weiß ich sogar noch: ›Die Anfangsschwierigkeit wirkt erhabenes Gelingen. Fördernd durch Beharrlichkeit. Man soll nichts unternehmen. Zuträglich ist es, Gehilfen einzusetzen.‹«

»Was machst du beruflich?«

»Zur Zeit bin ich Schauspieler. Aber ich schreibe auch. Wenn sonst nichts geht, arbeite ich als Koch ...«

»Und was schreibst du?«

»Gedichte. Hauptsächlich. Aber sie taugen nichts.«

Achim überlegte, weshalb selbst eine klare Aussage wie »sie taugen nichts« aus seinem Mund nach falscher Bescheidenheit klang, und sah sich im selben Moment mit deren Konsequenz in Form eines Augenaufschlags und der Frage konfrontiert: »Kann ich sie lesen? – Wegen der deutschen Dichtkunst habe ich einmal angefangen, Germanistik zu studieren.«

Sie hatte tatsächlich »Dichtkunst« gesagt. Allein deshalb beteuerte er noch einmal: »Sie sind wirklich schlecht.«

»Mein Deutsch ist auch schlecht.«

»Das stimmt nicht. Aber wenn es stimmen würde, solltest du erst recht gute Gedichte lesen.«

»Gedichte sind viel interessanter, wenn man den Verfasser persönlich kennt. In China hatte ich einen Freund, der Gedichte geschrieben hat.«

Achim suchte nach einer Möglichkeit, ihrem Wunsch, seine Gedichte zu lesen, auszuweichen, ohne ihn abzulehnen, denn bei einer Chinesin, in deren Kultur die Poesie einen so unvergleichlich hohen Stellenwert besaß, konnten Gedichte von Nutzen sein. Er schaute zu Mitsuko hinüber, die sich leise mit Sue Anh unterhielt, während Eugen, Holm und Otto sich in die Forderung nach dem Friedensnobelpreis für Helmut Kohl hineinsteigerten, verweilte auf Mitsukos Gesicht, wartete vergeblich, daß sie seinen Blick erwiderte – das wäre ein Zeichen gewesen. Er seufzte und steckte sich eine Zigarette an: eine wunderbare Frau, ein Traum. Er hätte viel dafür gegeben, sie zu berühren, in ihre Geheimnisse einzudringen. Realistisch betrachtet, war sie von morgens bis abends mit Eugen zusammen, und wenn Eugen ausnahmsweise allein zu irgendeinem Fleischer oder Winzer fuhr, wurde sie von seinen Kumpanen bewacht.

»Ich weiß nicht«, sagte er schließlich und hatte dafür so lange gebraucht, daß es kaum noch in Zusammenhang mit Yun Tsis Wunsch stand.

»Wie du willst«, sagte sie, schlagartig kühl, und drehte sich weg. Sie nahm eine geschäftsmäßige Haltung an, wandte sich an Eugen und fragte ohne Rücksicht auf den Stand des Männergesprächs: »Ist es in Ordnung, wenn ich übermorgen anfange?«

»Von mir aus«, sagte Eugen und schaute zu Mitsuko hinüber: »Was meinst du?«

»Das ist dein Bereich, also geht es mich nichts an.«

Es klang so abweisend, daß Achim hoffte, niemals von ihr mit diesem Ton bedacht zu werden. Erneut suchte er ihren Blick, doch entweder bemerkte sie es nicht, oder sie vermied den seinen so geschickt, daß er die Vermeidung für Konzentration auf etwas anderes halten mußte. Er überlegte, ob ihre Verschlossenheit Folge seiner Unterhaltung mit Yun Tsi war, oder ob Mitsuko seine Begrüßung vielleicht doch als ungehörig empfunden hatte.

Yun Tsis Interesse an Eugen war, nachdem sie dessen endgültige Zusage bekommen hatte, augenblicklich wieder in sich zusammengefallen, und als hätte sie eingesehen, daß Empfindlichkeit in einem derart frühen Stadium der Bekanntschaft kein geeignetes Mittel war, den anderen für sich einzunehmen, wandte sie sich erneut Achim zu: »Ißt du auch gern chinesisch?«

Achim fürchtete, in eine weitere heikle Gesprächssituation zu schlittern, und antwortete mit einem vieldeutigen: »Schon.«

»Chinesische Restaurants in Deutschland haben nichts mit unserer Küche zu tun.« Sie beugte sich an sein Ohr, so nah, daß er ihren Atem spürte, und flüsterte: »Eigentlich ist chinesische Küche viel besser als japanische.«

»Kannst du kochen?«

»Ein bißchen.«

»Sue Anh kocht manchmal thailändisch. Vielleicht kannst du einen China-Abend ausrichten.«

»Ich koche nur privat.«

»Dann vielleicht fürs Personalessen, und du sagst mir vorher Bescheid. Ich bin öfter hier.«

»Das hab' ich schon gehört.«

Achim verschluckte sich am Rauch und hustete: »Ach so?«

»Eugen hat erzählt, da käme immer ein Schauspieler, den man aus dem Fernsehen kennt, der sei nicht einfach nur Gast, sondern mehr ein *Hausfreund*. Und das bist doch wohl du, oder? Denke ich mir zumindest. Aber ich habe sowieso keinen Fernseher.«

Achim war sicher, daß Eugen dem Wort *»Hausfreund«*, wenn er es denn überhaupt benutzt hatte, niemals diesen Beiklang gegeben hätte.

»Das war mir nicht bewußt.«

»Eugen hat nur in höchsten Tönen von dir gesprochen.«

»Und wie bist du hierhergeraten?«

»Es hing ein Zettel an der Uni, auf den ich mich gemeldet habe.«

»Eigentlich sollte es aber eine Japanerin sein.«

»Hauptsache Asiatin. Ich werde für die Deutschen eingestellt, und von denen spricht keiner Japanisch.«

Achim lag ein dämliches Kompliment wie: »In jedem Fall stellst du eine Bereicherung dar«, auf der Zunge, verkniff es sich aber und sagte statt dessen: »Ich dachte, Chinesen und Japaner hassen sich, wegen des Krieges und was weiß ich weswegen sonst noch.«

Yun Tsi zuckte mit den Achseln: »Das ist mir egal. Ich muß Geld verdienen. Für mich. Nicht für China.«

»Kennst du dich mit japanischer Küche aus?«

»Ich nehme eine Karte mit. Bis morgen abend lerne ich Nummern und Gerichte. Der Rest kommt bei der Arbeit.«

Unvermittelt schaute sie auf die Uhr. Es war Viertel vor zwölf: »Ich muß gehen, sonst verpasse ich den letzten Bus am Hauptbahnhof. Übermorgen um sechs bin ich wieder hier.«

Sie gab Achim, der ebenfalls aufgestanden war, die Hand und sah ihn geradeheraus an.

Sobald die Tür ins Schloß gefallen war, rückten sowohl

Eugen als auch Mitsuko zu ihm heran und wollten wissen, was er von Yun Tsi hielt. Dabei richtete sich Eugens Interesse vorrangig auf den dekorativen Aspekt, wohingegen Mitsuko eher eine charakterliche Beurteilung erwartete. Achim wiederum war unsicher, ob es ihr im Kern tatsächlich um Yun Tsis Eignung ging, oder vielmehr darum herauszufinden, wie er als Mann auf sie reagierte.

»Sie macht einen intelligenten Eindruck«, sagte er im Ton eines Oberstudienrats, der eine mündliche Prüfung bewertete. »Sie ist attraktiv. Wobei mein Geschmack nicht zählt. Vom Gefühl her würde ich sie für zuverlässig halten, und ich glaube, sie ist jemand, der bei Hochbetrieb den Überblick behält. Was eventuelle Konfliktfälle mit Gästen anlangt, bin ich mir weniger sicher. Ich würde sie nehmen und dann schauen, wie die Leute reagieren.«

»Dann laß uns auf unsere neue Mitarbeiterin anstoßen«, sagte Eugen zufrieden mit sich und holte eine Flasche alten Birnengeist.

Mitsuko kicherte, als sie mit Achim anstieß, aber es war eine andere Art Kichern. Beim Abschied küßte sie ihn auf die Wangen und hielt seine Hand so, daß deren Rücken auf ihre Brust traf. Er spürte die harte Warze durch den Stoff.

Als Achim am nächsten Tag zur Probe kam, empfing Kurt ihn mit dem Satz: »Du mußt den *Schüler* nackt spielen.«

Achim ließ sich auf den nächsten Stuhl fallen und sagte: »Mal langsam«, und: »Müssen tu' ich gar nichts.«

Kurt konnte die Worte kaum halten: Er habe quasi nicht geschlafen, sondern die ganze Nacht über die Inszenierung nachgedacht, sich auch Achims Kritik noch einmal durch den Kopf gehen lassen, manches sei ihm durchaus einleuchtend erschienen, trotzdem sei er fest davon überzeugt, daß es sich bei dem *Meister* um eine Verkörperung des totalitären Staates handele, wie er sich im NS-Regime, aber auch unter Stalin und während Maos Kulturrevolution gezeigt habe, symbolisch zusammengefaßt und ins Allgemeingültige gehoben, aber doch unmittelbar auf diese realen historischen Gegebenheiten zurückgreifend. Dem *Meister* als großem Diktator gegenüber sei der *Schüler* gleichsam ein Zwitterwesen, das sowohl die Mittäter, als auch die Opfer der jeweiligen Diktaturen in sich trage, wobei eben gerade in den demagogisch geführten Massengesellschaften der Moderne die Grenze zwischen Handlangern und Opfern ja kaum noch zu ziehen sei. Diese janusköpfige Figur müsse nackt gespielt werden, um einerseits die Unbeschriebenheit zu zeigen, er sei eben der *Schüler*, das leere Gefäß, bereit, durch die Unterweisungen des *Meisters* geformt zu werden, auf der anderen Seite führe die Nacktheit aber auch seine absolute Schutzlosigkeit vor Augen und wecke beim Zuschauer die Erinnerung an ausgemergelte KZ-Häftlinge oder ganz aktuell: bosnische Gefangene in serbischen Lagern. – »Das setzt natürlich voraus, daß du dich dazu durchringen kannst, während der nächsten Wochen für die Rolle ein paar Kilo abzunehmen, wie es sich für einen Verfechter der Lehren Strasbergs gehört, anstatt dauernd in diesem japanischen Restaurant herumzuhängen.«

Das war der Satz, bei dem Achim aufstand, zur Tür ging und das Theater verließ. Emma Sieverding, die die Rolle der *Sekretärin* spielen sollte, rannte hinter ihm her, um ihn zurückzuholen. Als sie merkte, daß ihre Satzfluten nichts bewirkten, bekam sie auf der Straße einen Heulkrampf, was Achim leid tat, jedoch nichts an der Erkenntnis änderte, daß seine Zeit am *Theater Herz-und-Hirn* zu Ende war.

Einige hundert Jahre zuvor in Japan

Der Himmel ist grau, die Schwalben sind fort. Abgerissenes Laub wirbelt über die Wiese.

Beim Wald steht ein Bauer mit seinem Gespann. Er schaut sich vorsichtig um, beißt auf Gold. Die verbliebenen Zähne trügen ihn nicht, den Freudenschrei schluckt er hinunter. Neben ihm käut der Ochse wieder, froh über den Stillstand. Er hat Bretter und Stangen geladen.

Auf dem Rücken des Tieres sitzt ein spitzgesichtiger Junge, das Haar steht ihm wirr vom Kopf ab. Er hält eine Flöte, setzt an und bläst einen schwellenden Ton, bis er kippt, sich verdreht, zu Trillerfolgen verknäult, halb übermütig, halb bang, dann geht ihm die Luft aus.

In die Stille trifft der erste Axthieb des Bauern einen schlanken Stamm.

Fürst Norishige schaut zu, die Arme mürrisch vor der Brust verschränkt. Der Töpfer hat ihn weder verraten, noch hat er ihn angehört. Sein Mädchen bringt täglich Reis, wer immer es ihr befiehlt. Er wird ausharren, bis Kōsei ihn einläßt, selbst wenn es ein Leben dauert. Leben sind kurz in dieser Zeit.

Das Feuer ist kein Schutz vor den kälteren Winden des nahenden Herbstes. Der Unterstand hält den Regen kaum ab. Will er hier ausharren, braucht er eine feste Behausung. Sie ist das Gold wert.

Erneut steigt die Linie der Flöte steil an, hält am höchsten Punkt inne, wird zum Schrei, stürzt ins Nichts.

Der Bauer fällt gerade gewachsene Bäume, Stützpfeiler für die Hütte. Dazwischen wird er Bambusgeflecht mit Lehm verputzen, das Dach aus Latten und Stroh, in der Mitte eine Öffnung als Abzug.

Angelockt durch den Lärm, die Musik, streckt der Knabe Ichirō den Kopf zum Hoftor hinaus. Von hier aus sieht er nicht viel. Er läuft ein Stück Richtung Kuppe, bis er den Ochsen erblickt, obenauf den Jungen samt Flöte. Weiter links erkennt er den Bauern, der mit scharfer Klinge Stämme entastet. Ichirō macht kehrt, rennt ins Haus zurück, als wäre ein Berggeist hinter ihm her. Der Bauer weiß nicht, was der Knabe erzählen wird, und starrt voller Schrecken abwechselnd auf das Messer, den Fürsten: Was er tut, wird hart geahndet, bekommen die Schergen des Landherrn Kunde davon. Er will flüchten, zögert, denkt an das Gold, an das Schwert des Fürsten.

Die Mutlosigkeit der Niedrigen ist Norishige vertraut, was sie bändigt, ist eiserne Strenge. Er fährt ihn hart an: »Dein Lohn gilt auch die Gefahr reichlich ab. Wenn du fortrennst, wird es auf Stümpfen sein. Diese Klinge stammt von der Hand Hasabe Kunishiges. Deine Schenkel sind ihr wie Pflaumenzweiglein.«

Der Bauer nickt hastig und bang, setzt mit zitterndem Messer die Arbeit fort. Auf dem Rücken des Ochsen stellt der Junge sich auf, vollführt behend eine Drehung: ein Gauklerkind, kein Tölpel.

Wie Trockenbohnen auf Dielen purzeln kleinere Töne aus seiner Flöte, kullern umher. Als sie still liegen, setzt er sich hin – in verkehrter Richtung diesmal. Vielleicht ist er zum Narren bestimmt, der dem, der hineinschaut, den Spiegel vorhält.

Fürst Norishige gähnt. Seine Lider sind schwer, auch wenn er sich längst an den unruhigen Schlaf hier draußen gewöhnt hat. Er geht zu den Pferden, streicht dem Rappen über die Nüstern, spricht vertraulich mit ihm. Niemand in den vergangenen Wochen hat so freundliche Worte von ihm gehört.

Am Himmel ziehen Vogelkeile vorbei, die ersten Kraniche dieses Herbstes. Ihr Geschrei ist weithin zu hören.

7

Zu tun ist immer

Es gab nur noch einen freien Tisch an diesem Donnerstagabend, obwohl es erst sieben war. Achim hatte Glück, denn kaum daß er dort saß, erschienen zwei ältere Damen in der Tür, die Eugen auf einen anderen Tag vertrösten mußte. Im Vorbeigehen rief er ihm zu: »Wir haben Chaostage.«

Mitsuko stand allein in der Küche. Sue Anh fehlte. Sie fehlte nicht nur heute, sondern auf unabsehbare Zeit.

Als er Achim die Karte brachte, sagte Eugen: »Jetzt spinnt sie komplett, total übergeschnappt ist die!«

Zwei Tage zuvor, eine Woche nachdem Achim das *Theater Herz-und-Hirn* verlassen hatte, war es zum Bruch zwischen Sue Anh und Eugen gekommen. Mitsuko hatte zu vermitteln versucht, aber da sie seinen Standpunkt im Grundsatz teilte, waren ihr nicht viele Möglichkeiten geblieben. Lediglich die Grobheit seiner Wortwahl hatte sie ein wenig abmildern können. Schließlich war Sue Anh aufgesprungen und unter allerhand thailändischen Verwünschungen, die niemand verstanden hatte, zur Tür gestürmt. Dort war sie noch einmal ins Deutsche zurückgefallen und hatte, während ihre Stimme sich abwechselnd überschlug und von Schluchzern gepreßt wurde, geschrien: »Ihr seid schlechte Menschen! Lügner! Was habe ich nicht alles für euch getan? Ich bin mit euch durch dick und dünn gegangen. Eine Schande ist das! Ihr werdet mich nicht wiedersehen – niemals, jedenfalls nicht, solange ihr eure Versprechen nicht haltet!«

Achim staunte über Eugens Schilderungen. Er hatte Sue Anh immer gleichbleibend fröhlich erlebt.

»Ich weiß nicht, was SIE«, Eugen machte eine vielsagende Pause und nickte in Richtung der Küche: »Also was Mitsuko ihr versprochen hat, kann ich nicht beurteilen, aber ich habe bestimmt nicht gesagt, daß sie hier Teilhaberin wird. Ich bin doch nicht verrückt und hol' mir eine Partnerin ins Geschäft. Als ich noch meine Gerüstbaufirma hatte – ich hab' ja schon Einiges hinter mir –, war ich mal so bescheuert, mich auf so was einzulassen. Das hat am Ende ein Vermögen gekostet, und die Sorte Lehrgeld zahlt man nur einmal, da kannst du Gift drauf nehmen.«

Achim nickte.

»Außerdem steht sie spätestens in einer Woche hier und jammert: ›So war das doch nicht gemeint, laß uns wieder Freunde sein.‹ Wo soll sie denn sonst hin? Wenn wir nicht gewesen wären, würde sie immer noch die Beine breit machen.«

Auch das hörte Achim zum ersten Mal.

Yun Tsi, die ihn noch gar nicht wahrgenommen hatte, trat an den Tisch, warf ein knappes »Hallo« hin und sagte: »Eugen, du mußt kommen, der Mann dahinten will den Wein, den er immer trinkt.«

»Das wird ein Abend für starke Nerven.«

»Bring mir ein Bier und das feingeschnittene Rindfleisch«, sagte Achim, ohne in die Karte zu schauen. Er hatte seit dem Frühstück nichts gegessen und die Hoffnung, Mitsuko würde dieses unkomplizierte Gericht, wenn sie wüßte, daß es für ihn war, vielleicht noch vor den Essen für die drei vollbesetzten Tische, die soeben bestellt hatten, herausschicken.

Er zündete sich eine Zigarette an und begann, die Koi zu zählen. Es dauerte einige Zeit, da sie wie irre durchs Becken rasten. In den vergangenen Tagen mußten wiederum Fische verendet sein. Zehn waren noch übrig, nach wie vor entschieden zu viele – jeder von ihnen konnte es auf über einen Meter Körperlänge bringen, und das Becken maß gerade mal einsfünfzig. Er stellte sich eine Skulptur aus vielfarbigen ineinandergepreßten Fischleibern im Glasquader vor.

»Ich habe etwas für dich«, sagte Yun Tsi, nachdem sie ihm sein Bier und das heiße Tuch gebracht hatte, »kann ich dir aber erst später geben.«

»Und was?«

Achim bemerkte, daß Eugen hinter der Theke heftig in seine Richtung gestikulierte, und sah Yun Tsi fragend an.

»Nach der Arbeit, wenn du solange bleibst.«

»Ich bin sehr neugierig.«

Er stand auf und ging nach vorn.

»Du mußt mir helfen«, sagte Eugen. »Mitsuko hat sieben Bestellungen für feingeschnittenes Rindfleisch, deine nicht mitgerechnet. – Sonst wollen sie immer alle Lachs, Tempura oder Schnitzel … – Jedenfalls sind nur noch fünf Portionen vorbereitet. Ich kann die Kleine hier draußen nicht alleine lassen, die rennen sie mir über den Haufen. Hast du schon mal Rinderfilet geputzt?«

Achim ahnte, was auf ihn zukam, und schluckte: erstens aus Angst, sich vor Mitsuko zu blamieren, zweitens bei dem Gedanken an all das, was es bedeuten konnte, über Stunden allein mit ihr in der Küche zu stehen: »Klar hab' ich.«

»Traust du dir zu, es so fein zu schneiden, wie sie es braucht?«

»Sollte gehen.«

»Du hast doch ein bißchen Zeit, oder?«

»Auch das.«

Während er fragte, hatte Eugen Achim in Richtung Küche geschoben, jetzt öffnete er die Tür und sagte: »Nur die Ruhe, Schatz, ist alles kein Problem, die Truppen stehn in Reih und Glied, ich hol' eine Lende aus der Kühlung, und unser Freund Achim macht sie dir zurecht.«

Achim sah, daß Mitsuko ein »Auf gar keinen Fall« auf der Zunge lag, wobei er nicht wußte, ob sie seine Befähigung in Zweifel zog oder Eugens Dienstverpflichtung eines hungrigen Gastes inakzeptabel fand, doch sie fragte nur: »Kann ich dir das überhaupt zumuten? Du hattest sicher andere Pläne für den Abend.«

»Es ist mir eine Ehre.«

»Ich hatte nicht damit gerechnet, daß es so voll wird und schon so früh. Es müßte auch Weißkohl gehobelt werden.«

Achim vergaß die Leere in seinem Bauch und lächelte. Es geriet eine Spur zu großmütig, aber Mitsuko lächelte daraufhin auch, erkennbar froh, daß er hier war.

»Wo kann ich arbeiten?«

Sie gab ihm ein großes Brett und ein altes, schwertscharfes Ausbeinmesser, das zu Achims Enttäuschung jedoch nicht aus einer japanischen Schmiede, sondern aus Solingen stammte.

»Beste Qualität, vier Wochen gereift«, sagte Eugen und warf ihm das Filet hin, »an der Luft, nicht im Vakuum.«

»Machst du das selber? Hier?«

»Ich hab' ein Kühlhaus im Keller. Und mein Opa war Metzger – das weißt du doch.«

Achim hatte in all den Jahren, die er sich als Küchenjunge verdingte, noch nie ein trocken abgehangenes Stück Fleisch unter der Klinge gehabt. Wenn er ehrlich gewesen wäre, hätte er zugeben müssen, daß er auch selten oder nie Rinderfilet pariert hatte. Die Restaurants, in denen er normalerweise aushalf, waren entweder nicht so fein, daß sie Filetsteaks servierten, oder er stand so weit unten in der Küchenhierarchie, daß er sich mit Gemüse beschäftigen mußte, weil eine ruinierte Zwiebel oder Karotte weniger kostspielig war.

»Brutal gründlich«, sagte er sich vor und atmete tief durch.

Das Fleisch fühlte sich fest an, nur wenig feuchter als roher Schinken, ganz anders als die glitschigen Schweineoberschalen oder Putenbrüste aus Massenproduktion, die er im Münchner *Isidor* hatte schnetzeln müssen, aber auch anders als die viel zu frischen Steaks, die er manchmal beim Supermarktfleischer kaufte und die schon auf dem Weg zur Wohnung so viel Saft verloren, daß zu Hause eine blutige Pfütze im Beutel stand.

Achim trennte zunächst die locker sitzende Hälfte des Filetkopfs ab und schnitt alle Fettanhängsel weg. Dann schob er die Klinge unter die zähe, blau-grün-weiß-gelb schimmernde Haut auf der Oberseite. Nachdem er einige Zentimeter an ihr entlanggeschnitten hatte, merkte er, daß viel zu viel schieres Fleisch an der Haut verblieb, und versuchte, das Messer enger zu führen. Zugleich zog er die Faser vom Filetkörper weg, schabte jetzt mehr als er schnitt, bis der Fetzen zwischen seinen Fingern so lang war, daß die Klinge sich nicht mehr präzise steuern ließ und immer öfter ins Fleisch abrutschte. Achim schwitzte. Die Läppchen, die er abschnitt und auf einen Haufen warf, sahen nicht aus, als wäre ein Könner am Werk gewesen, doch der Muskelstrang, der übrigblieb, war frei von allem, was sich nachher zwischen den Zähnen wie Gummi verhalten würde.

Anfangs schaute Achim regelmäßig zu Mitsuko hinüber – nicht aufgrund brennender Liebe, die ihn dazu zwang, sondern weil er Sorge hatte, durch ihre Prüfung zu fallen, doch Mitsuko schien so sehr von seinen Fertigkeiten überzeugt, daß sie überhaupt nicht auf ihn, geschweige denn auf seine Hände achtete, sondern konzentriert am Herd stand, briet, grillte und ihm meist den Rücken zukehrte. Nur einmal berührten sich ihre Augen zwischen Wok und Schneidbrett, und Achim sagte: »Ich bin nicht besonders schnell.«

»Das sieht perfekt aus.«

Was hätte sie auch sonst sagen sollen.

Das Fleisch ließ sich erstaunlich dünn schneiden. Da es nicht matschig war, glitt es weder weg, noch unterlief es die Klinge. Trotzdem fürchtete er, daß seine Scheibchen anderthalbmal so dick gerieten wie jene, die Mitsuko selbst schnitt.

»Die beiden Portionen, die rausmüssen, sind gleich fertig«, sagte er.

»Habe ich mir schon genommen«, antwortete Mitsuko.

Achim wunderte sich, da alles, was er an Filet während der vergangenen Minuten geschnetzelt hatte, in der dafür vorgesehenen Plastikschale lag, und wollte schon fragen: ›Hat also doch gereicht, was noch da war?‹, als ihm auffiel, daß der Haufen Parüren, den er, da er nicht wußte, wohin Mitsuko die Fleischabfälle entsorgte, auf ein Brett weiter rechts gelegt hatte, daß dieser Haufen Fett und Häute, abgesehen von einem kümmerlichen Rest verschwunden war, und im selben Moment schoß ihm eine solche Hitze in den Kopf, daß er zurücktreten mußte, damit der Schweiß nicht auf seinen Arbeitsplatz tropfte. Soeben hatte sich der größte anzunehmende Unfall, den ein Küchenjunge verursachen konnte, ereignet. Draußen kauten zwei Leute, die vielleicht zum ersten Mal in ihrem Leben japanisch aßen, bis zum Backenkrampf auf einem Haufen Abfall herum, und wenn sie ihn nicht angewidert ausspuckten und herumkrakeelten, würden sie spätestens bei der Frage, ob es geschmeckt habe, »ungenießbar« sagen oder brüllen. Achim wußte nicht, wann genau Mitsuko die beiden Portionen herausgegeben hatte, aber wenn draußen nicht der Bondsche Beißer saß, mußte die Reklamation jeden Moment eingehen. Zwar lag die Schuld allenfalls zur Hälfte bei ihm, denn Mitsuko selbst hatte ihm die Dose für das »gute« Fleisch hingestellt und nicht gesagt, was er mit dem »bösen« tun sollte, aber er hätte ja fragen können. Im übrigen würde das Scheitern unabhängig von der Schuldfrage auf ihn zurückfallen, da Mitsuko ihre Küche erwiesenermaßen beherrschte. Als Geschirr in der Durchreiche klapperte und Eugens Gesicht erschien, spürte Achim sein Herz von unten gegen die Kehle hämmern, doch Eugen sagte nur: »Hat phantastisch geschmeckt, soll ich ausrichten.«

Das konnte sich schon rein zeitlich nicht auf die fraglichen Portionen beziehen.

»Ganz schön anstrengend«, sagte Mitsuko, die ebenfalls schwitzte, obwohl sie nur ein dünnes weißes T-Shirt und eine leichte Baumwollhose trug, und wischte sich mit einem Stück Küchenkrepp die Stirn.

Achim, der immer noch einen hochroten Kopf hatte, überlegte, ob er sie auf den Fehler hinweisen sollte, damit sie vorbereitet wäre, falls es draußen eine Meuterei gäbe, trat zugleich unauffällig neben das, was an Verschnitt noch übrig war, schob es mit der Handkante zusammen und verfrachtete es auf sein Brett zurück.

»Ich habe dir jetzt noch fünf Portionen zurechtgemacht«, sagte er, »reicht das, oder brauchst du mehr? – Und ach ja: Wo sollen die Abfälle hin?«

»Die kriegt Connie für ihren Hund. Im Kühlschrank ist eine rote Dose. – Meinst du, du kannst noch Weißkohl raspeln? Gehackten Knoblauch bräuchte ich auch. Und vielleicht das Geschirr in die Spülmaschine räumen?«

»Kann ich alles.«

Wenn es wider Erwarten in den nächsten Minuten nicht zur Katastrophe kam, war diese Antwort womöglich ein entscheidender Schritt in die Zukunft. Nach dem Abschied vom Theater gab es für Achim, wollte er in A. bleiben, nicht viele Alternativen zur Rückkehr in die Gastronomie. Da Mitsuko der einzige Grund war, seinen Aufenthalt hier zu verlängern, wäre ihre Küche der beste Platz. Und wie es aussah, war dort vor wenigen Tagen eine Stelle für ihn frei geworden. Vorausgesetzt, draußen im Lokal schluckte gerade jemand ohne zu murren Hundefutter, das immerhin pikant gewürzt war.

Er fand die Dose, packte die Abfälle hinein und räumte sie in den Kühlschrank zurück.

»Jetzt kommt dreimal *Tonkatsu*, da brauche ich den Weißkohl als Beilage.«

Achim hatte sich schon mehrfach gefragt, wie sie ihren Kohl derart fein raspelte, und vermutet, daß es nur mit Hilfe der sagenumwobenen, von Hand geschmiedeten japanischen Klingen aus gefaltetem Stahl möglich war, doch anstatt ihm jetzt ein solches Messer zu geben, stellte Mitsuko die elektrische Schneidemaschine ein, wies ihn darauf hin, sie niemals ohne Führung zu benutzen, da er sich sonst leicht eine Fingerkuppe abtrennen könne, und gab ihm einen Kohlkopf: »Am besten vierteln, und der Strunk muß raus.«

»Schon klar.«

»Entschuldige: Ich vergesse immer, daß du dich auskennst.« –

Es wurde der beste Abend in der Geschichte des Restaurants. Eugen konnte fast alle Tische ein zweites Mal besetzen. Das einzige Gericht, das zurückkam, war ein Steak mit Miso-Sauce, das der Gast »durch« bestellt hatte und tatsächlich nicht ein bißchen rosa essen wollte. Achim hobelte Kohl, hackte Knoblauch, schnitt Frühlingszwiebeln, preßte Ingwersaft. Beim Ausräumen der Spülmaschine orientierte er sich grob in Regalen und Schränken. Da er fast alle Gerichte kannte, war er nach kurzer Zeit in der Lage, Mitsuko die Teller vorzurichten und zu dekorieren, so daß sie nur noch das fertige Brat- oder Fritiergut arrangieren mußte. Er gab sich große Mühe, souverän zu wirken, und hoffte, seine Langsamkeit mit dem Messer durch besonders angenehme Anwesenheit auszugleichen, die ihr schmerzlich fehlen würde, wenn er morgen nicht mehr neben ihr stünde. Als es etwas ruhiger wurde, nahm er sich eine Schale Reis gegen den bohrenden Hunger und ließ sich von Eugen Sencha aufbrühen, damit seine Konzentration nicht nachließ.

Um kurz nach elf verließen die letzten Desserts die Küche. Er hätte es gar nicht bemerkt, aber Mitsuko blieb plötzlich mitten im Raum stehen, atmete vor Erleichterung und Erschöpfung laut aus und sagte: »Fertig.«

Dann trat sie an ihn heran, tätschelte ihm den Oberarm wie einem Pony, wobei Achim überzeugt war, daß sie eigentlich eine andere Geste meinte: »Dank dir. Ohne dich wäre ich verloren gewesen.«

Er kratzte sich am Hinterkopf und sagte: »Fürs erste Mal hat es ganz gut geklappt.«

»Hat großartig geklappt.«

»Nicht einmal über mein Fleisch hat sich jemand beschwert.«

»Dazu gab es doch keinen Grund.«

»Was nichts heißen muß. Umgekehrt auch nicht. Das ist wie mit *dem Kommen des Patriarchen aus dem Westen und der Kiefer im Garten*.«

»Dem *Eichbaum*.«

»Bist du sicher?«

»Sicher bin ich mir nicht.«

»Ich meine, ich hätte *Kiefer* gelesen.«

Mitsuko zuckte mit den Achseln: »Soll ich dir etwas kochen oder willst du nachher mit uns essen?«

Achim wollte vor allem, daß die Stunden mit ihr jetzt nicht zu Ende waren. Er wollte allein mit ihr in dem beredten Schweigen bleiben, statt sich draußen Eugens Gerede anzuhören oder in Yun Tsis merkwürdige Spiele verwickelt zu werden: »Ich hatte Reis zwischendurch.«

»Könnt ihr noch bißchen was?« fragte Eugen durch die Luke.

Zu Mitsukos Ärger und Achims Glück hatte er weitere Dessertbestellungen angenommen, obwohl die Küche eigentlich seit elf geschlossen war. Es wurde Mitternacht, ehe Achim einen Satz Teller und Mitsuko eine Platte gegrillten Fisch, Schalen mit Gemüse, Saucen und Reis zum Personaltisch brachte.

»Er ist die beste Hilfe, die ich je hatte«, sagte Mitsuko zu Eugen, und Eugen erwiderte: »Davon war ich überzeugt, und auf meinen Instinkt ist Verlaß.«

»Was nicht für die Leute spricht, die du sonst hattest«, warf Achim ein.

»Ein so vielseitiger Mann bist du also«, sagte Yun Tsi und zu Mitsuko gewandt: »Ich würde ihn mir reservieren an deiner Stelle. Wenn er noch zu haben ist.«

Am Tresen saßen Holm und der Buchbinder Otto vor ihrem Bier, und Holm, der bereits erkennbar angeschlagen war, erklärte Yun Tsi: »Ich kann auch kochen, und zwar verdammt gut, *my little china girl*, ich war nämlich Smutje, bevor ich Zoohändler wurde.«

»Er macht sensationelle Schweinshaxen«, sekundierte Otto.

»Sind mir zu fettig«, sagte Yun Tsi und verschwand in die Vorratskammer.

Mitsuko und Achim sahen sich an, um sich zu vergewissern, daß die Nähe der vergangenen Stunden galt, auch wenn sie jetzt in Geplänkel verwickelt würden. Sie legte ihm Lachs und Thunfisch auf den Teller und löffelte Sauce darüber.

Yun Tsi kam zurück, setzte sich und gab ihm ein feuerrotes Döschen, in dem sich ein verschweißter Aluminiumbeutel befand: »Das ist angeblich der beste Tee Chinas«, sagte sie, »*Ti Kuan Yin – Die eiserne Göttin der Barmherzigkeit*. Schenk' ich dir. Schmeckt besser als alle japanischen.«

Achim war froh, daß er den Mund voll hatte und eine Weile kauen mußte, ehe er reagieren konnte.

Mitsuko zeigte keinerlei Regung.

»Ich finde *Tamariyokucha* schon auch sensationell.«

»Das hier ist aber ein *Oolong*-Tee. So etwas gibt es in Japan gar nicht. Hat mir ein Freund geschickt. *Ein* Freund, nicht *mein* Freund. Man braucht eigentlich spezielle Kannen und Schalen, um ihn richtig zuzubereiten. So hat man es zumindest früher gemacht. Heute beherrschen das nur wenige Leute. Nur, weißt du, ich trinke gar nicht so gerne Tee. Lieber Kaffee. Du mußt einfach probieren, wie du ihn magst.«

»Danke.«

Achim merkte, daß er zu lange und zu angestrengt gearbeitet hatte, als daß er noch in der Lage war, mittels Schlagfertigkeit oder diplomatischen Geschicks zwischen einer schönen Japanerin und einer ebenfalls schönen Chinesin hindurchzugleiten, ohne hier oder dort anzustoßen, und richtete seinen Blick auf das Essen.

Yun Tsi wandte sich an Mitsuko: »Warum bist du eigentlich Köchin geworden statt Pianistin? Wenn ich Klavier spielen könnte, würde ich damit mein Geld verdienen.«

»Ich wollte immer Köchin sein, schon als Kind.«

»Als Pianistin hättest du zehnmal so viel verdient.«

»Was willst *du* machen, wenn du fertig studiert hast?«

»Ich weiß noch nicht. Vielleicht Übersetzerin. Oder in einer Firma arbeiten, Import-Export.«

»Du könntest Li Tai Pe übersetzen«, warf Achim ein, »die einzige deutsche Ausgabe ist uralt und vergriffen.«

»Wir zusammen vielleicht. Ich mache eine Rohfassung und du die Poesie.«

Eugen, der sich bis jetzt mit Holm über den eher enttäuschenden Verkauf ihrer selbstimportierten Koi unterhalten hatte, wandte sich an Mitsuko: »Für morgen habe ich schon zweiundzwanzig Reservierungen. Und es ist Freitag, da werden auch sonst noch Leute auftauchen.«

Achim sah Mitsuko an, die offenbar nicht auf die Idee kam, ihn zu fragen, ob er noch einmal aushelfen könne, oder aus formalen Gründen so tun mußte, als käme sie nicht auf die Idee.

»Das ist phantastisch«, sagte er, um das Gespräch auf sich zu ziehen.

»Wir können die Japanerin anrufen, die sich gemeldet hatte«, sagte Mitsuko.

»Die wollte in den Service.«

Achim räusperte sich.

»Ich muß sowieso jemanden anlernen. Je früher, desto besser.«

»Aber nicht, wenn hier die Hütte brennt.«

»Es ist doch toll, daß es mit dem Restaurant bergauf geht«, wiederholte sich Achim.

»Wenn die Leute schlecht bedient werden oder endlos warten, kommen sie aber nicht wieder.«

»Kannst du nicht noch ein paar Tage aushelfen?« fragte

Eugen, den das japanische System der gegenseitigen Verpflichtungen und Schuldigkeiten nichts anging, und an Mitsuko gerichtet: »Achim wäre doch am besten, oder?«

»Schon ...«, zögerte Mitsuko.

»Du kannst offen sagen, wenn du jemand anderen vorziehst, ich verstehe das.«

»Ganz und gar nicht. Ich dachte nur, du bist Schauspieler und Dichter, Küchenhilfe ist vielleicht unter deinem Niveau.«

»Deine Küche ist weit über meinem Niveau.«

»Wenn du Lust hättest, wäre das großartig.«

»Ich bin frei.«

»Ruf mich mal zurück, ich würde gern mit dir über deine japanischen Angelegenheiten reden, vorausgesetzt, du bist da noch engagiert, was ich trotz allem annehme, egal – oder nicht egal, melde dich einfach in den nächsten Tagen.«

Achim fragte sich, was Wolf in Wirklichkeit von ihm wollte. Er hatte ernst geklungen, was bei den verschiedenen Männergesprächen, die sie im Laufe der letzten zehn Jahre geführt hatten, so gut wie nie der Fall gewesen war, selbst dann nicht, wenn einer von ihnen gerade in einer erotischen Katastrophe steckte.

Achim hatte das Wochenende in Mitsukos Küche verbracht und befand sich im manisch-depressiven Zustand schwerer Verliebtheit, ohne die geringste Ahnung, welche Konsequenzen er daraus ziehen sollte. Abgesehen von der moralischen Schwierigkeit, jemandem die Frau auszuspannen, wären Mitsuko und er ohne Eugens Hilfe niemals in der Lage, das Restaurant zu führen. Die Pachtverträge liefen vermutlich auf seinen Namen, und es wäre fraglich, ob die Leute vom Wanderverein, die seit vielen Jahren seine Freunde waren,

Mitsuko überhaupt als alleinige Nachfolgerin akzeptieren würden. Im übrigen sah Achim seine eigene Zukunft, wenn er sie überhaupt in den Blick nahm, langfristig nicht in einer Restaurantküche. Inzwischen kam ihm zwar manchmal der Gedanke, daß er sein Leben in irgendeine Richtung lenken sollte, doch da er Zielstrebigkeit für eine Verbrämung der Angst vor dem offenen Wesen des Augenblicks hielt, leitete er keine Schritte ein, um irgend etwas zu erreichen, sondern überließ sich wie eh und je dem, was sich ergab. –

»Du arbeitest jetzt Seite an Seite mit ihr, habe ich gehört. Glückwunsch«, sagte Wolf, nachdem sie sich ein paar Sätze über den Zustand des eigenen Lebens und den der Welt im allgemeinen um die Ohren geschlagen hatten.

Achim war überrascht. Er überlegte, ob Wolf im Restaurant gewesen sein konnte, ohne daß er selbst in der Küche gestanden hatte: Heute war Dienstag, Ruhetag. Gestern zum Busineß-Lunch vielleicht, doch das hätte Eugen ihm abends gesagt: »Wer behauptet das?«

»Ozawa Takeshi war am Sonntag bei euch. Hast du ihn nicht gesehen? Oder kennst du ihn gar nicht?«

»Es waren ständig Japaner da, die Leute von *Subaru*, ein Posaunist mit seiner Frau …«

»Takeshi muß dir aufgefallen sein, er kommt ziemlich oft, sitzt meistens alleine vorn neben dem Personaltisch und wird von Mitsuko persönlich bedient.«

»Du meinst den muffigen Schnösel, der ständig Golf spielt?«

»Er ist eigentlich lustig.«

»Und?«

»Ihm gehört das *Shabu-Shabu*. Gestern mittag hat er uns Bento-Boxen gebracht und mir erzählt, daß du jetzt bei Mitsuko arbeitest.«

»Ach so?«

»Ich hab' dir doch gesagt, daß er mit meinem Chef befreundet ist.«

»Und euer Meisterkoch speist lieber bei uns als in seinem eigenen Laden?«

»Aber die kleine Chinesin ist auch noch da, oder?«

»Was hat sie damit zu tun?«

»Hast du dich inzwischen entschieden, welche von beiden du angehen willst?«

»Mir war nicht klar, daß ich da Zweifel gelassen hatte.«

»Ich dachte wegen der Komplikationen …«

»Paß auf: Ich bin ziemlich ernsthaft … So ernsthaft wie schon lange nicht mehr … Mitsuko ist … Aber was ich dir schon mehrfach erklärt habe: Ich kann es nicht forcieren, wie du das bei deinen Tanzclub-Schlampen machst, sondern ich muß sehr dezent und geduldig vorgehen, wenn ich sie nicht verschrecken will. Außerdem wäre es mir lieber, sie würde sich erst von Eugen trennen. Ich bin mir sicher, das wird passieren, so, wie sie ihn manchmal ansieht: kühl, fast verächtlich – aber wahrscheinlich nicht nächste Woche, vermutlich nicht einmal in diesem Jahr. Doch wenn ich den Job in ihrer Küche bekomme, verbessern sich meine Chancen dramatisch.«

»Und dann machst du mit ihr ein japanisches Restaurant auf.«

»Quatsch.«

»Das wäre auch nichts für dich.«

»Würde ich nicht sagen. Ich bin ganz gut in der Küche.«

»Warum nimmst du nicht die kleine Chinesin? Die ist jung, schlau, wirft sich auf den Rücken, sobald sie dich sieht, und die ganzen Schwierigkeiten mit Eugen und dem Restaurant, mit japanischen Wertmaßstäben und Traditionen brauchen dich nicht weiter zu kümmern.«

»Wenn du den Gleichklang spüren würdest, der den Raum füllt, wenn Mitsuko und ich zusammenarbeiten, würdest du nicht solchen Schwachsinn reden. Selbst in der größten Hektik kommt zwischen uns kein Streß auf. Sobald wir richtig eingespielt sind, handwerklich und von den Abläufen her, werden wir uns perfekt ergänzen. Jeder, der in die Küche kommt, merkt das. Diese Harmonie liegt in der Luft wie ein Parfüm.«

»Wie gut, daß ihr die Dunstabzugshaube habt, sonst würdest du bei der Arbeit glatt in Ohnmacht fallen.«

»Ihr geht es genauso, das sehe ich.«

»Du siehst gar nichts. Glaub mir, ich habe viel mit Japanern zu tun, nicht erst seit zwei Monaten. Japanische Mimik verrät unsereinem so viel über das, was sie denken, wie die Masken des No-Theaters. Weil sie höfliche Menschen sind, lassen sie uns unsere Mißverständnisse und Fehlinterpretationen nur meist nicht spüren.«

»Mitsuko ist anders. Genau deshalb mußte sie aus Japan fort. Und weil sie eben auf keinen Fall einen dieser Maskenmänner heiraten wollte, die ihr Vater ausgesucht hatte.«

»Das hat sie dir erzählt?«

»Angedeutet. Den Rest kann ich mir lebhaft vorstellen.«

»Statt dessen hat sie sich einen zwanzig Jahre älteren deutschen Bauhandwerker genommen.«

»Jedenfalls ist Eugen kein böses, gefühlloses Männchen, das, wenn er erst einen Sohn gezeugt hat, nur noch zum Schlafen nach Hause kommt.«

»Er hat die Verbindungen, die sie braucht, um ihre Vision vom Restaurant zu verwirklichen. Ich glaube nicht, daß du Vergleichbares bieten kannst.«

»Ich verstehe sie.«

»Vergiß diesen Romantikerquatsch bei einer Japanerin.

Was immer dir deine Köchin erzählt, auf Weicheier steht keine von denen, weder im Bett noch sonstwo. Ohne eine gewisse männliche Dominanz läuft gar nichts, schon deshalb nicht, weil sie alle von dieser Sorte Väter geprägt sind, gegen die du mit Hundeblick und Verständnisgetue gar nicht erst anzutreten brauchst, weil sie dir dann nämlich *den Kopf nehmen*, wie es so schön heißt. – Heutzutage natürlich im übertragenen Sinne.«

»Mein Freund Wolf, der Experte für Frauen aus aller Welt: ›Welcher Erdteil auch immer Sie sexuell interessiert, fragen Sie Doktor Wolf Erben, staatlich examinierter Völkerkundler und Vorficker.‹«

»Du verrennst dich.«

»Nichts für ungut, aber sowohl unsere Frauen als auch die Art, wie wir sie behandeln, hatten noch nie irgendeine Ähnlichkeit miteinander, und im Moment steht die Frage, welche Methode erfolgreicher ist, ziemlich unentschieden.«

»Du machst selbstverständlich, was du willst. Ich wollte es nur gesagt haben, um dir Schwierigkeiten und Schmerz zu ersparen.«

»Was wäre unser Leben und Lieben ohne Schwierigkeiten und Schmerz?«

Achim lachte laut ins Telephon, aber Wolf ließ sich nicht davon anstecken.

»Laß uns was trinken gehen, wenn du wieder bessere Laune hast.«

Nachdem er den Hörer aufgelegt hatte, ärgerte Achim sich: sowohl über Wolfs haarsträubende Theorien als auch über sein eigenes Gerede, mit dem er sich unwillentlich in die Rolle des naiven Spinners manövriert hatte. Er war verliebt, allerdings nicht zum ersten und vermutlich auch nicht zum letzten Mal. Daraus konnte eine Affäre werden oder das, was man Beziehung nannte, oder gar nichts. Das Gefühl würde sich in jedem Fall verändern, ins Unerträgliche wachsen, auf Normalmaß zusammenschrumpfen, sich in Freundschaft, Abscheu oder Haß verwandeln. Am wahrscheinlichsten war, daß es irgendwann verschwunden wäre und im Rückblick wie ein kindischer Irrtum dastünde, den man achselzuckend der Vergangenheit zuschlug. Bis dahin fand all das statt, wovon Bücher und Filme handelten, und das für einen informierten, nachmodernen Menschen eigentlich auf den Müll der Kulturgeschichte hätte gehören sollen. Aber auf dem Thron aus Wissenschaft und Vernunft saß ein ICH, das ohne Überhöhung und Verklärung seine Bedeutung verlor. Ohne den Mehrwert des großen Gefühls war die Mühsal, die jede Anwerbung einer Geschlechtspartnerin bedeutete, reine Energieverschwendung, und man konnte ebensogut ins Bordell gehen oder in ein Land ziehen, in dem die Ehen von den beteiligten Familien arrangiert wurden, oder gleich in den Rhein springen. Nichts von alledem hatte Achim vor, und deshalb blieb er bei seinem Entschluß, das Pflänzchen Liebe eine Weile zu gießen, selbst wenn er wußte, daß es aus Kunststoff war.

Sue Anh meldete sich, wie Eugen es vorhergesagt hatte, anderthalb Wochen nach ihrem Abgang, jedoch nicht, um zu Kreuze zu kriechen, sondern mit der kühlen Mitteilung, daß sie vom ersten Dezember an eine Beschäftigung in einem Reisebüro habe, die nicht nur besser bezahlt sei, sondern auch günstigere Arbeitszeiten und verbilligte Flüge nach Thailand biete. Sie sei Eugen nicht mehr böse wegen der unschönen Dinge, die er gesagt und getan habe. Wenn Not am Mann sei, könne sie auch in Zukunft aushelfen, allein aus Freundschaft zu Mitsuko, aber eben nicht regelmäßig und höchstens ein- oder zweimal pro Woche.

Eugen nannte Sue Anhs Auftritt »eine Frechheit«, faßte zusammen: »Damit kann ich nicht planen«, um dann zur entscheidenden Frage zu kommen: »Hast du nicht Lust, fest bei uns einzusteigen?«

Mitsuko nickte stumm und ohne Achim anzuschauen.

»Grundsätzlich gern«, sagte Achim. »Ich muß halt noch Zeit für andere Sachen haben.«

Da er Eugen bei aller wechselseitigen Sympathie für einen leidlich gerissenen Geschäftsmann hielt, bemühte er sich, den Eindruck zu erwecken, daß eine Zusage seinerseits eher ein Entgegenkommen, als ein Glück und seine Rettung vor der baldigen Pleite bedeutete. Er gab sich zögerlich und brachte Bedenken vor, nur um sie dem Restaurant zuliebe beiseite schieben zu können: »Ich weiß nicht einmal, wie lange ich in A. bleiben werde. Das hängt von den Angeboten ab. Aber sagen wir: Vier Tage die Woche würde ich voll arbeiten, nach Bedarf mehr – das ließe sich kurzfristig absprechen. Mir wäre nur lieb, wenn Mitsuko sich außerdem eine Studentin ausbilden würde, die uns in Stoßzeiten unterstützt und mich notfalls ersetzen könnte.«

»Das hatte ich sowieso vor«, sagte Mitsuko.

»Ich zahl' dir 15 Mark die Stunde, wie wir das abrechnen, sehen wir dann«, sagte Eugen.

Das war mehr als der Satz, den studentische Aushilfen üblicherweise bekamen.

Achim rechnete: Für Miete und sonstige Lebenshaltung bräuchte er etwa 30 Arbeitsstunden pro Woche. Seine Restaurantausgaben, seit Jahren der größte Posten in seinem Budget, würden gegen null gehen, die Abende, an denen er Geld in Kneipen und Clubs ließ auf der Suche nach einer Frau, die alles, oder zumindest diese eine Nacht, verwandelte, würden zwangsläufig weniger werden. Es blieb genug für

Bücher, und auch gelegentliche Käufe überflüssiger Dinge auf Flohmärkten oder bei Trödlern wären weiterhin möglich. Und vielleicht würde an seinen freien Tagen das innere Japan, dessen Existenz er seit Schultagen ahnte und von dem der Seelennebel während der vergangenen Monate immer neue Inseln freigegeben hatte, eine Küste werden, an der er landen könnte, um das Unbekannte zu finden, zumindest ein paar Gedichtzeilen oder ein Performance-Konzept, das irgendwohin führte, unabhängig davon, wie nah er Mitsuko käme.

Und dann war da auch noch Yun Tsi.

»Handschlag gilt?«

»Du glaubst doch nicht, ich setz' ein Papier auf.«

Einige hundert Jahre zuvor in Japan

Der unablässig fallende Schnee bedeckt alle Geräusche. Eng beieinander stehen Fürst Norishiges Pferde am Waldrand, atmen Wolken ins Heu und trotzen der Kälte. Ein Fuchs überquert die Fläche aus blendendem Weiß, umkreist den Bretterverschlag, springt über Brennholzstöße aufs Dach. Er spitzt die Ohren, nimmt Witterung auf, bis eine Windkehre ihm scharfen Rauch ins Gesicht bläst. Mit wenigen Sätzen ist er in den Büschen verschwunden.

Der Fürst tritt heraus. In seinen Zügen lodert Aufruhr. Wirre Gedanken fahren durch seinen Geist. Er knurrt einen rauhen Laut, läuft mehr als er geht auf das Tor des Töpferhofs zu, bleibt stehen, besinnt sich, beide Schwerter im Gurt. Vor Monaten ist er des Nachts ungefragt eingedrungen. Diesmal klopft er vernehmbar. Niemand soll an seiner Entschlossenheit zweifeln.

Kōsei sitzt an der Arbeit. Bei ihm die Schüler Ichirō und Kenji, jeder auf seinem Platz. Seit Stunden hat kein Wort die Bewegung der Hände gestört. Mit dem Schlag an das Hoftor ist die Stille zerbrochen. Sie muß von Grund auf neu errichtet werden, wie ein zusammengestürztes Gefäß.

»Frag, was er will«, sagt Kōsei.

Ichirō weiß, auch ohne daß er beim Namen genannt wird, daß es an ihm ist zu gehen. Er eilt durch den Schnee, barfüßig, öffnet das Tor einen Spaltbreit: »Der Meister läßt fragen, was Ihr begehrt?«

»Ich will mit ihm sprechen.«

Ichirō kehrt in die Werkstatt zurück: »Der Fürst will Euch sprechen.«

»Er soll kommen.«

Ichirō öffnet das Tor weit und verneigt sich: »Tretet ein.«

Norishige ist verwirrt. Daß ihm Einlaß gewährt werden würde, hatte er nicht erwartet. Der Widerstreit zwischen Ingrimm und Zögern zeigt sich in unsteten Blicken. Sie streifen Bambus, Gruppen von Stein, den mächtigen Ahorn.

Irgendwo hinter der Wand singt das Mädchen, das ihm täglich den Reis bringt, ein Lied vom Frühling.

Fürst Norishige klopft sich den Schnee von den Kleidern, wischt sich den zur Hälfte rasierten Schädel, bevor er die Werkstatt betritt. Aus grellem Weiß kommend, ist er im ersten Augenblick blind.

Kōsei erhebt sich nicht, weder schaut er ihn an, noch spricht er. Aber er hat das Werk unterbrochen, seine Hände ruhig auf die Schenkel gelegt.

Kenji beherrscht seine Züge, doch die Adern in den Schläfen schwellen ihm an.

»Meister«, sagt Fürst Norishige, die Hand am Schwert, »nach Sommer und Herbst ist es Winter geworden. Ich habe rauhe Feldlager überstanden, Schlachten zu jeder Jahreszeit. Entbehrungen fürchte ich nicht, noch schreckt mich der Tod. Aber tagaus, tagein verdampft in meiner Hütte Wasser für Tee, der keine Schale hat.«

»Gießt du siedendes Wasser in die ungebrannte Schale, fällt sie zusammen, und du verbrühst dich.«

»Was muß ich tun, um an die gebrannte Schale zu gelangen?«

»Bereite einen Tee aus dem verdampften Wasser im offenen Fleisch deiner verbrühten Hand.«

Fürst Norishige verneigt sich und geht.

Als er zur Hütte zurückkehrt, springt der Fuchs aus der offenen Tür. Im Maul einen sorgsam gehäuteten Hasen, sucht er das Weite.

8

Der Rhein fließt dahin

»Der Klausner am Lotosblumenhorn nahm seinen Stab in die Faust, hielt ihn seinen Hörern hin und sagte: ›Bis dahin haben es die Alten gebracht. Warum waren sie nicht bereit, dabei stehen zu bleiben?‹

Keiner der Zuhörer erwiderte ein Wort.

An ihrer Stelle antwortete er selbst: ›Weil dies keine Kraft für den Weg hat.‹

Erneut fragte er: ›Wie steht es nun also?‹ –

Und abermals antwortete er an ihrer statt: ›Sie legten sich ihr Eschenholz quer über den Nacken und gingen, ohne sich nach einem Menschen umzudrehen, geradewegs ins Gebirge der tausend und zehntausend Gipfel.‹«

Achim faltete den Zettel zusammen, auf den er *das Beispiel* aus der *Niederschrift von der Smaragdenen Felswand* notiert hatte, um seine Wirkung in der Natur zu prüfen. Er steckte ihn in die Jackentasche und scharrte mit dem Fuß einen Ast aus dem Sand. Auf der anderen Seite des Flusses sah er die Uferpromenade von B.-Taubenheim über Schwaden, die wie Gazetücher auf dem Wasser lagen. Die Ausflugslokale waren geschlossen, Sonnenschirme und Gartenmöbel warteten unter grauen Hüllen auf wärmere Tage. Weiter oben am Hang beherrschten die Häuser der Reichen das Bild. Viele

Fenster waren erleuchtet, obwohl es erst gegen Mittag ging. Achim dachte an Kunstwerke und Bibliotheken, an all die kostbaren Dinge, die *Familienbesitz* hießen und die ihm zeitlebens fehlen würden, da seine Eltern infolge von Krieg und Fortschrittsglauben nichts besaßen, das überzeitlichen Wert hatte und das er dereinst hätte erben können. Die Villen, ein Querschnitt durch die Baustile des 19. Jahrhunderts, waren umgeben von Gärten mit altem Baumbestand. Die mächtigen Tannen, die jetzt weithin sichtbar als Weihnachtsbäume erstrahlten, hätten einer mittleren Kleinstadt zur Ehre gereicht. An die Gärten grenzte entlaubter, grauschwarzer Wald, in dem diamantenbehangene Witwen ihre fetten Chiahuahuas ausführten und erfolgreiche Spekulanten ihre Weimaraner. Selbst für die höchsten Erhebungen der sanft auf- und absteigenden Hügellinie wäre der Begriff *Gipfel* lächerlich gewesen.

Links neben einem säulengeschmückten, klassizistischen Palais entdeckte Achim die betont moderne Architektur der Oleander-Klinik und verspürte etwas Galliges beim Gedanken an Wolf.

»*... tausend und zehntausend Gipfel.*«

Früher – nicht vor einigen Jahren, sondern in einem anderen Zeitalter, als die Welt noch Geheimnisse gehabt hatte und man sich auf Wanderschaft begab, um ihnen näher zu kommen, hätten ihn solche Sätze in einer Lebensphase wie dieser zweifellos dazu gebracht fortzugehen, in die Berge oder ins Weite – am Ende wäre die Unendlichkeit der Ebene nichts anderes gewesen als Gipfel, die auf Gipfel folgten – und eines Tages hätte er vielleicht das Ziel ohne Ort erreicht, ganz gleich, wo er gewesen wäre. Möglich aber auch, daß er sich gerade dadurch zum Idioten gestempelt hätte.

Achim hob den Ast auf, obwohl er weder von einer Esche

stammte noch zum Wanderstab geeignet war, und warf ihn fort, um mit etwas, das wenigstens ansatzweise einer Tat ähnelte, auf das Kōan zu reagieren. Im selben Moment schoß ihm ein scharfer Schmerz in die Schulter. Anders als die Stockschläge der alten Zen-Meister leitete er keinen Blitz spontaner Erkenntnis in sein Hirn. Der Ast platschte weit vor der Fahrrinne ins Wasser und würde binnen einer Stunde zurück ans Ufer gespült werden, statt mit der Strömung seinen langen Weg vorbei an Burgen und Kraftwerken, Weinbergen und Kuhweiden ins Meer anzutreten. Ein mächtiger, mit rostigem Schrott beladener Schubverband kämpfte sich flußaufwärts und zog eine Wellenspur nach. Achim tastete unter seiner Lederjacke die Schulter ab, um den Schmerzpunkt einzukreisen, was sinnlos war, da er im Inneren der Gelenkkapsel steckte. Er überlegte, ob vielleicht einseitige Belastung bei der Küchenarbeit die tiefere Ursache sein konnte. In den vergangenen Wochen war er ständig im Restaurant gewesen. Da er die Benutzung eines Messers nie ordnungsgemäß gelernt hatte, ließen seine Haltung und damit die Vektoren der Kraftübertragung zu wünschen übrig. Jetzt, am sechsten freien Tag in Folge, war die Muskulatur bereits wieder im Abbau begriffen, so daß Gelenke und Bänder nicht länger gehalten wurden und sein alberner Versuch, mit dem Werfen eines halbverrotteten Astes das anhaftende Selbst fortzuschleudern, in einer Zerrung endete.

Um dem Schmerz zu beweisen, daß er keine Macht über ihn hatte, suchte Achim einen flachen Stein und ließ ihn übers Wasser springen. Er setzte siebenmal auf, in der Schulter riß es erneut. Ihm blieben noch fünf Tage, um sie zu schonen. Achim seufzte. Er sehnte den 4. Januar herbei, an dem er endlich wieder neben Mitsuko in der Küche stünde. Eugen hatte entschieden, das Restaurant bis zum Ende der Schulferien zu schließen, da es noch nicht genug Stammgäste für ein Silvester-Menü gab und Mitsuko nicht bereit gewesen war, nur für die Thekenhocker zu öffnen, die allenfalls *Hausmacher Wurstplatte* aßen. Achim hatte daraufhin seinen Eltern einen Weihnachtsbesuch abgestattet und war am zweiten Feiertag in trüber Stimmung nach A. zurückgekehrt. Seitdem hatte er niemanden getroffen. Durch sein Ausscheiden aus dem Theater war die Zahl seiner Bekannten in der Stadt überschaubar geworden, genaugenommen beschränkte sie sich auf Wolf, der sich für eine Partywoche nach Teneriffa abgesetzt hatte, und die Belegschaft des Restaurants. Obwohl Langeweile Achim eigentlich fremd war, hatte er nichts mit sich anzufangen gewußt. Die Ideen für seine im weitesten Sinne künstlerischen Projekte waren bei näherer Betrachtung entweder unrealisierbar oder so vage, daß eine konkrete Ausarbeitung keine schnellen Ergebnisse versprach. Womöglich lähmte ihn eine fatale Mischung aus Liebeswehleid und Erschöpfung. Er hatte sinnlos ferngesehen, zu lesen versucht, und nach mehreren abgebrochenen Romanen war er schließlich in der *Niederschrift von der Smaragdenen Felswand* hängengeblieben, tausend Seiten in drei Bänden aus dem China des 12. Jahrhunderts, die er noch als Schüler bei einem Krefelder Antiquar gefunden hatte und seitdem in unregelmäßigen Abständen nicht verstand. Darin war wiederum die Frage nach dem Sinn des Kommens des Patriarchen aus dem Westen gestellt worden, doch anders als in den Versionen, die er und Mitsuko in Erinnerung gehabt hatten, lautete die Antwort diesmal weder »die Kiefer ...« noch »der Eichbaum im Garten« sondern: »Vom langen Sitzen müde.«

Er stellte sich vor, wie er Mitsuko von der alternativen Antwort erzählte: Sie würde lächeln, ein wenig gequält, um dann stillschweigend darüber hinwegzugehen oder umständlich zu signalisieren, daß es ihr unangenehm war, von ihm immer wieder auf diese alten Geschichten gestoßen zu werden, die sie vor vielen Jahren auf der anderen Seite der Erde abgelegt hatte wie die Kimonos ihrer Vorfahren.

Achim starrte in den Himmel und drehte sich im Kreis. Über den nördlichen Hügeln öffnete sich die hellgraue Wolkendekke, die seit dem Morgen undurchdringlich gewesen war, und dahinter trat ein unwirtliches Blau zutage, das gar nicht erst vorgab, mit der Sonne in Zusammenhang zu stehen.

Der Schmerz zog von der Schulter in die Brust und vereinigte sich mit dem, der vom Herzen abstrahlte. Seit er Mitsuko zuletzt gesehen hatte, war die Frage nach den Hoffnungen, die er sich machen oder nicht machen durfte, von Tag zu Tag drängender geworden. Im selben Maß wie ihr Gesicht, der dunkle Grund ihrer Augen sich verflüchtigt hatte, waren die Zweifel gewachsen, daß es überhaupt Zeichen gab, die ihn berechtigten, auf ihrer Seite etwas wie Liebe zu vermuten. Bis jetzt hatte er außerhalb der Küche nicht einmal eine Viertelstunde allein mit ihr verbracht, so daß keine Gelegenheit zu echter Vertraulichkeit gewesen war. Trotzdem hatte er sich aufgrund der Blicke, Gespräche und Gesten, solange sie Tag für Tag fortgesetzt wurden, eingeredet, daß Mitsuko ihn wollte. Er hatte sie so genau beobachtet, wie es unter den gegebenen Umständen möglich war, um die verschiedenen Spielarten ihres Verhaltens Männern gegenüber einordnen zu können: Vor Ozawa Takeshi benahm sie sich, ebenso wie vor allen anderen Japanern, nahezu geschlechtslos. Für Eugen war sie bei guter Laune ein kokettes Mädchen; wenn Abscheu den Grundton ihrer Empfindungen bildete, behandelte sie ihn, als wäre er nicht vorhanden; gerieten sie offen in Streit, herrschte sie ihn an wie einen Lakaien. Nur Achim führte sie sich in ihrer ganzen Weiblichkeit vor, verlockend und klug, souverän und verletzlich. Sie schminkte sich überhaupt erst, seit er in ihrer Küche arbeitete – zumindest bildete er sich das ein –, zog einen Lidstrich, der ihr etwas Raubtierhaftes gab, und legte dunkles Rosé auf die Lippen. Ganz gleich, welchen Ton sie Eugen oder sonstjemandem gegenüber noch eine Sekunde zuvor angeschlagen hatte, ihn umwarb sie, soweit es ihre anerzogene Zurückhaltung erlaubte. Trotzdem bewahrte sie eine Unnahbarkeit, die ihn daran hinderte, ihr in den Nacken zu greifen, sie an sich zu reißen und zu küssen oder wenigstens etwas zu sagen, das den Schwebezustand beendet hätte. Es schien, als wollte sie ihm und sich selbst noch in den Momenten größter Nähe ins Bewußtsein rufen, daß eine Affäre in eine Katastrophe münden würde. Dazu paßten auch beiläufig eingestreute Bemerkungen wie »Eugen war eine Zeitlang Profiboxer« oder »Eugen hat eine Waffe zu Hause«, auf die vieldeutiges Schweigen folgte.

»Wahrscheinlich stimmt, was Wolf sagt«, murmelte Achim. »Die große Liebe ist eine Erfindung der Literatur, so wie das Paradies eine Erfindung der Religion ist.«

Zwei Kormorane zogen unmittelbar vor ihm über die Wasseroberfläche. Vor zehn Jahren noch hatten sie auf der roten Liste der aussterbenden Arten gestanden, lediglich Restpopulationen an der Küste waren übrig geblieben. Inzwischen drangen sie in immer größerer Zahl ins Landesinnere vor. Obwohl ihr bösartiges Äußeres und der ätzende Kot, mit dem sie die Bäume ihrer Kolonien entlaubten, es einem nicht leicht machten, mußte man ein Zeichen der Hoffnung in ihnen sehen.

Zwei Tage später traf Achim Yun Tsi in der Gerhardstraße. Er hatte sich von seinen Eltern Geld für eine französische Kasserolle aus Gußeisen gewünscht, die er seit Jahren anschaffen wollte, um eine Versuchsreihe zum Thema »Schmorfleischgerichte« zu beginnen. Seine Mutter war großzügig gewesen, weil sie sich ständig sorgte, daß er kurz vor dem Hungertod stand, und hatte vierhundert Mark in den Umschlag gesteckt, doch während der trüben nachweihnachtlichen Tage war Achim außerstande gewesen, am Wirtschaftsleben teilzunehmen, und hatte Menschen gemieden. Es war ein düsteres Silvester gefolgt, allein mit zwei Flaschen Bordeaux, die Eugen ihm geschenkt hatte, und ein Neujahrstag, der so zukunftsträchtig wie ein Haufen zerknülltes Geschenkpapier gewesen war. Aus irgendeinem Grund hatte sich die Verfinsterung seiner Seele am Samstagmorgen endlich verzogen, und er war beinahe euphorisch in die Innenstadt gefahren, um die Kasserolle zu kaufen. Da sie weniger als die Hälfte des Geschenkgeldes kostete, nahm Achim noch ein hochwertiges Ausbeinmesser mit, dazu Edelstahlsiebe in drei Größen, einen Zestenschneider, einen Apfelausstecher, eine Kartoffelpresse und einen Trüffelhobel. Dementsprechend bepackt, war er auf dem Weg zur Straßenbahnhaltestelle, als plötzlich eine kleine Frau in wattierter Jacke an ihm vorbeirannte, unmittelbar vor ihm drehte und sich ihm in den Weg stellte, so daß er fast in sie hineingelaufen wäre.

»Frohes neues Jahr wünsche ich dir!« sagte Yun Tsi.

Unter der Kapuze, aus der brauner Kunstpelz herausquoll, sah sie aus wie ein Eskimomädchen: »Hast du schön gefeiert?«

»Mittelschön.«

»Schade, daß wir uns nicht vorgestern getroffen haben. Dann hätte ich dich zur Germanisten-Party mitgenommen.«

»Ich hatte einen ruhigen Abend zu Hause.«

»Mit deiner Freundin?«

Achim lächelte so vielsagend wie möglich. Ihm blies eisiger

Wind ins Gesicht. Für ein längeres Gespräch draußen war es zu kalt, aber er wollte die Gelegenheit auf keinen Fall ungenutzt lassen: »Sollen wir einen Kaffee trinken?«

»Wenn du Lust hast.«

»Nichts, was ich lieber täte.«

»Das glaube ich nicht.«

»Gut: fast nichts.«

»Hast du Mitsuko getroffen?«

»Zuletzt am Dreiundzwanzigsten, als du dabei warst.«

»Ich dachte, du wärst ihr ... bester Freund.«

»Unsinn.«

»Jeder mag bestimmte Menschen lieber als andere. Ich auch.«

»Gehen wir ins *Café Brunnen*?«

»Warum nicht.«

Das *Café Brunnen* war weitläufig und in nachgeahmtem Art déco eingerichtet. Ruhige Jazzmusik sollte für Wärme sorgen und die Gespräche schützen. Achim wies auf einen Tisch in der Ecke, an dem sie beide mit dem Rücken zur Wand und Blick quer durch den Raum sitzen konnten.

»Hier?«

Yun Tsi nickte. Sie entledigte sich ihrer Jacke so langsam, als würde sie dafür bezahlt. Darunter trug sie ein eng anliegendes schwarzes Strickkleid zu Schnürstiefeln. Achim sah, daß alle Männer ringsum aufschauten und sie auszogen, während Yun Tsi sich in Zeitlupe auf dem roten Lederpolster niederließ, ihr lackglänzendes Haar schüttelte, mit gespreizten Fingern kämmte und zu einem Pferdeschwanz band, damit ihre Wangenknochen besser zur Geltung kamen.

»Was hast du die letzten Tage gemacht?« fragte er.

»Gelesen, ein Referat vorbereitet, Hausarbeit geschrieben ...«

»Und ist Interessantes dabei?«

»Schon.«

Achim kratzte sich hinterm Ohr. Er war noch nie einer Frau begegnet, die einem so hemmungslos und ohne auszuweichen in die Augen starrte wie Yun Tsi. Sobald eine Gesprächspause eintrat, kämpfte er gegen den nach allen Regeln nonverbaler Kommunikation in Westeuropa logischen Reflex, mindestens seine Hand auf ihre zu legen. Da es sich entweder um ein interkulturelles Mißverständnis oder um eine Falle handeln mußte, erkundigte er sich noch einmal nach ihrem Studium, obwohl sie keine große Lust zu haben schien, sich darüber zu unterhalten: »Begeistert klingst du nicht?«

»Es ist ein bißchen sinnlos. Aber das macht mir nicht viel.«

»Inwiefern sinnlos?«

»In Peking hätte ich Professorin werden können, wahrscheinlich war das sogar vorgesehen. Aber in Deutschland gibt es keine Chance auf eine akademische Karriere für mich. Nach dem Studium werden sie mich nach China zurückschikken. Da kann ich vielleicht in einem Restaurant arbeiten, so wie hier. Es sei denn, ich finde einen deutschen Mann, der mich heiratet. Wenigstens zum Schein.«

Das Angebot – und anders ließ sich ihr letzter Satz kaum deuten – kam so überraschend für Achim, daß er seine Gesichtsmuskeln für entscheidende Sekundenbruchteile ebensowenig im Griff hatte wie seine Augen, die nach hektischen Sprüngen quer durch den Raum jetzt unbeholfen auf der Tischplatte klebten. Er ordnete seine Züge zu einem Grinsen, das ironisch sein sollte, und fragte: »Schon einen ausgesucht?«

»Im Studentenwohnheim gibt es einen Perser, der mich sofort nehmen würde, aber er nützt mir nichts. Dabei sieht er gut aus, und er kann kochen.«

»Immerhin.«

»Die ausländischen Studenten machen einiges zusammen, wenn Uni-Ferien sind und die Mensa geschlossen hat.«

»Wohnen viele Chinesen dort?« fragte Achim, um die deutschen Männer außer Sichtweite zu bringen.

»Zwei Frauen aus Nanjing und ein Doktorand aus Shanghai. Aber die interessieren mich nicht.«

Obwohl er danach gefragt hatte, interessierten sie Achim ebensowenig, und er nutzte die Gelegenheit, dem Gespräch eine Wendung ohne jeden Zusammenhang zu geben: »Kennst du eigentlich die *Niederschrift von der Smaragdenen Felswand*?«

Yun Tsi sah ihn an, als hätte er gefragt, welches seiner Eßstäbchen er in die linke und welches in die rechte Hand nehmen solle, und fing an kichern.

»Was ist daran komisch?«

»Nichts.«

»Warum lachst du dann?«

»Stell dir eine Chinesin vor, die einen Deutschen in einer Pekinger Nudelsuppenküche fragt, ob er das *Nibelungenlied* kennt?«

»Naja ...«

»Du kommst immer mit diesen alten Geschichten. Als ob China ein Antiquitätengeschäft wäre.«

»Kennst du es oder kennst du es nicht?«

»Ich kenne das schon. Aber natürlich nicht alles.«

»Und was denkst du darüber?«

»Wie heißt der Mann, der Siegfried getötet hat?«

»Hagen.«

»Und jetzt?«

»So heißt er halt.«

»Die modernen Chinesen haben andere Probleme. Sie

interessieren sich für das, was heute passiert. Und in der Zukunft. Was aus ihrem eigenen Leben wird. Nicht, was in alten Büchern steht.«

»Und was passiert heute?«

»Das hängt von dir ab.«

In diesem Moment kam die Bedienung. Achim bestellte Earl Grey und Yun Tsi Cappuccino.

»Lustig, daß wir uns getroffen haben«, sagte Achim.

»Ja. Sehr lustig.«

»Ich habe schon öfter gedacht, daß ich mich mit dir gerne in Ruhe unterhalten würde.«

»Im Restaurant kann man nie normal reden. Es sind immer diese Leute da, Eugens Freunde. Selbst wenn die Arbeit fertig ist, hängen sie da rum.«

Während Yun Tsi über Eugen, Holm, Otto und die anderen herzog, überlegte Achim, was für ein Thema er als nächstes probieren könnte, wenn sie weder über ihr Studium noch über die Kultur des alten China reden wollte. Er bemühte sich den Eindruck zu erwecken, daß er aufmerksam zuhörte, nickte oder warf »das stimmt« ein, während sein Blick der Linie ihres schlanken Halses folgte, bei den Schlüsselbeinen verharrte, versuchte, sich die Form der Handvoll Brüste vorzustellen, die sie in einem sehr massiven BH verpackt hatte. Er glitt die Wellenbewegung der Rippen zur Taille hinunter, verweilte bei dem kleinen Schatten, den das Becken warf, und während sein Bewußtsein im Nabel versank, hörte Achim sich fragen: »Bist du mal in Holms Laden gewesen?«

Yun Tsi machte ein Gesicht, als wollte sie ausspucken, doch dann zog sie nur kurz die Nase hoch und erklärte, wenn sie zu Angst vor Männern neigen würde, wäre dieser Holm Wiesloch der Typ, vor dem sie Angst hätte. Freiwillig würde sie dessen Geschäft jedenfalls nicht betreten.

Achim, der mehrfach in Holms Zoohandlung gewesen war, weil er überlegte, sich einen Papagei oder wenigstens einen Sittich zu kaufen, mochte Holm mit jedem Mal mehr, entschied aber, nichts gegen Yun Tsis Instinktreflexe einzuwenden, solange er nicht entschieden hatte, ob er mit ihr auch praktisch ins Bett wollte. – Heute eher nicht. Dafür war die Lähmung der vergangenen Woche noch nicht weit genug abgerückt. In drei, vier Tagen sähe vielleicht alles anders aus. Je nachdem wie Mitsuko sich verhielte. Gut möglich, daß er sich dann ärgerte, eine günstige Gelegenheit verpaßt zu haben. Immerhin hatte sie gesagt, was heute passiere, hänge von ihm ab. Über die Möglichkeit einer Scheinehe sollte er nicht weiter nachdenken. Tatsächlich gefiel Yun Tsi ihm von Minute zu Minute besser. Sie würden einige Zeit zusammenwohnen müssen, schon wegen der Ausländerbehörde. Wenn das erotische Signalsystem der Chinesen nicht völlig andere Deutungsmuster erforderte, bedurfte es keiner großen Verführungskunst, daß sie mit ihm schlief. Ob sie laut schrie? Eher wimmerte? Oder nur schwer atmete, mit geschlossenen Augen, zusammengepreßten Lippen? Es sah ihre feinporige, vollkommen haarlose Haut, stellte sich vor, daß sie auf ihm saß, den Kopf in den Nacken warf, der Hals gerahmt von dem unglaublich schwarzen Haar, das zugleich kräftig und fein war und fiel wie ein Vorhang aus Seide.

»Du siehst aus, als dächtest du über etwas Wichtiges nach«, sagte Yun Tsi.

Achim fuhr sich mit den Händen durchs Gesicht, um sein Erröten zu kaschieren, legte die Stirn bedeutungsschwer in Falten und sagte: »Ich frage mich gerade, wann wir mit denselben Worten dasselbe meinen, und wann etwas ganz anderes?«

Als Achim am ersten Montag des neuen Jahres um zehn Uhr morgens in die Küche kam, stand Mitsuko am Mixer und warf Apfelstücke in eine dicke, dunkelbraune Flüssigkeit. Er verharrte einen kurzen Moment ohne zu atmen im Türrahmen und bewunderte ihre Schönheit und Konzentration, bevor sie ihn bemerkte und mit einem kurzen »Ah!« die Rückwärtsbewegung zum Schneidbrett abbrach: »Ich mache Tonkatsu-Sauce.«

Während sie sich die Hände an der Schürze abwischte, kam sie in vier schnellen Schritten auf ihn zu, ohne seinen Blick aufzunehmen.

»Frohes neues Jahr wünsche ich dir«, sagte sie, fiel ihm um den Hals und küßte ihm rechts und links die Wange statt in die Luft. Er legte ihr die Hand in den Rücken und spürte die warme, leicht verschwitzte Haut unter dem dünnen T-Shirt-Stoff. Mitsuko lehnte sich zurück, so daß er sie halten mußte, damit sie nicht das Gleichgewicht verlor. Jetzt endlich sah sie ihn an und sagte: »Gut, daß du schon da bist. Wir haben dich ein bißchen vermißt.«

»Ich dich auch«, sagte Achim und horchte wie ein Einbrecher auf Geräusche, die etwas über Eugens oder sonst eines Dritten Anwesenheit verrieten, während er ihr für Freundschaft zu lange und zu kurz für die Liebe den Rücken hinauf- und hinunterstrich: »Ist Eugen nicht da?«

»Zur Großmarkthalle.«

Achim spürte einen Schwindel, der in den Ohren kribbelte, dachte, wenn sie beide sich jetzt auf der Stelle entschieden, wäre alles möglich, hier auf der Arbeitsfläche zwischen Karotten und Weißkohl, und kaum daß das Bild aufgetaucht war, verachtete er sich für diese Vision aus dem Standardrepertoire der Sexindustrie, wünschte plötzlich, Eugen wäre nicht fort, sondern hier und würde ihnen alle Entscheidungsspielräume nehmen. Er hatte Angst. Während er noch mit sich rang, drehte Mitsuko sich aus seinem Arm, stand schon wieder am Brett und sagte: »Nach zehn Tagen fängt man an, als würde man neu eröffnen.«

»Was soll ich tun?«

»Kannst du Hähnchenschenkel ausbeinen?«

Obwohl er inzwischen gut hundert Hähnchenschenkeln die Knochen ausgelöst hatte und wußte, welche Schnitte wo und wie zu setzen waren, hatte er Respekt davor. Zugleich erfüllte es ihn mit einem elementaren Handwerkerstolz. Keiner der Köche, mit denen er zuvor gearbeitet hatte, wäre auf die Idee gekommen, eine solche Operation zu versuchen. Achim hatte sich, nachdem Mitsuko ihm die einzelnen Schritte gezeigt hatte, eine Packung gefrorene Billigschenkel im Discount-Markt gekauft und zu Hause geübt. Die Knochen mußten mit chirurgischer Präzision entfernt werden, sollte am Ende ein zusammenhängendes Stück Fleisch übrigbleiben, das man braten konnte wie ein Steak, und kein zerfetzter Lappen, der nur noch für *Yakitori-Spieße* zu gebrauchen war. Als der erste einwandfrei entbeinte Schenkel vor ihm gelegen hatte, war ihm auf einmal klar gewesen, welche Art Befriedigung Wolf aus seiner Arbeit zog.

»Hattet ihr schöne Feiertage?« fragte er, riß den Deckel der Plastikschale auf und legte ein Hühnerbein auf sein Brett.

»Eugen hat für mich gekocht. Gans mit Rotkohl, Backapfel und Kartoffelklößen. Wie es sich für eine deutsche Weihnacht gehört.«

»Willst du die Knochen für Brühe?«

»Gib sie mir hier rein.«

Mitsuko hielt ihm einen großen Topf hin.

»Silvester sind wir bei Enzo im *Grandezza Neapolitana* gewesen.«

»War es gut?«

»Es gab ein Menü, mit Fasan als Hauptgang.«

»Ich war nur einmal dort und fand es schnöselig.«

»Eugen kennt Enzo schon lange. Zu uns ist er nett.«

»Das Saltimbocca, das ich damals hatte, ist in Ordnung gewesen.«

»Ansonsten haben wir viel ferngesehen, Sport vor allem: Skispringen, Eiskunstlauf ...«

»Interessiert dich das?«

Sie zuckte mit den Achseln.

Achim zielte und warf den nächsten Knochen, der sich in der Luft drehte wie ein Trapezartist, in den Topf, da Mitsuko ihn außerhalb seiner Reichweite abgestellt hatte.

»... Willi und Anneliese haben uns auch mal eingeladen. Zu *Döppekoche*.«

»Sagt mir nichts.«

»So eine Art Kartoffelkuchen aus dem Ofen, ziemlich komisch. Eugen sagt, nach seinem Familienrezept würde er mir auch schmecken. Und Holm ist dauernd zu Besuch gekommen, mit Otto natürlich.«

Achim stellte sich vor, wie Mitsuko mehr oder weniger zu Hause gefangen gehalten worden war und ohne den Schutz ihrer Küche ununterbrochen Gespräche mit Leuten hatte führen müssen, die ihr bestenfalls gleichgültig waren. Eugen hatte eine Flasche Wein nach der anderen aus dem Keller geholt, dann Obstbrände aufgetischt, irgendwann war es zu absurden politischen Streitereien gekommen, und Mitsuko hatte zusehends stumm dagesessen, verrammelt wie eine belagerte Stadt. Ihre Stimme klang vollkommen gefühllos, während sie davon erzählte, als gehörte sie einer Person, die sich selbst abgeschaltet hatte.

Achim gab seinem Gesicht einen Ausdruck verhaltenen

Mitleids, in dem durchschimmern sollte, daß er das Ausmaß ihrer Vereinsamung begriff.

»Aber ich habe auch neue Sachen ausprobiert.«

Ihr Gesicht hellte sich ein wenig auf.

»Abalone?«

»Habe ich immer noch nirgends bekommen. Nein: chinesische Rezepte.«

»Von Yun Tsi?«

»Sie hat keine Ahnung vom Kochen, glaube ich.«

»Sie behauptet, schon.«

»Mein Vater hat mir Bücher aus Taiwan geschickt.«

»Kannst du die lesen?«

»Das meiste. Nur nicht aussprechen. Hast du schon mal *Jiao Zhi* gegessen?«

»Keine Ahnung. Was ist das?«

»Chinesische gefüllte Nudeln. Mit Fleisch- oder Fischfarce. Oder mit Garnelen oder vegetarisch. Ich mache welche für dich. Vielleicht Mittwoch.«

Bevor die offene Stelle, die das Dahindämmern der Festtage verursacht hatte, sich schloß und Mitsuko wieder reibungslos im Küchenbetrieb funktionierte, sagte Achim gegen alle japanische Zurückhaltung: »Du wirkst unglücklich.«

Mitsuko sah von der Arbeit auf, erschrocken, als hätte er ihr einen Tritt in den Rücken versetzt. Sie schluckte, biß gleichzeitig die Zähne zusammen. Achim war sicher, daß sie mit Tränen kämpfte.

»Es ist nicht immer einfach, allein in einem fremden Land zu sein«, sagte sie.

Plötzlich hatte sie einen starken Schweizer Akzent.

»Möchtest du manchmal zurück nach Japan?«

»Auf gar keinen Fall. Aber das ändert nichts daran, daß ... Hier gehöre ich eben auch nicht hin.«

»Du meinst, die Leute, mit denen du zu tun hast, geben dir das Gefühl ...«

»Es liegt nicht an den Leuten. Jedenfalls nicht nur. Ich kann hier gar nicht dazugehören.«

»Ich auch nicht, wenn dich das tröstet: Ich bin kein richtiger Schauspieler, kein Künstler, kein Dichter, kein Koch. Und was ich sonst noch alles war, bin ich noch viel weniger: Gärtner, Lagerist, Bürogehilfe, Erntearbeiter ...«

»Vielleicht verstehen wir uns deshalb.«

Achim hatte seine zehnte Hähnchenkeule entbeint und fragte: »Soll ich noch eine Packung vorbereiten?«

»Vielleicht fünf Stück, wenn du magst. Die anderen kannst du für Spieße enthäuten und kleinschneiden.«

Er ging zum Kühlschrank. Unmittelbar hinter ihr blieb er stehen, verfolgte einen zähen Gedanken, schaute auf die Fleischstücke in der Dose, wischte die andere Hand am Tuch ab und fuhr ihr leicht über die Schulter bis zum Halsansatz. Mitsuko sah weder auf, noch wandte sie sich um. Die Luft war eingedickt, jede Bewegung mußte ihren eigenen Widerstand überwinden, selbst die Stimmbänder reagierten mit Verzögerung, so daß Achim, das, für das er nach Worten suchte, nicht mehr sagen konnte, denn im selben Moment hörten sie beide, wie die Eingangstür geöffnet wurde. Achim kam zu sich, als hätte der kalte Atem eines vorbeifliegenden Dämons seine Stirn gestreift, setzte seinen Gang zum Kühlschrank fort und tauschte ausgebeintes Fleisch gegen Fleisch mit Knochen. Es klopfte, und ohne eine Antwort abzuwarten, stand Sue Anh im Raum, auf sehr hochhackigen Schuhen und mit grellroten Lippen. Sie trug ein neues, lila gefärbtes Lederjäckchen, ließ den Blick durch den Raum gleiten, verweilte erst bei Achim, dann bei Mitsuko und sagte: »Ist ja interessant.«

»Schönes neues Jahr«, erwiderte Mitsuko.

»Werde ich haben. Wo ist Eugen?«

Achim hatte Sue Anh oft gesehen und immer nett mit ihr geplaudert, am Personaltisch oder wenn er von ihr bedient worden war, und staunte jetzt ebenso über ihren Tonfall wie über die herrische Art ihres Auftretens.

Mitsuko streckte sich, wurde scharfkantig und sagte: »Nicht hier.«

»Das sehe ich. – Im Keller?«

»Nein.«

»Oh, ihr seid allein.«

»Wir haben zu tun.«

»Eugen hat gesagt, ich soll Anfang des Jahres vorbeikommen, damit wir besprechen, wann ich arbeite.«

»Davon weiß ich nichts.«

»Hast du ihn ... deinen Freund Achim, hast du ihn jetzt fest? Als Mann für alle Fälle.«

»Das geht dich nichts an.«

»Daß Eugen gemein ist, wußte ich, aber daß er ein Komplettidiot ist, hätte ich nicht gedacht.«

»Paß auf, was du sagst.«

»Ich sage, was ich denke. Anders als ihr, bin ich nämlich ehrlich. Weißt du, was ich denke?«

»Nein, und es interessiert mich auch nicht.«

»Daß du dir deinen Liebhaber in die Küche geholt hast ...«

Achim stand vor seinem Schneidbrett und sah sich die Szene an, als hätte sie nicht das geringste mit ihm zu tun.

»... du hast dir den Kleinen um den Finger gewickelt. War aber auch nicht besonders schwer, oder? Jetzt läßt du ihn ein bißchen an deine Muschi und machst mit ihm, was du willst.«

Sie drehte sich auf dem Absatz in Achims Richtung und sagte: »Merkst du nicht, daß sie dich ausnutzt? Mit mir hat sie das auch versucht. Allerdings hatte ich nicht deinen Spaß dabei. Ich könnte dir Sachen erzählen. Du hast ja keine Ahnung, was hier wirklich gespielt wird. Frag sie doch mal nach ihren japanischen Freunden, was die so treiben. Ich habe es zum Glück rechtzeitig gemerkt … Aber du liebst sie, du Armer.«

»Raus«, fauchte Mitsuko, »sofort.«

»Ich lasse mir von dir nicht den Mund verbieten, nur weil du die Wahrheit nicht verträgst. Sieht doch jeder, daß er blind vor Liebe ist, hörig wie ein Hündchen – kriegt er auch Leckerli, wenn er artig ist?«

Achim schaute immer noch zu wie ein Unbeteiligter, dachte: ›Was ich auch sage, setzt uns ins Unrecht‹, und: ›Ich habe noch nie eine Frau geschlagen und werde es auch diesmal nicht tun.‹

»Ich bin jetzt also endgültig raus. Einfach weggeworfen …«

Sue Anh war im Begriff, die Tonlage zu wechseln, vom Spott zum Melodram, ihre Stimme klang bereits gepreßt.

Achim spürte Gelächter in sich aufsteigen und schluckte es hinunter.

Mitsuko griff in eine Schublade und nahm eine schmale, flache Lackschachtel heraus. In den Deckel waren goldene Kanji geprägt. Sie hob ihn mit beiden Händen ab, obwohl er nicht besonders schwer zu sein schien. Ein graues Öltuch glitt zu Boden, und plötzlich richtete sie ein Messer, dessen Klinge länger war als ihr Unterarm, auf Sue Anh.

»Wenn du nicht auf der Stelle verschwindest, wirst du tot sein«, sagte sie ruhig und ohne daß ihr Gesicht eine andere Regung als Ernst verriet.

Sue Anh kreischte auf, lang und schrill, holte noch einmal Luft, schrie: »Sie will mich umbringen!« und rannte hinaus.

Die Ausgangstür quietschte, glitt langsam ins Schloß, und mit einem »Klack« wurde es still.

Achim war bleich. Ihm klebte die Zunge am Gaumen. Er hatte keinen Zweifel, daß die Auseinandersetzung tödlich geendet hätte, wäre Sue Anh nicht geflüchtet.

Er schaute Mitsuko an. Ihre Züge gaben noch immer keine Empfindung preis. Sie hob das Tuch auf, wickelte sorgsam das Messer ein, froh, etwas tun zu können, das Aufmerksamkeit erforderte.

Was Sue Anh gesagt hatte, war nicht mit ihr hinausgerannt. Es füllte den Raum. In welche Richtung auch immer sie sich bewegten, sie stießen daran. Daß Mitsuko ihn ausnutzte, hielt Achim für lächerlich, aber er spürte Mitsukos Furcht, er könnte dergleichen denken. Spräche er davon, würde er ihre Befürchtung bestätigen, also sagte er nichts. Und seine Liebe lag jetzt offen auf dem Tisch. Er hätte sie mit einem Satz zurücknehmen können, doch er schwieg auch dazu. Mitsuko sollte sie sich in Ruhe anschauen und entscheiden, was sie damit anfing.

Es wurde ein ruhiger Abend im Restaurant, lediglich eine Handvoll Gäste war zu versorgen.

Als Achim nach Hause kam, fand er Neujahrsgrüße von Wolf auf dem Anrufbeantworter, und da es noch vor Mitternacht war, rief er zurück.

Er erzählte nichts von Sue Anhs Szene. Das Gespräch wandte sich bald Mitsuko zu. Wolfs Blick auf sie war wie verwandelt. Hatte er bislang immer versucht, sie aus Gründen, die sein Geheimnis bleiben mußten, zur Tabuzone zu erklären, verkündete er jetzt: »Ich könnte sie haben, wenn ich wollte. Da bin ich mir hundertprozentig sicher.«

»Natürlich«, erwiderte Achim, »du könntest alle haben.«

»Sollen wir eine Wette abschließen: Zum Beweis bringe ich dir ein ... Was willst du haben? Ein Höschen? – Briefe schreibt sie wahrscheinlich nicht. Außerdem kenne ich niemanden aus ihrem Umfeld, der sie mir aushändigen würde, wenn sie welche schriebe.«

»Du bist komplett übergeschnappt.«

»Mache ich nicht, keine Sorge. Wobei es eigentlich schade ist, daß wir diese Art Spiele aufgegeben haben. In der Hinsicht war das 18. Jahrhundert viel besser als sein Ruf. Und wesentlich amüsanter als die Gegenwart. Eine wehrhafte, stolze Frau wie Mitsuko zur Strecke zu bringen, das ist doch auch eine sportliche Herausforderung. Wobei, die eigentliche Schwierigkeit wäre nicht, sich mal eben mit ihr zu paaren, sondern ihr ein wirkliches Gefühl zu entlocken.«

»Du spinnst.«

»Vergiß nicht, daß die Japaner in uns Europäern halbe Tiere sehen, und für alle Überzivilisierten stellt das Animalische einen starken Reiz dar.«

»Mitsuko ist weder die Frau, die davon träumt, vom wilden Affen besprungen zu werden, noch hat dein pseudoproletarisches Getue irgend etwas mit entfesselter Natur zu tun. Sie ist außerordentlich subtil in ihrer Wahrnehmung und zurückhaltend in der Art, wie sie ihre Empfindungen zum Ausdruck bringt.«

»Weshalb sie auch mit diesem Ferdi Kapellen durchgebrannt ist.«

»Angenommen es gäbe diese Faszination des Ungeschliffenen bei ihr: Ich hätte in der Tat keine Lust, den Part des triebreduzierten Barbaren zu spielen. Ich begegne ihr von gleich zu gleich. Natürlich will ich noch näher an sie heran. Aber auf keinen Fall werde ich das Geistige, das uns verbindet, beschmutzen. Es würde zwangsläufig zerstört, wenn ich uns auf die Ebene einer schäbigen Affäre hinunterzöge. Dann liefe es auf häßliche Szenen hinaus, Beschimpfungen, vielleicht sogar Gewalt. Mit Yun Tsi wäre es etwas anderes, das gebe ich zu.«

»In Mitsukos Augen bleibst du ein Rohmensch, von jenseits des Mongolenreichs, selbst wenn du lernen würdest, alle Neigungswinkel der japanischen Verbeugung zu unterscheiden und dem Anlaß entsprechend zu benutzen. Als *wilder Mann* stellst du eine wirkliche Versuchung für sie dar. Du hättest sicher viel Spaß. Wahrscheinlich wäre sie völlig enthemmt. Aber wenn dich das nicht interessiert. Von mir aus. Wie sagt die *Marquise de Merteuil* noch gleich über diesen Musiker, den sie sich zum Schluß dienstbar gemacht hat: ›Wie die meisten Intellektuellen geht er ziemlich stupide vor.‹«

Einige hundert Jahre zuvor in Japan

Über der Werkstatt steigt Rauch als Säule in den lichtgrauen Himmel. Hinter den Wolken ist die Sonne erahnbar.

Fürst Norishige stapft seit Stunden im Kreis durch knietiefen Schnee. Er keucht und schwitzt trotz der Kälte. Wo er geht, vereist allmählich die Spur. Er rutscht aus, fängt sich ab, während vor seinen Augen das Weiß umschlägt in Geisterfarben und Dunkel. Es ist kein Gelöbnis, das er erfüllt, keine Übung, wie die Mönche sie tun, um alles *warum?* und *wozu?* auszulöschen – am Ende die Auslöschung selbst. Fürst Norishige versucht, sein Herz am Bersten zu hindern. Beim Erwachen hätte er töten können: den Töpfer, seine hochmütigen Schüler, sogar das Mädchen, das ihm täglich den Reis bringt. Noch immer hält er den Griff des Schwertes umklammert. Ein Fremder, der seine Bahn kreuzte, käme womöglich ums Leben. Norishige dreht Runde um Runde, spürt nicht, ob seine Füße erfrieren oder verglühen. Schritt für Schritt gelangt er nirgendwo hin. Dann, ohne ersichtlichen Grund, lockert sich plötzlich die Kralle um seine Brust, füllt der Atem tiefer die Lunge.

Norishige bleibt stehen, zieht sein Schwert, haut mit einem Schrei, der die Stille durchtrennt wie der Blitz eine mondlose Nacht, auf verdorrte Stengel am Waldrand ein. Die Kraft erschöpft sich in wenigen Hieben. Sein Arm wird schwer, als gehörte er einem Toten. Er hat vergessen, wie die Klinge zurück in die Scheide geführt wird.

Oben in den Wipfeln löst sich die Spannung zweier gegeneinander gewachsener Äste. Glasige Brocken älteren Schnees fallen herab. Norishige starrt in die Höhe, sucht nach dem Grund der Bewegung – tobende Eichhörnchen, ein Häher: Kein Wesen rührt sich. Die Schwingung ist schon zum Stillstand gekommen, nur das vom Schnee entblößte Holz bezeugt sie noch. Den Kopf im Nacken schwankt Norishige, vermeint einen kurzen Moment, es sei der Boden unter den Füßen, der sich bewege.

Im Gesträuch streiten die Spatzen um trockene Beeren und wären ein Grund für Gelächter.

»Die Leere ist leer, ist nicht leer«, raunt Norishige.

Langsam hebt er die Klingenspitze vom Boden, schaut das Schwert an, das ungezählte Knochen durchtrennt, Schädel gespalten hat: Vor diesem Gegner ist es machtlos.

Das, was nicht geschieht, zerrt an der Luft. In Norishiges Kopf schlagen Wortfetzen, Bilder übereinander. Geschrei von Siegern, das Ächzen der Sterbenden, von Frauen vor Lust. Gliedmaßen werden in Schlamm getreten. Auf Frühlingswiesen steht Blut in Lachen. Offene Schenkel von Gespielinnen ohne Gesicht. Eine Burg im Frühdunst. Feuerschein, der sie verschlingt.

Im Weiß ist jedwede Farbe enthalten, ins Weiß kehrt alles zurück.

Norishige läßt sich auf einen Baumstumpf fallen, noch immer das blanke Schwert in der Hand. Es verlangt nach einem Kundigen, der es pflegt wie das müde Roß nach der Schlacht. Hier in der Fremde wird sich niemand finden, diesen Dienst der Waffe eines flüchtigen Feindes zu erweisen. Selbst wenn er namenlos einen Meister aufsuchte – die Klinge verriete ihren Besitzer. Gerüchte folgten, auf ihrem Fuß die Schergen des künftigen Herrschers.

Vom Meer her kommt Wind auf. Leise beginnen die oberen Zweige zu rauschen. Norishige spürt einen feuchten Zug auf den Wangen. Er ist wärmer als noch vor Tagen, Geruch von Muscheln und Seegras. In der Höhe löst sich ein Tropfen, stürzt hinab und durchschlägt den Schnee.

9

Die Risiken des Lammfleischs

Eugen gegenüber behielt Mitsuko Sue Anhs Auftritt für sich. Auch zwischen ihr und Achim wurde er nicht noch einmal erwähnt. Beiden war klar, daß Lügen oder Entscheidungen die Folge hätten sein müssen, und sie wollten weder das eine noch das andere. Ihr Umgang bekam durch die Liebe, die nicht zurückgenommen worden war, und die Beschuldigungen, die wie nie erhoben sein sollten, eine neue Qualität, die sich vor allem in einer Fülle ebenso zielsicher herbeigeführter wie absichtslos erscheinender Berührungen äußerte. Jede für sich genommen sah zufällig aus. Kein Dritter, der nicht auf Beweise aus gewesen wäre, hätte sie als Zeichen erkannt, doch in der Summe bildeten sie einen heimlichen Austausch, der auch ohne Umarmungen eine zunehmende Vertrautheit der Körper zur Folge hatte. Allerdings fehlte Mitsuko ebenso wie Achim die letzte Gewißheit. Ständig wurden neue Gesten notwendig, da nur im Moment der Berührung selbst kein Zweifel bestand, daß sie tatsächlich gemeint war. Dieses Spiel hatte eine anhaltende Überempfindlichkeit der Haut zur Folge, die keinen noch so beiläufigen Kontakt verpassen wollte, so daß Achim manchmal das Herz bis zum Hals schlug, weil er im Vorbeigehen vom Kühlschrank gestreift worden war, und Mitsuko erschrocken zusammenfuhr, wenn sie sich sanft gegen die Türkante lehnte.

Achim wußte, daß er nur mittels stiller Beharrlichkeit näher an Mitsuko herankäme, und da das neue Jahr dem Restaurant wiederum regen Zulauf bescherte, arbeitete er meist fünf bis sechs Abende die Woche – deutlich mehr, als es ursprünglich seine Absicht gewesen war.

Seit Weihnachten hatte er sich lediglich an Fasching frei genommen, um den Monstrositäten rheinischen Frohsinns zu entrinnen, der aus der ganzen Stadt eine geschlossene Anstalt machte. Er war nach München geflohen, hatte dort einige angenehme Tage und Nächte mit seiner Freundin Birgit verbracht, die frisch von ihrem langjährigen Beinahe-Ehemann getrennt war und nicht die geringste Absicht hatte, mit ihm eine feste Beziehung einzugehen.

Als er am Donnerstag wieder neben Mitsuko in der Küche stand, wechselte sich der Nachklang der Befriedigung mit Anflügen schlechten Gewissens ab, gegen die er ebenso stichhaltige wie fadenscheinige Argumente ins Feld führte. Im Grunde fand er sich für die Treue zu einer Liebsten, die lediglich eine vage Möglichkeit in ferner Zukunft war, mit beinahe 29 Jahren und einer Vergangenheit von rund zwei Dutzend Frauen zu alt. Auf der anderen Seite machten sich die Verwerfungen des Betrugs in halbwahren Antworten und ausweichenden Blicken bemerkbar. Er mußte seine Erzählungen, wie er die Zeit in München verbracht hatte, um Birgits Anteil bereinigen, und darauf achten, daß ihm mit den Ersatzfiguren und -orten keine Fehler unterliefen. Trotz Dusche und frischer Kleidung irritierten ihn zudem Spuren ihres Frauengeruchs an den Fingerspitzen.

Es dauerte eine Weile, bis ihm wieder einfiel, daß er in München gekocht hatte. Genaugenommen hatte er sogar viel und aufwendig gekocht, es war nur in der Erinnerung von anderen Bildern überlagert worden. Das herausragende Angebot auf dem Viktualienmarkt und der Überschwang hatten ihn neue, zum Teil spontan entwickelte Rezepte versuchen lassen: Lammfilets mit Senfkräuterkruste, für die er frischen Thymian, Rosmarin und Majoran verwendet hatte und jungen Pecorino, dessen Schafsmilchnote die Kruste besonders aromatisch hatte werden lassen. Am nächsten Tag war ihm ein junger Fasan in die Hände gefallen, den er klassisch mit Speck umwickelt gebraten hatte. Er war überrascht gewesen, welch unglaublich aromatische Sauce der Vogel entwickelt hatte, obwohl er es aus zahlreichen Büchern hätte wissen müssen. Nicht einmal die Brust war ihm ausgetrocknet.

Achim redete sich von Gericht zu Gericht in wachsende Begeisterung, schließlich hatte er viele Freunde in München, die alle von ihm bekocht worden waren, wie schon zu der Zeit, als er noch dort gewohnt hatte. Er wedelte sich etwas zu häufig mit den Fingern vor der Nase herum und stellte sich vor, wie es wäre, mit Mitsuko fünf Tage zwischen Bett, Markt und Küche zu verbringen. Mitsuko, die seinen Ausführungen aufmerksam folgte, schien keine Zweifel an seinen Erlebnissen zu haben, hackte Zwiebeln und stellte die eine oder andere Frage. Mit einemmal wirkte sie seltsam abwesend, was Achim riesige bretonische Austern finden ließ, doch Mitsuko nahm kaum Notiz von ihnen, seufzte und sagte versonnen, als dächte sie an etwas ganz und gar Unmögliches: »Dein Lamm würde ich auch gerne mal essen.«

»Ich koche es für dich«, sagte Achim mit frischem Schwung und ohne zu denken, hörte dann leicht verzögert, während seine Lippen »Versprochen ist versprochen und wird nicht gebrochen« formten, das Echo dessen, was er zuvor gesagt hatte, zusammen mit: »Das würdest du wirklich tun? Ich mag so gerne Lammfleisch, und in der japanischen Küche kommt es praktisch nicht vor.«

Achim fühlte Panik aufsteigen, die sie auf keinen Fall bemerken durfte: »Ich lade dich – also Eugen und dich – zu mir nach Hause ein. Zur Abwechslung bist du der Gast.«

Mitsuko strahlte wie ein Kind und rief durch die Durchreiche: »Eugen, Achim kocht für uns. Ist das nicht toll!«

Im selben Moment streckte Yun Tsi den Kopf zur Tür herein und fragte: »Für mich auch?«

Er zählte zwei und zwei zusammen, verdrehte die Augen und sagte: »Warum nicht. Vier sind besser als drei. Allein was die Mengen anlangt.«

Sie verabredeten sich für den übernächsten Dienstag. Achim blieben anderthalb Wochen, um sich auf ein Menü vorzubereiten, das mindestens die Standards für eine Meisterprüfung erfüllen mußte. Einmal mehr haßte er sich für sein eigenes Gequassel, das ihn immer wieder fortriß und in Phantasien hineinzog, die sich eigentlich der Schönheit der Worte verdankten. Die Reaktionen der Zuhörer zeigten jedoch, daß sie sich keineswegs mit Sprachspielen zufriedengaben, sondern von einer Einlösung seiner Versprechen ausgingen, so daß ihm nichts anderes übrigblieb, als die Konsequenzen zu schultern, wollte er nicht als Schwätzer dastehen.

Er brachte allein zwei Vormittage mit der Suche nach einem Metzger zu, der ihm frische Lammfilets besorgen konnte. Noch schwieriger war es, ein Geschäft zu finden, das brauchbare Kräuter anbot. Um diese Jahreszeit hatte das Grünzeug, das die Supermärkte manchmal mit Wurzeln in Gärtnerei-Töpfchen verkauften, so wenig Geschmack, daß es höchstens für homöopathische Aufgüsse taugte. Natürlich hätte Eugen ihm alle Zutaten mitgebracht, doch dadurch wären Sinn und Zweck der Einladung zumindest teilweise ins Gegenteil verkehrt worden.

Während des Einkaufs und auch nachmittags bei der Vorbereitung des Essens, schwankte er zwischen Hochgefühl ob der Vorstellung, die beiden schönsten Asiatinnen, die er kannte, in wenigen Stunden mit einem großartigen Menü zu beeindrucken, und Verzweiflung angesichts der ebenso greifbar nahen Blamage. Hinzu kam eine schwelende Angst, die ganze Situation könnte ihm entgleiten und zu einer dieser Szenen führen, nach denen alle Beteiligten sich am besten nie wiedersahen.

In einem weiteren Anflug von Größenwahn hatte er sich für fünf statt vier Gänge entschieden und dies auch lauthals angekündigt: Als Vorspeise würde es *in Speck gebratene Riesengarnelen auf Keniabohnensalat* geben, danach eine *klare Ochsenschwanzsuppe mit Mangold und Knoblauch*, anschließend *Doradenfilets auf Fenchelgemüse*, als Höhepunkt die *provençalischen Lammlendchen* und schließlich *Vanilleparfait mit Rotweinfeigen*.

Er hatte bereits sechs Stunden am Herd gestanden, als Eugen und Mitsuko um halb acht klingelten. Yun Tsi folgte unmittelbar danach.

Achims Wohnung lag im Erdgeschoß und bestand aus einem Raum, der gut fünfzig Quadratmeter maß und nach hinten auf eine Terrasse hinausging, sowie einer Schlafnische, in der neben der Matratze gerade ein Stuhl Platz hatte. Die Küchenzeile wurde durch eine aus Ziegeln gemauerte Bar abgeteilt. Allerdings fehlten Hocker, auf denen sich die Gäste, während er kochte, zu Aperitif oder einem Schluck zwischen den Gängen hätten niederlassen können. Eugen wollte ohnehin stehen, wegen seines Rückens. Er hatte passend zum Essen eine Auswahl südfranzösischer Weine mitgebracht, was ein wenig Achims Stolz verletzte, ihn andererseits aber erleichterte, da er seinen eigenen Erwerbungen gegenüber skeptisch war.

»Willst du das alles trinken?« fragte Yun Tsi und schüttelte kichernd den Kopf.

Mitsuko zog die Jacke aus, schaute sich hastig um.

»Es ist das erste Mal, daß ich dich in einem Kleid sehe«, sagte Achim halblaut und küßte sie knapp neben den Mund. Das Kleid hatte ein schwarz-rotes Schachbrettmuster, das den Augen keine Ruhe ließ.

»Gefällt es dir?«

Er nickte.

Eugen stand in dunklem Anzug samt Krawatte vor ihm. Erst allmählich wurde sich Achim der vollen Bedeutung seiner Einladung bewußt. Yun Tsi immerhin war in Jeans und Rollkragenpulli gekommen. Er trug das gleiche. Lediglich die Grauwerte ihrer Pullis unterschieden sich.

»Ich bin etwas nervös. Ob alles klappt«, sagte Achim und zündete sich eine Zigarette an.

»Da habe ich keinerlei Bedenken«, sagte Eugen. »Soll ich noch etwas helfen?«

»Im Kühlschrank liegt Champagner, den kannst du öffnen. Gläser stehen hier ... Ich kümmere mich um die Vorspeise. Dauert zehn Minuten ...«

»After all / there are such things / and these are the things / that turn your memories back / into dreams / again ...«, sang Rickie Lee Jones im Hintergrund so durchscheinend und brüchig, als klänge sie aus einem Reich betrunkener Schatten herüber.

»... Oh, it's all flying and waving ...«

Achim hatte lange überlegt, ob er Musik auflegen sollte, und sich dann dafür entschieden, um peinlicher Stille vorzubeugen, sollte das Gespräch ins Stocken geraten. Die Sorge war überflüssig, da Eugen automatisch redete, sobald niemand sonst etwas sagte. Sein Fundus an Anekdoten und

Meinungen war unerschöpflich. Es gab kaum ein Thema, zu dem er nichts beizusteuern hatte.

Yun Tsi ging ans Bücherregal, schaute in aller Ruhe, zog hier und da einen Band heraus, las einige Zeilen, während Mitsuko zu Achim an den Herd trat. Achim sah sie mit gespielter Verzweiflung an: »Hoffentlich schmeckt es dir.«

»Soll ich dich lieber in Ruhe lassen?«

Er schüttelte den Kopf und warf die Bohnen ins Wasser: »Du siehst wunderschön aus. In dem Kleid.«

»Jetzt gibt es erstmal etwas zu trinken«, verkündete Eugen und drückte jedem ein Glas in die Hand. Er nahm Haltung an und wurde feierlich: »Lieber Achim, wir danken dir recht herzlich für deine Einladung. In den letzten Monaten, das kann ich mit Fug und Recht behaupten, ist zwischen uns ein Verhältnis entstanden, das ich gerne Freundschaft nennen möchte, und ich benutze dieses Wort nicht leicht. Mitsuko und ich sind sehr stolz auf diese Freundschaft. Es ist uns eine große Ehre, heute bei dir zu Gast sein zu dürfen, und wir wollen das Unsrige dazu beitragen. Zum Wohlsein.«

Achim hatte Mühe zu verhindern, daß seine Anspannung in Gelächter umschlug. Beim Anstoßen sah er sowohl Mitsuko als auch Yun Tsi tief in die Augen, als hätte das etwas zu bedeuten: ohnehin nicht dasselbe. Er nahm einen großen Schluck, schaltete die Flamme unter der Pfanne ein, wartete einige Augenblicke und legte behutsam acht mit Tiroler Speck umwickelte Riesengarnelenschwänze ins siedende Öl.

»Riecht gut«, sagte Mitsuko.

»Wahrscheinlich könnte man die Frage nach dem Sinn des Kommens des Patriarchen aus dem Westen auch mit ›Der Duft von gebratenem Speck‹ beantworten. Aber da du mich weder ohrfeigst noch auf die Knie fällst, war es wohl doch die falsche Antwort.«

Mitsuko tippte ihm mit dem Finger auf die Stirn, und Achim dachte hinter einem Grinsen: ›Auch diese Geste hätte den Durchbruch bringen können, hat sie aber nicht, warum?‹

Die Küchenuhr piepte. Er goß die Bohnen ab und drehte die Garnelen um. Ihnen verblieben zwei Minuten: »Ihr könnt euch schon an den Tisch setzen.«

Abgesehen davon, daß Achims Geschirr nicht den Ansprüchen der Spitzengastronomie entsprach, sahen seine Tellerarrangements professionell aus. Weder am Geschmack noch hinsichtlich des Gaumengefühls gab es etwas auszusetzen. Er fand seine eigene Sauce sensationell. Eugen war begeistert und sah sich im Hinblick auf Achim wieder einmal bestätigt. Yun Tsi sagte: »Das ist dir wirklich gut gelungen. Daran könnte ich mich gewöhnen.«

Mitsuko, auf die es ankam, stieß nach dem ersten Bissen eine Art Juchzer aus, der wohl dem japanischen Repertoire vorsprachlicher Laute entstammte, und schob beinahe tonlos »Perfekt« hinterher. Unter dem Tisch drängte sich ihr Knie gegen seins – nur kurz, aber so nachdrücklich, daß es kein Versehen sein konnte. In ihren Augen blitzte etwas auf, das bislang nicht darin gewesen war. Es hing zweifellos mit dem Essen zusammen. Achim ahnte auf einmal, warum sie diesen Schweizer Säufer geheiratet hatte. Wer etwas von den Geheimnissen der Kochkunst begriffen hatte, konnte zum Beispiel mit Hilfe einer Sauce Botschaften in ihren Organismus einschleusen, gegen die sie machtlos war. Wahrscheinlich drangen sie gar nicht bis in ihr Bewußtsein vor, sondern übernahmen die Herrschaft über ihr Gefühlsleben ähnlich einem Liebeszaubertrank früherer Epochen.

Das Gespräch begann mit dem Naheliegenden und umkreiste die Frage, warum deutsche Gemüsebauern keine zarten, stricknadeldicken Böhnchen anbauen konnten. Über

Ingwer, Mirin, Limettensaft, die Achim neben Thymian für seine Tomatenvinaigrette verwandt hatte, gelangte es zu den Möglichkeiten, asiatische Zutaten in europäische Gerichte zu integrieren. Achim sagte wenig, schlang seinen Salat hinunter, um möglichst schnell wieder am Herd zu stehen, da er den Ehrgeiz hatte, auch im Service Restaurantniveau zu erreichen. Solange noch etwas zu kochen war, fiel es ihm schwer, sich auf das Essen, geschweige denn die Unterhaltung zu konzentrieren. Sein Hirn spielte unablässig die verschiedenen Abläufe durch, die bei der Zubereitung der nächsten Gänge synchronisiert werden mußten.

Nach gut zweieinhalb Stunden schließlich hatte er es geschafft. Kein Gericht war mißglückt. Mitsuko erklärte, sie habe noch nie bei jemandem privat so gut gegessen und schon lange in keinem Restaurant mehr. Achim hing erschöpft auf seinem Stuhl und lächelte: »Die Kruste auf den Filets hätte krosser sein können«, sagte er, weil das Lob ihm fast zu viel wurde, »wahrscheinlich hätte ich doch Oberhitze nehmen sollen und zwanzig Grad mehr.«

»Ach was«, sagte Eugen und hob sein Rotweinglas. »Auf den besten französischen Koch der Stadt.«

Achim blies Rauch durch beide Nasenlöcher wie ein Stier, dem der Atem im Frost kondensierte. Er sah Mitsuko an und sagte: »Demnächst mußt du dann mal eine *Chanoyu* für mich machen«, errötete im selben Moment, weil es vermutlich ein grober Verstoß gegen alle Anstandsregeln war, sich bei einer Japanerin selbst zur Teezeremonie einzuladen.

Mitsuko lächelte und schlug die Augen nieder.

»Bestimmt macht sie das«, sagte Eugen: »Gell, Schatz.«

»Ich würde nicht darauf wetten«, zischelte Yun Tsi, so daß nur Mitsuko und Achim sie verstanden. An Mitsukos Lächeln änderte es nichts.

»War natürlich Spaß ... Aber deine Chawan würde ich wirklich gerne einmal sehen. Überhaupt deine Teekeramik. – Du hast richtig alte Stücke, oder?«

»Schon, auch.«

Achim konnte ihrem Ton nicht entnehmen, ob sie verstimmt war, und wartete. Nach einer Pause fuhr sie fort: »Aber diese ganzen Sachen sind unten im Schrank. Vieles habe ich gar nicht ausgepackt nach dem letzten Umzug.«

Achim hatte sich in den vergangenen Wochen nicht mehr getraut, nach ihrer Sammlung zu fragen, weil Mitsuko zuvor jedesmal unerklärlich abweisend reagiert hatte. Jetzt, im Gefühl des Triumphs und leicht angetrunken, ignorierte er alle Bedenken, zumal es bei Lichte besehen keinen vernünftigen Grund gab, das Thema Teeschalen zu meiden, als handelte es sich um eine finstere erotische Obsession: »Ich habe mich in den letzten Monaten viel mit japanischer Keramik beschäftigt. Soweit das von Deutschland aus überhaupt möglich ist. Es gibt einfach kaum Bücher. Die wenigen, die es gibt, bekommt man kaum, und dann sind immer dieselben Stücke abgebildet: eine rote Schale von Hon'ami Kōetsu, die *Zehn Könige* heißt, eine berühmte Shino-Chawan mit Namen *die Brücken-Prinzessin* ... Das meiste in Schwarzweiß, so daß man überhaupt keinen Eindruck bekommt. Neulich habe ich immerhin einen schönen Katalog mit *Karatsu*-Ware entdeckt ...«

Er stand auf, ging ans Regal und holte ein Buch, auf dem »*Karatsu-Yaki/Japan*« stand: »Die einfachen Pinselzeichnungen, auf diesen weißgrau, grünbeige changierenden Oberflächen ..., das erinnert mich an Beuys oder Tapies. Wenn ich es von dieser Ästhetik her betrachte, komme ich viel besser damit klar. Aber vermutlich ist das nicht der richtige Zugang ...«

Er sah Mitsuko erwartungsvoll an, doch Mitsuko sagte nichts.

»Wahrscheinlich muß man sich völlig von europäischer Keramik lösen, wenn man tiefer eindringen will. Bei uns gibt es im Grunde nur Töpferkurszeug, Folklore und Industrieproduktion. Alles gleich geistlos.«

Er hockte sich neben sie und blätterte ihr die Seiten auf, so daß sein linker Oberarm auf ihren Schenkeln ruhte: »Da finde ich auch die zeitgenössischen Meister großartig. Die Töpfer der Familie Nakazato zum Beispiel: Vordergründig bleiben sie ganz in der Tradition, trotzdem hat man nie das Gefühl, daß sie sich mit Nachahmung zufriedengeben ... Wirklich groß. Eine unglaubliche Sensibilität in der Oberflächenbehandlung.«

Mitsuko warf ihm aus den Augenwinkeln einen prüfenden Blick zu.

Yun Tsi stand auf, beugte sich zwischen sie und stützte sich mit dem Ellbogen auf Achims Schulter. »Sieht aus wie Song-Keramik. Aber die Song-Dynastie war fünfhundert Jahre früher.«

»Chinesische und koreanische Einflüsse sind natürlich wichtig für die Entwicklung bei uns gewesen«, erwiderte Mitsuko, ohne eine Miene zu verziehen: »Aber die japanischen Töpfer haben zusammen mit Rikyū und Furuta Oribe einen ganz neuen Weg eingeschlagen. Wie auch unsere Art, den Tee zuzubereiten ...«

»Aus meiner Sicht ist das Feudalismus: erstarrte Konventionen, um die sich ohnehin nur steinreiche Leute kümmern können«, sagte Yun Tsi.

»Du trinkst doch gar keinen Tee.«

Damit die japanisch-chinesischen Spannungen nicht eskalierten, ging Achim entschieden über sie hinweg: »Aber wenn man jetzt Tokoname nimmt: Da findest du fast nichts drüber. Trotz Tsujimura, der doch einer der bedeutendsten Meister überhaupt ist, nationaler Kulturschatz, jede Scherbe so teuer wie ein van Gogh ... Die Stadt taucht immer mal wieder als einer der *sechs alten Öfen* auf, aber das war es auch schon ...«

»Über Tsujimuras Leben ist fast nichts bekannt. Eigentlich nur, daß er sich töten mußte ...«

»Ach so?«

»Ich weiß nicht, ob Ieyasu persönlich den Befehl gegeben hat oder der Daimyō von Tokoname. Jedenfalls hat er Selbstmord begangen.«

»Warum?«

»Wegen eines Treueverstoßes.«

»Das steht auch nirgends.«

»Viele Leute aus der großen Zeit der Teezeremonie sind eines gewaltsamen Todes gestorben. Nicht nur Rikyū, auch Oribe und Yamanoue Sōji ... Sōji hat man vorher Nase und Ohren abgeschnitten. Und die Leiche irgendwo hingekippt wie einen Hundekadaver ... Meine ich mich zu erinnern. – Es ist sehr lange her, daß ich das lernen mußte, fast zwanzig Jahre.«

»Ich finde das überspannt!« sagte Yun Tsi, »Leute, die sich für Tonschalen umbringen. Und ich verstehe auch nicht, warum ihr da einen Kult draus macht. Von mir aus kann man es als historisches Phänomen analysieren – das war es dann aber auch.«

»Genau«, sagte Eugen, »wir reden jetzt nicht den ganzen Abend über tote Töpfer.« Er warf einen schrägen Blick in den Katalog: »So ähnlich sehen die Sachen, die du hast, doch auch aus. Bißchen windschief alles, und solche Tränen, wie wenn man beim Lackieren nicht aufpaßt. Im *Kannebäckerländchen* würde man damit durch die Gesellenprüfung fallen. Aber das ist natürlich etwas ganz anderes. Mehr für die einfachen Leute. Wir sind zwar nicht bedeutend, dafür aber bedeutend billiger.«

Mitsukos Mundwinkel zuckten so, daß Eugen, wäre er ein Samurai und sie seine Herrin gewesen, zweifellos auf der Stelle den Raum hätte verlassen müssen, um Seppuku zu begehen.

»Auch wenn ich keine Anhängerin von Mao bin: Für manches war die Kulturrevolution doch gut.«

»Es sind schöne und kraftvolle Dinge«, sagte Achim, »wie Poesie.«

»Aber Gedichte kosten nichts. Man muß nur dafür sorgen, daß die Leute lesen lernen.«

»Die meisten jungen Japaner interessieren sich weder für Gedichte noch für Teezeremonie«, sagte Mitsuko.

»Und du?«

»Ich hatte es fast vergessen, bis Achim mich danach gefragt hat.«

»Aber in deiner Familie wurden doch solche Antiquitäten gesammelt. Dein Vater hat sogar …«, setzte Eugen an.

»Sprich nicht über meine Familie!« fiel Mitsuko ihm ins Wort: »Davon verstehst du nichts.«

»Aber was bedeutet dir die Tradition?« fragte Achim, tapfer bemüht, die Gereiztheiten aus dem Gespräch zu nehmen: »Ich meine, du stammst aus einer Samurai-Familie, ich weiß nicht, ob es eine große …«

»Eine sehr berühmte …«, warf Eugen ein, als hätte er Mitsukos Zurechtweisung gar nicht gehört.

»Unsinn. Du hast keine Ahnung und redest immer solchen Stuß, daß es ganz peinlich ist.«

Eugen öffnete ungerührt die vierte Flasche und schnupperte

am Korken. Drei davon hatten Achim und er alleine getrunken: »Dafür versteh' ich etwas von einem guten Tropfen: Hier, versuch mal.«

Mitsuko ruckte ihr Gesicht von dem Glas weg, das er ihr hinhielt, und verzog angewidert die Mundwinkel. Im nächsten Moment strahlte sie Achim an und sagte: »Mein Vater hat viele kostbare alte Dinge. Einiges hat er mir mitgebracht in den letzten Jahren. Aber ich habe keine Ahnung, was aus all den Sachen wird, wenn er stirbt. Wahrscheinlich werden Mitsumi und ich es verkaufen lassen.«

Achim spürte die Wärme in ihrem Blick. Er hatte schon während des Kochens einiges getrunken, so daß weder seine Gedanken noch seine Artikulation noch so trennscharf waren, wie sie es in dieser Situation hätten sein sollen: »Ich glaube, daß es sich anders anfühlt, jetzt mal ganz gleich, ob man Deutscher oder Japanerin ist, wenn man aus einer Familie stammt, die fünfhundert Jahre oder noch älter ist und vielleicht sogar eine historische Rolle gespielt hat. Irgendeiner deiner Vorfahren war in dieser oder jener Schlacht, oder hat Verhandlungen geführt, die man in den Geschichtsbüchern findet. Das ändert den Blick auf das eigene Land, auch das Selbstwertgefühl, da bin ich mir sicher. Gerade wenn sich das in solchen Gegenständen materialisiert, die aufgeladen sind mit Vergangenheit. Ich stelle mir manchmal vor, wie das wäre, Bilder zu haben, die mein Ururgroßvater persönlich von Menzel bekommen hat, oder du hättest da eine Schale im Schrank, die Chojiro oder Tsujimura geformt hat und die vielleicht aus Rikyūs Besitz stammt oder Hideyoshi gehörte, und daraus trinkst du jetzt deinen Tee, einfach so ...«

Mitsuko nickte.

»Warum soll ich mein Selbstwertgefühl von Vorfahren abhängig machen? Das habe ich nicht nötig«, warf Yun Tsi ein.

»Mein Vater war Metzger und mein Opa auch, alle ...«

»Ich komme quasi aus dem Nichts«, fuhr Achim fort: »Ein Großvater meiner Mutter war Beamter in Berlin. Mehr weiß ich nicht. Es gibt keinen einzigen Gegenstand aus dessen Besitz, nicht ein winzig kleines Ding, ein Paar Manschettenknöpfe oder wenigstens den Totenzettel. Entweder ist es im Krieg verbrannt oder sonst irgendwie fortgekommen.«

»Was ich von meinem Opa geerbt habe, sind die Wurstrezepte«, begann Eugen, entschlossen, dem Gespräch jetzt endlich eine andere Richtung zu geben: »Ich weiß, wie man eine gute Leberwurst macht, die nach etwas schmeckt. Oder eine Blutwurst. Oder Schwartenmagen ...«

Mitsuko hatte ihr Gesicht geschlossen. Sie würde heute und in dieser Runde nichts mehr von sich preisgeben.

»... Majoran, soviel kann ich verraten, ist entscheidend, bei der Leberwurst, zum Beispiel: eine Handvoll frischer Majoran, wie du ihn für deine Lammnüßchen benutzt hast. Und schon hast du gewonnen. – Fast gewonnen.«

Achim wurde plötzlich von unendlicher Müdigkeit überfallen. Hin und wieder stieß sein linkes Knie an Mitsukos, streifte das rechte Yun Tsi, wobei auf dieser Seite die Initiative eher von ihr ausging. Hier wie dort vermied er in diesen Momenten Blickkontakt, versuchte statt dessen, sein gesamtes Bewußtsein im jeweiligen Berührungspunkt zu konzentrieren, in der Hoffnung, daß Ladungen von hier nach dort übersprängen und durch die Nervenbahnen ins Hirn vorstießen.

Eugen verlor sich im Fleischerhandwerk der Nachkriegsjahre. Da es Achim nicht gelang, die Spannung anderweitig aufrechtzuerhalten, ging Yun Tsi noch einmal ans Bücherregal. Mitsuko blätterte erneut den Katalog durch. Dann beugte sie sich zu Achim hinüber und flüsterte: »Es ist schlimm, wenn er getrunken hat. Dann erzählt er all diese Sachen, die nicht stimmen und von denen er nicht weiß, was er damit anrichtet. Auch wenn japanische Gäste kommen. Ich muß immer aufpassen, daß er nicht Beziehungen, die ich mühsam aufgebaut habe und die wichtig sind …«

Sie brach mitten im Satz ab.

Eugen war inzwischen bei der Rheinfischerei früherer Zeiten angelangt. Auch dort hatte er Gewährsmänner aus der Verwandtschaft. In Achims zusehends dämmrigem Kopf setzte sich die Erkenntnis durch, daß er zumindest an diesem Abend nichts mehr würde tun können. Nicht einmal seine Hand konnte er auf Mitsukos Arm legen, solange er schwieg und keinen Grund für Gesten herbeiredete.

Um halb eins stand Mitsuko auf und sagte: »Danke für den wunderbaren Abend. Das Essen war großartig. Noch viel besser, als ich es erwartet hatte.«

Sie lehnte sich gegen Achim, und Achim umfaßte ihre Schulter.

»Wir müssen nach Hause, Eugen.«

»Ich bin auch todmüde«, gähnte Achim demonstrativ, damit Yun Tsi nicht auf die Idee käme, länger zu bleiben: Er wollte keinesfalls, daß Mitsuko dächte, sie hätte die Nacht bei ihm verbracht.

»Mein Glas ist noch halbvoll«, sagte Eugen.

»Ich muß jetzt ins Bett.«

Mitsukos Stimme duldete keinen Widerspruch.

»Aber natürlich: Du bist die Chefin, und ich bin *der Johann*. Jeder hat seinen Platz. Aber vergiß nicht: *Der Johann* ist auch wichtig, ohne den läuft der Laden nicht.«

Achim hatte starkes Kopfweh am nächsten Morgen. Erst nach einer Aspirin und zwei Tassen Kaffee dämmerte ihm, was Eugen mit seiner Selbstbeschreibung als *»der Johann«* wirklich gesagt hatte. Bis die Schmerzen nachließen, fühlte er sich wie ein Schwein. Dann bestand er auf der Tatsache, daß er sich bis jetzt nichts hatte zuschulden kommen lassen.

Einige Tage später fand Achim bei einem der Antiquitäten-Trödler, die er regelmäßig aufsuchte, eine kleine Schale aus – wie der Händler versicherte – zweihundert Jahre altem japanischem *Imari*-Porzellan. Auf die Außenseite war eine goldgefaßte, blaue Lilie nebst drei Schmetterlingen vor rotem Flußlauf gemalt, innen je ein stilisierter Löwe auf Boden und Deckel. Achim rang anderthalb Stunden mit sich, versuchte zu feilschen, ging draußen die Straße auf und ab, kehrte in den Laden zurück: Siebzig Mark waren viel Geld für einen völlig nutzlosen Gegenstand, dessen wirklichen Wert er nicht einmal sicher einschätzen konnte. Andererseits hatte er das vibrierende Gefühl, Mitsukos Geheimnissen mit dem Erwerb dieser Schale ein Stück näherzukommen. Wenn er seinen Trinkgeldanteil hinzurechnete, mußte er etwa vier Stunden arbeiten, um sie bezahlen zu können: So lange hatte allein der Porzellanmaler gebraucht. Daß es ein sehr guter Maler gewesen war und die Jahrhunderte, die seitdem vergangen waren, hatte er dabei nicht einmal eingerechnet.

Achim war so nervös, als er sich gegen halb zwei mit der in mehrere Lagen Zeitung eingewickelten Schale dem Restaurant näherte, daß er Wolfs BMW zwar auf dem Parkplatz stehen sah, jedoch vergaß, sich darüber zu wundern. Er stolperte, als er die Treppe hinaufsprang, hatte Glück, daß er sich abfangen konnte, ohne irgendwo anzuschlagen, stieß die Tür auf, hörte Wolfs schmutzigstes Lachen und sah gerade noch, wie er Mitsukos Oberarm losließ, den er bis vor einer Sekunde mit seinen kräftigen Chirurgenfingern fest umgriffen hatte. Wolf stand da, den Rücken durchgebogen, und sein

Lachen, das eben noch an Mitsuko gerichtet gewesen war, kippte vom Obszönen in bösartigen Spott, der offensichtlich Achim treffen sollte: »Da bist du ja«, prustete er: »Mit dir hatten wir noch gar nicht gerechnet.«

Erst jetzt gab sein breiter, studio-trainierter Körper, der auf den Hüften und am Bauch infolge satten Lebens erste Ansätze von Verfettung zeigte, den Blick auf Mitsuko frei. Sie hatte die Augen niedergeschlagen, riß ihr Gesicht zu dem bewegungslosen Lächeln zusammen, das eine Japanerin vermutlich schon im Säuglingsalter lernte. Sie trat einen Schritt auf ihn zu und bot ihm die Wange, als wäre alles wie immer, doch Achim war so verwirrt, daß sie mit den Jochbeinen zusammenstießen und der Kuß ins Leere ging: »Ich dachte, du kämest erst um halb sechs«, sagte Mitsuko.

»Ich habe etwas gekauft, das ich dir zeigen wollte, aber wenn ich störe, kann ich auch …«

»Du störst nicht.«

»Naja«, sagte Wolf. »Aber ich muß sowieso los.«

Mitsuko fing sich wieder. Die ausgelassene Stimmung, die noch wenige Augenblicke zuvor geherrscht hatte, war peinlichem Ernst gewichen.

»Jedenfalls habe ich hervorragend gegessen. Auf bald. Mitsuko: Wir sprechen uns. Und danke nochmal.«

Erst jetzt sah Achim Eugen, der zur Hälfte von seiner Zeitung verdeckt wurde.

»Ich komme sofort, ich muß gerade noch nach dem Schweinebraten schauen«, sagte Mitsuko, ging in die Küche und zog die Tür halb hinter sich zu, was Achim als Zeichen deutete, daß er ihr nicht folgen sollte.

Kopfschüttelnd trat er in den Gastraum auf Eugen zu, der ihn über den Rand seiner Lesebrille ansah, als hätte er Lust, dem Nächstbesten die Zähne einzuschlagen.

»Alles klar?« fragte Achim, so unbefangen es seine Verwirrung zuließ.

»Er ist ein Arschloch, dein Freund, das ist klar.«

Der Satz war eindeutig, und es hatte keinen Sinn ihm zu widersprechen, wollte er nicht einen Krach mit Eugen heraufbeschwören, der ihn womöglich die Arbeit kostete, abgesehen davon, daß Achim im Moment zuvor dasselbe gedacht hatte.

»Wenn er das nächste Mal hier auftaucht und meine Frau angräbt, kriegen seine Kollegen richtig Arbeit mit seiner Visage, das kannst du mir glauben.«

Achim holte tief Luft. Vielleicht löste sich die Antwort mit dem Atem von allein, wie der Pfeil, dessen Ziel man selbst war. Doch sie hing fest.

»Ich weiß nicht, was sie reitet, daß sie ihn nicht einfach vor die Tür setzt, sondern diese Spielchen mitspielt.«

»Was ist denn passiert, ich hab' nichts gesehen.«

»Der tritt hier auf, als ob er ihr Zuhälter wäre.«

Achim schloß, daß Wolf schon des öfteren zum Mittagstisch hier gewesen war, und fragte sich, weshalb er nichts davon wußte.

»Meistens hat er noch seine japanischen Freunde dabei, Takeshi und Konsorten, dann ist er ganz groß. Besonders wenn Leute direkt aus Japan mit am Tisch sitzen, ›Klienten‹, wie es heißt: Ich nehme an, daß die sich ihre Frauen von ihm aufarbeiten lassen.«

»Ich kenne Wolf ja schon lange. Wir sind seit über zehn Jahren so etwas wie befreundet. Aber du hast natürlich recht: Die Art, wie er mit Frauen umgeht, ist ekelhaft. Daran habe ich mich auch immer noch nicht gewöhnt«, sagte Achim und wurde zum Verräter. Das Gefühl war nicht angenehm.

»Du weißt, was ich meine. – Das ist doch kein Benehmen einer Frau gegenüber.«

»Ich habe ihm das schon hundert Mal gesagt.«

»Als ob sie alle in sein Bett springen und die Beine breit machen, wenn er bloß mit den Fingern schnippt, so führt er sich auf.«

»Wolf nimmt sich, was er kriegen kann. Ohne Rücksicht auf Verluste. Das war immer schon so.«

»Der lernt mich kennen, das sag ich dir.«

»Gerade, wenn es exotisch wird: Asiatinnen, aber auch Schwarze, da ist er rattenscharf drauf.«

»Drecksau.«

»Ich weiß, daß er auch schon Frauen geschlagen hat.«

Achim ging zu weit. Plötzlich dämmerten ihm die möglichen Folgen, und er versuchte gegenzusteuern: »Sag ihm bloß nicht, daß ich dir das erzählt habe.«

»Nur solange sein Freund Takeshi dabei ist – auch so ein falscher Fuffziger –, kann ich nichts tun. Ganz egal wie die sich benehmen: Takeshi ist Japaner, und Japaner sind bei uns tabu.«

»Und was ist jetzt heute konkret vorgefallen?«

»Heute war er ja allein.«

»Ich meine, hat er Mitsuko belästigt oder Sachen gesagt?«

»Die Art und Weise, wie er sie behandelt, reicht doch. Das müßtest du mal sehen, mit seinen Grabschfingern, der Tittenschlitzer ...«

Eugen brach ab, bedeutete Achim mit einem Zucken der Braue, daß Mitsuko kam, und wechselte das Thema: »Jetzt mach es doch nicht so spannend, pack mal aus, was du da mitgebracht hast.«

»Eine alte japanische Porzellanschale. Handbemalt.«

Einige hundert Jahre zuvor in Japan

Eine Schöne zur Unterhaltung beugt sich aus ihrer Sänfte und ruft den Trägern zu: »Schüttelt mich nicht wie einen Nußstrauch, ihr Stutzer.«

Kurz vor Mittag beherrschen Kaufleute und Schwertkämpfer die Straßen von Tokoname. Boten werden hierhin und dorthin geschickt, überbringen Gesuche, Warnungen, Angebote. Wo Einigkeit zustande kommt, schleppen Gehilfen Güter zu Fuhrwerken und auf Schiffe. In den Pfützen schwimmen Blüten, die der Wind in der Nacht von den Zweigen geweht hat.

Kōsei, in seiner Begleitung Kenji, bewegt sich zügig zwischen Menschen und Tieren hindurch.

Aus einem Hof hört er Schreie: »Erbarmen, Herr! Ich bin doch nur ein Fischhändler!«

Es sind letzte Worte. Sie betreffen ihn nicht.

Möwen streiten um Beifang.

Kōsei biegt in einen Vorhof, als wünschte er, nicht gesehen zu werden, heißt Kenji zu warten, betritt ein Geschäft für Brokat und Seide. Es ist dunkel im Innern. Schubladenwände, makellos schwarzrot lackiert, geben eine Ahnung des Leuchtens, das in ihnen lagert.

Eine Nische wurde ausgespart, darin das Bild: Zum nahenden Frühling passend zeigt es drei Falkenküken, eben dem Horst entnommen, in einem Flechtkorb abgestellt am Fuße des Steilhanges, in dem sie vor wenigen Tagen geschlüpft sind. Noch scheinen sie hübsche Federbällchen, doch aus ihren Augen sprechen Schärfe und Stolz. Das Geschick des Falkners wird ein tödliches Werkzeug für die Jagdvergnügen des Fürsten aus ihnen formen.

Der Tuchhändler, Kimura Shingō, kommt aus den hinteren Räumen und verneigt sich. Er ist ein Mann von Reichtum und Bescheidenheit, fortgeschritten auf dem Weg des Tees, bewandert in Dichtung und Schreibkunst. Die in den Wirren der streitenden Reiche emporgekommenen Krieger schätzen seinen Rat in allen Fragen des guten Geschmacks. Seit langem ist er Kōsei verbunden.

»Die Bäume schlagen aus, ehrwürdiger Kōsei.«

»Auf dem Weg hierher blies mir strenger Wind ins Gesicht.«

»Die grüne Seide liegt hier. Wunderbar tief ist die Farbe geraten und trumpft doch nicht auf wie ein Neuling. Sie wird den rötlichen Scherben Eurer Gefäße trefflich zur Geltung bringen.«

»Laßt sie dem Jungen aushändigen. Er wartet im Hof.«

Kimura Shingō senkt den Blick, zögert einen Moment, bevor er erneut zu sprechen anhebt: »Auch wenn ich nichts gebe auf das Geschwätz der Straße: Es heißt, ein Mann hause nahe Eurer Werkstatt in einer Hütte. Er sei ein flüchtiger Kriegermönch, den die Zerstörung seines Tempels um den Verstand gebracht habe.«

»Die alten Rechnungen wurden beglichen, längst sind neue gestellt. Niemand weiß, wer diesmal bezahlt.«

»Um so mehr solltet Ihr auf der Hut sein. Das Land ist nicht zur Ruhe gekommen. Allenthalben sitzen die Schwerter locker, und die Hälse sind dürr wie Reisig.«

»Furcht umklammert das Herz des Blinden, der auf schmalem Steg über reißende Wasser schreitet. Ein Geist, der sich darüber hinwegsetzt, findet das Ufer und dreht er sich auch im Kreis.«

»Aber gelangt er an das Ufer, das er hinter sich gelassen hat, oder an das, zu dem er aufgebrochen war?«

»Dereinst brachte der Patriarch das Wissen aus dem Westen. Jetzt liegt es hier wie dort am Wegesrand. Hebst du es auf, ist es dasselbe.«

Kimura Shingō verneigt sich: »Ihr schuldet mir nichts.«

Kōsei verneigt sich und geht.

10

Nichts und niemand wird gefunden

»Wir werden vornehm«, knurrte Holm beim Anblick der Gruppe um Professor Frantz, die von Eugen unter geschwollenen Ausführungen zu japanischer Gastlichkeit und besonderer Ehre an ihren Tisch geleitet wurde.

»Dafür bekommst du auch mehr geboten.«

»Ganz gut, der Arsch, stimmt schon.«

»Das ist seine neue Frau. Irgendwas aus dem Ostblock.«

»Wie heißt die Sendung noch, die er macht?«

»*21. – Das Wissen der Welt.*«

»Habe ich auch schon geguckt.«

»Nicht uninteressant. Besonders, wenn es um diese astrologischen ...«

»... nomischen.«

»Was?«

»Astronomisch. – Astronomie heißt die Wissenschaft, Astrologie der Käse ...«

»Wenn es ums Weltall geht, halt.«

»Genau.« –

Professor Andreas Frantz, Leiter der Wissenschaftsredaktion des *Allgemeinen Deutschen Fernsehens* und eine Art Nationalexperte für alle Phänomene zwischen Atomkraft, kosmischer Hintergrundstrahlung und Zellstoffwechsel, hatte zu Beginn des Frühlings auf Empfehlung von Eugens Wetterfreundin Ingrid erstmals bei Mitsuko gegessen und kam seither regelmäßig. In seinem Gefolge wurde auch die Presse auf das Restaurant aufmerksam. Es erschien ein hymnischer Artikel im *Feinschmecker*, das Stadtmagazin *bündig* erklärte Mitsuko zur »Aufsteigerin des Jahres«, und die *Rhein-Zeitung* druckte ihr Portrait unter der Überschrift »*Tonkatsu* – Das Wiener Schnitzel bekommt Konkurrenz«. Abends hatte man ohne Reservierung kaum noch Chancen auf einen Platz.

Mitsuko wirkte deutlich ausgeglichener, seit das Restaurant verstärkt von Menschen besucht wurde, die ihr Essen auch zu würdigen wußten. Sie versuchte alles, Eugen dazu zu bewegen, die verschwitzten Jogger, bräsigen Vereinswanderer, vor allem aber die Thekenhocker zu verjagen, damit ihr die Gäste »mit Niveau«, nicht gleich wieder davonliefen. Eugen blieb stur und erklärte, sie bildeten *seine* Stammkundschaft und würden den Grundumsatz auch dann noch sichern, wenn die Mode vorüber sei.

Tatsächlich rollte in diesem Frühjahr eine Japanwelle auf die Stadt zu. Plakate kündigten *KODO* an, eine Gruppe von Schlagwerkern, die zum Sommer hin ihre aus shintōistischen Geisterbeschwörungen entwickelte Performance im Staatstheater präsentieren würde. Der *Nissan-Verkaufsschwerpunkt-Rhein* stiftete fünfundzwanzig Japanische Kirschen für den Hardenberg-Park, und im Zentrum eröffnete ein Geschäft, das ausschließlich japanische Produkte gehobener Qualität anbot. Die Besitzer, ein Herr Mayer und seine Frau Tomiko, importierten die meisten Dinge mit Hilfe familiärer Kontakte selbst.

Achim nahm das neue Geschäft zum Anlaß, sich nach längerer Pause wieder bei Wolf zu melden. Von ihrer letzten Begegnung waren Ärger über Wolfs Grenzverletzungen und Scham ob seines eigenen Verrats geblieben, so daß er es vorgezogen hatte, ihn erst einmal nicht zu treffen. Aus abfälligen Bemerkungen, die Eugen verschiedentlich machte, schloß Achim, daß Wolf in Abständen zusammen mit Takeshi im Restaurant auftauchte. Einmal hatte er den Kopf zur Küchentür hereingesteckt und »Laß uns bei Gelegenheit telephonieren« gesagt. Schließlich war Achims Unmut Nüchternheit gewichen. Er mußte sich eingestehen, daß außer Gelächter, einer merkwürdigen Reaktion Mitsukos und Eugens Groll nichts gegen Wolf vorlag. Trotzdem war er unsicher, als sie sich jetzt wieder trafen. Vor allem fürchtete er, Eugen hätte im Zorn eine seiner unschönen Bemerkungen über Wolfs Verhältnis zu Frauen zitiert. –

Sie hatten den Laden durch einen zweigeteilten Vorhang betreten und befanden sich in einem derart japanisch eingerichteten Raum, daß der Blick durchs Fenster auf die beiden Türme der barocken *Ludgeri-Kirche* wie die Hintergrundprojektion in einem alten Film erschien, vor der sie jetzt irgendeine merkwürdige Handlung in Szene setzen mußten.

»Ist doch hübsch«, sagte Wolf.

»Ich hatte gestern Zahltag«, sagte Achim.

»Na dann.«

Im hinteren Teil war eine mit Tatami-Matten ausgelegte Bühne eingezogen, auf der ein Mann und eine Frau um einen flachen Tisch hockten. In der Mitte des Tisches stand ein Wasserkessel auf einem Gasbrenner und surrte. Der Mann, vermutlich Herr Mayer, trug ein hellgraues Hemd über dunkelgrauer Cordhose und bearbeitete Geschäftsunterlagen, während seine Frau in einem leuchtend gelben, mit vielfarbigen Chrysanthemen bestickten Kimono bunte Papiere zu kunstvollen Tierfiguren faltete. Die Frau war Mitte Dreißig und keine Schönheit, doch sie erhob sich mit solcher Anmut, daß Achim augenblicklich seine eigene Bewegung verlangsamte. Sie schritt die Stufen hinunter, verneigte sich und sagte mit starkem Akzent: »Herzlich willkommen in *Tomikos Tokyo Basar.*«

Achim nickte und streifte gerade noch ihre Augen, ehe sie fest auf dem Boden hafteten.

»Darf ich Ihnen Tee anbieten?«

»Warum nicht.«

Herr Mayer, dessen strähniges, dunkelbraun gefärbtes Haar nicht darüber hinwegtäuschen konnte, daß er beträchtlich älter als seine Frau war, nahm zwei rötliche Tonschalen und ein faustgroßes Kännchen mit seitlich angesetztem Griff aus dem Regal, öffnete eine in Bronzenuancen schimmernde Dose, gab einen Holzlöffel voll Tee hinein und schüttete Wasser darüber. Achims Blick folgte dem Strahl, der immer länger und dünner wurde, ohne daß ein Tropfen verspritzte.

Die Frau kehrte auf die Bühne zurück und wischte ein rotes Lacktablett ab, während Herr Mayer den fertigen Tee in die Schälchen goß, wiederum mit einer Bewegung, als zöge er Nudeln. Achim sah Wolf von der Seite an, da er trotz all der Monate in einer japanischen Küche nicht wußte, wie er sich verhalten sollte. Wolf machte keine Anstalten, den Ort so japanisch zu nehmen, wie er sich gab, hatte demonstrativ die Hände in den Hosentaschen und wippte auf und ab.

»Bitte schön«, sagte die Frau und reichte ihnen das Tablett.

Achim verkniff sich ein kennerhaftes »Arigato Gozaimasu«, da er noch nicht entschieden hatte, ob er es zu einem Gespräch kommen lassen würde.

Er schaute sich um. Auf tieferen Unterschränken waren schwarze, rückseitig mit weißem Papier bespannte Regale bis an die Decke gebaut, in denen sich unzählige Dinge befanden: eine ganz unjapanische Fülle, jedoch so geschickt beleuchtet, daß jedes Stück seine eigene Sphäre behielt. Die

Eisengußwaren in ihrer düsteren Wehrhaftigkeit sprangen ihm als erstes ins Auge. Seit langem wollte er einen Kessel dieser Art besitzen. Daneben war Porzellan und Keramikgeschirr in allen erdenklichen Formen und Farben aufgereiht. Es folgten Lackarbeiten, schließlich ein breiter, garderobenartiger Einbau, in dem Kimonos hingen. Drei besonders prachtvolle Exemplare wurden an Schaufensterpuppen mit asiatischen Zügen auf einem kniehohen Podest präsentiert.

Die Frau stand seltsam abgeschottet zwischen Achim und den Kunststoff-Geishas und konnte sich nicht entscheiden, ob sie reden oder schweigen sollte.

»Da sind die Chawan«, sagte Wolf.

Die Frau trat wieder einen Schritt näher und sagte: »Diese Schalen werden bei der japanischen Teezeremonie benutzt. Sie sind alle von Hand gearbeitet. In Japan ehren wir die Töpferkunst sehr.«

»Ich weiß«, sagte Achim.

»Wir haben Chawan von verschiedenen Künstlern und aus unterschiedlichen Regionen, Sommerschalen und Winterschalen ...«

»Ich wollte erst einmal in Ruhe schauen.«

»Natürlich. Entschuldigen Sie bitte. Nehmen Sie sich Zeit. Wenn Sie Fragen haben ...«

»... melde ich mich.«

Achim merkte, daß die Frau ihn aggressiv machte. Und er bereute es, Wolf mitgenommen zu haben, dessen demonstrative Lässigkeit jede Form von Sammlung verhinderte. Am liebsten wäre er allein gewesen, um in die Stille zu lauschen, ob eine der Schalen zu ihm sprach.

»Willst du dir ernsthaft eine kaufen?« fragte Wolf. »Du hast keine Ahnung, wie eine Teezeremonie abläuft. Das ist ziemlich kompliziert.«

»Erst muß ich überhaupt herausfinden, ob ich zu einer dieser Schalen eine Beziehung aufbauen kann. Es geht ja nicht darum, hier einzufallen, ein Ding abzugreifen, Geld auf den Tisch zu knallen – und ab nach Hause damit.«

»Aha.«

»Du bist doch der große Japankenner mit den tollen Beziehungen.«

Fast alle Chawan wurden neben einem mit schwarzer Tusche und rotem Stempel signierten Holzkästchen präsentiert. Einige standen zudem auf einer gefalteten Serviette. Jede hatte einen anderen Ausdruck. Achim versuchte seinen Blick soweit zu konzentrieren, daß er durch die Oberflächen der einzelnen Stücke drang, doch da er lediglich Erfahrung im Umgang mit profanen Kunstwerken hatte, gelangte er nicht über Geschmacksurteile hinaus. Nach wie vor ließen ihn die meisten Schalen kalt.

»Die hier ist nicht schlecht«, sagte Wolf und wies auf ein Exemplar mit einer dicken, offenporigen Weißglasur, unter der rötliche Schlieren verliefen. An einigen Stellen drang die Farbe bis zur Oberfläche und bildete Flecken wie von Blut, das eben aufgetrocknet war.

»Ich weiß nicht. Mir ist sie zu ... Auf den ersten Blick zu dekorativ und auf den zweiten hat sie etwas eklig Brutales. Ich muß dauernd an diese Jungfrauenlaken denken ...«

Wolf lachte laut auf. Herr Mayer warf ihm einen tief verächtlichen Blick zu, obwohl er unmöglich gehört haben konnte, worüber sie sprachen.

»Außerdem: Für ›nicht schlecht‹ sind 280 Mark zu teuer.«

Achim strich mit dem Zeigefinger vorsichtig über den Rand einer dunklen, rohen Schale mit senfgelben Sprenkeln, die in sich verzogen und auf einer Seite zudem ein wenig eingesackt war. Sie fühlte sich rauh an wie feines Schmirgelpapier:

»Diese Art gefällt mir ganz gut. Doch ›ganz gut‹ reicht natürlich auch nicht.«

»Keramik ist nicht gerade meine Lieblingsdisziplin unter den japanischen Künsten«, sagte Wolf. »Schon nett, aber verglichen mit einer Schwertklinge oder einem Holzschnitt doch eher langweilig.«

»Diese Schalen biedern sich halt nicht an. Du mußt Geduld mitbringen. Jede hat ihre eigene Persönlichkeit. Sie sind durchs Feuer gegangen, durch ein regelrechtes Inferno. Der Brand hätte sie zerstören können. Ich habe Bilder von Schalen gesehen, die sind mitsamt den Gefäßen, die sie schützen sollten, im Ofen zusammengefallen wie geschmolzenes Plastik. Stell' dir allein die Kräfte vor, denen sie ausgeliefert waren. 1300 Grad, mit schlichten Holzscheiten erzeugt. Da laufen nicht einfach technische Vorgänge ab, das sind energetische Prozesse. *Substanzumwandlungen*, um mit Beuys zu sprechen. Organische Materie wird in einen kristallinen Zustand überführt. Und wie ein Mensch, der eine traumatische Situation erlebt hat, verschließen sie sich anschließend erst einmal.«

Wolf zog die Augenbraue hoch und sagte: »Ich schau mir mal die Bücher an.«

Achim atmete auf. Sein Blick fiel auf eine schwarze Schale, deren Oberfläche sowohl matt als auch glänzend war. Sie hatte merkwürdige Unregelmäßigkeiten, in denen die Bewegung der formenden Hände eingeschrieben schien. Achim beugte sich zu ihr hinunter. Ihr Inneres erstrahlte in der Dunkelheit des nächtlichen Alls. Er schaute fragend in Richtung der Frau, die sich leicht verneigte und ihm damit die Erlaubnis erteilte, die Schale anzufassen.

Sie war überraschend kühl. Aus irgendeinem Grund hatte er gedacht, daß sie die Körpertemperatur eines lebendigen Wesens haben müßte.

Achim schossen Geschichten von magischen Objekten durch den Kopf, die sich dem Zugriff durch Unbefugte entzogen. Er dachte an die mit Goldfugen reparierten Schalen aus den Büchern und fürchtete, diese könnte ihn ebenfalls zurückweisen, ein plötzliches Zittern auslösen, ihm wie verhext aus den Fingern gleiten und in tausend Stücke zerspringen. Nichts dergleichen geschah. Außen züngelte ein kleines Feuer wie über Lava, die zäh aus einem Nebenkrater quoll. »Schütze die Flamme«, hatte Beuys in seiner letzten Rede gesagt. Auf der gegenüberliegenden Seite befand sich ein Abdruck der Zange, mit der die rotglühende Schale aus dem Ofen geholt worden war. Allmählich nahm sie seine eigene Wärme an. Achim spürte, wie sie sich einfügte, als wäre sie auf genau seine Hände hin geformt worden, und plötzlich wurde ihm klar, warum er die ganze Zeit über nicht begriffen hatte, was es mit diesen Schalen auf sich hatte: Sie waren nicht für die Augen gemacht – jedenfalls nicht nur –, sondern für die Hände. Man mußte sie fühlen, wollte man etwas von ihnen erfahren.

»Du zum Beispiel«, sagte er leise, »könntest meine sein. Zwischen uns findet etwas statt.«

Die Frau trat näher heran: »Das ist eine Schale von Shoraku-San. Er ist sehr bekannt in Japan.«

Achim fiel aus einem Bild, in dem er sie, gefüllt mit leuchtend grünem Tee, aus dessen Duft feuchte Berghänge im Morgengrauen gestiegen waren, an den Mund geführt hatte. Die Frau lächelte.

Achim wies auf das Preisschild: »Und sie liegt bei 380 Mark?«

»Im Moment ist sie Teil unseres Eröffnungsangebotes. Ab nächstem Monat wird sie 420 kosten.«

»Und wie heißt sie?«

»Es ist eine *kuro-raku-Chawan*.«

»Nein. Ich meine, ob der Töpfer, Shoraku-San, ihr einen Namen gegeben hat?«

»Ich verstehe nicht.«

»Die meisten Chawan heißen doch irgendwie: *Schnee im Frühling, Plötzlicher Regenschauer, Pfad in den Bergen* oder so ähnlich ...«

»Solch einen Namen hat sie nicht.«

»Schade.«

»Sie könnten selbst einen für sie aussuchen.«

»Aber der steht dann nicht auf der Holzkiste«, sagte Achim, um seine Enttäuschung dingfest zu machen.

Mit einem Namen, der ihr in Japan gegeben worden wäre, hätte er sie gekauft. Der Name wäre ihre Geschichte gewesen. Jemand – ein Meister – hätte sie angeschaut und herausgehoben aus der Fülle der Dinge. Dieser Blick allein wäre den hohen Preis wert gewesen.

Wolf trat hinzu und sagte: »Du hast dir die finsterste von allen ausgesucht.«

»Man muß sie in Händen halten.«

»Das ist bestimmt ein untrügliches Signal.«

»Ich weiß nicht.«

Zwar war Achim mit dem unausgesprochenen Vorsatz hierhergekommen, sich eine Schale zu kaufen, doch im Laufe der letzten halben Stunde hatte sich etwas in ihm verkantet, als wären die Rippen in seinem Brustkorb verrutscht, und er fühlte sich zu wacklig für eine Anschaffung dieser Größenordnung.

»Laß mich raten: Du kannst dich nicht entscheiden?« sagte Wolf.

Achim sah aus dem Fenster in den grauen Himmel, der schwer auf den Zwiebeltürmen lastete: »Ich bin noch nicht soweit.«

»Das hätte ich als nächstes vermutet.«

»Andererseits würde Mitsuko mir, wenn ich meine eigene Schale mitbrächte, vielleicht endlich ihre zeigen.«

»Ihr kennt euch jetzt fast ein Dreivierteljahr und sie zeigt dir nicht einmal ihre Teeschalen?«

»Es brächte nur etwas, wenn Eugen nicht dabei wäre.«

»Eugen benimmt sich überhaupt seltsam in letzter Zeit, zumindest mir gegenüber.«

»Laß uns gehen. Ich kann jetzt keine Schale kaufen«, sagte Achim, wurde feuerrot und drehte sich weg.

»… als hätte ich ihm in die Blutwurst gespuckt.« Wolf schüttelte den Kopf.

»So überraschend ist das nun auch wieder nicht: Neulich hattest du noch die Idee, seine Freundin flachzulegen.«

»Rein theoretisch. Natürlich respektiere ich deine älteren Interessen. – Wobei, wenn ich es mir recht überlege …«

Wolf sah Achim geradeheraus an und grinste.

»Nur zu deiner Information: Eugen hat eine Waffe«, sagte Achim und ließ offen, ob es eine Drohung oder ein Scherz sein sollte.

Mitsuko summte, *»Ich weiß nicht, was soll es bedeuten, daß ich so traurig bin …«*, und halbierte den Kürbis auf ihrem Brett.

»*Bodhidharma* hieß doch der Patriarch, der aus dem Westen gekommen ist«, sagte Achim.

Sie schaute auf und nickte.

»Wie soll ich das hier verstehen?«

Er kramte einen Zettel aus der Hosentasche und las vor: *»Bodhidharma saß mit dem Gesicht zur Wand gekehrt. Der zweite Patriarch stand im Schnee, schnitt sich den Arm ab und sagte: ›Der Geist eures Schülers hat noch keinen Frieden,*

Meister, bringt ihn zur Ruhe!‹ Bodhidharma sagte: ›Bring deinen Geist zu mir, ich will ihn befrieden!‹ Der Patriarch sagte: ›Ich habe nach dem Geist gesucht, aber ich konnte ihn nicht finden.‹ Bodhidharma sagte: ›So habe ich deinen Geist für dich schon zur Ruhe gebracht.‹ Hat er sich wirklich den Arm abgeschnitten, oder soll das ein Bild für irgend etwas anderes sein? Und wenn ja, für was?«

Mitsuko schüttelte den Kopf: »Keine Ahnung.«

Im selben Moment erschien Eugens Gesicht in der Durchreiche: »Takeshi hat Sonderwünsche«, sagte er: »Kannst du mal rauskommen.«

Es war Montag nach halb neun und seit langem der erste Abend, an dem sie auf Gäste hatten warten müssen. Mitsuko lief hinaus, froh, sich nicht weiter mit dem abgetrennten Arm des zweiten Patriarchen befassen zu müssen. Achim starrte die Worte an, als könnten sie etwas enthalten, das nicht geschrieben stand. Schließlich knüllte er den Zettel zusammen, wollte ihn fortwerfen, doch dann brach er die Bewegung ab, weil er plötzlich unsicher war, ob der Text nicht mit Respekt behandelt werden mußte, und steckte ihn wieder ein.

»Wolf ist auch dabei«, sagte Mitsuko, als sie in die Küche zurückkehrte. Sie mied Achims Blick. Die übertriebene Geschäftigkeit, mit der sie zu Werke ging, machte ihn ebenfalls stutzig.

Wenn Spezialbestellungen für Stammjapaner zu kochen waren, gab es für ihn meist wenig zu tun. Er holte seine Zigaretten aus der Jackentasche und trat ins Freie. Die Abendluft war mild, drei schweißnasse Frauen rannten vorbei, eine Amsel saß auf dem Dachfirst und sang. Nachdem er geraucht hatte, kehrte er in die Küche zurück und bereitete wortlos Gemüse vor. Anschließend polierte er eine Spülmaschinenfuhre Gläser mit besonderer Sorgfalt. Danach stand er eine Weile mit Yun Tsi im Flur, die ebenfalls kaum Arbeit hatte, weil Mitsuko die fertigen Gerichte persönlich an den Tisch bringen wollte. Yun Tsi schimpfte über Takeshi, der sie wie eine chinesische Zwangsarbeiterin im Zweiten Weltkrieg behandle: »Schau dir die Typen doch an«, sagte sie und zog ihn hinter die Papierwand, wo man durch Spalten in den Gastraum schauen konnte, ohne selbst gesehen zu werden. Achim warf nur einen kurzen Blick auf die Tischgesellschaft, da er keinesfalls wollte, daß Mitsuko ihn ertappte: Acht Japaner und Wolf saßen da. Sie redeten laut, lachten kurz und hart, einer erhob sich, sein Sake-Schälchen in der Hand – offenbar wollte er einen Toast ausbringen.

»Sie sind mir unheimlich«, sagte Yun Tsi. »Diese Leute gibt es bei uns auch.«

»*Triaden*?«

Yun Tsi nickte.

»Von den Aktivitäten der chinesischen Mafia in Europa liest man immer wieder, aber daß die *Yakuza* hier aktiv ist, glaube ich nicht.«

»Ich habe erst neulich jemanden an Takeshis Tisch gesehen, dem ein Finger fehlte.«

»Vielleicht war es der Schreiner für sein Restaurant.«

»Ein Schreiner im Kaschmirmantel?«

»Du fürchtest dich ja sogar vor Holm.«

»Schon lange nicht mehr.«

Eugen schaute um die Ecke, wies auf das Tablett hinter sich und sagte: »Bring denen das mal.«

Yun Tsi verdrehte die Augen.

Sobald sie außer Hörweite war, raunte er Achim zu: »Das sind Scheißkerle, allesamt, glaub' mir. Wenn du mich fragst, läuft da ein ganz schiefes Ding, und Wolf steckt mittendrin.«

Achim widersprach nicht. Die wenigen Sekunden, die er Wolf zwischen den Japanern beobachtet hatte, waren lang genug gewesen, ihn nachhaltig zu verunsichern. Zwar wußte er, daß Wolf mit seinen Kollegen regelmäßig in Takeshis *Shabu-Shabu* aß, von Berufs wegen mit japanischer Klientel zu tun hatte und manchmal privat Geschäfte abwickelte, doch er hätte sich nicht träumen lassen, daß sein Umgang mit ihnen beinahe ebenso vertraut war wie ihrer, wenn sie nächtens auf der Suche nach Frauen oder Visionen durch die Clubs gezogen waren.

Er lehnte in der Küchentür, sah Mitsuko zu, die eine rohe Dorade sauber enthäutet, von der Gräte getrennt, in Scheiben geschnitten hatte und in einer flachen Schale aus Eis wieder zusammenfügte. Merkwürdig, daß sie den Fisch im Vorrat gehabt hatte. Offenbar war Takeshis Besuch doch angekündigt gewesen, nur Eugen hatte nichts davon gewußt.

Es ging bereits gegen elf, als Achim, beflügelt von einem dreifachen Calvados, den Eugen ihm zum Probieren gegeben hatte, wissen wollte, wie Wolf reagierte, wenn er, als der deutsche Küchenjunge unter dem Kommando der japanischen Frau, die in dieser Position eigentlich nichts verloren hatte, an den Tisch kam, und ihn als seinen alten Freund begrüßte.

Wolf beugte sich gerade über eine Kladde und zeichnete, wobei die entfernter sitzenden Japaner aufgestanden waren und sich zu ihm hinüberlehnten, um besser sehen zu können. Er blickte auf, kaum daß Achim hinter der Stellwand hervorgetreten war, blätterte ohne Hast die Seite um, während die Japaner zurück auf ihre Plätze sanken und ihn anschauten, wie den ahnungslosen Trottel, der schon tot war.

»Schön, daß du dich endlich mal aus deinem Küchenloch traust. Sonst bekommt man dich hier ja nie zu Gesicht«, rief Wolf ihm auf halber Strecke zu, lauter und begeisterter, als es seine Miene vermuten ließ. Achim hatte seine weiße Schürze, die mit Blut, Fett und Saucenresten beschmiert war, nicht abgelegt und bemühte sich, seine Schritte federn zu lassen wie Clint Eastwood, wenn er über den Marktplatz von San Miguel ging: »Ich dachte, ich nutze die Gelegenheit, und sage mal ›Hallo‹, ehe wir uns wieder verpassen.«

»Das sind Bekannte von mir: Takeshi muß ich dir nicht vorstellen, außerdem sein Freund Waraku. Die anderen sind Gäste, die vorgestern aus Japan gekommen sind: Yoshiji-San, Seiko-San, Masamichi-San. Hier rechts Ken-San, Makoto-San und Sunako-San. Sie haben bei uns in der Klinik zu tun.«

Die Männer erhoben sich, sobald ihr Name fiel, deuteten eine Verbeugung an, wobei Achim davon absah, sich seinerseits und deutlich tiefer zu verneigen, was seine Stellung als Bediensteter strenggenommen erfordert hätte. Statt dessen sagte er: »Freut mich, Sie kennenzulernen, meine Herren, ich hoffe, Sie genießen Ihre Zeit in Deutschland und haben einen schönen Abend bei uns.«

Takeshi übersetzte ihn in eine deutlich größere Menge japanischer Worte. Vermutlich erläuterte er nebenbei Achims Funktion und entschuldigte sein Benehmen mit fremden Sitten, damit es nicht zu Mißverständnissen kam, die zu Handgreiflichkeiten führen konnten.

»Das Essen war großartig, wie immer …«, sagte Wolf und machte eine Pause. Sein Mund zuckte, und Achim verstand, daß seine Anwesenheit spätestens jetzt unerwünscht war.

»Ich will gar nicht länger stören.«

»Danke«, sagte Wolf stellvertretend für seine Gäste, die trotz aller kulturellen Barrieren begriffen, daß einer, der Eindringling nämlich, gerade sein Gesicht verlor.

»Wir könnten auch mal wieder zusammen ausgehen.«

Wolf erwiderte nichts.

Achim drehte sich um und entfernte sich mit hochrotem Kopf, wissend, daß er sich unmöglich gemacht hatte.

Yun Tsi lächelte gerade so spöttisch, daß er es ihr nicht übelnahm.

»Ich könnte ihm eine wischen, wenn ich sein arrogantes Grinsen nur sehe«, sagte Eugen.

Er artikulierte bereits unscharf.

Achim nahm ein Glas aus dem Regal, zapfte sich ein Bier und setzte sich an den Personaltisch. Aus dem Augenwinkel sah er, daß Wolf wieder zeichnete und seine Skizzen erläuterte. Mitsuko brachte eine Runde Azukibohnengelee-Würfel heraus, wechselte einige Sätze mit den Japanern und wandte sich an Wolf. Wolfs Augen funkelten. Er legte ihr die Hand auf die Hüfte, was Mitsuko kurz hinnahm, ehe sie sich etwas zu kokett herausdrehte, wobei Wolf ihr mit einem nachdrücklichen, langgezogenen Wischer über den Hintern strich. Eugen beobachtete die Szene ebenfalls. Seine Lippen waren aufeinandergepreßt, als würde er jeden Moment explodieren. Er stand auf, offenbar im Begriff einen Fehler zu begehen, doch im selben Moment kam Mitsuko zurück, ohne eine Spur Verlegenheit und sagte: »Takeshi möchte zahlen.«

Eugen war so perplex, daß er fast mit ihr zusammenstieß, sich dann aber gehorsam nach links zur Kasse wandte, um die Rechnung auszudrucken. Seine Ohren glühten violett. Er atmete schwer, als er das Bambuskästchen mit Rechnung und Grün-Tee-Bonbons an den Tisch brachte, sagte jedoch lediglich: »Bitte sehr.«

Achim zog sich in die Küche zurück, um sich nicht abermals in einer peinlichen Situation wiederzufinden. Die Japaner defilierten an der Küchentür vorbei, und Mitsuko verneigte sich tief.

Das nächste, was er hörte, war Eugens anschwellende Stimme: »… und damit das ein für allemal klar ist, Bürschchen, du läßt meine Frau in Ruhe, sonst kriegst du eine Abreibung, die du dein Lebtag nicht vergißt.«

»Warte mal, Eugen: Das muß ein Mißverständnis sein.«

Wolf klang erstaunlich kleinlaut.

»Erzähl mir keinen Scheißdreck: Eben erst hast du sie angegrabscht, und du hattest Glück, daß deine Japaner da gewesen sind, sonst würdest du jetzt dein Gebiß vom Boden aufsammeln.«

»Wir sind Freunde, Eugen. Glaubst du ernsthaft, ich würde mich an deine Frau heranmachen?«

»Das glaube ich, und da bin ich nicht der einzige!«

Achim in der Küche kaute auf seiner Lippe herum.

»Allein der Gedanke! Ich bitte dich. Ich will nichts von Mitsuko. Sie ist …«

»Paß auf, was du sagst!«

Achim sah, wie Mitsukos Gesicht von Entsetzen, als sie Eugen plötzlich hatte brüllen hören, in Abscheu umschlug angesichts der Ehrlosigkeit, mit der Wolf sich aus der Affäre zu ziehen versuchte, und er freute sich daran.

»Ich mag Mitsuko, natürlich. Und ich bewundere sie als Köchin, aber alles andere käme für mich niemals in Frage.«

Eugen hatte nicht damit gerechnet, daß Wolf so schnell einknicken würde, und wußte nun nicht, wohin mit seiner aufgestauten Kampfbereitschaft. Er holte mehrfach tief Luft, schnaubte, wiederholte noch einmal, daß er Wolf, wenn er ihn das nächste Mal an Mitsuko herumfummeln sähe, alle Knochen brechen würde, doch es hörte sich bereits nicht mehr gefährlich an.

Achim war erleichtert, als er merkte, daß es zu keinerlei Gewalttätigkeit kommen würde: »Ich glaube, ich muß nicht eingreifen«, sagte er.

Mitsuko, die weiß wie eine geschminkte Geisha an der Anrichte lehnte und ins Leere starrte, reagierte nicht.

»Die kriegen das ohne uns hin.«

»Er macht alles kaputt«, flüsterte sie, und Achim dachte im ersten Moment, sie meine Wolf: »Immer, wenn er trinkt, kommt so etwas dabei heraus.«

Ihr lief eine Träne die Wange hinunter.

»Verdammt kompliziert alles«, sagte Achim und legte den Arm um sie. Einen kurzen Moment lang war es tatsächlich nur Freundschaft.

Wie bei allen Zwischenfällen in der Vergangenheit, zog Mitsuko auch aus diesem keinerlei Konsequenzen. Ihre Laune verdüsterte sich für einige Tage, sie giftete Eugen an, sprach auch mit Achim nur das Nötigste. Doch dann bat Professor Frantz sie nach einem größeren Essen persönlich an seinen Tisch und hielt vor dem vollbesetzten Restaurant, so laut, daß jeder es hören könnte, eine Eloge auf Mitsukos Kochkunst, und all ihre Zweifel, ob der Traum vom eigenen Restaurant die dafür notwendigen Abstriche im Leben noch aufwog, verflogen.

Der Mai war sommerlich, das frische Grün hob die Stimmung aller lebenden Wesen, auch wenn sie noch nicht vom Leid erlöst waren.

In den folgenden Wochen schien es, als entdeckten Mitsuko und Eugen ihre Liebe neu. Er nannte sie zärtlich »Baby« und sie antwortete mit »Pappi«, was Achim stellvertretend für den Rest der Welt die Schamesröte ins Gesicht trieb. Offensichtlich war Eugens beherzter Auftritt Wolf gegenüber die richtige Maßnahme gewesen, um ihren Respekt zurückzuerobern. Achim, der vermutete, daß der Friede nicht von Dauer sein würde, wandte sich, auch um zu testen, ob Mitsuko nicht zumindest ein kleines bißchen eifersüchtig reagierte, wieder verstärkt Yun Tsi zu, allerdings ohne eine Beziehung ins Auge zu fassen.

Am letzten Sonntag des Monats, kurz vor Mitternacht, nachdem alle Restaurantgäste gegangen waren, befahl Eugen vielsagend: »Keiner verläßt den Raum«, verschwand in den Keller und kam mit einer Flasche Champagner zurück. Er hieß Holm, Otto, Willi und Anneliese sich an den Personaltisch zu setzen, feuerte den Korken gegen die Decke und begann mit belegter Stimme zu reden: »Ihr als meine Freunde sollt es als erste und aus meinem Mund erfahren. In unserer unruhigen Zeit ist das Normale längst nicht mehr selbstverständlich, wie man an den Ereignissen rings um uns herum sieht. Früher war vieles anders. Doch ich will gar nicht über Politik sprechen. Es geschehen immer noch Dinge, die das Leben lebenswert machen, wie es in dem Lied heißt: *Wunder gibt es immer wieder, wenn sie dir begegnen, mußt du sie auch sehen.* Für mich ist so ein Wunder, das größte überhaupt, daß Mitsuko und ich – sie eine Dame aus einem vornehmen japanischen Geschlecht und ich, der Birgelheimer Metzgerbub –, daß wir uns nach all den Irrwegen durch viele Länder und Staaten gefunden haben. Wenn uns das vor Jahr und Tag einer gesagt hätte, hätten wir es nicht geglaubt. Und damit es auch so bleibt, habe ich Mitsuko gestern abend nach der Arbeit zu Hause gefragt, ob sie – ob du, Schatz, meine Frau werden willst.« Er machte eine bedeutungsschwere Pause, halb, um die Spannung auf die Antwort zu steigern, halb um seine Stimme neu zu sammeln: »Und sie hat ›Ja‹ gesagt.«

Achim war, während Eugen sprach, abwechselnd heiß und kalt geworden. Er hatte Sorge, im nächsten Moment von einem Erstickungsanfall überwältigt zu werden. Er saugte seine Zigarette in wenigen Zügen auf, zündete sich die nächste an der glühenden Kippe an, riß sich am Riemen, wahrte die Fassung, zwang sich sogar zu lächeln. Er sah zu Mitsuko hinüber, die während Eugens Rede den Blick niedergeschlagen hielt und jetzt mit verhangenem Ausdruck, als hätte sie eine Handvoll Psychopharmaka eingeworfen, in die Runde schaute, ohne einem Blick standzuhalten.

»Wenn ich mit dir anstoßen soll, mußt du mir ein Bier geben«, sagte Holm in die Stille.

»Jetzt wird Champagner getrunken, wie es sich gehört, keine Widerrede«, bestimmte Eugen und drückte ihm das Glas solange gegen die Brust, bis Holm es nahm.

»Davon bekomme ich Sodbrennen.«

»Besser, als wenn gar nichts mehr brennt.«

›Um Himmels willen, um Himmels willen‹, war das einzige, was Achim denken konnte.

Lange Zeit bewegte sich nichts außer diesen drei Worten in seinem Kopf. Sie drehten sich wie eine Kinderliedzeile, die nach Jahrzehnten wieder aufgetaucht war.

Als nächstes fiel Eugen ihm um den Hals. Obwohl Achim gesehen hatte, daß er unausweichlich näher kam, geschah es überraschend.

»Glückwunsch, mein Glückwunsch«, stammelte Achim.

»Da staunst du, was!«

»Das kann man sagen!«

»Man muß das Glück beim Schopf packen, sonst ist es weg, ehe man sich's versieht.«

Eugen preßte ihn mit seinen Maurer-Fleischer-Schreiner-Boxer-Armen an die Brust, gab ihm kratzig-trockene Männerküsse auf die Wangen und klopfte ihm vor lauter Begeisterung über sich selbst auf die Schulter.

»Die Überraschung ist dir wirklich geglückt«, sagte Achim wie in Trance. »Das wird ein wunderbares Fest ... Wir kochen das größte Bankett, das die Stadt je gesehen hat.« Er schluckte gegen den Kloß an, der von tief unten seinen Hals hinaufdrängte, löste sich endlich aus Eugens Umklammerung und schwankte auf Mitsuko zu.

Es schien, als würden die aufgeregten Stimmen, die klingenden Gläser hinter einer Schallschutzwand verschwinden. Er legte Mitsuko eine Hand in den Nacken, wie es ihm nicht anstand, ließ sie ihren Rücken hinabgleiten, hielt eine Frau im Arm, die endgültig jemand anderem gehörte, schaute ihr in die Augen, war sicher, daß sie sich im nächsten Moment mit Tränen füllen würden. Sie leistete weder Widerstand noch willigte sie ein, in was auch immer. Doch dann zog sie ihn an sich, fest und verzweifelt entschlossen: »Morgen gehen wir aufs Standesamt und bestellen das Aufgebot.«

Achim nickte. Sein Blick fiel auf Yun Tsi, die etwas abseits still in sich hineinlachte.

Einige hundert Jahre zuvor in Japan

Tausend Krokusse sind durch den Schnee gebrochen. Falter, die in Astlöchern überwintert haben, torkeln umher und werden von hungrigen Schwalben geschnappt.

Fürst Norishige hackt Holz. Mitten in der Bewegung spürt er stärkere Kräfte, ändert die Richtung des Beils, läßt los. Es fliegt mit schwirrendem Ton wie ein Wurfstern, schlägt dumpf in die Wand seiner Hütte, erzittert.

Zügigen Schrittes kommt ein Mönch aus der Stadt, den Wanderstab in der Rechten. Das Gesicht im Schatten des mächtigen Strohhuts drückt nichts aus.

Einer neuerlichen Eingebung folgend, reißt Norishige das Beil aus der Wand, rennt über die Wiese und versperrt den Weg. Ohne des Fürsten zu achten, schlägt der Mönch einen Bogen und setzt seinen Gang fort. Norishige fühlt die Mißachtung wie einen Stich, starrt das Beil an. Unwiderstehlich steigt der Drang in ihm auf, das Blatt zwischen die Schultern des Mönchs zu schleudern. Sein Arm hat sich schon gehoben, als von irgendwoher, ansatzlos und schneller als ein Lidschlag, ein mächtiger Stock ihm Kopf und Hand verreißt. Ein Fuß, der zu keinem Körper gehört, zieht ihm die Beine fort. Der Fürst liegt im Dreck und hält sich die Stirn. Er sieht das rote Gewand sich gegen die niedrigstehende Sonne entfernen, gesammelt, als hätte es keine Begegnung gegeben, nur das alberne Stolpern des Narren, der den rechten Gebrauch seiner Glieder nicht wußte.

Norishige greift nach dem Beil, springt auf, hält inne. Er hat die Kampfkunst studiert und weiß: Gegen diesen Gegner wäre ihm kein Sieg beschieden, selbst wenn er Feuer und Schwert ins Feld führen könnte.

›Wer so kämpft, muß die Geheimnisse kennen‹, denkt er. ›Ich kann sie ihm nicht gewaltsam entreißen, doch wenn ich ihn bitte: Vielleicht gibt er mir ein Wort, so deutlich wie seine Schläge.‹

Norishige eilt dem Mönch hinterher, der fast schon die Kuppe erreicht hat, läuft eine Weile an seiner Seite, stammelt: »Meister, wer immer Ihr seid …«, wird keines Blickes gewürdigt, hastet ein Stück voraus, springt auf den Weg, stolpert rückwärts vor ihm her, damit der Mönch ihn nicht überrennt: »Meister, Ihr habt mir gezeigt, daß Eure Arme schneller als meine Gedanken sind, aber …«

Der Mönch beachtet ihn nicht.

»Meister, wenn das Rad sich auch dreht, ganz gleich, ob die Straße zum Ziel führt, wenn es sich selbst nach dem Ende der Straße noch dreht und mich überrollt, sobald ich ihm in die Quere komme, so wird es doch durch das Hindernis ins Stocken geraten. Haltet Ihr jedoch an und schenkt mir Gehör, wird der Lauf der Dinge nicht unterbrochen, ist der Stillstand nur scheinbar.«

Der Mönch zieht ein Gesicht, als wehten ihn Schwaden von Kuhdung an, bleibt stehen: »Wenn du so schlau bist, wie dein Gerede mir weismachen soll, warum vergißt du dann deine Frage?«

»Wüßte ich die Frage, bräuchte ich sie nicht mehr zu stellen.«

»Deine Antwort läßt noch länger auf sich warten als dein Beil.«

Norishige begreift, daß er wiederum unterlegen ist: »Aber Ihr, Meister, wie konntet Ihr sicher sein, daß ich Euch nicht im Genick treffen würde?«

»Eben waren meine Füße warm vom Gehen, jetzt sind sie kalt vom Stehen.«

Als Norishige das Beil aus der Hand in den Dreck fällt, ist der Mönch seinen Blicken entschwunden.

11

Austern und Brillanten

Obwohl sich mit den Hochzeitsvorbereitungen der eigentliche Sinn seines Aufenthalts in A. erledigt hatte, erwog Achim nicht, Mitsukos Restaurant zu verlassen. Nach München oder Köln zurückzukehren, wo er Leute kannte, die ihm helfen würden, Theaterengagements oder sonstige Beschäftigungen zu finden, wäre dem Eingeständnis einer Niederlage gleichgekommen, und dafür fühlte er sich einstweilen zu schwach. Er überlegte, Urlaub zu nehmen, um Abstand zu gewinnen, hatte jedoch weder Lust auf eine einsame Fernreise noch wollte er Bekannte besuchen – was hätte er ihnen erzählen sollen? Da ihm nichts Besseres einfiel, arbeitete er so viel wie möglich, um Geld auf die Seite zu legen für den Fall, daß er plötzlich doch flüchten mußte oder daß ein anderes Leben aus dem Dunkel stieg, das einen Versuch wert wäre.

Eugen und Mitsuko waren mit der täglichen Vergewisserung ihres neuen Glücks und den Plänen zu seiner Verewigung beschäftigt, so daß sie Achims Antriebsarmut kaum bemerkten. Während Eugen überbordende Visionen der Feierlichkeiten entwickelte, hatte Mitsuko Mühe, ihren Vater und ihre Mutter zu überzeugen, gemeinsam an dem Fest teilzunehmen. Nachdem dies gelungen war, sah es einige Tage lang so aus, als ob sich kein Termin fände, an dem sowohl ihre Eltern als auch Mitsumi, die nach wie vor in der Schweiz lebte, kommen konnten. Schließlich einigte man sich auf Freitag, den 20. August. Mitsukos Lieblingstante Aiko und deren australischer Mann Homer hatten eine Kreuzfahrt durch den Südpazifik gebucht und sagten ihre Teilnahme mit großem Bedauern ab.

Bis zur Hochzeit blieben noch zwei Monate, und die allgemeine Erregung beruhigte sich ein wenig.

Lediglich Yun Tsi schien Achims schlechten Zustand zu bemerken. Sie suchte seine Nähe und legte all ihre Schönheit in jede Bewegung, wenn sie mit ihm sprach, doch Achim hatte sich in seinen innersten Bereich zurückgezogen, so daß er es nicht einmal für nötig befand, sie zurückzuweisen.

Es dauerte eine Weile, bis er zu einer realistischeren Beurteilung der Lage zurückkehrte: Im Grunde hatte sich durch den Heiratsantrag nicht viel geändert. Die charakterlichen und kulturellen Unterschiede zwischen Mitsuko und Eugen, der Altersabstand und das Herkunftsgefälle würden bleiben, ganz gleich, ob sie nun »Eheleute« hießen oder nicht. Er müßte nur Geduld aufbringen, bis die nächste große Krise heraufzöge. Dann wären die Versprechungen ins Unendliche gewachsen, und die Enttäuschung würde um so herber ausfallen. Er unterzog die Inszenierung des seligen Brautpaars jetzt ständiger Prüfung, lauerte auf erste Anzeichen des Zerwürfnisses und gelangte zu dem Schluß, daß die freudige Erwartung, die Mitsuko ausstrahlte, größtenteils Ergebnis mäßiger Schauspielkunst war. Dabei spielte sie in der Hauptsache für sich selbst und tat alles, um sich von ihrer Rolle als bezaubernder Braut zu überzeugen. Sobald sie sich unbeobachtet wähnte, verfiel ihr Gesicht. Die Falten um ihren Mund hatten sich längst wieder verhärtet. Im Kontrast zu dem Glück, das sie auszustrahlen versuchte, stach die Bodenlosigkeit, in die sie jetzt häufiger stürzte, um so härter ins Auge. Achim hatte keine Zweifel, daß Mitsuko ihre Entscheidung bereute, noch bevor daraus unumstößliche Tatsachen geworden waren. In diesen Momenten der Verzagtheit versuchte er ihren Blick aufzugreifen, aber entweder ahnte sie nicht, daß er sich der Aussichtslosigkeit ihrer Lage bewußt war, oder sie wollte damit allein sein, wie sie es seit frühester Kindheit gelernt hatte.

Neun Tage vor dem Hochzeitstermin ließ sie mitten im Schälen einer Kartoffel das Messer sinken, stand mit hängenden Schultern an ihrem Platz und starrte auf die weiß gekachelte Wand, als sähe sie dort ihre Zukunft in verschwommenen Schemen gespiegelt. Sie rührte sich nicht, bis sie Achims Augen auf sich spürte, der das Schnetzeln eines Schweinefilets unterbrochen hatte, damit er eingreifen konnte, falls sie zerbrach. Zum ersten Mal seit Wochen sahen sie einander an, ausdruckslos und verloren wie Landregen im Mai, aber nach einer Weile fiel von irgendwoher eine Handvoll Licht in das Grau, und es hellte ein wenig auf. Ungeachtet aller Gästelisten und Aufgebote schien ihre Geschichte, oder das, was sie in heimlichen Nachtgedanken hätte sein können, noch nicht ganz der Vergangenheit anzugehören.

Als Achim anderntags ins Restaurant kam, war Eugen nicht da. Mitsuko lehnte an der Anrichte und beschäftigte sich weder mit Vorbereitungen für den Abend noch las sie Zeitung. Offenbar hatte sie gewartet. Sie hüpfte auf wie ein Kind, sprang ihm entgegen, fiel ihm um den Hals, küßte ihm weich und feucht die Wangen, als wäre es der Mund. Vom Augenhintergrund her schimmerte wieder das Verschwörerische durch, das ihn über Monate zu einem bestimmten Moment geleitet hatte, der dann ausgeblieben war. Sie kicherte hinter vorgehaltener Hand, wie damals, als Eugen ihn bei ihr in der Küche zurückgelassen hatte, damit sie seine Japan-Fragen beantwortete, strich ihm über den Arm, und die Geste hatte gefährlichere Bedeutungen denn je.

»Ich habe eine Überraschung für dich«, sagte sie: »Dreh dich um und schließ die Augen.«

Achim lächelte, wie man sich über einen Hintergedanken hinwegzulächeln versucht, den man nicht haben will und doch nicht verjagen kann: Galt, was sie jetzt tat? Oder gab sie lediglich eine andere Figur? Und wenn es Theater war, befand er sich in einem europäischen Stück oder in einem No-Spiel? Dort konnte er den Masken nicht einmal Charaktere zuordnen. Unabhängig davon fand er Mitsuko in dieser Szene überzeugend, obwohl er keine Ahnung hatte, welche Idee sie umsetzen wollte, und sich selbst schlecht, weil er nicht einmal seine Verunsicherung so darstellte, daß es die Handlung vorangebracht hätte.

»Du darfst sie erst wieder öffnen, wenn ich es sage.«

Er gehorchte, wie er jedem Kind gehorcht hätte, das sich für seinen Besuch etwas Besonderes ausgedacht hätte, und kniff die Augen so fest zusammen, daß es in der Stirn schmerzte.

Sie schaltete den Wasserkocher ein. Das Geräusch war ihm vertraut. Er hörte, wie sie etwas aus einem Papier wickelte und abstellte. Wie sie Schnüre löste. Er hörte Holzkanten gegeneinanderreiben, dann Tücher, während das Wasser zu sieden begann. Sie öffnete eine Blechdose. Kleinere Gegenstände stießen zusammen. Es klang, als gäbe sie etwas von einem Gefäß in ein anderes. Bevor das Wasser aufkochte, brach sie den Siedevorgang ab. Sie goß eine geringe Menge behutsam in ein Gefäß. Es folgte ein dünnes Wisch- oder Schabegeräusch, sehr schnell, von Hand erzeugt. Schließlich stellte sie etwas Hölzernes auf die Edelstahlarbeitsfläche, machte einige Schritte auf ihn zu und sagte: »Augen auf.«

Mitsuko war ganz nah an ihn herangetreten. Er bemerkte,

daß sie in Wirklichkeit kleiner war als in seiner Vorstellung. Sie reichte ihm mit beiden Händen eine rostrote Schale, auf deren Grund eine Pfütze leuchtend grünen Teebreis stand. Achim spürte, wie ihm Hitze ins Gesicht schoß. Er hob die Arme, merkte, daß er schwitzte, daß er Angst hatte. Er wußte nicht, wie die Schale zu nehmen war, wie man sie zum Mund führte. Während er noch zögerte, drehte sie die Schale mit einer merkwürdigen, an Zauberkunststückchen erinnernden Bewegung ein Stück weiter, so daß er eine andere Ansicht der Glasur hatte: Hier brach eine breite Dunkelheit in das Rot, wie ein Regenband, das sich vor die untergehende Sonne geschoben hatte. Weiter östlich schien der Himmel blasser und ging in eine Wolke über, die ein Pinselschlag war, sonst nichts. *»Dies ist der Kelch des neuen und ewigen Bundes, mein Blut, das für euch und für alle vergossen wird zur Vergebung der Sünden.«* Achim spürte ein albernes Lachen aufsteigen, räusperte es weg. Die Muskeln um den Mund zuckten, dann gewann er die Kontrolle zurück und haßte sich. Noch immer hatte er keine Ahnung, wie er die Schale anfassen sollte. Obwohl es nahegelegen hätte, scheute er sich, seine Hände um Mitsukos zu schließen, und die Chawan langsam von ihren in seine hinübergleiten zu lassen. Wenn er nicht gleich etwas tat, irgendeine Handlung, die in die nächste Szene mündete, wäre alles zerstört: »Das ist Matcha-Tee …«, sagte er, halb als Frage.

»Wie für die Teezeremonie.«

»Ich weiß nicht, wie ich die Schale …«

»So wie ich, schau.«

Sie setzte die Schale mit einer ruhigen Geste an die Lippen und trank einen Schluck. Hielt inne. Senkte langsam die Arme, stellte sie ab. Nahm ein Seidentuch, das auf der Arbeitsfläche bereitlag, und wischte mit minimalen Bewegungen die Stelle rein, an der ihr Mund den Rand der Schale berührt hatte. Wiederum dachte er an den Priester, der das Sakrament in der Gestalt des Weines austeilte. Sie reichte ihm die Schale. Diesmal nahm er sie, obwohl ihm das Herz bis zum Hals schlug. Zehnmal stärker als neulich in *Tomikos Tokyo Basar*, als er gefürchtet hatte, die tiefschwarze Raku-Chawan mit der Flamme, die geschützt werden mußte, könnte ihn zurückweisen oder aus der Bahn werfen. Er spürte Mitsukos warme Hand. Dann ließ sie die Schale los. Sie war schwer, aber nicht so schwer, daß er sie hätte fallen lassen müssen. Er starrte in feinblasigen Schaum, der das leuchtendste Grün war, das er in seinem Leben gesehen hatte. Er wäre gerne darin versunken. Das Grün stieß an den Ziegelton, der von engmaschigem Krakelee durchzogen war. Erst jetzt bemerkte er die goldene, einen Finger breite Reparatur. Ein anderer hatte die Schale herausgefordert und war bestraft worden. Wäre sie vollends zerbrochen, hätte er Selbstmord begehen müssen, der Unglücksmensch. So war lediglich eine Narbe zurückgeblieben, die alle mahnte, die sie fortan in die Hand nahmen, ihr Herz zu reinigen und der Kräfte zu gedenken. Wo Mitsuko getrunken hatte, war der Moosschaum wieder hinuntergelaufen und hatte eine breite Schliere aus Bläschen zurückgelassen, die auftrockneten und winzige Krater warfen. Achim merkte, daß sein Griff nicht stimmte. Er verkrampfte, sah den Fliesenboden und in Zeitlupe, wie die Schale um sich selbst drehend fiel, sehr lange – so groß war der Abstand zwischen Hand und Boden doch gar nicht –, und aufschlug. Er sah grüne Flüssigkeit verspritzen, als hätte eine Kugel die Gefäßwand zertrümmert. Scherben und Splitter flogen umher, mischten sich mit Teeschmier. –

Nichts dergleichen war geschehen. Achim starrte noch immer die Schale in seinen Händen an und entschied, nicht an der Stelle zu trinken, wo das Gold war. Er hob sie vorsichtig an die Lippen. Sie berührten den Rand, ertasteten leichte Unregelmäßigkeiten. Er hielt inne, saugte den Duft einer Bergwiese nach kräftigem Schauer ein. Erst als die Schale sein Gesicht beinahe vollständig umschloß, stieß er an die warme, dickliche Flüssigkeit, deren bitterwürziger Geschmack zugleich mild und kraftvoll war und ihn sonderbar enttäuschte. Er setzte ab, neigte die Schale vor, so daß der dunklere Tee unter dem Schaum hervorschwappte. Nahm einen weiteren Schluck, schlürfend wie bei einer Weinprobe, spülte die Flüssigkeit durch den Mundraum, kaute, um den Geschmack in seine Einzelteile zu zerlegen.

Mitsuko schaute erwartungsvoll und zugleich beherrscht. Er war unsicher, wie er es formulieren sollte: Was er schmeckte, hatte nichts mit »Gaumenfreuden« zu tun. Es wäre aber ebenso falsch gewesen einfach »Mag ich nicht« zu sagen. Ihm fehlten die richtigen Worte. »Interessant.«

Das hieß nichts.

»Bestimmt komisch, wenn man es nicht gewohnt ist«, sagte Mitsuko, so neutral wie möglich, damit er sich nicht in eine bestimmte Richtung gedrängt fühlte.

»Eine eigenartige Konsistenz, ein bißchen als – versteh mich nicht falsch –, als hätte man Erde zwischen den Zähnen. Heilerde zum Beispiel.«

Ihm fiel die Enttäuschung wieder ein, als er mit acht Jahren zum ersten Mal die Kommunion empfangen hatte und mit der äußersten Ehrfurcht, die sein Kinderherz empfinden konnte, auf eine Oblate biß, die sich in nichts von denen für Mutters Weihnachtsmakronen unterschied.

»Ich kann noch gar nicht sagen, ob gut oder schlecht. Wahrscheinlich geht es auch nicht primär um den Geschmack, oder?«

»Die Unterschiede zwischen Matcha-Tees sind schon sehr groß. Für einige Sorten bezahlt man ein Vermögen«, erwiderte Mitsuko.

»Und das war jetzt ...«

»Das war ein besserer. Mein Vater hat ihn vor zwei Monaten geschickt. Ich habe ihn eben erst geöffnet.«

»Wahrscheinlich muß man die Zunge trainieren. Es hat ja auch seine Zeit gedauert, bis ich den Geschmack von normalem grünem Tee mochte. Früher habe ich ...«

Achim entschied im letzten Moment, ihr nicht zu gestehen, daß er Sencha mit Zucker getrunken hatte, und setzte neu an: »Aber die Schale ist alt, oder?«

»Gefällt sie dir?«

»Sehr.«

»Ein Werk von Raku Dōnyū.«

»Ich hätte neulich in diesem neuen Laden fast eine Schwarze von Shoraku gekauft ...«

Mitsuko lächelte.

»Aber sie war ohne Namen – da hab' ich es gelassen.«

Achim bemerkte den leisen Spott um ihren Mund nicht.

»Die hier ist aber, glaube ich, eine andere Kategorie. Hat sie einen Namen?«

»Sie heißt *Momiji*. Das bedeutet *Herbstahorn*.«

»Ich mußte an Abendrot denken. Eine Gewitterwolke, die sich vor die untergehende Sonne schiebt.«

Die Tatsache, daß man über die Schale sprechen konnte, wie über jedes beliebige Ding, ließ sie weniger bedrohlich erscheinen. Er nahm sie erneut in die Hand, noch immer mit Respekt, doch schon deutlich entspannter: »Neulich in *Tomikos Tokyo Basar*, als ich überhaupt zum allerersten Mal eine Chawan angefaßt habe, dachte ich, es kommt gar nicht in erster Linie auf das Aussehen an, sondern man muß einfach spüren, wie sie sich einfügt, dann begreift man, um was es wirklich geht, warum sie so kostbar ist. Doch jetzt, wo ich diese sehe, merke ich, das stimmt zwar irgendwie, ist aber auch wieder nur die halbe Wahrheit. Kennt man diesen Don... – Wie hieß er noch?«

»Raku Dōnyū.«

»Sagt einem Japaner, der sich mit Teekeramik beschäftigt, der Name etwas?«

»Schon.«

»Ein berühmter Meister?«

»Relativ.«

»Wie alt ist sie?«

»Siebzehntes Jahrhundert.«

»Eher frühes oder eher spätes?«

»So genau weiß ich es nicht.«

»Dann ist sie kostbar, oder?«

»Wenn ich sie in Japan verkaufen würde.«

Achim merkte, daß Mitsuko seine Versuche, die Schale einzuordnen, mißfielen. Normalerweise interessierten fiktive Marktwerte und imaginäre Ranglisten ihn nicht. Er vertraute seiner Urteilskraft. Doch auf diesem Gebiet fehlten ihm nach wie vor die Kriterien. Außerdem hoffte er auf dem Umweg über die Dinge, die sie besaß, etwas über ihre Familie zu erfahren.

»Hast du viele, die so alt sind?«

»Ein paar.«

»Und auch Chaire?«

Sie nickte.

»Ich habe gelesen, wenn ein Fürst früher einen Vasallen oder Krieger belohnen wollte, war nicht etwa ein Schwert das höchste Geschenk, auch nicht, was mir noch eingeleuchtet hätte, eine Chawan, sondern tatsächlich die Chaire ...«

»Das kann zu einer bestimmten Zeit so gewesen sein.«

»Aber du hängst mehr an den Schalen?«

»Für mich liegt das alles weit zurück. Das habe ich dir ja schon gesagt. Manchmal vergesse ich, daß mir all diese Sachen gehören. Manchmal sind sie Ballast, den ich gern los wäre. Aber das geht nicht so einfach.«

»Warum?«

»Vielleicht bin ich noch nicht lange genug fort.«

Achim überlegte, ob es ein eindeutig festgelegtes Zeichen war, wenn eine Frau für einen Mann erstmals den Tee aufgeschlagen hatte, selbst wenn es nicht im Rahmen einer formellen Zeremonie geschehen war. Vielleicht vertraute Mitsuko darauf, daß er infolge seiner Beschäftigung mit der japanischen Kultur wußte, was sie getan hatte, und erwartete jetzt, daß er reagierte: »Wir machen uns nichts vor, oder?«

»Ich glaube nicht.«

»Du weißt, daß ...«

»Es reicht, wenn wir es wissen.«

»Was ich schade finde – schade ist das falsche Wort: Ich meine, vielleicht sollten wir, also du und ich ...«

Sie legte den Zeigefinger an ihre Lippen, damit er nicht weitersprach.

»Wenigstens ...«

Mitsuko schüttelte energisch den Kopf.

»Und die Hochzeit mit Eugen?«

»Ich hatte kurz überlegt, einen Meister zu engagieren, der eine Teezeremonie durchführt. Es könnte schon interessant sein und in B. gäbe es einen, den man buchen kann. Aber die meisten deutschen Gäste würden sich wahrscheinlich langweilen. Und die Japaner fänden es unangemessen.«

»Verstehe.«

Achim war gekränkt und erleichtert zugleich, daß Mitsuko und Eugen ihn nicht zur eigentlichen Trauung aufs Standesamt eingeladen hatten. Außer den Zeugen Mitsumi und Holm war lediglich der alte Herr Nishida dabei. Mitsukos Mutter hatte ihr Kommen zwei Tage zuvor wegen einer schweren Virusgrippe abgesagt.

Das Fest selbst sollte um fünf Uhr nachmittags mit einem Austernempfang beginnen. Achim verbrachte die Stunden davor in gräßlicher Verfassung. Am liebsten wäre er zu Hause geblieben, hätte sich auf den Boden seiner fensterlosen Abstellkammer gesetzt und den Tag in Stille und Finsternis verbracht. Er fühlte sich mißachtet, übergangen, ausgebootet.

Das große italienisch-französische Buffet, das er hatte kochen wollen, war nie wieder erwähnt worden, nachdem Takeshi Ozawa angekündigt hatte, an diesem Tag bleibe das *Shabu-Shabu* geschlossen, seine Brigade werde Mitsukos Küche übernehmen und für das Essen sorgen. Achims nächste Geschenkidee, ein Auftritt Helen Fischers, Alt-Solistin an der Bayerischen Staatsoper in München, die ihm diesen Freundschaftsdienst fest versprochen hatte, war ebenfalls geplatzt, weil Helen kurzfristig für eine erkrankte Kollegin hatte einspringen müssen. Am Ende war ihm nichts Besseres eingefallen, als für fast vierhundert Mark zwei Gedecke und die Kanne aus dem Teeservice, das Gropius für Rosenthal entworfen hatte, zu kaufen: Sollten Mitsuko und Eugen sich eines schönen Sonntags zu einem gepflegten Täßchen Darjeeling zusammensetzen, besäßen sie einen Klassiker der europäischen Moderne, der sich nicht vor ihren japanischen Altertümern zu verstecken brauchte. Aber höchstwahrscheinlich würde es nie zu dieser Teestunde kommen. Es war ein sinnloses Geschenk. Noch auf dem Weg zur Feier hatte er mehrfach den Drang, das mit Blümchen und Schleifen geschmückte Paket vor ein fahrendes Auto zu werfen.

Es herrschte tropische Hitze. Bereits bei den Parkplätzen hörte er die seifigen Klänge einer Elektro-Orgel mit eingebauter Rhythmusgruppe, dazu einen Trompeter, der Melodien blies, als begleitete er einen Softporno aus den Siebzigern. Wegen der Hitze hatte Takeshi die Austernbar draußen im Hof aufbauen lassen, neben der mobilen Thekenanlage, die sonst bei Volkswanderungen zum Einsatz kam. Gleich am Eingang traf Achim Wolf, der trotz des Wetters Smoking trug und eine kunstblonde Beinaheschönheit in rotem Lederminikleid im Arm hielt. Er grinste, als hätte er einen großen Sieg errungen: »Darf ich dir meine Freundin Inga vorstellen.«

»Dann mußt du Achim sein«, sagte Inga, überdreht wie ein Transvestit mit Sopranstimme: »Ich habe schon viel von dir gehört.«

Sie hielt ihm ihre mit Rouge und Puder verkleisterten Wangen hin, und er küßte an ihnen vorbei in die Luft.

»Bestimmt nichts Vernünftiges«, sagte Achim.

»Wolf hat erzählt, daß du eigentlich Schauspieler bist …«

»Würde ich so nicht sagen.«

»Da kennst du bestimmt viele interessante Menschen.«

»Die werden überschätzt, glaub mir.«

Er fragte sich, warum Eugen zugelassen hatte, daß Wolf eingeladen worden war, noch dazu mit dieser Halbnutte. Und was Mitsuko sich davon versprach?

»Das wird ein lustiges Fest, besonders für dich«, sagte Wolf und lachte schallend: »Ich besorg dir mal was zu trinken.«

Als wäre er der offizielle Sachwalter des Gastgebers, rief er »Yuki!« – eines der japanischen Mädchen, die Takeshi zum Bedienen mitgebracht hatte –, »gib meinem Freund Achim einen Schluck Champagner, der kann ihn brauchen.«

Yuki lächelte schüchtern und hielt Achim ihr Tablett hin.

»Auf dein Wohl«, sagte Wolf.

»Schön, dich kennenzulernen«, quiekte Inga.

Achim leerte sein Glas in einem Zug und nahm ein neues.

»So schlimm?« fragte Wolf.

Er zuckte mit den Achseln. Inga schaute ihn mitleidig an, als wüßte sie, woran er litt. Achim hätte ihr am liebsten in den Abgrund zwischen ihren hochgeschnürten Brüsten gespuckt, statt dessen fischte er sich mit den Lippen eine Zigarette aus der Packung, zündete sie an und blies ihr Rauch ins Gesicht. Wolf federte in den Fußballen, warf einen Feldherrenblick über den Hof und sagte: »Es wird voll.«

»Was heißt hier: wird?«

Das Brautpaar war in der Menge verschwunden. Achim wunderte sich über die große Zahl japanischer Gäste. Die meisten hatte er nie zuvor gesehen. Auch von den Deutschen kannte er höchstens die Hälfte. Offenbar waren aus Eugens verschiedenen Vorleben massenhaft Bekannte und Geschäftspartner übriggeblieben, die zu einer solchen Gelegenheit wieder auftauchten. Bei der größeren Gruppe, die Eugen und Mitsuko umringte und jetzt gegen eine Bert-Kaempfert-Melodie *Hoch soll'n sie leben* anstimmte, mußte es sich um *die Saunafreunde* handeln. Sie trafen sich immer dienstags, wenn das Restaurant geschlossen war, und benahmen sich, als wären sie die wirklich wichtigen Menschen hier. Wahrscheinlich verband gemeinsame Nacktheit auf besondere Weise. Mitsuko strahlte, fuchtelte mit den Armen, kreischte kurz auf – allein die Glücksgrimassen, die sie dabei schnitt, hätte er ihr nicht zugetraut.

»Und was macht die Schnippelei?« wandte er sich wieder an Wolf.

»Alles wie immer. Viel zu tun.«

Inga lächelte.

»Bist du auch in dem Gewerbe tätig?«

»Ich arbeite für ein Autohaus.«

»Laß mich raten: für ein japanisches …«

»Genau.«

»Ich entsorge mal mein Geschenk«, sagte Achim, ließ Wolf und Inga stehen und bewegte sich in Richtung des Hochzeitspaares. Er nickte Holm und Otto zu, die mit Wandervereinsfunktionären palaverten. Nicht weit davon entfernt, umringten einige ältere Frauen Connie, sie hielten Schnapsgläser statt Sektkelchen, zu ihren Füßen lag der Hund. Sogar Professor Frantz war gekommen, wenn auch ohne seine schöne Osteuropäerin. Er stand bei Eugens Fernsehfreundin Sabine, die gerade einem untersetzten Schnauzbartträger ein Autogramm gab.

Die Saunafreunde grölten jetzt: »*Viel Glück und viel Segen auf all euren Wegen …*«

Um zu gratulieren, hätte er sich durch den Pulk kämpfen müssen, doch ihm war nicht nach Kämpfen zumute, und keinesfalls wollte er von einer überdrehten Apothekerin oder Friseurmeisterin vereinnahmt werden. Er erinnerte sich, daß es bei solchen Veranstaltungen normalerweise einen Gabentisch gab, auf dem das ganze Zeug abgelegt wurde, damit die Gefeierten Hände zum Schütteln und Arme zum Um-den-Hals-Fallen frei hatten.

»Weißt du, wohin damit?« fragte er Holm, der inzwischen weder Otto noch den Wanderern die Welt erklärte, sondern die kleine Kasane erwischt hatte, eine Studentin, die Mitsuko seit kurzem mit mäßigem Erfolg zur Küchenhilfe ausbildete.

»Drinnen ist ein Tisch. Da, wo ihr sonst sitzt. Prost.«

»Prost.«

Achim ging hinein, verlangsamte seine Schritte, um die Zeit zu dehnen, die er nicht im Gedränge verbringen mußte. Mit den meisten Leuten, die da draußen feierten, hatte er nichts am Hut. Er war der Küchenjunge, eine unbedeutende, jederzeit austauschbare Figur im Restaurant. Ihn als Person, seine wirkliche Beziehung zu Mitsuko gab es nicht. Die Intimität, die sie erst vor wenigen Tagen wiederhergestellt hatte, konnte niemand bezeugen, wenn sie nicht gänzlich seiner Phantasie entsprungen war: Mitsuko hatte lediglich grünes Pulver und Wasser mit Hilfe eines Bambusschneebesens in einer alten Schale verrührt. Welche Bedeutung darüber hinaus hätte darin liegen sollen?

Die Küchentür war halb geöffnet. Er sah Japaner in sauberen Kochmonturen, die präzise Bewegungen vollführten. Natürlich stand Takeshi nicht persönlich am Herd. Achim hatte ihn draußen bei den Nissan-Leuten gesehen. Vermutlich schaute er hin und wieder nach dem Rechten, wenn überhaupt. In seinem Restaurant kochte er schon lange nicht mehr selbst. Achim hätte den Köchen gern über die Schulter geschaut, doch auch dort, wo er eigentlich hingehörte, hatte er heute nichts zu suchen.

Der Geschenktisch befand sich bei der Theke vor dem Fenster und quoll bereits über von Paketen und Blumen. Irgendein umsichtiger Mensch hatte eine Batterie mit Wasser gefüllter Vasen aufgestellt. Allein fünf dieser Körbe mit verschweißtem Schinken, Wurstkonserven, süßem Wein und Bohnenkaffee standen da. Einige Verpackungen deuteten auf Bildbände, andere auf CDs hin, in einem Wechselrahmen die übliche Kollage aus gefalteten Geldscheinen.

Achim schaute aus dem Fenster auf den Sportplatz, wo zwei Kindermannschaften gegeneinander Fußball spielten, und stellte seine Kiste an den äußersten Rand, in der Hoffnung, daß sie zu den ersten gehören würde, die Mitsuko auspackte, bevor sie genervt war von all dem Plunder.

Er wollte nicht wieder hinaus unter die Leute und ließ sich auf einen Stuhl beim Aquarium fallen. Gnadenlose Selektion hatte die Zahl der Kois auf fünf zusammenschrumpfen lassen. Eugens ganzer Stolz, ein *Platin-Ogon*, war mit Abstand der fetteste. Für gewöhnlich drangsalierte er die anderen, doch im Moment schnappten alle gleichermaßen nach Luft. Infolge der Sommerhitze war der Sauerstoffgehalt des Wassers niedrig. Es befanden sich keine Pflanzen im Becken, die Photosynthese hätten treiben können, weil die Karpfen sie immer wieder herausgerissen und zerfetzt hatten. Seiner Einschätzung nach war die Situation nicht lebensbedrohlich. Draußen in den Teichen hingen sie jetzt auch unter der Oberfläche. Er drehte den Belüfter auf die höchste Stufe, schaute nach, ob von den Sauerstofftabletten, die Eugen für Notfälle gekauft hatte, welche übrig waren, fand jedoch keine. Stattdessen nahm er Futterpellets aus der Dose und ließ die Fische aus der Hand fressen. Eugen war stolz, daß er ihnen das beigebracht hatte, und bildete sich ein, sie täten es nur bei ihm. Sie schmatzten und spritzten. Mit der anderen Hand strich Achim ihnen über den Rücken. Er mochte die Konsistenz der Fischhaut, die sich lebendig so anders anfühlte als tot, wenn man sie abwusch oder schuppte. Er wischte sich die nassen Hände an der Hose ab, und das sandfarbene Leinen färbte sich dunkel. Es sah aus, als hätte er sich eingesaut. Er mußte hierbleiben, bis es wieder trocken war, und dachte an Wolf in seinem Smoking, der sich endgültig den Kodex der Schnösel zu eigen gemacht hatte.

Als er wieder hinauskam, lief er Yun Tsi in die Arme. Sie stand abseits im Halbschatten. Die Sonne warf Blattmuster auf ihre Schultern. Ihr enganliegendes, taubenblaues Kleid war aus ähnlichem Leinenstoff wie sein Anzug. Da sie kein Glas in der Hand hielt, nahm Achim zwei vom Tablett der nächsten Bedienung und reichte ihr eins: »Ich darf nicht viel trinken«, sagte sie, »ich vertrage doch nichts. Dann hänge ich nachher in der Ecke und kann gar nicht mit dir tanzen, das wäre doch schade.«

»Ich habe eher Sorge, daß wir uns zu Tode langweilen werden.«

»Man könnte meinen, daß du nicht fröhlich bist.«

»Kommt drauf an.«

»Sie sind unsere Freunde. Zumindest so etwas Ähnliches.«

»Es ist Irrsinn.«

»Du meinst in romantischer Hinsicht?«

»Es muß nicht gleich Romantik sein, aber eine gewisse Verständigungsbasis sollte doch ...«

»Es gibt alle möglichen Gründe, dieses und jenes zu tun: Das gilt auch fürs Heiraten.«

»Aber wenn man sieht, wie zwei Leute, die man eigentlich gern mag, sich ins Unglück stürzen, und es nicht verhindern kann – ich finde das furchtbar.«

»Mir ist das egal.«

Achim nahm sich ein neues Glas Champagner und sagte: »Auf die Vernunftehe.«

»Das ist allerdings das letzte, woran ich in diesem Zusammenhang denke.«

Sein Blick fiel auf ihre sanft geschwungenen Schlüsselbeinknochen, über die sich Spaghettiträger spannten und eine kleine Schattenlinie warfen. Yun Tsi beugte sich vor, als forderte sie ihn auf, ihr in den Ausschnitt zu schauen. Das fahle Blau des Kleids gab ihrer Haut einen warmen Olivton. Er sah ihre linke Brust in weißer Spitze, sah, daß sie es sah, und lächelte erstmals an diesem vermaledeiten Tag.

»Soll ich uns Austern besorgen?« fragte er.

»Danke, für mich nicht. Aber hol du dir doch welche.«

»Der Abend ist noch lang. Wir sehen uns ...«

Achim aß ein Dutzend Austern und trank ein Glas Chablis. Er trieb von hier nach dort, wechselte mit diesem und jenem ein paar Sätze, ohne sich auf ein Gespräch einzulassen. Eine Weile stand er abseits und beobachtete das Geschehen wie eine Sportveranstaltung, deren Spielregeln er nicht kannte. Gegen sieben hatte er das Gefühl, es nicht länger auszuhalten, und setzte sich in den Wald ab.

Nachdem er zwanzig Minuten gegangen war, fürchtete er, etwas Entscheidendes zu verpassen, und kehrte um. Als er durchs Tor trat, besprach Eugen sich gerade mit Takeshi und winkte ihn herbei: »Das Buffet ist fertig. Die Leute sollen reingehen, aber bei dem Wetter haben sie natürlich keine Lust. Wahrscheinlich muß man jeden einzeln auffordern: Kannst du ein bißchen helfen?«

Er hatte unsichtbar sein wollen, jetzt war er als Cowboy verpflichtet, und die Leute benahmen sich tatsächlich wie eine ungebärdige Viehherde. Es dauerte eine halbe Stunde, ehe sich endlich alle im großen Saal drängten. Die Köche hatten hinter einer Anrichte Aufstellung genommen und warteten mit versteinerten Gesichtern darauf, Suppen auszuschenken, Roastbeef zu schneiden, Lachse zu tranchieren, Hummer- und Krebsscheren aufzulegen, gedünstete und gratinierte Muscheln. Es waren Feuertöpfe auf Gasbrennern aufgebaut, in denen hauchdünn geschnittenes Fleisch und Gemüse binnen Sekunden gegart werden konnte. Hinter einer elektrisch gekühlten, mit Eis gefüllten Reine, auf der sauber filetierte Fischseiten angerichtet waren, stand ein Meister, um Sashimi zu schneiden, daneben einer, der Sushi nach Wunsch rollen würde. Außerdem riesige Platten mit Vorspeisen, Schälchen mit perfekt arrangierten Kleinigkeiten, Dessertküchlein, Obsttürme.

Achim dachte an das Buffet, das ihm vorgeschwebt hatte und das vermutlich weit über seine Kräfte gegangen wäre, ohne daß es auch nur ansatzweise an dieses herangereicht hätte.

Überraschenderweise fand er sein Kärtchen in unmittelbarer Nähe des Hochzeitspaars. Rechts von ihm saßen Mitsumi und ihr Freund Urs, zu seiner linken hatte Mitsuko Yun Tsi plaziert, als ob sie ein Paar wären. Mitsumi war ihm tags zuvor bereits vorgestellt worden. Sie war ebenso attraktiv wie ihre Schwester, wirkte allerdings noch selbstbestimmter. Achim hielt nach Wolf und Inga Ausschau und sah sie bei den Japanern um Takeshi stehen.

Yun Tsi stellte sich auf die Zehenspitzen und flüsterte: »Hast du schon mal so ein Buffet gesehen?«

»Im Fernsehen.«

»Takeshi schenkt ihnen das, oder?«

»So hieß es zumindest.«

»Und was müssen wir – also sie dafür tun? Oder was haben sie bereits dafür getan?«

»Kann es sein, daß du von der japanischen Besatzungszeit traumatisiert bist?«

»Da war ich noch gar nicht geboren.«

»Solche Dinge schreiben sich ins kollektive Gedächtnis. Was haben deine Großeltern dir über die Japaner erzählt? Daß sie Menschenfresser sind, oder?«

»Hast du gesehen, wie viele Leute er mitgebracht hat? Ich meine nicht die Köche, sondern diese ganzen *business men*. Die meisten von denen sind noch nie hier gewesen. Warum laden sie Wildfremde zu ihrer Hochzeit ein?«

Mitsuko geleitete ihren Vater an seinen Platz. Achim sah

sich das feingeschnittene Gesicht des alten Herrn Nishida an, der in seinem Land ein hochrespektierter Geschäftsmann war, und konnte sich weder vorstellen, daß ihm eine Yakuza-Versammlung auf der Hochzeit seiner Tochter verborgen geblieben wäre, noch daß er sie geduldet hätte. Anders als Mitsumi, die dem Vater ausgesprochen kühl gegenübertrat, gebärdete Mitsuko sich wie ein kleines Mädchen. Achim staunte: erstens, weil er nach allem, was er über ihre Geschichte wußte, davon ausgegangen war, daß der große und mächtige Vater ihr schon lange nichts mehr anhaben konnte, und zweitens, weil dieser hochrangige Samurai und einflußreiche Wirtschaftsführer nur ein schwächliches, immer lächelndes Männchen war, dem man weder die unerbittlich strenge Herrschaft über die Familie noch die Leitung eines international operierenden Unternehmens zugetraut hätte. Eugen schob sich hinter ihm vorbei, um seinen Platz auf Mitsukos anderer Seite einzunehmen, klopfte ihm auf die Schulter und lachte, was Herr Nishida mit einer abermaligen Verbreiterung seines Lächelns und einer regelrechten Verbeugungsorgie beantwortete.

Eugen legte feierlich beide Hände auf die Stuhllehne und sammelte sich. Er ließ seinen Blick über die Gäste gleiten und hüstelte, was im allgemeinen Stimmengewirr als Signal jedoch unterging. Schließlich nahm er ein leeres Rotweinglas und schlug es mit einem Löffel an. Allmählich kehrte Ruhe ein. Einige zischten »Psst!«.

»Ich«, begann Eugen gegen die letzten, die sich noch unterhielten, »ich bin …«

Jemand sagte »… mit Mayonnaise« und verstummte.

»Ich bin, wie ihr wißt, kein großer Redner, aber ein paar Worte will ich als frischgebackener Bräutigam in den besten Jahren doch sagen: Meine Frau, so darf ich Mitsuko seit heute morgen nennen, und ich … Es ist für uns ein ganz besonderer

Tag, und wir sind glücklich, ihn mit euch verbringen können zu dürfen. Viele von euch haben uns in der Vergangenheit, die nicht immer einfach war, mit Rat und Tat zur Seite gestanden. Euch alle heißen wir herzlich willkommen. Eigens begrüßen will ich, worüber ich mich besonders freue, Mitsukos Vater, Herrn Doktor Nishida Mitsuyoshi, der vorgestern den weiten Weg aus Tokio gekommen ist, um bei uns zu sein: *Konichiwa*.«

Er verbeugte sich tief. Herr Nishida, dem Mitsuko Eugens Worte übersetzte, stand auf und verneigte sich ebenfalls.

»Außerdem möchte ich Mitsukos Schwester Mitsumi mit ihrem Lebensgefährten Urs begrüßen, die aus der Schweiz dazugestoßen sind. Wenn ich jetzt von den anderen den ersten mit Namen nenne, müßte ich bis zum letzten alle aufzählen, und wir hätten morgen noch nichts zu essen.«

Er hob sein Glas: »Nur eines muß und will ich noch tun, nämlich mich, auch im Namen meiner Frau, ganz herzlich bei Takeshi Ozawa bedanken, der uns dieses sagenhafte Buffet geschenkt hat: Takeshi, das ist wirklich unglaublich! Ihr habt euch selbst übertroffen! Tausend Dank! Jetzt bin ich gleich fertig. Bevor ihr vor lauter Ungeduld verrückt werdet, darf ich euch bitten, mit mir anzustoßen: Auf einen gelungenen Abend. Zum Wohl. Das Buffet ist eröffnet. Laßt es euch schmecken.«

Achim blieb sitzen, statt sich in die allgemeine Bewegung einzureihen.

»Hast du keinen Hunger?« fragte Yun Tsi.

»Nicht so großen, daß ich mich ins Gedränge stürzen müßte.«

Er sah Mitsuko an, die ihrem Vater irgend etwas zu erläutern schien. Sie trug ein Kleid aus cremeweißer Wildseide mit einem breitkrempigen Hut. Ihre Lippen leuchteten in grellem

Rosa. Achim fand, daß sie wie eine amerikanische Fälschung einer japanischen Braut aussah, und stellte sie sich in einem Hochzeitskimono vor: Dann wären sie alle einschließlich des Saals mit seiner Wimpelwand, den aufmontierten Geweihen, abgeschnittenen Hirsch- und Keilerköpfen, dem ausgestopften Dachs und den präparierten Vögeln wie ein Irrtum erschienen. Achim nahm einen Schluck Riesling und merkte, daß er langsamer trinken mußte, zumindest bis er etwas gegessen hatte.

»Ich habe dir Sushi mitgebracht«, sagte Yun Tsi und stellte ihm einen Teller hin. »Ich weiß ja ungefähr, was du magst.«

»Danke. Das ist nett von dir.«

Achim lächelte. Sobald sie saß, legte er ihr den Arm um die Schulter, ohne sich darüber im klaren zu sein, wie er es heute meinte, und sagte: »Ich hätte es jetzt nicht geschafft, mich ins Gewühl zu stürzen.«

Sie fühlte sich angenehm an. Trotz der Hitze klebte ihre Haut nicht. Das Parfüm, das sie aufgelegt hatte, roch nicht zu süß. Er fragte sich, ob Yun Tsi ahnte, was diese Hochzeit für ihn bedeutete, abgesehen davon, daß er es im Moment selbst nicht wußte.

Mitsuko kehrte mit ihrem Vater an den Platz zurück. Sie war damit beschäftigt, eine gute Tochter zu sein, so daß sie nichts und niemanden um sich herum wahrzunehmen schien. Strenggenommen hatte er ihr bis jetzt noch gar nicht gratuliert.

»Ein sehr edles Kleid«, sagte Yun Tsi: »Nicht so kitschig.«

»Aber irgendwie doch auch ...«

»Es ist geschmackvoll, finde ich. Da habe ich schon andere Sachen gesehen.«

»Nein, ja, stimmt schon. Das Kleid kann nichts dafür. Für

mich ist das alles ein bißchen ... Egal. Wir machen uns einfach einen netten Abend, oder?«

»Ich wüßte nicht, was dagegen spräche. Es sei denn, die Japaner veranstalten hier ein Blutbad. Es sieht ja so aus, als ob die ganze Familie versammelt wäre. Wenn der feindliche Clan davon Wind bekommen hat oder Rechnungen offen sind, wäre das eine günstige Gelegenheit aufzuräumen. Wahrscheinlich hätte es Auswirkungen bis in die Tokioter Unterwelt ...«

»Du spinnst.«

»Das Essen schmeckt jedenfalls gut, und für dich ist das doch die Hauptsache ...«

Sie lehnte sich kurz und kokett gegen seine Schulter, was Achim zum Anlaß nahm, sich endlich seines Jacketts zu entledigen: »Du bekommst doch beim Bedienen mehr mit als ich in der Küche«, sagte er: »Hast du Beweise oder wenigstens ernstzunehmende Anzeichen, daß sich bei uns organisierte japanische Verbrecher treffen?«

Yun Tsi lachte laut auf, hielt sich die Hand vor den Mund und kicherte. Dann wurde sie scheinbar ernst und sagte: »Als Germanistin würde ich von *Kontingenz* sprechen.«

»Will sagen?«

»Mögliche, aber nicht notwendige Deutungen, möglicher-, nicht notwendigerweise eintretender Ereignisse ...«

»Aha.«

»Schreibst du eigentlich noch Gedichte?«

Die Frage kam kurz und hart wie ein Kinnhaken, und Achim nahm einen großen Schluck Wein, um Zeit für die Antwort zu gewinnen: »Hin und wieder.«

»Du wolltest mir immer mal welche zeigen.«

»Könnte ich tatsächlich machen.«

»Wer liest sie sonst?«

»Im Moment mehr oder weniger niemand. Früher meistens meine Freundin.«

»Wart ihr lange zusammen?«

»Wie man's nimmt. Aber ihre Vorgängerin hat auch schon die Gedichte gelesen ... Die, die ich in ihrer Zeit geschrieben habe.«

»Für sie?«

»Ohne Geliebte geht natürlich gar nichts, ganz klar«, Achim grinste: »Aber davon abgesehen ist Dichter zu sein ja nichts Punktuelles. Eher eine Existenzform. Eine Art und Weise, in der Welt zu sein. – Ich weiß nicht, ob ich das bin. Wenn ich das wüßte, wäre ich vermutlich nicht mehr hier.«

»Hast du immer Freundinnen, die Gedichte mögen?«

Achim wunderte sich einmal mehr über Yun Tsis Direktheit und beschloß, sich zumindest heute auf das Spiel einzulassen, wo immer es enden würde. Er lehnte sich zu ihr hinüber, seine Nase berührte beinahe ihren Hals, und sagte: »Du riechst gut.«

»Danke. – Ich mag auch Gedichte.«

»Ich weiß. Benn.«

»Nicht nur. Auch Eich ... Und Rilke, zumindest manchmal. Schreibst du traditionell, mit Reim und festem Versmaß, oder verwendest du eher offene Formen?«

»Dies und das. Neulich habe ich mich sogar am Haiku versucht.«

»Für SIE?«

Achim sagte: »Ich bitte dich«, und errötete trotzdem.

»Aber du hast es ihr gezeigt?«

»Nein.«

»Wem dann?«

»Niemandem.«

»Wenn keiner sie liest, gibt es sie nicht.«

»Deshalb schreibe ich zur Zeit ja auch kaum welche.«

»Du kannst eins für mich schreiben. Dann lese ich es und sage dir, ob du ein Dichter bist.«

Achim warf einen Blick auf Mitsuko im Brautkostüm, die voller Stolz ihrer Schwester einen Brillantring unter die Nase hielt – Eugens Hochzeitsgeschenk. Ihr Vater saß neben ihr und sah ohne ein Zeichen von Unruhe auf einen Punkt, zehn Zentimeter vor seinem leeren Teller. Es war der richtige Moment, sie zu vergessen. Zumindest für diesen Abend.

Einige hundert Jahre zuvor in Japan

Es herrscht Nacht. Wolken rasen in scharfer Beleuchtung am Vollmond vorbei, ihre Schatten jagen über die Wiese wie feindliche Reiter. Nachtvögel schreien, wenn es nicht ächzende Bäume sind, die der Sturm hin- und herwirft. Von irgendwoher durchwirkt etwas Namenloses die Büsche jenseits der Hütte.

Norishige kniet im Innern beim Schein des Feuers und schreibt:

Im kahlen Astwerk
trotzt frisches Laub den Stürmen
die Kraft der See ab.

Der Pinsel wischt in ruhiger Bewegung über das feine Papier, verharrt einen Augenblick zwischen Blatt und Gedanken. Flammen werfen zerfranste Bilder gegen die Wände. Das Holz knistert. Norishige legt den Pinsel zur Seite, sieht zu, wie die Zeilen trocknen. An den Rändern des ersten Zeichens schimmert es blau: Er hat die Silbe ertränkt. Scheite bersten, es regnet Funken. Ein Stück Glut springt über, frißt ein Loch in das Blatt, wird zur finster glühenden Linie, die Zeichen um Zeichen vertilgt, grell auflodert und auslöscht, was noch übrig war vom Vers. Schwarze Flocken schweben dahin, so leicht, daß der Sog des Feuers ihre Flugbahn krümmt.

Norishige schaut zu und nickt, als nähme er ohne Widerspruch hin, daß nichts bleibt von dieser windigen Vorfrühlingsnacht, die sich in Worten niedergeschlagen hatte, um länger zu dauern, als ihr bestimmt war.

Er greift erneut nach dem Pinsel, taucht ihn in Tusche und schreibt:

Kein Anfang in Sicht:
Die nachts sprießenden Blätter –
ein Raub der Flammen.

Die Tür knarrt, öffnet sich einen Spaltbreit. Kälte gleitet hinein. Es scheint, daß die Flamme sich wegduckt unter unwägbarem Gewicht. Norishige fröstelt. Etwas Eisiges hat ihn im Rücken gestreift, bewegt sich lautlos umher. Er meint, es rechts der Schulter zu spüren, zum Greifen nah. Dann neben dem Ohr. Vor dem Mund. Der geballte Atem eines anderen – ein Mensch ist es nicht.

Norishige hebt seinen Arm wie unter stummem Befehl, nähert sich dem, das vor ihm zurückweicht, schmal wird, ehe es in die Flamme eindringt, sie zweiteilt. Seine Hand folgt, greift in den Spalt. Das Feuer schlägt um sie zusammen. Er zuckt zurück, übergießt sie mit Wasser. Der Schmerz läßt rasch nach.

Es ist nur eine Warnung gewesen.

Im verschwimmenden Raum verlieren die Blicke jeglichen Halt. Das Türholz zerrinnt, bildet Schlieren, die sich zu einem Antlitz verhärten: Es gehört einer Frau. Er kennt es nicht – kennt es, als es durch den Abzug in die Nacht entschwindet, hat vergessen, wer aus all dem Früher sie war.

›Die Hitze‹, denkt Norishige. ›Über dem Feuer vibriert die Luft. Ein brennendes Dorf bringt den Himmel zum Tanzen: Welch erhebender Anblick für den siegreichen Kriegsherrn.‹

Er spürt, wie das Unsichtbare abermals eindringt, sich seitlich an ihm vorbeischiebt, ohne daß er es fassen, geschweige denn aufhalten könnte: ein Staubwirbel vor ihm, Asche, die eine Spur formt – so kleine Füße. Plötzlich packt ihn ein kalter Griff im Genick, schüttelt ihn wie einen Lappen. Ihn schwindelt. Es zwingt ihn zu Boden, preßt sein Gesicht in die Tuscheschale, bis ihm Hören und Sehen vergeht.

Als er die Augen aufschlägt, ist das Feuer erloschen. Die Tür steht weit offen, der Sturm trägt Regen hinein. Auf durchnäßtem Papier Zeichen in Schwarz, in verkrustetem Rot: eines anderen Handschrift, nicht zu entziffern. Der Morgen graut.

12

Vom Einbruch der Poesie

»Wir hätten uns wenigstens verabschieden müssen«, sagte Achim.

»Du wolltest nicht, daß sie uns zusammen weggehen sehen«, erwiderte Yun Tsi.

»Ist besser so.«

Es war kurz nach Mitternacht. Sie hatten das Hochzeitsfest verlassen, als Eugens alter Freund Heinz-Klaus Ebbers, eine mittlere Größe in der A.'cher Fastnacht und hauptberuflich Besitzer einer Lottoannahmestelle, ans Mikrophon gegangen war und begonnen hatte, selbstkomponierte Schlager zu singen. Heinz-Klaus konnte einigermaßen den Ton halten, doch bei den von synthetischen Streichern begleiteten Zeilen »*Dir/ immer nur dir/ soll alles, was mein ist, gehören// Du/ immer nur du/ sollst all meine Sinne betören*« war ein unerträglicher Schmerz in Achims Brust aufgebrochen, und ehe daraus ein gellender Schrei hatte werden können, war er ganz nah an Yun Tsi herangerückt und hatte ihr »Sollen wir woanders hingehen?« ins Ohr geflüstert.

Yun Tsi war gar nicht erst auf die Idee verfallen, daß er eine Kneipe oder einen Club gemeint haben könnte, sondern hatte seine Hand genommen, um ihn in die Nacht hinauszuziehen, doch Achim war stehengeblieben, hatte sich die Hand zurückgeholt und gesagt: »Wir können offiziell noch nicht fort.

Und auf gar keinen Fall zusammen. Ich verschwinde jetzt unauffällig, du wartest noch ein paar Minuten. Wir treffen uns hinten auf dem Parkplatz.« –

Er steckte den Schlüssel ins Schloß, überlegte, in welchem Zustand er seine Wohnung zurückgelassen hatte, und öffnete die Tür. Yun Tsi trat so selbstverständlich ein, als käme sie nach Hause, warf Jäckchen und Handtasche über den nächstbesten Stuhl und ließ sich mit einem Seufzer aufs Sofa fallen.

»Kannst du weniger grelles Licht machen? Das hier läßt mich ganz grün aussehen.«

Er sagte: »Unsinn«, schaltete trotzdem die Schreibtischlampe ein, drehte sie Richtung Wand, löschte die nackte Glühbirne, die von der Decke hing, und steckte sich eine Zigarette an.

Yun Tsi legte ihre Beine hoch und schob die Schuhe mit den Zehen von den Füßen, so daß sie zu Boden plumpsten: »Und ein bißchen Musik.«

Er legte *In a silent way* von Miles Davis ein, räumte das Frühstücksgeschirr auf dem Tisch zusammen und brachte es zur Spüle. Yun Tsi sprang vom Sofa und folgte ihm. Sie lehnte sich an den Raumteiler, als wäre es der Tresen eines Clubs, in dem er den Barkeeper spielte und die besten Cocktails der Stadt mixte. »Jetzt möchte ich etwas trinken.«

»Womit kann ich dienen?«

»Champagner.«

»Wie kommst du darauf, daß ich einfach so, ohne Anlaß Champagner da habe?«

»Vielleicht hast du mit mir gerechnet. Oder bin ich kein Anlaß?«

Er wurde rot. Als er aus dem Haus gegangen war, hatte er nicht im Traum daran gedacht, sie oder sonst eine Frau mitzubringen, doch tatsächlich lag eine Flasche Pommery im

Kühlschrank, die jetzt plötzlich erklärungsbedürftig schien. »Ein Freund von mir sagt«, stotterte er, »solange man nicht verheiratet ist, sollte man immer eine Flasche Champagner kühlgestellt haben.«

»Klingt nach Wolf.«

»Ein anderer«, log er und fragte sich, wie er so bescheuert hatte sein können, diesen Spruch zu zitieren. Er öffnete den Kühlschrank betont lässig: »Gefällt dir die Musik?«

Yun Tsi zuckte mit den Achseln: »Jazz halt.«

»Ich kann etwas anderes einlegen.«

»Ist schon in Ordnung.«

Der Korken schoß mit lautem Knall an die Decke, und eine kleine Fontäne ergoß sich auf den Boden. Yun Tsi lachte, halb amüsiert, halb schadenfroh. Achim wickelte einen Meter Küchenkrepp von der Rolle, um die Pfütze zu beseitigen. Er nahm Gläser vom Regal, schenkte ein und schaute sie an, bemüht, eine Art Tiefe in seinen Blick zu legen. So wie sie standen – zwischen ihnen Mauerwerk, das von einer Naturholzplatte bedeckt wurde – sah es zwar gut aus, aber für die stufenweise Überwindung der Körperdistanz war es die denkbar ungünstigste Position.

»Worauf willst du anstoßen?« fragte er.

»Auf die Dichtkunst.«

»Muß das sein?«

»Warum fragst du mich, wenn ich es doch nicht bestimmen darf?«

»Aber alle Zusammenhänge mit lebenden oder verstorbenen Personen sind rein zufällig.«

Die Gläser klangen stumpf wie Pappe.

»Schmeckt nicht schlecht«, sagte Yun Tsi.

Achim nickte, zündete sich die nächste Zigarette an, legte das Feuerzeug beiseite und tippte mit seinen Fingerspitzen gegen ihre. Sie schnappte nach seiner Hand wie ein kleines Raubtier: »Zeigst du mir eins?«

»Was?«

»Ein Gedicht.«

»Ich weiß nicht, ob jetzt der richtige Zeitpunkt ist.«

»Gerade jetzt.«

»Stell dir vor, ich erwische eins, das ich für was weiß ich wen geschrieben habe ...«

»Das würde mich interessieren.«

Er schüttelte den Kopf, machte drei Schritte in Richtung des Schreibtischs, um einen Grund zu haben, auf ihre Seite der Mauer zu gelangen, blieb mit einer Hand an ihrer Hüfte hängen, sagte: »Wozu?«, zog sie näher heran, biß ihr leicht in den Nacken. Es war das erste Mal, daß er asiatische Haut schmeckte, leicht salzig vom Sommerschweiß.

»Au!«

Yun Tsi warf den Kopf herum, so daß ihm ihr Haar ins Gesicht schlug: »Das hat weh getan.«

»Kann nicht sein.«

»Ein bißchen doch.«

Sie entwand sich seinem Griff, lehnte sich rücklings gegen den Tresen, bog sich nach hinten, verschränkte die Arme unterhalb der Brüste, so daß sie ein wenig gehoben wurden. Der BH, den sie heute trug, zeichnete ihre Form nach, statt sie einzuebnen. Die Warzen hatten sich aufgerichtet.

»Nur so ein kleines Liebesgedicht. Du mußt mir ja nicht verraten, für wen es ist.«

Achim spürte, wie ihn ein Anflug von Grausamkeit aus ihrer Richtung anwehte, und antwortete mit leiser Furcht vor dem leeren Himmel über Asien, in dem eine Gleichgültigkeit gegenüber Leben und Tod ihren Ausgang nahm, die jederzeit in Gewalt umschlagen konnte.

Sein Stolz verbot es, ihrem Wunsch nachzugeben, zugleich hatte er Angst, sie könnte achselzuckend zur Tür hinausspazieren, wenn er »Nein« sagte. »Was willst du damit?«

Sie drehte sich um, streckte ihm ihren kleinen, etwas zu flachen Hintern entgegen, nippte an ihrem Glas und bedachte ihn mit einem einstudierten Augenaufschlag. Achim legte ihr die Hände auf die Schultern, schob sie bis zum Hals hinauf, schloß sie hinten in ihrem Nacken. Normalerweise hätte er sie jetzt geküßt, doch sie strahlte eine seltsame Beherrschung aus, die ihn zurückhielt.

»Lesen, was sonst?«

»Schon klar. Aber warum?«

Ihr Gesicht näherte sich langsam seinem, mit einem Blick, der sowohl stechend als auch verschlossen war. Er wich millimeterweise zurück, deutete verschiedene Mienen von ironisch bis ärgerlich an, auf die sie nicht reagierte, verspürte plötzlich Lust, sie zu ohrfeigen, aus Ratlosigkeit und um der Situation eine andere Richtung zu geben. In diesem Moment wich alle Spannung aus ihrem Körper, und sie brach in Gelächter aus, wie über einen Witz der Sorte *Was ist grün und wird auf Knopfdruck rot?*

»Vielleicht steh' ich auf Dichter.«

Achim dachte *›Ein Frosch im Mixer‹*, kratzte sich am Ohr und lächelte gequält: »Dann bist du hier vielleicht ...«

Statt den Satz zu vollenden, legte er seine Hand auf ihren Schenkel, schob sie mit dem Kleid hinauf bis zum Hintern, der offenbar in einer altmodischen, über die Leisten reichenden Unterhose steckte. Yun Tsi machte sich los, lief zum Sofa zurück, warf sich auf die Polster und zog die Beine an den Bauch.

»Bring mein Glas mit.«

Er leerte sein eigenes, füllte beide auf, setzte sich im Schneidersitz mit ein wenig Abstand zu ihr hin, betrachtete sie, wie man ein rätselhaftes Tier betrachtet, eine Purpuragame zum Beispiel. Diesmal hielt sie seinem Blick nicht stand: »Was ist?«

»Was soll sein?«

»Du guckst komisch.«

»Ich denke nach.«

Er fragte sich, wie viel von ihrem sonderbaren Verhalten gar nichts damit zu tun hatte, daß sie Chinesin war, sondern einfach daran lag, daß sie eine kulturübergreifend befremdliche Frau mit bizarren Handlungsmustern war?

»Hast du keinen Fernseher?«

»Doch.«

»Wo?«

»Am Bett.«

Ehe er sich's versah, war sie in seine Schlafnische gesprungen, hatte sich die Fernbedienung geschnappt und das Gerät eingeschaltet. Achim folgte wiederum mit den Gläsern. Sie war jetzt da, wo sie hinsollte, verfolgte damit aber offensichtlich andere Ziele als die naheliegenden.

Andie MacDowell saß in einem Hotelzimmer beim Frühstück und sagte: *»Warum bezahlst du es nicht einfach mit AmEx?«*

»Ja, das ginge. Es darf nur kein Mensch bei denen nachfragen.«

»Wie heißt der Schauspieler?«

»John Malkovich.«

»Das ist ein Problem«, fuhr John Malkovich fort, *»kein weltbewegendes Problem, ich brauche einfach etwas Geld, bis der Frachter mit dem Kakao aus Sierra Leone auslaufen kann ...«*

»Er sieht gut aus.«

»Findest du?«

»Nicht sensationell, aber doch gut.«

Sie schaltete trotzdem weiter: »Magst du Boxkämpfe?«

»Schon.«

»Ich liebe Boxkämpfe. Leider gibt es keine guten chinesischen Boxer.«

Er legte sich neben sie. Yun Tsi schmiegte sich in seinen Arm, wie um die entspannte Wärme nach einem für beide Seiten vollkommen befriedigenden Geschlechtsakt auszukosten. Achim stützte den Kopf in die eine Hand, mit der anderen streichelte er ihren Bauch. Er gab sich Mühe, seine Bewegungen mit Verlangen und Intensität aufzuladen, während ein weißer Amerikaner und ein schwarzer Engländer im Clinch abwechselnd versuchten ihre Aufwärtshaken ins Ziel zu bringen. Sie wurden vom Ringrichter getrennt, tänzelten ein wenig, der Engländer schlug einige unpräzise Jabs, ehe sie sich erneut in die Arme fielen. Achim glitt jetzt über die Brüste hinweg in ihre Achselhöhle, wo sie seine Hand mit einem kurzen »Das kitzelt« wieder herauszog. Sie setzte sich auf, stieß ein Kissen zurecht, wechselte erneut den Kanal, obwohl sie den Boxsport liebte, übersprang einen Western, eine weite russische Landschaft, blieb bei einem Mädchen hängen, das blonde Flechtzöpfe trug und lediglich mit Slip bekleidet auf einem Bett saß. Das Mädchen sah einen Jungen an, der vor ihr stand und erklärte: *»Natürlich wissen meine Eltern nicht, daß ich hier bin«*, ehe er aus seiner Jeans stieg. Yun Tsi kicherte und stellte sachkundig fest: »*Schulmädchenreport.* Habe ich neulich schon gesehen. Samstags kommen im deutschen Fernsehen immer Sexfilme. – Interessiert dich das?«

Achim überhörte die Frage, beugte sich über sie und küßte ihren Hals. Er hörte die Seufzer des Mädchens und das Stöhnen des Jungen, tastete nach der Fernbedienung, entwand sie ihr, flüsterte »das nervt«, und schaltete den Film aus.

»Mir ist warm«, sagte Yun Tsi.

Sie richtete sich auf, streifte ihr Kleid über den Kopf, schleuderte es in die Ecke und warf sich mit vor der Brust verschränkten Armen flach auf den Rücken. Achim zog sein Hemd aus, versuchte, mit der Hand unter sie zu gelangen, um den BH zu öffnen. Sie zappelte wie eine Eidechse, stieß ihn weg, kicherte. Sie gerieten in eine Art Ringkampf, an dessen Ende Yun Tsi auf dem Bauch lag. Er hakte den Verschluß auf, woraufhin sie sich um so fester gegen die Matratze preßte, halbherzig versuchte, ihn abzuschütteln, bis er sie unter Kreischen und Quieken umgedreht hatte. Sie war jetzt ganz still, sah ihn wild und zugleich kindlich an, ihr schlanker Hals lag auf dem aufgefächerten schwarzen Haar, das Blut pochte hektisch unter der dünnen Haut. Allmählich löste sie ihre Hände, die immer noch um die Oberarme gekrallt waren, gewährte ihm einen halben Blick auf ihre Brüste unter der blumendurchwirkten Spitze. Er kniete sich vor sie hin, legte behutsam seine Hand auf ihre Wange, streichelte ganz vorsichtig auf und ab, während sie immer noch zögerte, schwer atmete, jeglichen Gesichtsausdruck verlor. Dann, in einer einzigen blitzschnellen Bewegung, streifte sie den BH ab, warf ihn fort und schlug ihre Arme erneut vor die Brust. Er lächelte, drängte sanft aber unnachgiebig unter ihre Ellbogen, spürte, daß der Widerstand nur dazu da war, überwunden zu werden, schob weiter, bis sie endlich aufgab und sich öffnete: Ihre Brüste waren kleine Kuppen mit fünfmarkstückgroßen, violettbraunen Vorhöfen, aus denen jeweils eine sehr lange, knubbelige Warze herausragte. Achim sah für einen kurzen Moment etwas wie Angst in ihrem Blick, dann schloß sie die Augen, schlang ihre Arme um seinen Hals, riß ihn an sich und preßte ihre Lippen auf seine. Er spürte ihre Zunge, die sich wie ein wieseliges Reptil in seinem Mund bewegte. Ihre

Fingerspitzen betasteten seinen Rücken eher neugierig als erregt, wollten wissen, ob die andere Beschaffenheit der Haut greifbar oder eine Illusion für die Augen war, während seine Hand in ihr Höschen glitt, auf kurzes, drahtiges Schamhaar stieß, nicht weiterkam. Sie hielt ihre Schenkel fest geschlossen. Ebenso plötzlich, wie sie sich entschieden hatte, ihn zu küssen, schob sie ihn jetzt wieder fort, nahm einen beinahe geschäftsmäßigen Ausdruck an und sagte: »Ein Gedicht.«

»Ich faß' es nicht«, murmelte Achim, eher an sich selbst als an sie gerichtet, ließ sich auf den Rücken fallen und starrte zur Decke: »Danach wirst du erst recht keine Lust mehr haben. Und ich auch nicht. Meine Gedichte sind schlecht, und ich bin auch kein Dichter. Ich bin eine Küchenschabe, sonst nichts, wenn du mit der ...«

»Daß du so selbstkritisch damit bist, zeigt, wie ernst du die Dichtung nimmst. – Nur ein kleines. Oder wenigstens eine Strophe.«

Achim schlug sich mit der flachen Hand gegen die Stirn. »Das glaubt mir kein Mensch.«

»Du mußt es niemandem erzählen. Es geht ja nur uns etwas an.«

Sie war schön, wie sie da saß und ihn ansah von jenseits der Zeit und des Raums, eine chinesische Prinzessin aus einer vorgeschichtlichen Epoche, als Verse noch ausgereicht hatten, das Herz einer Frau zu gewinnen, ein Schicksal zu wenden. Ihr langes Haar bedeckte zur Hälfte die linke Brust, sie zwirbelte seine Spitzen um die Finger, während sie ihn ansah und zum Schmelzen brachte. Dermaßen aufgeweicht, hatte er weniger denn je Ähnlichkeit mit einem Dichter. Und plötzlich drehte sich etwas in seinem Kopf, das Bild kippte. Auf einmal war er überzeugt, daß es ihr nicht um Verse ging, sondern um die Verwirklichung einer fixen Idee. Sie hatte sich in den Kopf gesetzt, vermutlich schon daheim in Peking, einen deutschen Dichter zu erobern. Sie wollte Macht über ihn. Es interessierte sie gar nicht, etwas von ihm zu lesen, sondern sie wollte sich beweisen, daß sie in der Lage war, ihn zu etwas zu bringen, dessen er sich später schämte, um sich an seiner Demütigung aufzurichten. Dann könnte sie ihn jederzeit mit dem Zucken eines Augenlids an seine Schwachheit erinnern und beherrschen. Er sah, wie die schöne Prinzessin zur bösen Fee wurde, deren Liebreiz sich in den Köder einer Falle verwandelte, und ehe sie zuschnappte, sagte er: »Nein.«

Ganz ruhig und ohne die geringste Spur eines Gefühls.

Yun Tsi lächelte. Ihr Lächeln war gelogen. Sie schob kurz, nur um sich zu vergewissern, ihre Hand die Innenseite seines Schenkels hinauf, merkte, daß seine Erregung sich verflüchtigt hatte, und stand auf.

»Schade«, sagte sie und zog ihr Kleid an.

Achim sagte: »Vielleicht ein anderes Mal. Wenn ich ein Gedicht für dich geschrieben habe.«

»Wirklich schade«, wiederholte Yun Tsi, ging zum Sofa und schlüpfte in ihre Schuhe.

»Bis dann«, sagte sie im Hinausgehen.

»Wie auch immer«, sagte Achim.

Als sie die Tür hinter sich geschlossen hatte, setzte er die Champagnerflasche an den Mund, trank den Rest in einem Zug und ließ sich aufs Bett fallen. Es roch so deutlich nach ihr, daß es schmerzte. Trotzdem schlief er sofort ein.

Am nächsten Morgen erwachte er mit einem schweren Kater. Schlimmer als der Kater war der Gefühlsriß, der durch ihn hindurchlief. Er hatte etwas verpaßt, daran bestand kein Zweifel. Yun Tsi zu verpassen, war womöglich die einzige Chance gewesen, sie unbeschadet zu überstehen. Aber wer sagte denn, daß sie den Schaden nicht wert gewesen wäre? Daß die Schwäche, die es bedeutet hätte, ihr ein paar schlechte Zeilen aus einem Gedicht für jemand anderen zu zeigen, sich nicht in Kraft verwandelt hätte, vielleicht sogar in Vertrauen?

»Wenn ich ein Gedicht für dich geschrieben habe.« –

Was er ihr zum Schluß hingeworfen hatte, um die Oberhand zu behalten, erschien plötzlich als letzte Möglichkeit, wollte er diese Gelegenheit – vielleicht eine der großen, von denen jedes Leben nur eine sehr begrenzte Zahl zur Verfügung stellte – in letzter Sekunde doch noch ergreifen: ein Gedicht, in dem all das enthalten wäre, das zwischen ihren Kämpfen aufgeleuchtet war, in der vergangenen Nacht – von ihrer ersten Begegnung an.

Achim ging ans Fenster, sah hinaus auf die Terrasse in den kleinen, eingemauerten Garten. Die Sonne warf den Schatten des Hauses auf verwilderte Sträucher und ungemähten Rasen. Vor dem blauen Himmel erstrahlte der ausladende Ahorn sattgrün im Mittagslicht.

Auf seinem Schreibtisch herrschte Chaos, das mehrere Wochen alt war. Er hatte seit langem nichts geschrieben, zuletzt prätentiöse Notizen zu Zen und Keramik. Er warf sie in den Papierkorb, als er »die Auflösung der Individualität im Widerspruch von spontaner und ritualisierter Geste, (persönlich/überpersönlich)« las.

Links lagen noch immer die Theaterstücke, in denen er hatte spielen sollen, obenauf Brauns *Zett*, das inzwischen ohne ihn uraufgeführt worden war. Es begann mit einer kurzen isolierten Passage, die Kurt hatte ignorieren wollen, weil sie seiner politischen Interpretation zuwidergelaufen wäre: *»Wir numerieren unsere Sätze und Vorstellungen, werfen* *uns Zahlen und Buchstaben zu, es müßte eine nie erlernte Sprache geben, deren Teile diesem Kosmos unbekannt, doch so bewegen wir uns in Versatzstücken, jede Bewegung verrät die anderen an uns, wir verraten uns in jeder Bewegung, wir leben in Baugruben Steinbrüchen Einschlüssen, den Blick um dreihundertsechzig Grad wenden, der Fluß, das äußerste.«*

Achim sprach sich den Text vor, schrieb ihn ab, faltete den Zettel zusammen und steckte ihn in die Hosentasche. Er drehte sich auf dem Schreibtischstuhl einmal um die eigene Achse, um zu sehen, was passierte, wenn man ihn als Handlungsanweisung nahm: Das Hirn schwappte schmerzhaft gegen die Schädelwand. Draußen schien noch immer die Sonne. Sie hätte seinen angegriffenen Nerven gutgetan, doch er fühlte sich zu schwach, um aus dem Haus zu gehen. Keinesfalls wollte er von irgend jemandem angeschaut werden. Unabhängig von seinem angegriffenen Zustand, ließen Brauns Sätze in ihm die Erkenntnis aufsteigen, daß er allenfalls ein Hobbydichter war. Inzwischen hatte er ein Alter erreicht, in dem man damit nicht einmal mehr kokettieren konnte. Trotzdem nahm er ein neues Blatt.

Ich denke nur:
An dein offenes Haar,
wie es dalag,
gelöst.
(Wir aber)

Weiter kam er nicht.

Mitsukos Restaurant hatte bis zum nächsten Wochenende geschlossen – so lange dauerte der Besuch ihres Vaters in Deutschland. Eugen betrachtete es als Ehrensache, dem Schwiegervater seine Heimat zu zeigen, den Rhein mit Burgen und Schlössern, die Loreley, vor allem die Weingüter seiner

Freunde. In ihnen war auf vollkommene Weise verkörpert, was die Region in Eugens Augen auszeichnete: Essen und Trinken, Brauchtum, Geselligkeit.

Achim verdämmerte die Tage, sah fern, wechselte vom Sofa aufs Bett und wieder zurück. Manchmal drückte er seine Nase in die Kissen auf der Suche nach Spuren von Yun Tsis Geruch: Sie hatten sich verflüchtigt. Den Gedanken, der Geschichte durch eine ungewöhnliche Maßnahme doch noch eine Wendung zu geben, hatte er bereits am Sonntagabend aufgesteckt. Eigentlich war der Zeitpunkt gekommen, die Stadt zu verlassen und andernorts ein neues Leben zu beginnen, aber dazu hätte es einer Vorstellung bedurft, wie dieses Neue aussehen sollte, oder wenigstens eines Menschen, dessen Nähe die Mühen des Umzugs wert gewesen wäre.

Am Donnerstag tauchte er aus der Dunkelheit stückweise wieder auf und begann, in seinen Japan-Büchern zu lesen. Er sann über die alten Zen-Texte nach, holte die weggeworfenen Notizen aus dem Abfall. Vielleicht brächte er doch irgend etwas zustande. Freitags beschloß er, zu *Tomikos Tokyo Basar* zu fahren und einen zweiten Anlauf zum Erwerb einer Teeschale zu unternehmen. Unterwegs wurde ihm übel vor Unruhe beim Gedanken an die schwarze Raku-Chawan, und er verfluchte sich für die Verzagtheit, die ihn daran gehindert hatte, sie mitzunehmen, obwohl er doch fast sicher gewesen war, daß sie ihn zu ihrem Besitzer bestimmt hatte.

Schon vom Eingang aus sah er, daß sie fort war. Zumindest stand sie nicht mehr an ihrem ursprünglichen Platz.

Herr Mayer saß wieder über Papieren, in dieselbe grauschwarze Trostlosigkeit gehüllt wie beim ersten Mal. Seine Frau trippelte als rote Geisha auf Achim zu, begrüßte ihn mit einer tiefen Verneigung: »Konichiwa. – Sie sind schon einmal hier gewesen, nicht wahr.«

Achim erschrak. Er hatte nicht wiedererkannt werden wollen. Erst recht wollte er nicht mit dem Menschen in Verbindung gebracht werden, der seinerzeit in Begleitung von Wolf hier gewesen war.

»Möchten Sie einen Tee trinken?«

»Danke. Sehr freundlich. Nein.«

Er stand einen Moment lang ratlos da, hielt ihr eingefrorenes Lächeln aus, das weit hinter ihm jenseits der Wand endete, ehe er sie stehenließ und auf das Regal mit den Chawan zusteuerte. Die Auswahl war noch größer geworden. Er fragte sich, wer all diese Schalen kaufen sollte? Womöglich gab es in A. eine Gesellschaft von Anhängern der Teezeremonie, von der er nichts wußte? Seine Augen bewegten sich langsam und konzentriert von Stück zu Stück, während er selbst sich kaum rührte. Am liebsten hätte er sich auf eine Tatami-Matte gesetzt, in Ruhe alle Schalen einzeln in die Hand genommen, ihrem jeweiligen Ausdruck nachgespürt. Statt dessen stand er halb gebückt und fühlte Herrn Mayers mißtrauische Blicke in seinem Rücken.

»Neulich hatten Sie eine Kuro-Raku mit einer roten Feuerzunge von einem Meister, dessen Name sich so ähnlich anhörte …«

»Shoraku-San. Ein besonders schönes Stück war das. Es hat seinen Besitzer bald gefunden«, sagte Frau Tomiko, und es klang so zartfühlend, daß Achim nicht wußte, ob er sie dafür verehren oder hassen sollte.

»Etwas in der Art hätte ich …«

Er brach ab, da ihm klar wurde, daß es nicht einfach um eine ähnliche Schale als Ersatz gehen konnte. Ein neuer, völlig offener Entscheidungsweg lag vor ihm, der vielleicht zu einem gänzlich anders gearteten Stück führen würde. Nicht nur hatte sich die Auswahl verändert, er selbst war durch die falsche Hochzeit, das nächtliche Debakel mit Yun Tsi, ein anderer geworden, in den Straßen hing kein Dunst, sondern die Spätsommersonne drückte auf die Stadt, und was immer er beschloß, würde nicht von Wolf kommentiert werden.

»Du könntest dem Herrn den richtigen Gebrauch einer Chawan erläutern, damit es nicht zu Mißverständnissen kommt«, sagte Herr Mayer.

»Er ist schon einmal hier gewesen, ich glaube, er kennt sich aus.«

»Glauben heißt nicht wissen.«

Achim drehte sich um, lächelte zugleich dankbar und gequält in Richtung der Frau und sagte: »Mir ist bewußt, daß man nicht unbedingt Pfefferminztee daraus trinken sollte.«

Herr Mayer sah ihn halb zweifelnd, halb neugierig an.

»Demnach beschäftigen Sie sich mit Japan«, wandte er sich direkt an ihn, und Frau Tomiko huschte, begleitet vom Rauschen der Seide, in den hinteren Teil des Raumes.

»Ein bißchen.«

»Berufsbedingt oder eher aus Liebhaberei?«

Achim umging die Antwort: »Japan fasziniert mich schon lange«, sagte er, »aber ich bin natürlich weit davon entfernt, irgend etwas zu begreifen.«

Das freimütige Geständnis schien Herrn Mayer für ihn einzunehmen. Sein Gesichtsausdruck hellte sich auf. Der Ton, in dem er: »Bei mir war es der Tee, mit dem alles begonnen hat«, sagte, klang beinahe schon vertraulich.

»Was die Teezeremonie betrifft, stehe ich erst ganz am Anfang.«

»Das wird lange so bleiben, glauben Sie mir. Wahrscheinlich wird es sich überhaupt nie ändern, da Sie vermutlich nicht vorhaben, sich dieser Kunst mit all Ihrem Herzblut zu verschreiben. Wenn Sie jeden Tag üben würden, wären Sie nach etwa zwölf Jahren in der Lage, eine schöne Zeremonie durchzuführen. Und damit begänne Ihr Teeweg erst.«

Obwohl Achim sicher war, daß Herr Mayer eine Menge Dinge wußte, die ihn brennend interessierten, zögerte er, die Unterhaltung fortzusetzen. Die Art und Weise, wie er seine Frau behandelte, berührte ihn derart unangenehm, daß er die ganze Zeit mit dem Impuls kämpfte, das Geschäft zu verlassen. Zwar hatte Mitsuko ihm mehrfach gesagt, daß die japanische Frau erst nach dem Krieg aus der Leibeigenschaft des Mannes entlassen worden sei, doch der Krieg lag inzwischen auch schon wieder ein halbes Jahrhundert zurück. Im übrigen nahm er an, daß diese Japanerin von ihrem deutschen Mann gebrochen worden war und nicht von der Gesellschaft, aus der sie stammte.

Herr Mayer hatte ihn jedoch als gesprächswürdig akzeptiert, und da Achim schwieg, fuhr er fort: »*Seinem Wesen nach stellt der Teeweg eine Verehrung des Unvollkommenen dar. Er ist ein zarter Versuch, etwas Mögliches zu vollenden in diesem Unmöglichen, das wir Leben nennen*, schreibt Okakura in seinem berühmten *Buch vom Tee*. Sie kennen es bestimmt.«

Achim nickte.

»Leider begreift diese Sätze heutzutage kaum jemand. Das *Unvollkommene* wird gemeinhin mit dem Dilettantischen verwechselt. Wenn einer drei Blumen schief in eine Schale steckt, bildet er sich ein, es wäre *Ikebana*. Sie werden es nicht glauben, zur Zeit läuft an der hiesigen Volkshochschule tatsächlich ein Kursus im *Haiku-Schreiben*, geleitet von einem pensionierten Deutschlehrer. Das hat mit den subtilen Wahrnehmungs- und Ausdrucksweisen der japanischen Kultur natürlich gar nichts zu tun. Okakura meint das Unvollkommene in seiner wirklichen Tiefe, das nach dem äußersten Bemühen seine Begrenzung angesichts der Unerreichbarkeit des Absoluten erkennt. Es ist ein Merkmal aller Dinge, die sind. Seine Verehrung führt zu den Kernbegriffen der japanischen Ästhetik, *wabi* und *sabi*, die grob vereinfacht gesprochen, die Schönheit des Verhaltenen und Versehrten bezeichnen. Aber das wissen Sie sicher alles, wenn Sie sich mit Japan befassen …«

Achim fiel eine unglasierte Schale auf, die er beim letzten Mal nicht gesehen hatte, ein im Vergleich zu den anderen eher niedriges Stück, das auf der ihm zugewandten Seite tiefrot leuchtete und sich zum oberen Rand hin blauschwarz verfärbte, so daß sich eine eigenartige Balance zwischen Erdwärme und Nachtkälte einstellte. Er ging in die Hocke, um sie näher anzuschauen.

»Eine Bizen-Schale«, sagte Herr Mayer. »Sie stammt aus der Werkstatt von Herrn Inoue Takeshi, wurde fünf Tage im Holzofen gebrannt, bei über 1200 Grad, wie Sie an der Ascheanflugglasur auf der Rückseite und im Schaleninneren erkennen können. Sie ist erst vor wenigen Tagen eingetroffen. Wir sind sehr froh, daß es uns gelungen ist, einen Geschäftskontakt zu Herrn Inoue Takeshi herzustellen.«

»Darf ich sie in die Hand nehmen?«

»Wie sonst sollten Sie ihr näherkommen?«

»Mir ist schon neulich aufgefallen, daß man sie anfassen muß …«

»Mit Raku-Keramik hat das allerdings keinerlei Ähnlichkeit. – Nur weil Sie vorhin nach dem Shoraku-Stück fragten.«

»Der Unterschied liegt unter anderem …«, sagte Achim sehr langsam und mit fragendem Unterton.

»Raku ist im Westen mittlerweile so populär, daß eine regelrechte Kommerzialisierung der Produktion stattgefunden hat.«

»Ich dachte, japanische Meister ...«

»Abgesehen davon, daß es eine grundsätzlich andere Form der Keramik ist. Wenn Sie einen Töpfer, der Jahr für Jahr den harten und entbehrungsreichen Weg der Holzfeuerung geht, nach ›Raku‹ fragen, kann es sein, daß Ihr Gespräch beendet ist, bevor es überhaupt begonnen hat.« Herr Mayer machte eine Pause, kicherte und fügte hinzu: »Meist wird Ihnen das allerdings sowieso passieren, ganz gleich worüber Sie sprechen ...«

Achim nickte, obwohl er keine Ahnung hatte, wovon die Rede war, und drehte die Schale mit fachmännischem Gesichtsausdruck hin und her.

»Ein Töpfer, der sich entschieden hat, mit diesen alten Öfen zu arbeiten, wie sie seit über tausend Jahren benutzt werden, muß sein Leben ganz und gar darauf einstellen. All seine Tätigkeiten sind abhängig vom Rhythmus der Feuerung, und diese wiederum ist eingebettet in den Kreislauf der Jahreszeiten. Allein die Aufbereitung des Tons mit traditionellen Verfahren nimmt mehrere Wochen in Anspruch. Der Ofen verbraucht während eines Brandes rund zwanzig Kubikmeter Kiefernholz, das Scheit für Scheit vorbereitet sein will. Wenn dem Töpfer ein schwerwiegender Fehler unterläuft, zerstört das Feuer vielleicht die Arbeit eines ganzen Jahres. Raku-Keramiker hingegen können sich ihren Ofen notfalls aus einem alten Ölfaß bauen, und der Brand dauert zwei, drei Stunden. Das ist eine ganz andere Sache. – Aber natürlich gibt es auch in diesem Bereich Meister, die die Tradition Chōjirōs und Hon'ami Kōetsus fortführen.«

Achim schaute zu Frau Tomiko hinüber, die mit gesenktem Kopf in der Ecke stand.

»Bei meinen zahlreichen Gesprächen mit japanischen Keramikern, die sich der Holzfeuerung verschrieben haben«, fuhr Herr Mayer fort, »hat mich häufig der beinahe mönchische Ernst beeindruckt, mit dem sie ihrer Tätigkeit nachgehen. Einige von ihnen sind tatsächlich längere Zeit in Zen-Klöstern gewesen, um die rechte Haltung zu finden.«

Achim hielt die Schale fest umklammert. Inzwischen hatte sie die Temperatur seiner Hände angenommen und schien mit ihnen zu verschmelzen. Er wollte sie behalten. Zugleich hatte er die leise Sorge, daß sie während ihrer Zeit bei Herrn Mayer etwas von dessen Düsternis aufgenommen hatte und sie zu Hause in seiner Wohnung allmählich wieder ausdünsten würde. Er hob sie demonstrativ hoch, drehte sie vor seinen Augen, murmelte vor sich hin.

Herr Mayer unterbrach seine Ausführungen und sagte: »Wenn Sie ernsthaft über den Erwerb einer Chawan nachdenken, würde ich Ihnen zu dieser raten. Und das sage ich nicht einfach so dahin. An der Art, wie Sie die Schale halten, sehe ich, daß Ihr Interesse von Respekt und Ernst geprägt ist. Natürlich sind Sie noch unsicher – was glauben Sie, wie ich mich gefühlt habe, als ich meine erste Chawan erwerben durfte –, aber Sie bringen die richtigen Voraussetzungen mit, das spüre ich.«

Achim fühlte Hitze in sich aufsteigen, eine merkwürdige Erregung, als spräche die Schale tatsächlich zu ihm. Widerwillig war er geneigt, aus dem, was Herr Mayer sagte, auf etwas wie Menschenkenntnis zu schließen.

»Sie wird Ihnen eine gute Führerin auf den ersten Schritten des Teeweges sein«, setzte Herr Mayer hinzu, nachdem er eine Weile schweigend die Schale in Achims Händen betrachtet hatte.

»Mir scheint, daß sie mich akzeptiert«, sagte Achim.

»Haben Sie schon einen Lehrer gefunden?«

»Bis jetzt nicht.«

»Ich würde Ihnen Herrn Shimaoka Takumi empfehlen. Er wohnt in B.-Silberstadt. Bei ihm könnten Sie sich erst einmal zu einer Vorführung anmelden. Er bietet aber auch Kurse an. Und natürlich besteht die Möglichkeit Einzelunterricht zu nehmen, wenn Sie Ihre Beschäftigung intensivieren wollen.«

»Was kostet die Schale?«

»Vierhundertfünfzig Mark.«

Er machte eine Pause, um Achims Reaktion einzuschätzen, und fuhr dann fort: »Ich weiß, das ist nicht billig. Aber glauben Sie mir: In Japan müßten Sie für ein vergleichbares Stück deutlich mehr bezahlen.«

Achim zitterten die Hände. Frau Tomiko lächelte ihm ermutigend zu. Merkwürdigerweise fürchtete er nicht, die Schale könnte ihm hinunterfallen. Er hatte genug Geld bei sich.

»Ich nehme sie.«

»Eine gute Wahl«, sagte Herr Mayer und verneigte sich. »Sie haben hier auch die von Herrn Inoue signierte Holzbox und das gestempelte Tuch, beides im Preis inbegriffen.«

Herr Mayer nahm Achim die Schale aus der Hand und schlug sie mit wenigen geschickten Bewegungen in das Tuch ein. Dann ging er an seinen Platz, holte Luftpolsterfolie aus der Schublade und verpackte sie nochmals, ehe er das Päckchen vorsichtig in der Kiste versenkte, den Deckel auflegte und sie mit dem gestreiften Stoffband, das durch den Kistenboden gezogen war, verschloß.

Achim kaufte noch einen Teespatel, einen Bambusbesen und eine spezielle Schöpfkelle. Herr Mayer schenkte ihm als Rabatt ein Döschen hochwertigen Matcha-Tees und gab ihm eine Karte des Teemeisters Shimaoka Takumi.

Aus einem merkwürdigen Impuls, wie um sich quälen zu lassen, fragte Achim, als er bereits auf dem Weg zur Tür war, dann doch noch: »Kennen Sie eigentlich dieses japanische Restaurant in Gurschebach?«

Herrn Mayers Gesicht verhärtete sich, er nuschelte etwas, das nach »Yakuza-Schuppen« klang, doch im nächsten Moment hatte er bereits wieder sein ernstes Lächeln aufgelegt und sagte: »Nishida Mitsuko heißt die Frau, die es betreibt, nicht wahr.«

»Kann sein.«

»Ich muß gestehen, daß ich noch nicht dort gewesen bin.«

»Warum nicht? Ich meine, Sie haben doch ein gemeinsames Anliegen. Vielleicht könnten Sie sich sogar gegenseitig helfen.«

»Man hört dies und das.«

»Die Küche ist nicht schlecht, soweit ich es beurteilen kann. Und man sieht viele Japaner dort.«

»Bestimmte Dinge in diesem Restaurant entsprechen wohl kaum der japanischen Tradition. Dabei wäre es im Ausland wichtig, gerade in dieser Hinsicht keine Abstriche zu machen.«

»An was denken Sie beispielsweise?«

»Es ist nicht üblich, daß ...«

»Heutzutage«, unterbrach seine Frau, »haben sich die Dinge auch in Japan sehr verändert. Traditionelle Werte spielen kaum noch eine Rolle. Wenn Sie sich vorstellen, daß bis vor kurzem ...«

»Ich glaube, es ist besser, wenn ich das dem Herrn erkläre«, fiel Herr Mayer ihr scharf ins Wort: »Mir sind beide Kulturkreise ungleich vertrauter als dir. Und wenn wir uns nicht hinreichend nuanciert ausdrücken, wird man uns mißverstehen.«

Achim spürte Abscheu vor der Herablassung, die aus Herrn

Mayer sprach, und die verhuschte Persönlichkeit seiner Frau widerte ihn an. Er preßte die Schale an sich, sagte: »Muß ja auch nicht«, schob den Vorhang zur Seite, rief: »Auf Wiedersehen«, riß die Tür auf und war froh über die schwüle rheinische Spätsommerluft, die ihm entgegenschlug.

Einige hundert Jahre zuvor in Japan

Helles Grün überzieht das Land. Die Pferde toben über die Wiese, wälzen sich ausgelassen im Gras. So mild von der Frühlingssonne beschienen, erstrahlt die Welt voller Liebreiz.

Norishige sitzt vor seiner Hütte und freut sich der Wärme. Seit dem Morgengrauen schon hört er die Axt im immer gleichen Takt von jenseits des Hofes. Ihr Echo setzt sich in seinem Inneren fort, ahmt den Rhythmus von Worten nach. Er greift jetzt manchmal zum Pinsel, tuscht einen Vers und wirft ihn ins Feuer.

Kenji wischt sich den Schweiß von der Stirn. Er wird wochenlang Scheite spalten. Dieses Jahr hegt er keinen Groll, auch wenn wiederum nichts von dem, was er Abend für Abend geformt hat, zum Brand in den Ofen gebracht werden wird.

Kōsei überquert den Hof, hält mitten in der Bewegung inne und schaut in den Himmel.

Im Wipfel der Kiefer am Tor hockt ein Tengu in Krähengestalt. Sein Gekrächze ist Lachen.

Kenji sieht von der Arbeit auf, fragt sich, was die Anwesenheit eines Berggeists so nah bei der Werkstatt bedeutet.

Auch Norishige hat das Vogelwesen entdeckt. In ihm keimt gespannte Erwartung: Sein Meister erzählte ihm einst, wie ein Tengu des Nachts ihm Einblick ins innerste Wesen der

Kampfkunst gewährte. Seitdem hofft er, daß ihm selbst eine solche Begegnung vergönnt sei.

Kōsei bückt sich und entfernt einen Stein, der zwischen Sandale und Fußsohle steckt.

Nahe beim Wald steigt ein Greif nach erfolglosem Jagdstoß auf. Sein schriller, langgezogener Ruf wird drohendes Kekkern, als er die Krähe entdeckt. Drei Paar Augen verfolgen, wie er sich in die Luft schraubt. Der Tengu stürzt sich vom Ast, segelt ohne Furcht auf den größeren Gegner zu. Wüßte der Habicht, daß kein Vogel ihn angreift, sondern ein Berggeist, würde er flüchten. Oder er weiß es und folgt einem Wahn. Oder – und niemand vermag zu entscheiden, was wirklich geschieht – eine Krähe hat sich zwischen zwei Lidschlägen in einen Tengu verwandelt und jeden, der hinsieht, getäuscht: Ist ihr Schnabel die Nase oder die Nase ein Schnabel? Sie verfehlen einander knapp, segeln aus. Einen Atemzug lang stehen beide regungslos in der Luft, ein Moment der Besinnung, um die Kraft für den nächsten Angriff zu bündeln. Mit mächtigen Flügelschlägen nehmen sie wiederum Fahrt auf, machen sich schmal, werden zum Schuß, der unausweichlich aufs Ziel zuschnellt. Im Augenblick der Begegnung dreht sich der Greif auf den Rücken, schlägt seine Klauen ins Gefieder des Gegners, rollt ab, zieht einen weiten Bogen über die Wiese, erhebt sich mit majestätischen Schwingen. Taumeln und hilfloses Flattern dort, wo sie aufeinandergetroffen sind. Schwarze Daunen segeln zu Boden. Es war wohl doch nichts als eine Krähe. Vielleicht ist sie verwundet, hat der Habicht ihr die Brust aufgeschlitzt? Wie um allen lebenden Wesen zu zeigen, wer hier den Luftraum beherrscht, läßt er sich auf der Kiefer nieder und ordnet sein Federkleid neu. Die Krähe hat sich gefangen, sucht zeternd das Weite.

Norishige denkt an den Fluß der Tusche, in dem der Kampf

sich spiegeln könnte, den Zusammenprall der Zeichen, ihr Aufbrechen. So viel Bewegung würde das Maß eines Verses sprengen.

Eine Erinnerung steigt in ihm auf. Sie ist falsch.

Was bleibt, ist zu sitzen, den erneut einsetzenden Schlägen zu lauschen, bis der Geist ausgeleert ist, bereit für das, was sich hinter dem Sichtbaren verbirgt, nicht, um entdeckt zu werden – von niemandem, auch nicht von ihm.

Kōsei geht an seinen Platz, schlägt aus einem Batzen Ton den Boden für ein Vorratsgefäß.

13

Vorstufen von Erkenntnis

Die Teeschale, die Achim zu Hause aus ihrem Kästchen holte, war ein anderer Gegenstand, als die, die Herr Mayer ihm eine Stunde zuvor eingepackt hatte. In der lieblos eingerichteten Wohnung, ihres japanischen Zusammenhanges beraubt, erschien sie ihm wie ein banales Stück Kunsthandwerk, das er ebensogut für dreißig Mark auf dem Weihnachtsmarkt bei einer hiesigen Töpferin hätte erstanden haben können. Achim nahm an, daß der Fehler in seiner immer noch mangelhaften Wahrnehmungsfähigkeit lag, räumte das Holzbrett des Raumteilers von Wurfsendungen frei und versuchte die Neuerwerbungen so anzuordnen, daß eine Art Installation entstand, in der sich der Geist Japans zeigte. Doch die Gegenstände nahmen keinerlei Kontakt miteinander auf. Die Leere zwischen ihnen blieb unbelebt. Selbst das von Laub und Ziegelmauern gedämpfte Mittagslicht, das den Raum füllte, ohne harte Schatten zu erzeugen, konnte sie nicht zum Sprechen bringen. Achim schob die Elemente seines Arrangements eine Weile hin und her, trat immer wieder vor und zurück, um den Blickwinkel zu wechseln, hielt inne. Nach einer kurzen Besinnung schraubte er den Deckel des mit einer seriellen Kalligraphie bedruckten Teedöschens ab, nahm einen Aluminiumbeutel heraus und riß ihn auf. Es kam zu einer kleinen Verpuffung, eine beträchtliche Menge grünen Staubs verteilte sich gleichmäßig über die Dinge. Achim überlegte, wie der nächste Schritt aussehen könnte? Bislang hatte er überhaupt nur ein einziges Mal aufgeschlagenen Matcha probiert. Da seine Augen auf Mitsukos ausdrücklichen Wunsch vorher fest geschlossen gewesen waren, hatte er keine Vorstellung, mit welcher Art Bewegung man das Pulver schaumig rührte. Er erinnerte sich vage an eine Szene aus *Shōgun*, in der ein hochrangiger Fürst für seine schöne Frau, die verbotenerweise in Richard Chamberlain verliebt gewesen war, eine Teezeremonie durchgeführt hatte, doch der eigentliche Vorgang war nur andeutungsweise zu sehen gewesen. Wolf hatte moniert, daß die ganze Szene falsch gewesen sei, da man Frauen in der Momoyama-Zeit keinesfalls zu einer Teezeremonie eingeladen hätte.

Achim nahm den Bambusbesen aus der durchsichtigen Plastikbox und schlug ihn trocken über den Boden der Schale. Es verursachte ein hartes, ganz und gar unharmonisch klingendes Schabegeräusch. Bei einigen der hauchdünnen Spleißen brachen die Spitzen ab. Offenbar war der korrekte Gebrauch der Teegerätschaften wenn nicht kompliziert, so doch heikel, und bedurfte schon auf der einfachsten Ebene, lange bevor überhaupt von einer »Zeremonie« die Rede sein konnte, der Unterweisung durch einen Meister. Achim überlegte, ob er nicht irgendwo ein Photo hatte, dem er wenigstens entnehmen konnte, wie man den Besen korrekt hielt. Im Regal standen Bücher, in denen das Ausbeinen einer vollständigen Ente ohne die Haut zu verletzen oder das Tranchieren eines Truthahns in jeder einzelnen Phase abgebildet war, aber nicht ein einziges, das die Hände eines Teemeisters bei der Arbeit zeigte. Er entschied sich, trotzdem einen Versuch zu wagen, füllte das Teepulver aus dem Beutel in das Döschen, was wiederum eine Reihe von Staubexplosionen zur Folge hatte, und schaltete den Wasserkocher ein. Als nächstes stand er vor der Frage, wieviel Tee er mit welcher Menge Wasser verrühren mußte, um im Ergebnis ungefähr die Intensität und Konsistenz des Tees zu erreichen, den Mitsuko ihm bereitet hatte, wobei er nicht einmal wußte, ob es der »dicke« oder der »dünne« Tee gewesen war. Das Klacken des Schalters, mit dem das Gerät sich ausschaltete, riß ihn aus seinen Überlegungen. Unmittelbar nach dem Aufkochen war das Wasser allerdings zu heiß für das empfindliche Gebräu, und so goß er zunächst eine Kelle in die Schale, um den Füllstand zu prüfen. Er entsprach in etwa dem, den er bei Mitsuko gesehen hatte. Da ihm nichts Besseres einfiel, dachte er sich die Regel »eine Kelle Wasser auf einen Löffel Tee« aus, stieß den Spatel in den grünen Staub, balancierte einen kleinen Berg davon über die Schale und kippte ihn ebenso vorsichtig wie ungelenk hinein. Dann begann er zu rühren. Zunächst langsam, als würde er Wandfarbe abtönen. Auf diese Weise verschwanden nicht einmal die Klümpchen, die trocken auf der Oberfläche schwammen. Er erhöhte die Geschwindigkeit, wodurch die Klümpchen zwar feucht und dunkel wurden, sich aber immer noch nicht in der Flüssigkeit lösten. Schließlich schlug er, so schnell er konnte, wobei die Spleißen sich unterschiedlich lange im rauhen Boden verhakten und ungleichmäßig in ihre Ausgangsposition zurückschnellten, was dazu führte, daß größere Mengen Tees aus der Schale spritzten. Achim brach den Versuch ab und begutachtete das Ergebnis: keine Spur von den feinen Bläschen, die an den Milchschaum auf Cappuccino erinnerten. Er führte die Schale zum Mund und probierte. Verglichen mit Mitsukos Getränk war das hier eine dünne Brühe, die nach bitterem Spülwasser schmeckte. Er schüttete sie in den Ausguß und reinigte die Schale unter fließendem Wasser, bis er sichergestellt hatte, daß nicht der geringste Rest seines Scheiterns zurückgeblieben war. Schließlich stellte er die Chawan zu den anderen Dingen zurück, warf sich aufs Sofa und starrte an die Decke. Nach einer Weile holte er die Visitenkarte Shimaoka Takumis aus dem Portemonnaie, drehte sie zwischen den Fingern, als versuchte er einen Taschenspielertrick, und kam zu dem Ergebnis, daß Herr Mayer recht hatte: Er würde sein Leben nicht der Teezeremonie verschreiben. Selbst wenn er sich dazu durchringen könnte, an einem Kurs teilzunehmen, käme er niemals über das Anfängerstadium hinaus. Am Ende würde er den zahlreichen Tätigkeiten, in denen er dilettierte, nur eine weitere hinzufügen. Andererseits wollte er sich so weit an den befremdlichen Geschmack gewöhnen, daß er, falls Mitsuko sich eines Tages doch dazu entschließen sollte, ihn zu einer richtigen Zeremonie einzuladen, dieses Geschenk würde würdigen können, statt mit Abwehrreflexen zu kämpfen. Er mußte es wieder und wieder probieren, so wie er Hühnerbein um Hühnerbein zerlegt hatte, bis es ihm schließlich gelungen war, den Knochen sauber herauszuoperieren. Achim beschloß, vorerst niemandem, und bestimmt nicht Mitsuko oder Wolf, zu erzählen, daß er sich eine Chawan gekauft hatte.

Er lag da und unterdrückte die Frage, ob er nicht unsinnig viel Geld für ein Hirngespinst ausgegeben hatte, und schluckte Enttäuschung hinunter.

Nach einer Weile jedoch, mit zweieinhalb Metern Abstand und aus schräger Untersicht, schien es ihm plötzlich, als hätte der rote Ton seiner Schale sich mit Licht vollgesaugt, das sie jetzt von innen her zum Glühen brachte, majestätisch und still wie die Abendsonne im Dunst der Flußauen. Er dachte an die Hand des Töpfers Sato Toriyama, der einen Zweig aufgehoben und langsam zwischen den Fingern gedreht hatte, bis er wirklich zu sehen gewesen war. Möglicherweise würde er eines Tages doch etwas begreifen.

Am darauffolgenden Montag waren die Hochzeitsferien des Restaurants beendet. Yun Tsi hatte sich bei Eugen fürs erste freigenommen, da das Semester in Kürze zu Ende ging und sie mehrere Seminararbeiten fertigstellen mußte. Achim nahm an, daß die Gründe vorgeschoben waren – seines Wissens dauerte das Semester bis Mitte Oktober –, doch es fiel eine untergründige Spannung von ihm ab: Vorerst würde er ihr nicht begegnen müssen.

Da sie sich bei ihm nicht gemeldet hatte – weder um ein neues Treffen zu vereinbaren noch um ihn zu beschimpfen –, nahm er an, daß ihr Interesse an ihm mit der unvollendeten Nacht erloschen war. Trotzdem zuckte er zusammen, als sie drei Wochen später vor ihm stand. »Hallo, wie geht's?« sagte sie.

»Danke, gut«, erwiderte er.

In den beiden folgenden Tagen behandelte sie ihn mit einer Mischung aus Herablassung und Scheu, am dritten Abend warf sie ihm bereits wieder zweideutige Bemerkungen zu – »Kommt die Dichtung voran? Ich bin sehr neugierig!« –, und das, obwohl sie in der Zwischenzeit einen Mann an Land gezogen hatte, der offensichtlich bereit war, sich ihren Spielregeln zu unterwerfen. Er hieß Herbert, war mindestens zehn Jahre älter, von krötenhaftem Äußeren und bekleidete eine mittlere Position in der Verwaltung des *Allgemeinen Deutschen Fernsehens*. Er kam regelmäßig, um sie von der Arbeit abzuholen, saß, wenn sie noch nicht fertig war oder nicht gleich aufbrechen wollte, bis weit nach Mitternacht am Personaltisch, trank alkoholfreies Bier, las Zeitung und löste Kreuzworträtsel. Die Unterwürfigkeit, mit der er Yun

Tsis Launen und Demütigungen hinnahm, ließ vermuten, daß sie ihn sich entweder mit speziellen Liebespraktiken, wie sie in geheimen Schriften des alten China beschrieben wurden, hörig gemacht hatte oder aber – was wahrscheinlicher war – daß der von klein auf im Bewußtsein seiner Häßlichkeit und Nichtswürdigkeit lebende Herbert gar nicht erst versuchte, gegen ihren absoluten Herrschaftsanspruch aufzubegehren, damit sein Märchenglück nicht ebenso abrupt endete, wie es begonnen hatte. Obwohl Achim im Grunde froh war, daß er sich auf keinen Machtkampf mit ihr eingelassen hatte, gab es Momente, in denen er der verpaßten Gelegenheit, mit Yun Tsi zu schlafen, nachtrauerte und Herbert um das Wissen beneidete, wie sie sich in der Liebe gebärdete, vor Lust schrie.

Mitte Oktober zog nicht nur der Herbst mit lang anhaltendem Regen über das Land, auch die Stimmung im Restaurant verfinsterte sich. Aus Gründen, über die sich jeder seine eigenen Gedanken machte, waren die Gästezahlen nach dem Ende der Gartensaison wiederum deutlich zurückgegangen, und die vorübergehend durch Umsatzsteigerung und Liebeszauber überdeckten Verwerfungen brachen erneut auf. Mitsuko sah die Schuld für den nachlassenden Erfolg bei Eugens Trinkerfreunden, die Abend für Abend an der Theke herumlungerten und die Weltlage diskutierten, je nach Bewußtseinstrübung herumkrakeelten oder ausfällig wurden, wohingegen Eugen, unterstützt von Holm, zu dem Ergebnis gekommen war, daß die Einwohnerstruktur A.-Gurschebachs kein hinreichend großes Publikum für streng japanische Küche hergebe, daß das Konzept größtmöglicher Authentizität mithin am Markt vorbeientwickelt worden sei und auf den Boden der Tatsachen zurückgeholt werden müsse. Je weniger Leute zum Essen kamen, desto geringere Anstrengungen unternahm Eugen konsequenterweise, eine möglichst originale japanische Atmosphäre herzustellen. Zuweilen konnte man sogar den Eindruck gewinnen, daß er Mitsuko mit gezielten Geschmacklosigkeiten provozieren wollte: Er kaufte Holm, der Wochen zuvor ankündigt hatte, alten Plunder aus seiner Wohnung zu räumen, für zweihundert Mark eine fettbunt gespachtelte Alpenlandschaft in Öl ab, und hängte sie demonstrativ im Thekenraum auf. Einige Tage später brachte er gedrechselte Kerzenleuchter aus erzgebirgischer Produktion mit. Als Mitsuko ihn zur Rede stellte, faselte er etwas von Zeichen für die deutsche Einheit, die er setzen wolle, im übrigen habe er die leuchtend Roten ausgesucht, da sie bestens zu den japanischen Lackschalen paßten. Es dudelte wieder regelmäßig das Schlagerradio, und seine zwischenzeitlichen Versuche, wenigstens wie der Sommelier eines gehobenen französischen Restaurants aufzutreten, hatte er erneut zu Gunsten der Manieren eines Birgelheimer Kneipenwirtes drangegeben. Es herrschte ein Klima latenter Gereiztheit, das sich nahezu täglich in kleineren und größeren Streitereien entlud. Achim bemühte sich um Verständnis für beide Seiten und benötigte häufig sein ganzes diplomatisches Geschick, um nicht zwischen die Fronten zu geraten. Er selbst trat auf der Stelle. Nie seit Beginn des Erwachsenenalters hatte er sich derart weit aus seinem Gefühlsleben zurückgezogen wie in diesen Wochen. Er empfand eine umfassende Leere, die weder schmerzte noch irgendeinen Aufbruch enthielt. Er war froh, daß im Restaurant gerade so viel zu tun blieb, daß er sich nicht nach einer neuen Arbeit umschauen mußte. Der Sommer hatte, wenn er Eugen Glauben schenken durfte, genug abgeworfen, um einen schlechten Winter zu überstehen, er brauchte sich keine Sorgen zu machen. Trotzdem, und auch wenn sie nicht gegen ihn gerichtet war, bedrückte ihn Mitsukos Bitterkeit. Er fragte sich, wodurch sich ihre Empfindungen sowohl Eugen als auch ihm gegenüber binnen weniger Wochen so vollständig hatten verwandeln können? Ihm dämmerte, daß Stabilität und Konstanz, allen gegenteiligen Behauptungen zum Trotz, keine Eigenschaften der menschlichen Seele waren. Das »Ich« als feste Größe existierte nur auf dem Papier. Jeden Morgen erwachte ein anderer aus Träumen, in denen Fremde getan hatten, was vom Zustand des Wachseins aus betracht, für niemanden, nicht einmal für die Hülle des Träumers von Bedeutung war. Das, was man für seinen Charakter hielt, bestand in Wirklichkeit aus Empfindungs- und Verhaltensmustern, die irgendwann, von wem oder was auch immer, in einen hineingelegt worden waren. Erd- und Stammesgeschichte, Volks- und Familientraditionen, genetische Festschreibungen und hirnphysiologische Dispositionen teilten die Person unter sich auf. Er selbst hatte zufälligerweise die meiste Zeit seines Lebens in Deutschland verbracht. Mitsuko hingegen war in Japan aufgewachsen, wo dieses »Ich« weitaus weniger galt. In früheren Epochen hatte man dort dementsprechend schneller getötet – andere ebenso wie sich selbst – und das Paarungsverhalten war weniger stark von Sentimentalitäten bestimmt. Die Frage, warum Mitsuko dann nicht längst mit ihm geschlafen hatte, ließ sich so oder so beantworten, ohne daß die Antwort konkrete Auswirkungen hatte. –

Der Dezember war schäbig. Achim fiel es immer schwerer sich auf die Arbeit oder das Fernsehprogramm zu konzentrieren. Obwohl er sich sterbenselend fühlte, empfand er so etwas wie Dankbarkeit, daß eine Grippe ihn über Weihnachten ans Bett fesselte und von allen sozialen Verpflichtungen entband.

Natürlich blieb Mitsuko nicht verborgen, daß er sich innerlich zurückgezogen hatte. Nachdem ihr Hochzeitshöhenflug mit einem harten Aufprall geendet war, vermißte sie das sanfte Werben, das ihr die ganze Zeit über die Illusion vermittelt hatte, ein anderes Leben in einer anderen Welt sei jederzeit möglich, sie müßte es nur wollen. Andererseits wußte sie, daß sie nicht übergangslos zu dem an Versprechungen und Facetten reichen Umgang mit Achim zurückkehren konnte. Schließlich war sie es gewesen, die Eugens Heiratsantrag angenommen und damit dem Schwebezustand ein Ende gesetzt hatte. Infolge des Gästeschwunds litt sie zudem an mangelnden Herausforderungen als Köchin. Abgesehen von den Sondermenüs für Takeshi und dessen Freunde, beschränkte sich ihre Arbeit auf Steaks, Schnitzel und Fischteller für Leute, die all das so wenig japanisch wie möglich zubereitet haben wollten.

So schleppte sich das Jahr zu Ende, ohne daß nachhaltige Veränderungen eintraten.

»Ist dir bewußt, daß wir demnächst dreißig werden?« fragte Wolf.

»Ich bin mit dreißig immer noch jünger, als ich mich schon mit vierzehn gefühlt habe«, sagte Achim: »Prost!«

Es war kurz nach neun, sie saßen in der Lounge des neu eröffneten Hilton-Hotels im Zentrum von A., das die größte Auswahl schottischer Whiskys in der Stadt bereithielt. Ein schwarzer Pianist spielte und sang Jazz-Standards am Flügel, dazu eigene Arrangements angestaubter Nummer-eins-Hits: *»Oh/ think twice/ it's another day for you and me in paradise …«*

Mitte Januar hatte Wolf bei Achim angerufen und sich entschuldigt, daß er aufgrund beruflicher und privater Überlastung nicht dazu gekommen sei, sich zu melden. Vor allem die Geschichte mit Inga habe ihn stark in Anspruch genommen. Im Bett sei sie sensationell gewesen, ansonsten aber leider ziemlich beschränkt: »Du hast sie ja kennengelernt.«

Nach ein paar Monaten habe der Sex stark nachgelassen, wie meistens, statt dessen sei sie besitzergreifend und zickig geworden. Selbst wegen seiner Zusammenkünfte mit den japanischen Patienten, die, wie er ja wisse, besonders betreut werden müßten, hätte er sich rechtfertigen müssen. Als sie dann in der Silvesternacht angefangen habe, von Kindern zu reden, sei ihm schlagartig klargeworden, daß er die Notbremse ziehen müsse, wenn er sich nicht in einem Horrorszenario wiederfinden wolle: »Aber mit dreißig sollte man sich doch allmählich Gedanken machen, welche Richtung man seinem Leben geben will«, sagte Wolf.

»Meinst du dich oder mich?«

»Grundsätzlich.«

Achim schüttelte den Kopf: »Das einzige, was passiert, ist, daß wir im Lauf dieses Jahres dreißigmal um die Sonne geflogen sein werden. Wir haben eine kreisförmige Bewegung im Raum x-fach wiederholt. Nach den Schwerpunktsetzungen des Dezimalsystems ist die Zahl der Wiederholungen irgendwie herausgehoben. Aber das Dezimalsystem ist nur eine beliebige Ordnung von vielen. Unter anderen Maßgaben wäre vielleicht die 24. Umrundung wichtig gewesen. Oder nimm die Primzahlen: 29, 33 ...«

»33 ist durch elf teilbar.«

»Weshalb sollte ich deswegen in eine Krise fallen. Ich habe mir auch nicht den Kopf zerbrochen, als ich zum dreißigsten Mal von Düsseldorf hierhergefahren bin.«

»Die Experimentierphase neigt sich dem Ende zu.«

»Du hast einen phantastisch bezahlten Job, in dem du massenhaft Mädchen triffst, die du dir zurechtschneidern kannst, wie du willst, wenn dich ein Detail stört. Sollte dein

Chef dir eines Tages auf den Geist gehen, findest du ohne Probleme eine andere Klinik oder du gründest deine eigene. Und wenn du eine neue Frau suchst, wirst du als junger, passabel aussehender Arzt in den nächsten fünfzehn Jahren auch damit keine Schwierigkeiten haben. Worüber zerbrichst du dir den Kopf?«

»Sohn zeugen, Haus bauen, Baum pflanzen.«

»Spinnst du?«

»Diese Sachen stehen an.«

»Sehe ich nicht.«

»Nur weil du sie nicht siehst, heißt das nicht, daß die Fragen nicht da sind.«

»Außerhalb meines Bewußtseins ist nichts, und das, was drin ist, hat keine Bedeutung.«

»Ganz gleich, welcher Weisheitslehre du zur Zeit gerade anhängst – wir kommen in das Alter, in dem uns die Frauen nach Kindern fragen: zum Beispiel.«

»*Die Frauen* sind auch eine Einbildung.«

»Je trostloser dein Sexualleben ist, desto abgehobener werden deine Theorien. Das war schon immer so.«

Sie schwiegen. Achim summte die Melodie von »*Let's get lost, lost in each others arms ...*« mit, und ließ seinen Blick durch den Raum schweifen. Nach einer Weile seufzte er: »Der Laden hat einen entscheidenden Nachteil: Du siehst ausschließlich Männer hier.«

»Wir können woanders hingehen, wenn du was abschleppen willst.«

»Ich dachte, es würde ernst?«

»*Aus Spaß wird Ernst. Ernst ist heute drei Jahre alt.*«

Achim verzog schmerzhaft das Gesicht: »Soweit ist es bei dir schon?«

»War ein Witz.«

»Mein Vater arbeitet seit fünfundzwanzig Jahren mit einem festen Repertoire an Witzen dieser Kategorie.«

»Entwicklungspsychologisch gesehen, kommen wir in die letzte Orientierungsphase vor der Midlife-crisis. Da solltest du deine unselige Fixierung auf den Fernen Osten beenden, wenn du nicht in Verzweiflung fallen willst.«

Achim steckte sich eine Zigarette an: »Das habe ich allerdings auch schon gedacht. Aber jetzt gerade sieht es wieder so aus, als würde sich doch etwas bewegen.«

Es waren wenige Indizien, die auf einen Wandel hindeuteten, doch es gab sie.

Wolf verdrehte die Augen.

»Glaub mir: Das Ehepaar Nishida-Schober ist am Ende.«

»Das höre ich, seitdem du mit ihnen zu tun hast.«

»Der Tiefstand hat eine neue Qualität erreicht.«

»Und – laß mich raten: Bald ändert sich alles?«

»Bei Mitsuko lockert sich seit ein paar Tagen die Lähmung, in die sie kurz nach dieser verdammten Hochzeit gefallen ist. Sie hat sogar wieder gelächelt: mich angelächelt! Stell dir vor: Ich bin seit Monaten der erste Mensch, dem sie ein Lächeln geschenkt hat. Das ist ein eindeutiges Signal.«

»Jetzt wartest du, bis der Frühling kommt, dann werdet ihr von einer Hormonlawine überrollt, und es geht richtig zur Sache ...«

»Blödsinn.«

»Sondern?«

»Ich weiß es nicht. Das hat aber nichts damit zu tun, daß ich dreißig werde.«

»Sondern damit, daß du es vorziehst, im Zustand eines Siebzehnjährigen steckenzubleiben.«

»Ich gebe mir noch dieses Jahr. Wenn dann immer noch nichts passiert ist, setze ich mich ab.«

»Wohin?«

»Keine Ahnung. – Nach Japan.«

»Will sie Kinder?«

»Kann ich mir nicht vorstellen.«

»Sie ist acht Jahre älter als du. Wahrscheinlich wird sie in nächster Zukunft feststellen, daß ihre biologische Uhr abläuft, und einen Koller kriegen.«

»Glaub' ich nicht.«

»Es kann natürlich sein, daß sie dich als Vater vorzieht, weil Eugen zu alt ist. Dein Genmaterial könnte ihr insgesamt interessanter erscheinen. Andererseits hast du in Sachen materielle Sicherheit rein gar nichts zu bieten. Und die Frage, wer für die Aufzucht der Nachkommen bessere Bedingungen bereitstellt, ist für Frauen bei der Partnerwahl von erheblicher Bedeutung.«

Achim wurde bleich. Weder wollte er Kinder mit Mitsuko, noch konnte er sich vorstellen, daß diese Frage in ihren Überlegungen eine Rolle spielte. Zugleich kamen ihm plötzlich Zweifel, daß Wolf einfach nur angerufen hatte, um ein gepflegtes Männergespräch zu führen, und er fragte sich, was sein Gerede sonst noch bezwecken könnte? Wolf hatte von Anfang an in regelmäßigen Abständen versucht, ihn von Mitsuko fortzutreiben. Im Hintergrund standen Takeshi und dessen dubiose Machenschaften, möglicherweise ein dunkles Geheimnis, das er vor ihm verbarg, wie er seinerzeit seine regelmäßigen Besuche in dessen Restaurant für sich behalten hatte: »Sonst noch was?«

Zum Glück fielen ihm all die abfälligen Bemerkungen wieder ein, die Mitsuko bei entsprechender Gelegenheit über Frauen gemacht hatte, die im Berufsmutterdasein ihre Erfüllung fanden, und er war sicher, daß ihm von dieser Seite keine Gefahr drohte: »Wenn du gesehen hättest, wie sie mit

Kindern umgeht, wüßtest du, daß Mitsuko auch in dieser Hinsicht die Ausnahme von der Regel darstellt.«

Wolf zuckte mit den Achseln. »Ich wollte dich nur auf diese Möglichkeit hingewiesen haben«, sagte er.

»Das ist sehr nett von dir.«

»Und was treibt deine kleine Chinesin?«

»Sie hat jetzt einen gutsituierten, wahnsinnig häßlichen Liebhaber, den sie zu einer echten Scheinehe oder scheinbaren Echtehe stoßen wird. Aus diesem Spiel bin ich raus.«

»Nimmst du noch einen Whisky?«

»Auf jeden Fall.«

Anfang März hatte Achim einen Traum: Er traf Mitsuko zum ersten Mal, nachdem sie sehr lange fort gewesen war. Er wußte, daß sie eine weite Reise in ein fernes Land unternommen hatte. Wohin und zu welchem Zweck sie fort gewesen war, spielte keine Rolle. Für das Wiedersehen hatte sie all ihre Bekannten in ein im Stil der Adenauer-Ära eingerichtetes Wohnzimmer mit harten Postermöbeln, Nierentisch und Vitrinenschränken eingeladen, das sich jedoch nicht in ihrer Wohnung befand. Trotzdem war es ihnen beiden und all den anderen vertraut. Sie bewegten sich darin so selbstverständlich wie in einem Zuhause. Ohne daß er sich mit ihr darüber hätte verständigen können, war ihnen beiden bewußt, daß sie einander vermißt hatten wie Liebende und daß dieses Vermissen eine verbotene Empfindung gewesen war. Die Bekannten und Freunde, die Mitsuko vor ihm in ihre Arme schlossen, durften auf keinen Fall erfahren, was in ihrem Innern vorging, und so bewegten sie sich beinahe unbeteiligt umeinander herum. Mitsuko fiel einem nach dem anderen um den Hals, machte Späße, verteilte Küßchen. Achim war klar, daß sie absichtlich seinen Blick mied, damit niemand Verdacht schöpfte, denn würde offenbar werden, was sie wirklich füreinander empfanden, käme es zu einer Katastrophe unabsehbaren Ausmaßes. Die ganze Zeit über hörte er ihre Stimme, zugleich verstand er andere, Worten verwandte Formen, die sie aussandte und die auf geheimnisvolle Weise direkt aus ihrem Inneren in seines drangen. Sie tauschten kurze Blicke, ihre Herzen drohten zu zerspringen. Trotzdem gelang es ihnen, eine Fassade entspannter Gelassenheit aufrechtzuerhalten, der niemand entnehmen konnte, was tatsächlich in ihnen vorging. Endlich stießen sie gegeneinander wie Treibgut in Strudeln, und Mitsuko zog ihn zu sich, mit einer Geste, die im allgemeinen Gewoge der Körper ganz absichtslos aussah. Es war dieselbe Umarmung, die sie mit den anderen ausgetauscht hatte, doch gleichzeitig strömte ein Strahl von Auge zu Auge und verband sie enger als es jede Berührung vermocht hätte. Dann griff Mitsuko ganz beiläufig nach seiner Hand, und ihre Finger sprachen mit ein wenig Druck über die Haut Unsagbares aus. Achim wußte, daß die Verheißungen, von denen er in der langen Zeit ihrer Abwesenheit manchmal geglaubt hatte, sie entsprängen lediglich seiner Einbildung, mehr denn je galten. Die wenigen Bewegungen führten weiter als alle Zeichen, die sie einander je gegeben hatten.

Achim erwachte und war verwirrt. Die Bilder des Traums hatten einen höheren Grad an Wirklichkeit als die meisten Erinnerungen an Dinge, die in seinem Leben tatsächlich passiert waren. Er spürte, daß die Mauern, die er selbst in den Wochen und Monaten seit der Hochzeit um sich herum errichtet hatte, über Nacht in sich zusammengestürzt waren. Plötzlich wisperte es in seinem Inneren wieder von Möglichkeiten. Mitsukos Bild hatte neue Leuchtkraft gewonnen. Während er Kaffee aufsetzte und Weißbrot toastete, fühlte er Schauder, als würde er in wenigen Stunden eine Frau wiedersehen, die er am Abend zuvor erst kennengelernt hatte und von der er nichtsdestoweniger wußte, daß sie sein Leben von Grund auf verändern würde. Zugleich fragte er sich, ob ein Traum, der solche Veränderungen hervorrief, ausschließlich in seinem Kopf stattgefunden haben konnte, ob nicht vielmehr eine Art metaphysisches Resonanzfeld über der Stadt gelegen haben mußte, durch das kosmische Schwingungen übertragen worden waren, oder es hatte ihrer beider Seelen im Schlaf aus den Körpern in einen anderen Raum gehoben, in dem sie einander wirklich begegnet waren.

Als er gegen vier an diesem gewöhnlichen Mittwoch, der den Vorreservierungen zufolge ruhig verlaufen würde, in die Küche trat, schien es ihm jedenfalls, daß auch Mitsuko ihn anders anschaute als an den Tagen zuvor. Sie trat auf ihn zu, küßte ihn rechts und links, dann griff sie seine Hand genau so, wie sie es im Traum getan hatte, und strich mit dem Daumen über seine Fingerrücken. Achim sah sie fragend und voller Wärme an. Er war sicher, daß Mitsuko auf die Veränderung in seinem Blick mit Erleichterung reagierte, und deutete das Blitzen in ihren Augen als sichtbaren Ausdruck der geheimen nächtlichen Erlebnisse, die sie ebensowenig anzusprechen wagte wie er, denn nach allem, was sie über den Aufbau der Wirklichkeit wußten, konnte nichts dergleichen stattgefunden haben. Er hielt inne, bemerkte, daß auch Mitsuko etwas auf der Zunge lag, dachte, daß es besser wäre abzuwarten, bis sie etwas sagen würde, doch da sie ebenfalls zögerte und der entscheidende Moment binnen Sekunden vorbei sein konnte, fragte er, obwohl es bereits kurz nach vier war: »Hast du gut geschlafen?«

Mitsuko sah ihn unsicher an.

»Ich meine, geht es dir gut? Heute?«

»Man spürt, daß es Frühling wird.«

Sie lächelte.

»Ich habe auf dem Weg hierher den ersten Specht des Jahres gehört.«

»Wurde höchste Zeit, oder?«

Sie sagte es in einem Ton, der Achim überzeugte, daß auch in ihrem Inneren von gestern auf heute ein Zusammenprall der Bewußtseinsebenen stattgefunden hatte, durch den die Winterstarre aufgebrochen war, ganz gleich wie viele Gäste kämen und welchen Unsinn Holm zur Nacht erzählen würde.

»Zum Schluß hatte ich die Kälte und das Grau einfach satt«, sagte Achim und als weiteren Hinweis, auf den Mitsuko reagieren konnte: »Mir war seltsam heute nacht, als ob Vollmond gewesen wäre, etwas in der Art. Deshalb hatte ich gefragt.«

In diesem Moment kam Eugen zur Tür herein und warf eine prall gefüllte Plastiktüte auf die Anrichte, aus der Fischschwänze herausragten.

»Hechte«, sagte er. »Es sind die ersten, die Karl dies Jahr abgefischt hat. Eigentlich ist noch Schonzeit, aber wo er sie schon im Netz hatte ... Ich dachte, ich nehme sie, euch fällt bestimmt etwas Leckeres für sie ein.«

Achim sah Mitsuko an, in deren Gesicht noch immer Staunen auf dem Weg zum Erschrecken stand. Beim Anblick der drei mächtigen Fische jedoch, die infolge des Schwungs, mit dem Eugen sie hingeworfen hatte, und der großen Menge Schleims, die sie umgab, aus der Tüte auf die Edelstahlplatte gerutscht waren, mußte sie plötzlich lachen. Achim hatte sie noch nie zuvor so lachen gehört. Seine gequälte Grimasse über Eugens Eintreten zum unpassendsten Zeitpunkt stürzte mit Mitsukos Anfall in sich zusammen, er wurde von ihrem Gelächter angesteckt, schüttelte sich jetzt ebenfalls, und auch

Eugen konnte, nachdem er noch: »Ich hab' scheint's was verpaßt«, und: »Wenn ich mal eingeweiht würde«, geknurrt hatte, nicht länger an sich halten. Es entlud sich nicht nur die Spannung, die sich zwischen Achim und Mitsuko, kurz bevor Eugen gekommen war, infolge zweifelhafter Schwingungen aufgebaut hatte, vielmehr schien es, als lösten sich sämtliche Knoten und Verkantungen der vergangenen Monate. Aus Gründen, die keiner von ihnen hätte nennen können, gewann jeder für sich in dem sinnlosen Gelächter die Überzeugung, daß sich etwas umkehrte. Ab jetzt würde es wieder aufwärtsgehen: mit den Gästezahlen, in den erlaubten wie in den verbotenen Beziehungen, mit der allgemeinen Stimmungslage, dem Wetter. Die Austreibung der bösen Wintergeister, die vier Wochen zuvor an Fasching so gründlich gescheitert war, obwohl die ganze Stadt kopfgestanden hatte, fand jetzt endlich statt: Die Dämonen wurden verlacht.

Achim wischte sich die Augen und fragte: »Gibt es in Japan Hechte?«

Woraufhin Mitsuko abermals aufkreischte, von einem neuerlichen Lachkrampf hin- und hergeworfen wurde, und es dauerte wiederum einige Zeit bis sie »Ich kann mich nicht erinnern, aber ...« keuchte, »aber irgend etwas der Art gibt es bestimmt.«

»Ihr könnt ihn ja mal anders zubereiten«, warf Eugen ein, und Mitsuko reagierte ausnahmsweise nicht ärgerlich, sondern sagte: »Genau: Schreib *Hecht à la Grenoble* auf die Tafel, *mit Zitronen-Kapern-Butter und Salzkartoffeln*. Das hab' ich in Zürich oft gekocht.«

»Aber paß bei den Gräten auf«, sagte Eugen, »Hecht hat viele Gräten.«

»Achim ist perfekt mit der Pinzette.«–

Es kamen deutlich mehr Gäste an diesem Abend, als sie

erwartet hatten. Sie verkauften neun Portionen *Hecht à la Grenoble*, sechs davon an japanische Autohändler beziehungsweise Orchestermusiker, die so begeistert waren, daß Mitsuko zweimal aus der Küche kommen mußte, um Dank und Glückwünsche entgegenzunehmen. Die letzten Stücke aßen sie kurz vor Mitternacht selbst. Die Atmosphäre war gelöst wie lange nicht mehr. Eugen hatte einen erstklassigen Fendant geöffnet, schaute drein, als hätte er einen Überraschungscoup in der Hinterhand, und zwinkerte Achim zu.

Achim war wohl aufgefallen, daß Eugen mehrfach länger telephoniert hatte, obwohl Kasane, die jetzt für Yun Tsi bediente, überfordert und verzweifelt gewesen war, er hatte sich jedoch keine weiteren Gedanken darüber gemacht.

Nach dem Essen sah Eugen Mitsuko mit dem verliebtesten Blick an, den er zustande brachte, und seine Augen wurden feucht vor lauter Rührung über sich selbst: »Schatz«, sagte er, »der Hecht hat mich inspiriert – wegen Grenoble. Ich bin der Meinung, daß wir ganz dringend Urlaub vertragen könnten, und du willst doch schon so lange in die Schweiz ...«

Mitsuko sah ihn an, als hätte er nicht alle Tassen im Schrank.

»Bei der Gelegenheit ist mir aufgefallen, daß wir noch nicht einmal eine Hochzeitsreise gemacht haben, und wenn ich es mir recht überlege: Der Winter war diesmal verdammt schwer. Jetzt geht es wieder voran, ich spüre das, und deshalb habe ich mir überlegt, bevor demnächst die Freiluftsaison anfängt, fahren wir eine Woche nach Beatenberg am Thuner See.«

Mitsuko wußte im ersten Moment nicht, wie sie reagieren sollte. Ihr Blick wanderte zwischen Eugen und Achim hin und her.

»Da wird jetzt auch nicht drüber diskutiert«, fuhr Eugen

fort. »Ich habe meine Kontakte spielen lassen und uns eine Ferienwohnung besorgt in einem erstklassigen Hotel, vier Sterne, Sauna, Schwimmbad, alles Drum und Dran …«

Achim sagte: »Schöne Idee«, obwohl er Mühe hatte, den plötzlich aufsteigenden Zorn gegen Gott und die Welt im Zaum zu halten.

Mitsuko sprang auf und fiel Eugen um den Hals: »Das ist toll, *Pappilein*«, zwitscherte sie: »Vielleicht können wir Achim mitnehmen. Er hat uns so geholfen die ganze Zeit über, es würde ihm sicher auch guttun, mal etwas anderes zu sehen.«

Eugen war verwirrt, aber ihm fiel nichts ein, als sich am Kopf zu kratzen. Schließlich versuchte er ein Lächeln, damit niemand merkte, wie unangenehm ihm Mitsukos Vorschlag war, und stotterte: »Warum nicht. Wenn er Lust hat.«

»Hast du Lust?« fragte Mitsuko.

Achim wurde rot, doch er nickte: »Eigentlich schon.«

Einige hundert Jahre zuvor in Japan

Noch immer wird die Ordnung vom Rhythmus der Axt bestimmt.

Der Knabe Ichirō kehrt aus dem Wald zurück. Er trägt einen Beutel mit Berggemüse, das dem Einerlei aus Reis und Eingelegtem, vergorenen Bohnen, getrocknetem Fisch ein Ende bereiten wird. Eine laue Brise fährt ihm sanft in die Kleider. Er summt die Melodie eines Lieds, das Kikuko, das Mädchen, den Winter über oft sang, um die Traurigkeit zu vertreiben, die manchmal am Abend über ihn herfiel.

Etwas hat sich verändert seitdem. Er meidet und sucht sie. Wenn er sie sieht, rast sein Herz, als liefe er vor einem Dämon davon. Treffen sich ihre Blicke, glühen seine Wangen wie seinerzeit von den Schlägen des Vaters. Seltsame Bilder halten des Nachts den Schlaf von ihm fern. Am Morgen lähmt Müdigkeit jede Bewegung.

Die Luft ist erfüllt von Vogelgesang. Jetzt spürt Ichirō Kraft, als könnte er einen rasenden Keiler bezwingen, springt übermütig den Hang hinab. Er sieht die Pferde, anmutig und stark, reißt Büschel von saftigem Gras aus, läuft zu ihnen hinüber. Sie kennen ihn längst. Er streichelt dem Rappen die Flanke, erhält einen freundlichen Stoß mit den Nüstern. So weich kann lebendiges Fleisch sein.

Ein seltsamer Laut aus der Hütte Fürst Norishiges erreicht

sein Ohr: Er klingt, als wären Worte aus den Sprachen anderer Wesen in Menschenstimmen gewirkt: ein Wimmern, wie man es Geistern zuschreibt; fiepende Töne, denen der tödlich verwundeten Maus in den Krallen der Katze verwandt.

Ichirō hält still, tritt einige Schritte von den Pferden weg, verharrt in gespannter Haltung: Er sieht den Zipfel eines roten Obi im Eingang der Tür, begreift, daß es einen Zusammenhang gibt, zwischen Tuch und Stimmen. Dunklere Töne mischen sich hinein, kehlig und heiser, wie kranke Alte sie von sich geben. Ichirō geht in die Hocke, kriecht auf allen vieren heran, so leise, wie das Gras es erlaubt, preßt sich eng an die Wand, rutscht Stück für Stück vor. Jetzt könnte er einen Blick ins Innere werfen. Kraftvoll und deutlich sind schnellere Atemzüge, Stöhnen und Seufzer vernehmbar. Sie klingen fremd und vertraut.

Früher waren die gepreßten Stimmen der Eltern Teil des nächtlichen Lebens wie der Ruf des Käuzchens, plötzlich erhalten sie neue Bedeutung.

Ichirō lugt hinein. Langsam gewöhnt sich sein Blick an das Dunkel. Was er sieht, gibt einer lange gehegten Ahnung Gestalt: Hingestreckt zwischen Feuerstelle und Schreibbank liegt der Fürst in Bergen aus Stoff. Sein Schenkel teilt einen seidenen Vogelschwarm, der über reife Brokat-Ähren herfällt. Neben ihm hockt eine Geisha in offenem, über die Hüften geschobenem Kimono. Sie wendet Ichirō ihren kraftvollen Rücken zu. Über dem runden Nacken, dem schmalen Hals erhebt sich der mit kunstvoll gesteckten Haarpfeilen, Kämmen zusammengehaltene Turm der Frisur. Ihre entblößten Hinterbacken, zur Hälfte vom Licht beschienen, erstrahlen als doppelgesichtiger Mond. Kleine Schreie schieben das Knistern der Seide zurück. Der Fürst spielt drängend in den weichen Öffnungen zwischen den Schenkeln der Frau. Aus seiner Körpermitte ragt das Geschlecht riesig und purpurn. Die Frau modelliert es behutsam, als formte sie eine langstielige Vase, die eine einzige Blüte aufnehmen soll – noch ist sie nicht fertig. Ihre Finger umschließen den Schaft. Unendlich langsam beugt sie sich hinunter, legt ihre Lippen um den prall geschwollenen Knauf, als der Fürst auffährt, schon sitzt, Richtung Tür faucht.

Im selben Moment spürt Ichirō, wie etwas Hartes seine Schläfe trifft: eine Holzpantine. Es hätte ein Dolch sein können. Er springt auf, rennt davon, so schnell seine Füße ihn tragen. Beim Tor der Werkstatt erst wagt er, sich umzudrehen. Niemand ist ihm gefolgt. Die Hütte steht da wie verlassen. Kenjis Axt spaltet Scheit auf Scheit.

14

Das Wetter in der Schweiz

Es dämmerte. Achim stand auf dem Balkon und saugte an seiner Zigarette, als wäre er soeben dem Tod entronnen.

»Du kannst in der Wohnung rauchen«, hatte Eugen gesagt. »Das stört nicht.«

Er war trotzdem hinausgegangen, wegen der klaren Luft in tausendzweihundert Metern Höhe und des Blicks, der ins Tal auf die Lichter der Stadt zwischen den Seen hinabstürzte, dann die Berge hinaufstieg, schließlich in eine abendblaue, scharf umrissene Wolkendecke tauchte. Dem Schaubild auf dem Faltblatt zufolge, das neben Briefpapier, Speisekarte und Fernsehprogramm auf dem Schreibtisch lag, handelte es sich um Eiger, Mönch und Jungfrau. Über dem Tisch hing ein vergilbtes, auf Holz gezogenes Photo der schneebedeckten Gipfel im Sonnenschein. Achim hoffte, daß der Himmel wenigstens einmal während der kommenden Tage aufrisse und das Panorama freigäbe, stellte sich vor, wie Eugen ihm seine Kleinbildkamera in die Hand drückte, für ein Photo, das ihn mit Mitsuko Arm in Arm auf dem Balkon vor dieser einmaligen Kulisse zeigte, so ernst, wie ein mittelrheinischer Handwerker sich und seine japanische Frau auf Hochzeitsreise nur nehmen konnte.

Er hörte Stimmen und drehte sich um. Durch die Fenster, die von der Decke bis zum Boden reichten, sah er Eugen die

Fernsehprogramme durchschalten. Mitsukos Kopf erschien in der Tür, angelockt vom Schwyzerdütsch, dessen Klang noch immer eine Art zweites Heimatgefühl in ihr hervorrief. Sie winkte ihm durch die Scheibe zu, schnitt ein Gesicht, von dem er nicht sicher war, ob es sanfte oder bittere Ironie ausdrückte, und verschwand wieder im Schlafzimmer, um die Kleider aus den Koffern zu räumen, wie es sich für eine treusorgende Gattin gehörte.

Achim fühlte ein Kribbeln vom Sog der Schwerkraft – ihr Apartment befand sich im siebten von neun Stockwerken – und lehnte sich übers Geländer, um es auszukosten. Das Hotelgebäude war eine Kreuzung aus Stufenpyramide und Bürokomplex, die ein fortschrittlicher Baurat während einer Modernisierungswelle der siebziger Jahre genehmigt hatte, obwohl oder gerade weil sie allen baulichen Traditionen des Ortes zuwiderlief. Inzwischen verströmte die Architektur einen Geruch wie schales Bier, der Beton hatte Risse, Salpeter blühte aus dem geplatzten Putz. Achim knibbelte ein Stückchen ab, es zerbröselte zwischen den Fingern. Aus tiefer gelegenen Räumen fiel Licht auf eine Tannengruppe, als hätte Magritte sie in Szene gesetzt. Achim sammelte Speichel, ließ einen satten Pfropf hinuntersausen, der vom Luftwiderstand lange vor dem Boden auseinandergezerrt wurde und im Halbdunkel über Rasen und Blumenbeeten niederging.

Er spürte jetzt wieder den stechenden Schmerz, der aufbrach, wenn mehrere Empfindungen gleichzeitig in verschiedene Richtungen zerrten, holte tief Luft und biß die Zähne zusammen.

Seit er gestern morgen in Eugens Auto gestiegen war, fragte er sich, weshalb er sich darauf eingelassen hatte, mit diesen Leuten in die Schweiz zu fahren, die ihm bei aller Vertrautheit innerlich fremd waren wie sonst wer. Schon auf der Fahrt hatte Mitsuko, von irgend etwas überwältigt, wie ein Sturzbach geredet und sich dabei ausschließlich an ihn gewandt. Eugen mußte sich eher wie der geduldete Chauffeur, denn wie der geliebte Bräutigam in den Flitterwochen vorgekommen sein. Achim hatte Zweifel, daß der Glanz in ihren Augen ihm persönlich galt, doch zugleich plagte ihn schlechtes Gewissen, denn natürlich dachte er daran, sie auszuziehen, ihr die Zunge in den Hals, die Hand in den Schritt zu schieben, stellte er sich vor, wie ihr Gesicht sich in diesem Moment verformte, welche Laute sie von sich gab. Er verlor häufig den Faden ihrer Erzählung, nickte oder lachte, je nachdem, was die Hebungen und Senkungen ihrer Stimme nahelegten. Eine uralte Forderung, die sich weder abschalten noch befolgen ließ, wisperte aus dem Hirnhintergrund: *Du sollst nicht begehren deines Nächsten Weib.* – Und Eugen war nicht einfach irgendein allgemeiner *Nächster,* sondern trotz allem auch eine Art Freund. Er konnte ihm unmöglich auf dieser Fahrt, die er so liebevoll und hoffnungsfroh geplant hatte, die Frau ausspannen. Vorausgesetzt, Eugen bemerkte nichts davon, würde er trotzdem sofort mit Mitsuko ins Bett gehen. Allerdings war es äußerst unwahrscheinlich, daß sich hier eine Gelegenheit dazu bieten würde. Da Achim zu seinen eigenen Gründen nichts einfiel, überlegte er, was Mitsukos Motive gewesen sein könnten, ihn auf ihre Hochzeitsreise einzuladen. Er kam zu dem Schluß, daß sie ebenso aus einer Laune heraus darauf verfallen war, wie er die Einladung angenommen hatte, und er ahnte, daß er von japanischen Verhaltensmustern noch immer nichts begriff. Im übrigen zweifelte er an seiner Zurechnungsfähigkeit.

Das Dröhnen von Rotorblättern kam rasch näher, begleitet von ihrem zwischen den Hängen hin- und hergeworfenen Echo, und riß ihn aus den Gedanken. Der Hubschrauber flog in Augenhöhe vorbei, leuchtend rot, mit der Aufschrift *Bergwacht.* Achim sah die Silhouette des Piloten mit Gesichtsmaske in der gläsernen Kuppel, Lichter blinkten. Vermutlich war jemand verunglückt.

Obwohl er fror, zündete er sich, unmittelbar nachdem er seine Zigarette ausgedrückt hatte, eine neue an, um einen Vorwand zu haben, länger alleine draußen zu sein. Die Wolken ruhten schwer auf den Bergen. Am Ende des Tals ließen sie ein Band aufgefächerter Sonnenstrahlen durch, die Teile des Sees in goldgelbes Licht tauchten.

Als er noch ein berühmter Naturforscher hatte werden wollen, war es einer seiner Träume gewesen, an bedeutenden Hochgebirgsexpeditionen teilzunehmen. Viele Sonntagnachmittage hatte er mit Reinhold Messner in den Alpen oder im Himalaja verbracht. Damals hatte er zum ersten Mal von den Toten der Eiger-Nordwand gehört und sich einen dunklen Fackelzug gescheiterter Helden vorgestellt, der hoch über allen Gipfeln mit den Opfern von Montblanc, Everest, Nanga Parbat und K2 vereinigt wurde. Heinrich Harrer fiel ihm wieder ein, der in den dreißiger Jahren an der Erstbesteigung beteiligt gewesen war, bevor er in Lhasa den Dalai Lama unterrichtet hatte und mit ihm nach Indien geflohen war. Über den Tibetischen Buddhismus mit seinen finsteren Klängen, die Umrundung des heiligen Berges Kailash in Niederwerfungen, gelangte Achim auf seinem assoziativen Blindflug einmal mehr zur *Smaragdenen Felswand,* in das *Gebirge der tausend und zehntausend Gipfel,* vor dem er so offenkundig zurückschreckte. – Er war *stehengeblieben.* Er hatte *keine Kraft für den Weg.*

Das Loch in der Wolkendecke schloß sich, letzte Reste Tageslicht erhellten einen schmalen Streifen Ferne. Achim fühlte den Nachhall des Schmerzes in seiner Brust. Ohne ernsthaft über Selbstmord nachzudenken, schaute er in die Tiefe. Wenn er mit dem Kopf zuerst aufschlüge, würde die Höhe für einen schnellen Tod reichen, landete er auf dem Rücken, wäre es ebensogut möglich, daß er querschnittsgelähmt überlebte. Achim spürte Schwindel und einen Anflug von Heiterkeit: Auch wenn er die Möglichkeit zu springen nicht in Betracht zog, lag Trost darin.

Er drehte sich um und sah, daß Mitsuko mit dem Ausräumen der Koffer fertig war. Sie ließ sich in den Sessel vor dem Fernseher fallen und warf ihr Haar zurück wie in einer Shampooreklame.

Achim dachte an die dünne Wand, die ihn heute nacht von ihr trennen – daß er hören würde, wenn Eugen mit ihr schlief. Sie gestattete es selten, doch auf seiner Hochzeitsreise würde er sich nicht so leicht abwimmeln lassen. Ihre Blicke trafen sich, sie hatte seine Gedanken gelesen oder war von ihm bei ähnlichen ertappt worden, als es plötzlich heiß zwischen seinen Fingern wurde. Er verriß den Arm, schleuderte die Kippe fort, schüttelte die Hand, pustete, dann erst trat er die Glut aus und hinterließ einen weiteren schwarzen Fleck auf dem grünen Polyester-Filz, mit dem der Balkon ausgekleidet war.

»Ich hab' Brandsalbe dabei«, sagte Mitsuko, als er ins Zimmer trat.

»Nichts passiert.«

»Zeig mal.«

Sie nahm seine Hand, schaute sich die leichte Rötung an, streichelte mit mitleidigem Gesicht über die Innenfläche. »Sicher keine Salbe?«

»Geht schon.«

Er warf einen Blick auf den Fernseher, wo ein älterer Herr in kariertem Tweedanzug die Wettervorhersage auf Schwyzerdütsch machte. Achim zog seine Hand aus ihrer heraus.

»Man versteht kein Wort«, sagte Eugen.

»Regen und Nebel in den nächsten Tagen«, übersetzte Mitsuko mit leichtem Schweizer Akzent.

»Im Gebirge sind Vorhersagen noch unzuverlässiger als sonst«, erklärte Achim. »Unter anderem deshalb kommen so oft Bergsteiger um. Die Leute haben irgend etwas gehört und sich darauf verlassen, sind in die Wand eingestiegen, dann dreht der Wind, die Temperatur stürzt um zwanzig Grad ab, das war's.«

»Wir lassen uns die Stimmung nicht vermiesen, ganz gleich wie das Wetter wird. Ich würde sagen, wir stoßen erst einmal an.«

Eugen holte Gläser aus dem Schrank, schraubte die Weinflasche auf, die auf dem Tisch stand, aber keineswegs ein Gruß des Hauses war, sondern dreiundzwanzig Franken kostete.

»Ich bin nicht gegen Schraubverschluß«, sagte er, während er schnupperte, als wollte er trotzdem prüfen, ob der Wein Kork hatte. »Weißwein liegt nie länger als zwei, drei Jahre, da muß er keinen Sauerstoff atmen. Aber bei uns wird es sich nicht durchsetzen. Der deutsche Michel braucht seine Eichenpappe.«

»Hier benutzen sie sogar Kronkorken«, sagte Mitsuko.

»Schadet auch nichts.«

»Vom Gefühl her ...«, sagte Achim.

»Wie oft habe ich mich schon über korkigen Wein geärgert ...«

»Das stimmt.«

»Auf daß wir hier sind.«

Das Wetter besserte sich nicht. Achim und Mitsuko tauschten widersprüchliche Signale, während Eugen das Programm plante und dafür sorgte, daß es auch durchgeführt wurde. Sie saßen stundenlang im Auto, fuhren von Naturdenkmal zu Naturdenkmal, wobei ein Großteil der berühmten Ausblicke in entfernte Täler, auf Gipfel oder Gletscher vom Nebel verschluckt, im Regen ertränkt wurde. Wie sich herausstellte, war Mitsuko während ihrer Jugend lediglich auf den Pisten rund um Zermatt gewesen. Später als Köchin hatte sie Zürich nur selten verlassen, und wenn, dann nie, um sich landschaftliche Besonderheiten anzusehen. Eugen hingegen kannte sich hervorragend aus. Es schien, als hätte er sich im Vorfeld der Reise detailliert Gedanken gemacht, welche Paßstraßen er abfahren wollte. Wenn er vorher vom *Simplon* oder dem *Großen Sankt Bernhard* gesprochen hatte, war Achim davon ausgegangen, daß er die Namen im Fernsehen oder Radio aufgeschnappt hatte und fallen ließ, um sich wichtig zu machen, doch er war hier tatsächlich schon überall gewesen, während Mitsuko Mühe hatte, den Strecken im Autoatlas zu folgen und von ihm korrigiert wurde, wenn sie sich auf der Karte verfranzt hatte. Selbst in der Schweizer Küche, speziell bei den verschiedenen Variationen geschmolzenen Käses, kannte er sich besser aus als sie.

»Jagertee«, sagte Eugen und sah fachmännisch aus dem Fenster in den Dunst. »Bei diesem Wetter muß man Jagertee trinken.«

»Du hattest schon Wein zum Mittag. Und Kirschwasser. Wir fahren nachher wieder Serpentinen, und neben der Straße geht es hundert Meter tief bergab.«

»Achim muß Jagertee versuchen. Er weiß nicht, was das ist.«

»Aber du kannst etwas anderes nehmen.«

»Wenn man jemanden etwas zum Probieren empfiehlt, gehört es sich, daß man mittrinkt. Sonst denkt er nachher, man will ihm irgendein Zeug aufquatschen?«

»Du trinkst immer nur Alkohol.«

»Möchtest du auch etwas?«

»Kaffee.«

Achim lächelte abwechselnd in beider Richtung, doch sie beachteten ihn nicht. Um zu signalisieren, daß er neutral und eigentlich gar nicht vorhanden war, holte er Postkarten aus der Jackentasche, die er an der Talstation Grindelwald gekauft hatte, bevor sie in die Seilbahn gestiegen waren. Die Station hieß *Männlichen* und lag 2227 Meter über dem Meeresspiegel. Er überlegte, wem er Urlaubsgrüße schicken konnte, sollte, mußte, errichtete eine Glocke aus Gedanken um sich herum: Birgit, Wolf, die Eltern ... Eugen stand auf und ging zur Selbstbedienungstheke. Achim war gespannt, mit welchem Getränk er zurückkehren würde. Mitsuko öffnete die Handtasche, klappte den Schminkspiegel auf und zog die Lippen nach. Sie leuchteten ebenso trostlos rot wie die Gondel, die draußen vor dem Fenster aus dem Grau tauchte. Ringsherum waberten Nebelbänke über beigebraune Grashänge, die der Schnee erst vor kurzem freigegeben hatte.

»Wir haben wirklich Pech«, sagte Mitsuko.

»Wetter wie in den japanischen Bergen, oder?«

»Ich bin dort nicht oft gewesen.«

Die Gastwirtschaft war trotz allem leidlich besucht. Mitsuko schaute sich die Leute an, ohne Interesse, Gefallen oder Abscheu zu zeigen. Ihr Gesicht verhärtete sich erst wieder, als sie Eugen mit dem Tablett kommen sah. Sie holte sich ebenfalls Postkarten aus der Tasche und begann zu schreiben.

»Guter Jagertee. Riech mal«, sagte Eugen

»Was ist da drin?« fragte Achim.

»Lauter feine Sachen: Schwarztee, Gewürze, Rotwein, bißchen Rum, Schuß Obstler – Jeder Wirt hat sein Spezialrezept, wie wir beim Aufgesetzten ...«

Mitsuko blickte ihn mit offenem Widerwillen an.

Sobald er saß, schob sie ihm einen Teil der Karten samt Stift hin: »Du kannst auch welche schreiben. Holm, Willi und Anneliese, die Wanderfreunde. Ich sehe nicht ein, daß ich das alleine machen soll.«

Eugen nickte und schlug die Schweizer Boulevardzeitung auf, die er sich gekauft hatte und auf deren erster Seite Courtney Love verdächtigt wurde, ihren Mann Kurt Cobain ermordet zu haben, der eine Woche zuvor vollgepumpt mit Drogen und einer Ladung Schrot im Kopf tot aufgefunden worden war. Auf dem Photo, das ein Viertel der ersten Seite füllte, sah sie aus wie eine vom Straßenstrich auf Entzug.

»Schmeckt phantastisch«, sagte Achim nach dem ersten Schluck.

»Muß man probiert haben, oder?«

»Auf jeden Fall.«

Das Gespräch erstarb.

Achim begann ein Kartenhaus aus Bierdeckeln zu bauen, die mit Bildern berühmter Schweizer Berge bedruckt waren: *Dom*, 4545 Meter, *Matterhorn* 4478 Meter, *Eiger* 3970 Meter ... Plötzlich hatte er die Idee, statt Ansichtskarten diese Deckel zu verschicken, und freute sich. Für Wolf formulierte er einen überspannten Langsatz zu alpinem Irrsinn unter grauenhaften Witterungsbedingungen mit Grüßen aus dem Nichts zwischen Himmel und Erde. Birgit erhielt eine abgewandelte Variation sowie einen zweiten Deckel, auf dem stand, daß er bei seinem nächsten Münchenbesuch an einer weiteren Nacht interessiert sei.

»Willst du nicht auch endlich schreiben?« sagte Mitsuko, »Sonst sind wir vor den Karten wieder zurück.«

»Gleich«, erwiderte Eugen und rutschte unruhig auf der Holzbank hin und her: »Hier steht, es gibt einen Zeugen, der aussagt, Courtney Love hätte einen Killer bezahlt. Das Vermögen von Cobain schätzen sie auf fünfzig Millionen. Hätte sich gelohnt.«

»Aber schön ist es nicht«, sagte Achim und klebte Briefmarken auf die Bierdeckel.

Eugen schaute fragend: »Das Matterhorn werden wir aber nicht sehen.«

»Es sind auch zwei Eiger dabei.«

»Und was schreibst du deinen Leuten so?«

»Von unseren Touren, dem guten Essen in der Schweiz, daß Jagertee Spitze ist ...«

»Mir fällt immer nichts ein, wenn ich Karten schreiben muß.«

»Das Problem kenne ich.«

»Ich bin nicht so der Schreiberling, das weißt du ja.«

Mitsukos Augen wurden schmal.

Eugen litt. Er drehte den Stift hin und her, ließ die Mine ein- und ausfahren, kritzelte auf der Zeitung herum.

»Das kann doch nicht so schwierig sein, seinen Freunden Urlaubsgrüße zu schicken«, zischte sie.

»Kein Problem.«

Er nahm einen großen Schluck Jagertee.

»Weißt du, was ich glaube?« sagte Mitsuko.

Eugen sah Achim hilfesuchend an: »Könntest du mir nicht ein bißchen was schreiben, ich meine, für dich ist das doch eine Kleinigkeit ...«

Achim war erschrocken über den Schrumpfungsprozeß, den Eugens Selbstbewußtsein durchlaufen hatte, seit er vor der Aufgabe stand, ein paar lächerliche Postkartentexte aufzusetzen, doch statt die Situation mit einigen überdrehten Formulierungen über Alpenglühen, Kuhglocken, Käsefondue ins Lächerliche zu wenden, überlegte er hektisch, worauf

Mitsuko hinauswollte und mit welcher Reaktion er sich am besten aus der Affäre zog.

»Du kannst überhaupt nicht schreiben«, sagte sie jetzt so leise, wie eine Schwertklinge zum Beweis ihrer Schärfe ein Blütenblatt teilte.

In Eugens Blick stand Panik: »Was für ein Unsinn«, murmelte er.

»Du bist ein Analphabet!«

»Ich hab' nur gedacht, wo wir doch jemanden dabeihaben, der sich mit diesen Sachen auskennt ...«

Tatsächlich hatte Achim Eugen nie etwas anderes schreiben sehen als seine Unterschrift – eine Art gestisches Kürzel, wie man es von Sportlerautogrammen kannte.

»Ich muß erst mal meine Leute versorgen ...«, sagte Achim.

»Ganz klar ...«

»Wenn du es kannst, warum tust du es nicht?« zischte Mitsuko.

»Weißt du ...« – Eugen richtete sich jetzt ausschließlich an Achim, »damals nach dem Krieg in Birgelheim – da hat man ja kaum so etwas wie richtige Schule gehabt. Man sah zu, daß man durchs Leben kam. Der Lehrer, der dort hingehört hätte, saß beim Russen in der Gefangenschaft. Es war immer viel zu tun in der Metzgerei. Mit vierzehn hab' ich als Maurer angefangen, wo man auch keine Berichte schreiben mußte, seitdem verdiene ich gutes, ehrliches Geld ...«

Mitsuko stieß einen Hohnlaut aus.

»Meinst du, Achim hat Lust an diese Leute zu schreiben?«

»Wenn es ums Rechnen geht, macht mir keiner etwas vor.«

»Wir knallen ein paar Standardsätze hin«, sagte Achim jetzt endlich: »Essen, Wetter, daß es uns gutgeht ...«

»Das muß nichts Großartiges sein.«

»Kein Thema.«

»Ich wußte, daß du mein Freund bist.«

»… ein Analphabet.«

Achim spürte den Jagertee in den Beinen, als sie ins Freie traten. Auch Eugen schwankte ein wenig. Normalerweise vertrug er viel. Er hatte geplant, den Panoramaweg zur *Kleinen Scheidegg* zu gehen. Laut Wandertafel brauchte man dafür anderthalb Stunden. Eigentlich hätten sie die schönsten Ausblicke auf Eiger, Mönch und Jungfrau gehabt, doch die Sichtweite betrug zwanzig, höchstens hundert Meter. Sie befanden sich in der Ödnis oberhalb der Baumgrenze und bewegten sich durch Wolken, in denen die Tröpfchen auf und ab schwebten, statt zu fallen. Ihre Kleider saugten den Niesel auf, ein nasser Film überzog die Haut. Achim hatte den Eindruck, durch einen engen Talkessel zu gehen, aus dem es nur diesen einen schmalen Ausgang unmittelbar vor ihm gab. Die Grasnarbe zeigte alle Farben verrottenden Grüns. Vom Neubeginn, den der Frühling versprach, keine Spur. Ab und zu schälte sich mit Moos und Flechten bewachsener Fels aus dem Dunst, wie versunkene Reste eines vor Jahrhunderten untergegangenen Reiches, die längst wieder Natur geworden waren. Eugen erläuterte, daß sie in südlicher Richtung die Ostflanke des *Tschuggens* entlangwanderten, bis sie die *Honegg* erreichten, anschließend in einer Schlaufe Ausläufer des *Lauberhorns* umgingen und zum *Rotstöckli* gelangten. Von dort sei es nicht mehr weit bis zur *Kleinen Scheidegg*. An den entsprechenden Wegmarken beschrieb er, was man theoretisch hätte sehen können: *Wengen*, das *Wetterhorn*, den *Eigergletscher*, immer neue Ansichten des *Jungfraumassivs*. Wenn Achim keine Fragen mehr stellte, verstummte auch

Eugen. Mitsuko ignorierte ihn vollständig. Bevor sie selbst zu reden anfing, ließ sie genügend Pause, damit Eugen nicht auf die Idee käme, was sie sagte, könnte auf seine Ausführungen bezogen sein. In Wellen von Rührseligkeit erzählte sie Achim, wie sie vor zwölf Jahren nach ihrem Bruch mit Japan in der Schweiz ein neues Leben begonnen habe, von den großartigen Köchen im *Seeblick* und der Perfektion, mit der im Restaurant des japanischen Unternehmerbundes gearbeitet worden sei. Sie sprach von ihrer Ehe mit dem Trottel Harald Walther, so daß Eugen es auf sich beziehen mußte, und unterstrich, daß es trotzdem ihre besten Jahre gewesen seien.

Auf der Rückfahrt am Nachmittag schwieg sie die meiste Zeit. Eugen versuchte verschiedentlich ein Gespräch in Gang zu bringen, doch niemand ging darauf ein. Als sie in die Hotelgarage bogen, sagte Mitsuko: »Ich muß erst mal in die Sauna, um mich wieder aufzuwärmen«, und drehte sich nach hinten: »Kommst du mit?«

»Das hatte ich auch vorschlagen wollen«, sagte Eugen. »Oder magst du Sauna nicht?«

Achim zögerte: »Wenn ich nicht störe?«

»Wir gehen immer mit Freunden in die Sauna.«

Das erste, was Achim sah, als sie im Untergeschoß des Hotels aus dem Aufzug stiegen, war eine Kakerlake, die in einer offenen Fuge verschwand. Da weder Mitsuko noch Eugen sie bemerkt hatten, ging er nicht auf sie ein. Vom Hall ihrer Schritte abgesehen, herrschte Stille. In den Umkleidekabinen brannte kein Licht. Offenbar waren sie die einzigen hier. Als die Neonröhre nach mehreren Anläufen endlich brannte, sah Achim ein weiteres Insekt links unter die Blechspinde huschen.

»Ist normal«, sagte Eugen. »Sie fallen einem sonst bloß nicht auf, weil sie erst rauskommen, wenn es dunkel ist.«

Achim nickte. Obwohl er wußte, daß es Unsinn war, wählte er einen Schrank in der Reihe gegenüber und hängte seine Kleider, sogar die Schuhe, über Bügel, statt sie zusammengerollt auf den Boden zu werfen.

Eugen stieg aus seiner Hose und sprach über die gesundheitlichen Effekte des Saunabadens: Er bekomme seit Jahren keine Erkältungen mehr, habe kaum noch kalte Füße, sogar die Haut altere aufgrund der natürlichen Entgiftung langsamer. Außer an der Scham und unter den Achseln hatte er keinerlei Körperbehaarung.

Achim war schon oft mit anderen Männern zusammen in Umkleidekabinen, Gruppenduschen gewesen, doch mit Eugen fühlte er sich unwohl. Eine merkwürdige Beklemmung brachte ihn dazu, sich das Handtuch um die Hüften zu knoten, ehe er die Unterhose auszog.

»Mal sehen, was für Aufgüsse sie haben«, sagte Eugen und stapfte in hellgelben Plastiklatschen aus der Kabine, ein Stück Seife in der Hand, das Handtuch über dem Arm. Von hinten erinnerte er an einen Nacktmull.

Im Hotelprospekt hatte die Sauna einen deutlich besseren Erhaltungszustand gezeigt, als die acht Quadratmeter große Kiefernholzhöhle, vor der Mitsuko, eingewickelt in ein rotgrün gestreiftes Badelaken und mit leichtem Ekel um den Mund wartete.

»Ist nicht so großartig, *odr?*« sagte sie.

»*Schwyzerst* du?« fragte Eugen amüsiert, worauf sie jedoch nicht reagierte.

Er schaute sich die Regler an und schaltete die Temperatur von achtzig auf hundertzehn Grad. Hundert Grad war das höchste, das Achim je ausgehalten hatte. Er zögerte, sein Handtuch von den Hüften zu lösen, solange Mitsuko ihres nicht abgelegt hatte, auch wenn er aus der Umkleidekabine wußte, daß sein Schwanz sowohl größer, als auch ansprechender geformt war als Eugens. Er tat so, als ob er die Örtlichkeiten einer Inspektion unterzöge, um den Moment hinauszuzögern, in dem er nackt vor ihr stand. Vor allem fürchtete er eine Spontanerektion. Für Mitsuko wäre das vielleicht kein Problem gewesen, aber Eugen hätte sofort gewußt, daß er scharf auf seine Frau war, und zwar so sehr, daß er es nicht einmal mehr schaffte, fundamentale Anstandsregeln einzuhalten. Achim hatte noch nie mit einer Frau, an der er sexuell interessiert war, in der Sauna gesessen, er konnte nicht einschätzen, wie sein Körper, insbesondere der relativ autonome Geschlechtsapparat reagieren würde. Er starrte auf Mitsukos Knöchel, ihre Zehennägel, die rosa lackiert waren, warf einen vorsichtigen Blick auf ihre Schultern. Sie hatte das Haar zu einem Turm hochgesteckt und nahm ebenfalls die Einrichtung in Augenschein. Die Duschen waren weder einzeln abgeteilt noch nach Männern und Frauen getrennt. Eugen hängte sein Handtuch an einen Haken, drehte die erste Düse auf und begann zu summen: *In einem Bächlein helle/ da schoß in froh-ho-e-er Eil/die launische Forelle/vorü-beher wie ein Pfeil …*

Mitsuko entledigte sich ihres Handtuchs ohne jede Verkrampftheit, Achim nahm erleichtert zur Kenntnis, daß sich fürs erste keinerlei Anzeichen einer Verhärtung zeigten, und tat es ihr nach. Sie kicherte. Es hatte nichts mit ihm zu tun, eher mit der Situation als solcher.

»Ist doch lustig«, sagte Achim.

»Macht Spaß, *odr*?«

Das Neonlicht und der summende Eugen, der sich einseifte, erstickten jegliche Gefühlsaufwallung. Achim versuchte, möglichst viel von Mitsukos Erscheinung einzufangen, ohne sie anzustarren: das Verhältnis Hüfte-Taille, die Beschaffenheit ihrer Haut, Größe und Form der Brüste – wobei sich der knappe Meter Abstand zwischen ihnen zu einer gewaltigen Distanz auswuchs. Vor längerer Zeit hatte sie sich die Scham rasiert. Achim wunderte sich, daß er Mitsuko eher wie ein Völkerkundler betrachtete, der statt mit brennendem Verlangen zu kämpfen Merkmale identifizierte und Vergleichsbilder heranzog. Die Frauen in den erotischen Holzschnitten Utamaros oder Kunisadas, die ihm mit ihren kompakten Formen, den runden Schultern, festen Brustküppchen immer so unvorteilhaft stilisiert vorgekommen waren, zeigten – wie er angesichts der nackten Mitsuko feststellte – einen realen Körpertypus.

»Auf geht's«, sagte sie und hüpfte unter die Dusche.

Auch ihr Hintern war flacher, eckiger, als er in Hosen gewirkt hatte, und knitterte am Übergang zu den Oberschenkeln, ohne daß man von Cellulite hätte sprechen können. Die Feinporigkeit ihrer Haut, die ihrem Gesicht, dem Dekolleté einen so edlen Ausdruck verlieh, ihre Hände so zartfühlend erscheinen ließ, daß man von ihnen angefaßt werden wollte, gab Rücken und Beinen ein seltsam käsiges Aussehen, was durch das japanische Ideal des weißen Teints, dem Mitsuko nach wie vor folgte, noch verstärkt wurde. Achim nahm die Dusche neben ihr. Sobald das Wasser die richtige Temperatur hatte, legte er den Kopf in den Nacken und schloß die Augen, streckte die Arme aus, wie um sich zu räkeln, hoffte, daß sie ebenfalls eine blinde, rein zufällige Bewegung machte, die zu einer Berührung führte. Er stellte sich vor, wie er versehentlich an ihre halbrasierte Scham stieß, daß sein Finger ganz kurz über die seidigen Lippen strich. Er merkte, wie Blut in sein Geschlecht einschoß – noch keine kritische Menge, doch wenn er sich nicht auf etwas anderes konzentrierte, wäre es binnen weniger Herzschläge offensichtlich. Er öffnete die Augen, zwang sich, Eugen anzuschauen, der sich trockenrieb und *Pack die Badehose ein, nimm dein kleines Schwesterlein …* pfiff. Sein dünner Pimmel schlackerte über dem ausgeleierten Sack, der bräunlich schimmerte.

»Hier ist nichts, um einen Aufguß zu machen«, stellte Eugen fest.

»Dann lassen wir es doch einfach«, sagte Achim erleichtert.

»Der Aufguß ist das Beste.«

»Ich fand das immer Quälerei.«

Mitsuko lachte, öffnete die Saunatür und schlüpfte hinein. Beide Männer folgten ihr.

Der Tag war nicht so verlaufen, daß sich von selbst ein lockerer Plausch entsponnen hätte. Binnen einer Minute war die Anstrengung infolge der Hitze ohnehin so groß, daß jeder auf sich selbst zurückgeworfen wurde und es keines weiteren Grundes bedurfte, mehr als Ächzen von sich zu geben. Sie hockten auf den Holzbänken, vornübergebeugt oder den Kopf in die Hände gestützt, und schwitzten. Eugen neben Mitsuko, Mitsuko im rechten Winkel zu Achim. Achim litt, sein Organismus war die Saunahitze nicht gewohnt. Er mußte sich bewußt auf Mitsukos Nacktheit konzentrieren, um die Gelegenheit nicht vollständig zu versäumen und wenigstens Vorstufen einer erotischen Phantasie zu entwickeln. Wenn er nicht gerade mit dem Hitzetod rang, versuchte er, einen flüchtigen Blick zwischen ihre Beine zu werfen, um wenigstens ein Bild ihrer Schamlippen mit nach Hause zu nehmen. Sharon Stone, die dem ermittelnden Polizisten und allen Kinobesuchern die Schenkel geöffnet hatte, schob sich dazwischen. Mitsuko hielt die Knie fest geschlossen und achtete bei jeder Bewegung darauf, daß weder Eugen noch er etwas sehen konnten. Nach knapp zehn Minuten war Achim der erste, der die Sauna verließ.

»Mir reicht das«, sagte er, als er prustend aus dem Eiswasserbecken kletterte.

»Mir auch«, sagte Mitsuko.

Eugen hätte gerne noch ein oder zwei Gänge folgen lassen, doch die Vorstellung, daß Mitsuko und Achim, die eben noch nackt miteinander gewesen waren, sich allein in der Wohnung aufhielten, beunruhigte ihn ein wenig.

Achim sah Mitsuko an und fragte sich, ob es ein Fehler gewesen war, sich mit ihr in die Sauna zu setzen, ohne vorher mit ihr geschlafen zu haben.

Nach dem Abendessen im hoteleigenen Restaurant gingen sie gleich aufs Zimmer zurück. Eugen hatte, da er nicht einsah, viel Geld für mäßigen Wein auszugeben, unterwegs einen Karton erstklassigen Dôle gekauft. Um zehn lief ein Film, den Achim schon länger hatte sehen wollen, *Und täglich grüßt das Murmeltier*. Die Beschreibung im Programm las sich so, als ob er auch für Eugen zumutbar wäre. Während Eugen alten Käse und luftgetrocknete Wurst aufschnitt, fläzte Achim sich bereits auf dem Sofa, Mitsuko hockte sich unmittelbar vor ihm auf den Teppich: »So sitzt sie daheim auch immer«, sagte Eugen: »Auf dem Boden – wie in Japan.«

»Laß mich doch.«

»Ich laß dich ja.«

Der Film begann mit Blasmusik und einem Ausschnitt Himmel, über den im Zeitraffer Wolkenformationen rasten. Eine Stimme aus dem Hintergrund sagte: *»Heute hat mich jemand gefragt, Phil, wenn du an irgendeinem Ort der Welt sein könntest, wo wärest du?«*

»Auf jeden Fall hier«, sagte Eugen.

Der Komiker Bill Murray stand als Meteorologe in einem schlecht geschnittenen schwarzen Anzug vor einer blauen Leerfläche, gestikulierte und sagte das Wetter für das Gebiet um Pittsburgh/Pennsylvania voraus. Dann sah man ihn auf einem Studiomonitor, die blaue Fläche war ein Satellitenphoto der Vereinigten Staaten geworden, und Phil pustete mit dicken Backen, wie der liebe Gott im Märchen, eine Kaltfront vor sich her.

»*Morgen ist Murmeltiertag, da fahre ich nach Punxsutawney, wo es bekanntlich das älteste Murmeltierfestival der Welt gibt.*«

Eugen stellte den Teller mit Wurst und Käse auf den Couchtisch, setzte sich in den Sessel und fragte: »Und worum geht's da?«

»Um ein Murmeltier«, sagte Achim, »das an einem bestimmten Tag das Wetter für die nächsten sechs Wochen vorhersagt, wie bei uns der Siebenschläfer. Dieser Tag wiederholt sich dann endlos, genau weiß ich es auch nicht, soll jedenfalls lustig sein.«

»Gibt es in Amerika Murmeltiere?«

Mitsuko nahm ihr Glas und leerte es in einem Zug.

Andie MacDowell kam ins Bild und grimassierte. Sie sollte als Produktionsleiterin Rita mit Phil nach Punxsutawney fahren. Achim mußte an die Nacht mit Yun Tsi denken. Es dauerte einen Moment, ehe er die Verbindung hergestellt hatte. Manchmal jagten ihm Zufälle dieser Art Angst ein, manchmal gaben sie ihm Vertrauen in die Ordnung der Wirklichkeit, heute schüttelte er den Kopf.

Mitsuko stand noch einmal auf und schaltete das Licht aus.

»*Irgendwann sieht mich einer bei den Murmeltieren und glaubt, ich hätte keine Zukunft*«, sagte Phil.

»*Ich finde das ist eine nette Story*«, lachte Rita: »*Es kommt raus, es guckt in der Gegend herum, es runzelt sein kleines Näschen, es sieht seinen Schatten oder es sieht seinen Schatten nicht, das ist nett: Die Menschen mögen so etwas.*«

»Ich wundere mich, daß wir hier noch keine gesehen haben«, sagte Eugen.

»... Wissen Sie: Menschen mögen auch Blutwurst – Menschen sind Schwachköpfe.«

»Von Blutwurst haben sie in Amerika wirklich keine Ahnung.«

»Ich verstehe nichts«, zischte Mitsuko.

Eugen goß sich Wein nach und trank einen Schluck.

»Ich möchte auch noch«, sagte Mitsuko.

Das Wetter in Punxsutawney war grau, immerhin regnete es nicht. Phil beschwerte sich, er wolle ein anderes Hotel, was Rita als vorausschauende Produktionsleiterin ohnehin gebucht hatte. Offensichtlich war sie vor Phils Launen gewarnt worden. Um Punkt sechs am nächsten Morgen wurde Phil von einem Radiowecker mit dem uralten Hit *I got you Babe* geweckt.

»Sonny und Cher«, sagte Eugen.

Draußen lagen noch Reste von Schnee. Für die frühe Uhrzeit waren schon eine Menge Leute auf der Straße, alle unterwegs zum Festplatz. Phil entpuppte sich als echtes Ekel. Da es sich bei den Menschen, mit denen er zwischen Bett und Murmeltiervolksfest zusammenstieß, aber samt und sonders um Nervensägen oder Versager handelte und seine bösen Bemerkungen genau das herausstellten, nahm man es ihm nicht übel.

»Einmal im Jahr richten sich die Augen der Nation auf diesen winzigen Weiler in West-Pennsylvania, um einen Meister bei der Arbeit zu beobachten: der Meister, Punxsutawney-Phil« – albernerweise hatte es denselben Vornamen wie Conners –, *»der wohl berühmteste Wetterfrosch der Welt, das Murmeltier, das, wie die Sage will, einen frühen Frühling voraussagen kann. Also müssen wir uns, glaube ich, auch heute wieder die Frage stellen: Hat Phil ein glückliches Händchen?«*

»So ein Volksfest könnte man hier eigentlich auch organisieren«, sagte Eugen: »Das Murmeltier ließe sich auftreiben, und so schöne Trachten wie die Amerikaner haben die Schweizer allemal. Wenn man es richtig aufzieht, läßt sich damit bestimmt gutes Geld verdienen.«

»Psst!«

»Sie ziehen die kleine Ratte raus, sie reden mit ihr, die kleine Ratte antwortet, und dann sagen sie uns, was passieren wird.«

Der Dreh war zu Ende. Während Phil, Rita und Kameramann Larry in ihrem Kleinbus auf der Heimreise in einen Schneesturm gerieten, umkehrten und einen weiteren Abend in Punxsutawney verbrachten, spürte Achim plötzlich Mitsukos Schulter an seinem Bein. Sie verweilte einen Moment, entfernte sich wieder. Achim sah zu Eugen hinüber. Eugen runzelte die Stirn. Ihm dämmerte, daß der Tag, den Phil und Rita eben hinter sich gebracht hatten, nun tatsächlich wieder von vorn begann: derselbe Hoteldirektor, die alte Kellnerin im Frühstücksraum; der Versicherungsvertreter, Ned Ryerson, der Phil aus der Highschool kannte, redete erneut auf ihn ein, Phil trat wiederum in die tiefe Pfütze voller Eiswasser: *»Paß auf deinen ersten Schritt auf: Er ist ein Reinfall«*, rief Ned ihm hinterher. Achim versuchte, sich Eugens Perspektive vorzustellen. Normalerweise müßte es so dunkel sein, daß die Berührung im Verborgenen stattfand, doch wenn Eugen sich vorbeugte, um Käse zu nehmen oder Wein nachzuschenken, könnte er, je nachdem wie viel Licht der Bildschirm gerade abstrahlte, vielleicht doch etwas sehen …

»Rita, tun Sie mir einen Gefallen, ich brauche jemanden, der mir eine anständige, kräftige Ohrfeige gibt.«

»Ich bin mal auf einem Weinfest in Oppenheim gewesen«, sagte Eugen, »da kam auch ein Fernsehteam, das für die Abendschau berichtet hat. Die Redakteurin war so eine Zicke, daß der Kessel-Fritz, ein Bruder von Kessel-Ernst, dem Winzer, ...«

»Kannst du nicht einfach den Film gucken?«

»Es geht jetzt immer wieder von vorne los, hat Achim gesagt, da verpassen wir doch nichts.«

»Das nervt.«

»Ja gut, aber was, wenn es kein Morgen gibt? – Heute gab es nämlich auch keins ...«, sagte Phil und starrte das Telephon an. Plötzlich war die Leitung tot, der Wecker zeigte vier Minuten nach vier. Phil zerbrach den Bleistift, mit dem er sich Notizen gemacht hatte, und plazierte ihn auf dem Nachttisch. Er nahm sich vor, nicht einzuschlafen. Doch dann war es wieder fünf Uhr neunundfünfzig, und Schlag sechs begann das Lied *I got you babe* von vorn, und mit ihm ein weiterer Murmeltiertag. Der Bleistift war wieder ganz.

Achim bewegte sein Knie vorsichtig nach links, bis er Mitsukos Schulter traf. Er rückte ein wenig auf dem Sofa hin und her, damit es absichtslos sein konnte, beließ es in dieser Position. Er war nicht sicher, ob er lediglich Mitsukos Pulli mit einer Falte seiner Jeans fühlte oder bereits ihre Haut unter den Stoffschichten. Mitsuko neigte sich ihrerseits ein Stück in seine Richtung. Jetzt bestand kein Zweifel, daß er sie spürte, und daß auch sie sich des Kontaktpunktes bewußt war. Statt des Films, starrte er ihren Hinterkopf an und lauerte auf einen weiteren Hinweis. Er spielte Handlungsoptionen durch: Wenn er sich vorbeugte, um sein Glas vom Couchtisch zu nehmen, mit der linken Hand, würde sein Oberarm kurz auf ihrer Schulter aufliegen, vielleicht sogar ihr Ohr streifen. Er ging die Phasen der Bewegung Schritt für Schritt durch.

»Was wäre, wenn es kein Morgen gäbe?«

Phil Conners fuhr mit zwei Betrunkenen, die er an der

Theke einer Bowlinghalle kennengelernt hatte, in einem heruntergekommenen roten Cadillac oder Chevrolet durch Punxsutawney.

»*... kein Morgen gäbe? Das bedeutete, nichts hätte Konsequenzen, man hat auch keinen Kater mehr, man könnte alles tun, wozu man Lust hätte.*«

Mitsuko drehte sich um und lächelte. Achim wurde heiß und kalt. Er schaute zu Eugen hinüber, dem das Kinn auf die Brust gesunken war und der vergeblich versuchte, wenigstens sein rechtes Auge offenzuhalten.

Phil bretterte über Eisenbahngleise, wich in letzter Sekunde einer entgegenkommenden Lokomotive aus, lieferte sich eine Verfolgungsjagd mit der Polizei, raste schließlich in eine Reihe parkender Wagen. Mitsuko kicherte. Zweifellos hatte sie ebenfalls gesehen, daß Eugen im Begriff war einzuschlafen. Sie trank einen großen Schluck, und füllte ihr Glas auf: »Möchtest du auch noch?«

»Ich hole eine neue Flasche«, sagte Achim und stand auf. Er dachte an die nackte Mitsuko vom Nachmittag, deren Körper ihm, wenn er ehrlich war, nicht besonders gefallen hatte.

Als er zurückkam, war sie weiter nach vorn gerutscht. Achim setzte sich im Schneidersitz unmittelbar hinter ihr auf das Sofa. Es war eine Falle: Sobald sie sich zurücklehnte, stieße sie mit ihrer ganzen Schulterbreite gegen seine Unterschenkel. Wenn sie sich dann tatsächlich anlehnte, war es eindeutig ihre Entscheidung, denn er hatte diesen Raum ausgefüllt, als er frei gewesen war.

Phil Conners wälzte sich in der inzwischen zehnten oder zwanzigsten Auflage des Murmeltiertags mit einer Frau namens Nancy vor einem prasselnden Kaminfeuer, nannte sie jedoch Rita.

Achim sah Mitsuko und dachte an Yun Tsi.

Aus Eugens halbgeöffnetem Mund stiegen Schabegeräusche, als würde er ersticken. Ein Schnarcher aus der Tiefe des Rachens ließ ihn hochfahren. Er rappelte sich zusammen, lächelte schlafdumm, sagte mit schwerer Stimme: »Die ist aber neu, die hat er vorher noch nicht getroffen. Wieso trifft er jemand anderes, wenn es doch immer derselbe Tag ist? Das verstehe ich nicht.«

»Variationen«, sagte Achim.

»Ach so.«

»Ein kleiner Windstoß, ein Hund bellt, da ist der Transporter.«

Eugen trank einen Schluck, setzte sich noch einmal gerade hin und versuchte der Handlung zu folgen. Nach wenigen Augenblicken war er erneut eingenickt.

»Rita, wenn Sie nur noch einen Tag zu leben hätten, was würden Sie dann tun?«

»Ich weiß nicht, Phil ... – Woran sterben Sie denn gerade?«

Mitsuko lehnte sich nun tatsächlich an. Achim spürte, wie sie noch einmal zurückzuckte, sich dann ein wenig drehte, so daß kaum Gewicht auf seinen Knien ruhte. Er konnte noch immer nicht hundertprozentig sicher sein, daß sie die Geste wirklich meinte.

Phil stand wieder mit Rita an der Hotelbar. Mehrere Tage lang wiederholte er den Versuch, ihr einen Drink zu spendieren: *»Worauf wollen wir trinken?«*

»Auf das Murmeltier.«

Achim beugte sich so nah an Mitsuko, daß er ihr Haar streifte, die Wärme ihres Halses spürte, flüsterte: »Und worauf trinken wir?«

Mitsuko wich ein wenig zurück, die beiden Gläser waren zwischen ihnen: »Auf die Schweiz, *odr*?«

»Auf die Schweiz.«

»Ich denk' dabei immer an Rom, wenn die Sonne nachmittags golden auf die Häuser fällt.«

»Worauf wollen wir trinken?«

»Zuerst ein kleines Gebet, und dann trinken wir auf den Weltfrieden.«

»Auf den Weltfrieden.«

Mitsuko trank einen Schluck, stellte ihr Glas ab, warf einen kurzen Blick auf Eugen. Ihr Haar lag auf Achims Unterschenkeln. Er spürte, wie die Erregung, die heute Mittag in der Sauna zwischen Neonlicht und Hitze erstorben war, zurückkehrte. Die Erinnerung an ihre Nacktheit bekam jetzt hier im Dunkeln eine andere Färbung, er überlegte, was er tun könnte, während ihm Schauer den Rücken entlangliefen, sein Atem schwer wurde, er Mühe hatte, in geordneten Zügen Luft zu holen. Er saß im Schneidersitz, stützte seinen rechten Ellbogen auf den Oberschenkel, sein Kinn in die Hand, schob die Linke im Schatten vorsichtig an Mitsuko heran, bis sich sein Handrücken unterhalb ihres Nackens befand. Wenn Eugen die Augen aufschlug, hätte er noch Zeit, sie ohne Hast wegzunehmen. Er fühlte die Wirbelknöchelchen, bewegte seine Finger ganz leicht auf und ab, verweilte, sein Gesicht noch näher an ihren Hinterkopf, bis der Geruch ihres Haars seine Nase ausfüllte.

»Ob Sie es glauben oder nicht, ich hab' französische Lyrik des 19. Jahrhunderts studiert«, sagte Rita, woraufhin Phil laut auflachte: *»Was für eine Zeitverschwendung«,* so daß das mühsam aufgebaute Vertrauen in Rita auf der Stelle erstarb und Eugen erschrocken hochfuhr. Achim erschrak auch, lehnte sich zurück, wie jemand, der die Position wechselte, weil ihm der Fuß eingeschlafen war. Mitsuko stand auf und ging zur Toilette.

»Ist immer noch derselbe Tag, oder?« brummte Eugen.

»Immer noch derselbe Tag«, bestätigte Achim.

»Hat er sie schon?«

»Noch nicht.«

»Aber er kriegt sie.«

»Schätze ich.«

Achim schien es, als wäre Mitsuko sehr lange fort. Er stellte sich vor, wie er die Hand wurde, die zwischen ihre Schenkel glitt, und wie Mitsuko sich auf die Lippe biß, um nicht zu schreien. Er zog die Beine an den Bauch. Als Mitsuko zurückkam, setzte sie sich nicht wieder vor ihm auf den Boden, sondern in den zweiten Sessel links des Tischs, unendlich weit entfernt.

Einige hundert Jahre zuvor in Japan

Sanfter Regen hängt seit dem Abend bewegungslos in der Ise-Bucht fest. Die Feuchte wird dem Brand förderlich sein. Ein Buschsänger, der kein Weibchen hat, zwitschert unbeirrbar sein Lied.

Unter dem hohen ziegelgedeckten Dach wölbt sich, halb in der Erde verborgen, der gemauerte Ofen wie der Bauch einer schwangeren Riesin. An seinen Rändern wird die Luft flüssig, verschwimmen die Grenzen. Zwischen den Öffnungen für die wehenden Feuer ein Tablett mit drei kleinen Schalen, Reis, Salz und Sake darin, um den Ofengeist freundlich zu stimmen. Rechts und links die Wände, errichtet aus dem trockeneren Holz des Vorjahres, werden Scheit um Scheit abgetragen. Mit jedem, der entflammt, wächst die Glut im Innern weiter.

Kōsei tritt zurück.

Ein wenig abseits steht Fürst Norishige, verfolgt, was geschieht, mit ruhigen Augen. Als er kurz nach dem Anfachen des Feuers hinzukam, angelockt von der Bewegung, dem Rauch, hat Kōsei ihn nicht fortgejagt. Selbst Kenji nimmt seinen Anblick inzwischen gelassen.

Kōsei setzt sich auf einen Schemel und trinkt einen Becher Wasser. Stirn und Hals hat er mit Tüchern umwickelt zum Schutz vor der Hitze. Er trägt Handschuhe, geschnitten aus dickem Leder. Bei jedem Öffnen der Klappe wirft er ein Dutzend Hölzer ins Feuer, so daß es sich aufbäumt. Auf das Tosen wird eine Phase der Sammlung folgen. Wolken fetten Qualms steigen aus dem Schornstein, entströmen Dehnungsfugen und Ritzen. Das Aroma verbrennenden Harzes mischt sich mit dem Geruch wilder Minze, die hier überall wuchert.

Kōsei horcht, was der Ofen ihm sagt. Prasseln und Knistern lassen schon wieder nach, die Rauchschwaden dünnen rasch aus. Er steht auf, nimmt weitere Scheite, öffnet die Klappe, weicht unwillkürlich zurück. Sengende Hitze, gleißende Helligkeit schlagen ihm ins Gesicht, darin Schemen von Vasen und Vorratsbehältern kurz vor der Weißglut. Die Steine im Einwurf schimmern vom Glasfluß, als wären sie mit einer Lackschicht bestrichen. Sobald ein Scheit durch die Öffnung fliegt, steht es in Flammen.

Seit zwei Tagen und Nächten wirft Kōsei in kurzen Abständen ununterbrochen nach. Nie dauert sein Ausruhen länger, als das Verrichten der Notdurft ihn zwingt. Daß er nicht müde wird, sich von keinem der Schüler ablösen läßt, um ein wenig zu schlafen, nährt das Gerede, sein Geist bewege sich frei von den Schranken des Leibes. Die ihm übel wollen, flüstern, er stehe mit dunklen Mächten im Bund.

Kenji und Ichirō wechseln sich als Gehilfen ab. Sie lernen, wie man den Ofen umsorgt, daß er all seine Macht entfaltet und dennoch im Zaum bleibt; was sein Murmeln, sein Zischen und Knurren bedeutet; die richtigen Antworten, damit er weder in Wut die Gefäße zerreißt, noch träge und lustlos dahinsiecht: Dann würden die Stücke am Ende matt und unlebendig geraten und schlechte Preise erzielen.

Norishige holt, ohne daß einer ihn bittet, Holz aus der Wand und schichtet es auf den niedrigen Stoß gleich neben dem Einwurf.

»Der Ofen ist guter Dinge heute«, sagt Kōsei und wirft erneut nach.

Norishige nickt und tritt näher heran, um die Hitze zu spüren. Er steht keinem im Weg.

Kōsei schließt die Klappe, wieder das Prasseln, wieder der Rauch, fährt fort: »Bestimmt gefällt ihm der Vogelgesang.«

»Obwohl die Pflaumenblüte längst vorbei ist.«

»Die Schreiber hören nicht zu, und die Maler schauen nicht hin: lauter umgestülpte Gesichter.«

»Deshalb habe ich jetzt den Regen zum Meister«, sagt Norishige und kichert.

Kōsei kichert auch. Dann reicht er ihm eine Schüssel und sagt: »Iß etwas Reis. Du mußt hungrig sein.«

15

Ein Schock für die Yakuza

»Ich weiß nicht, was du machst, aber du machst es falsch«, sagte Wolf und spießte eine ölig glänzende Olive auf einen Zahnstocher.

»Stimmt vielleicht, hilft mir aber nicht weiter.«

»Ich meine, du benimmst dich wie ein Siebtkläßler, der sich in seine Lehrerin verknallt hat.«

Achim kniff gequält die Augen zusammen, fuhr sich mit den Händen durchs Haar: »Wahrscheinlich hast du insofern recht, als meine Strategie bislang nicht aufgegangen ist.«

Der Mai war gekommen. Wolf hatte seine winterliche Sinnkrise überwunden und führte Achim um so deutlicher die Aussichtslosigkeit seiner eigenen Situation vor Augen.

»Was heißt *bislang*? Hast du immer noch nicht begriffen, daß bei Mitsuko für dich nichts zu holen ist – zumindest kein Sex?«

»Irgend etwas muß schiefgelaufen sein.«

Achim versank in düsteres Brüten, Wolf schob sich ein Stück Artischocke in den Mund.

Es war Viertel nach sieben. Sie saßen in einem Gartenlokal auf der B.-Seite des Rheins, zwischen sich eine Platte mediterraner Vorspeisen. Im Flußtal herrschte drückende Hitze wie sonst im August. Licht und Dunst ließen den Himmel weiß erscheinen. Das andere Ufer war ein verwischter Streifen in

Pastell, aus dem vereinzelte Schlote ragten. Anders als sonst, hatte sich Wolf diesmal bei Achim gemeldet und gefragt, ob sie nicht angesichts der erhebenden Wetterlage etwas zusammen trinken sollten.

»Du mußt da weg, und zwar schleunigst«, sagte Wolf.

Das Wasser strömte gleichförmig vorbei, schwer von Sedimenten und Lebensformen. Mückenschwärme tanzten, Angler blätterten in Fachzeitschriften.

»Schon …«

»Wenn es darum geht, mit einer Asiatin zu schlafen, kann ich dir behilflich sein.«

»Betätigst du dich jetzt auch als Zuhälter, oder was?«

Wolf verdrehte die Augen und grinste: »Ich habe neulich mal wieder ein paar Nächte mit einer Japanerin verbracht. Es war absolut unkompliziert, genau wie mit allen anderen.«

»Keine Ahnung, wie Mitsuko tickt.«

»Ich hab' dir das ja schon mal zu erklären versucht: Japanische Frauen erwarten von einem deutschen Mann das gleiche wie eine Deutsche, die nach Kuba fährt, um sich einen Strandneger aufzureißen: einen dicken Schwanz und rohe Kraft.«

»Mitsuko denkt nicht in diesen Kategorien.«

»Neulich habe ich sogar gelesen, daß in Japan bis ins 19. Jahrhundert die These diskutiert wurde, wir Westler seien gar keine Menschen, sondern Abkömmlinge von Hunden oder Dämonen.«

»Und du vermittelst jetzt über deine dubiosen Verbindungen reichen Japanerinnen, bevor oder nachdem sie sich von euch haben aufarbeiten lassen, so einen … Wie würde man mich da nennen? – *Tengu-Stecher.* – Quasi als nachklinische Rehabilitation …«

»Ich hätte dich mit ein paar netten Japanerinnen bekannt

gemacht, etwas jünger als Mitsuko, weniger bedeutender Familienhintergrund, alles etwas unkomplizierter …«

»Das ist aber wirklich nett von dir. Danke.«

»Um dir den Absprung zu erleichtern.«

»Keine Sorge, ich schaffe das schon.«

Achim scheuchte eine Wespe von den Auberginen. In seinem Kopf rasselten Gedankensplitter. Wolf dachte, daß es besser wäre, wenn sie sich ungestört ordnen könnten, und schwieg.

»Kennst du Frank Kurzke?« fragte Achim nach einer Weile.

Wolf nickte.

»Er hat mich angerufen: Ob ich mit ihm oder für ihn eine Performance im Kunstverein Düsseldorf machen würde. Wenn es gut liefe, könnten andere Projekte folgen.«

»Das wäre die perfekte Gelegenheit für deinen Ausstieg.«

»Zwei Wochen Vorbereitung und zwei Wochen Auftritt. Ich weiß nicht, was er zahlt. Wahrscheinlich reicht es gerade für den Umzug. Und dann hänge ich in Düsseldorf rum.«

»In Düsseldorf gibt es so viele Japanerinnen, daß du …«

»Ich erinnere mich.«

»Das war vor zehn Jahren. Damals sind wir halbe Kinder gewesen, völlig ahnungslos!«

»Ich kann Mitsuko nicht einfach hängenlassen. Irgendwie bin ich ihr auch verpflichtet – japanisch gesehen.«

»Weil du anderthalb Jahre für sie gekocht hast? Da ist eher sie dir verpflichtet.«

»Das hängt eben von der Betrachtungsweise ab.«

»Köche sind Tagelöhner. In New York heuert man halbe Brigaden nach Bedarf an.«

»Aber hier in der Gegend findet sie keinen, der auch nur wüßte, wie man *Dashi* kocht – zumindest nicht auf die Schnelle.«

»Ich kann Takeshi fragen. Er kennt sicher jemanden …«

Achim legte die Stirn in Falten und blies Rauch durch die Nase aus: »Verrat mir doch endlich mal, was es mit diesem Takeshi auf sich hat? Er ist doch nicht einfach nur ein besonders hilfsbereiter Restaurantbesitzer …«

»Er kennt viele Leute aus allen möglichen Branchen. Ganz normal. Eugen kann dir auch jede Sorte Handwerker, Leberwurst oder Gebrauchtwagen besorgen. So ist das bei Takeshi, wenn es um Sachen geht, die mit Japan zu tun haben.«

»Antiquitäten, Jobs, Mädchen …«

»Das gesamte japanische Spektrum.«

Achim konnte Wolfs Gesichtsausdruck nicht einordnen: »Wenn das so ist: Ich habe immer noch keine Chanoyu erlebt, und ich weiß nicht, was ich mit diesen ganzen Koans anfangen soll, allein Bodhidharma, der Patriarch, der aus dem Westen kommt, und dafür völlig bescheuerte Gründe hat …«

»Teezeremonie dürfte kein Problem sein. Zen-Buddhismus ist allerdings nicht gerade Takeshis Spezialgebiet …«

»Hätte ich mir denken können.«

»Aber für diese Fragen wäre Düsseldorf genau der richtige Ort – unabhängig von der Performance. Dort steht seit letztem Jahr sogar ein japanischer Tempel, der einzige in Europa. Und neben den ganzen Japanern, die dir das mit dem Zen erklären, gibt es massenhaft Künstler, für die du arbeiten könntest. Wahrscheinlich findest du sogar japanische Künstler, die ab und zu Darsteller brauchen: Anschließend würdest du das Vernissagepublikum mit Häppchen versorgen …«

»Frank hat vor, einen Menschen – also mich, wenn es dazu kommt – zwei Wochen lang in einem gläsernen Museumseinbau leben zu lassen, der ausschließlich mit Möbeln und Gegenständen aus seinem Elternhaus in Recklinghausen eingerichtet ist.«

»Warum auch nicht?«

»Die ganze Aktion wird aufgezeichnet. Nachher schneidet er alles zu einem Video zusammen und integriert es in eine Installation, die schon an die Sammlung Freudenbach verkauft ist.«

»Klingt nach einer profitablen Geschäftsidee.«

»Es geht um Abschied, Biographiearbeit. Franks Mutter ist vorigen Sommer gestorben. Der Vater lebt schon lange nicht mehr, das Haus wird jetzt abgerissen.«

»Und er spart sich die Entrümpelung.«

»Wahrscheinlich ist es Blödsinn. Aber Brüstevergrößern ist auch Blödsinn.«

»Es könnte der erste Schritt deines Neuanfangs sein, und wenn ich mir dich so anschaue, brauchst du den dringend.«

»Wieso?«

»So kraftlos, um nicht zu sagen abgewirtschaftet, habe ich dich selten erlebt.«

Aus Gründen, über die Achim nur spekulieren konnte, kam Ozawa Takeshi in diesem Frühjahr häufiger als je zuvor in Mitsukos Restaurant. Manchmal war er allein, dann erschien er zwischen drei und sechs am Nachmittag, wenn Mitsuko wenig Arbeit in der Küche hatte und sich zu ihm setzen konnte. Anders als früher, unterhielt sie sich inzwischen gern mit ihm. Achim sah sie oft in bester Laune plaudern und lachen. Er hatte keine Ahnung, was den Sinneswandel bewirkt hatte. Eugen reagierte mit Mißtrauen, zumal sie ausschließlich japanisch miteinander redeten und ihre Unterhaltung abbrachen, sobald er an den Tisch trat.

Zwei- bis dreimal pro Woche brachte Takeshi größere Gruppen japanischer Geschäftsfreunde mit, für die er meist besondere Spezialitäten vorbestellte. Spät nachts, wenn alle anderen Gäste gegangen waren, veranstalteten sie Karaoke-Wettbewerbe und manchmal hatten sie Frauen bei sich, bei denen es sich dem Aussehen und Benehmen nach um Nutten handelte. Auch Wolf war hin und wieder zu diesen Gesellschaften eingeladen. Er verhielt sich jetzt Achim gegenüber im Beisein Takeshis so herzlich, wie man es von einem Freund erwartete. Zwischendurch setzte er sich zu ihm an den Personaltisch und erkundigte sich nach dem Stand der Dinge, insbesondere nach den Düsseldorf-Plänen, worauf Achim ausweichend antwortete. Takeshi bot ihm an, Kontakt zu einem dortigen Freund herzustellen, der Teemeister sei und ihn in die Chanoyu einweisen könne, auch zur Düsseldorfer Kunstszene habe er Beziehungen. Sobald jedoch Eugen oder Mitsuko in die Nähe kamen, wechselten sie das Thema. Je mehr Takeshi und Wolf sich bemühten, Achim von einem Ortswechsel zu überzeugen, desto stärker wuchs sein Unbehagen.

Seit Herrn Mayers abwehrender Reaktion auf die Frage nach Mitsukos Restaurant – Achim war sicher, daß er das Wort »Yakuza« gehört hatte –, beobachtete er Ozawa Takeshis Tischgesellschaften noch aufmerksamer. An heißen Tagen versuchte er unauffällige Blicke in geöffnete Hemdkragen zu werfen, um Fragmente von Ganzkörpertätowierungen zu entdecken, doch selbst wenn sie stark schwitzten, behielten Takeshis Gäste entweder die Krawatten gebunden oder sie trugen weiße T-Shirts, die hoch am Hals schlossen. Zweimal sah er immerhin Männer mit verbundenen Fingern. Bei einem älteren Gast, der hingebungsvoll und falsch *»You are the sunshine of my life«* ins Mikrophon grölte, stand der kleine Finger unnatürlich steif ab, was ein Indiz sein konnte.

So aufgeräumt Mitsuko wirkte, wenn sie mit Takeshi sprach, so feindselig verhielt sie sich Eugen gegenüber. Zwar waren die Umsätze durch die japanischen Tischgesellschaften und wegen des frühzeitig angelaufenen Biergartengeschäfts durchaus zufriedenstellend, aber abgesehen von Takeshi und seinen Leuten, gab es kaum noch Gäste, die wegen der japanischen Gerichte kamen. Statt dessen nahm die Kneipenkundschaft zu und setzte sich endgültig fest: Werner, ein abgehalfterter Croupier, der seine Pension vertrank, Wolfram, ein promovierter Versicherungsagent, der in seinem Konzern nach unten durchgereicht wurde, oder Gernot, ein proletenhafter Vorort-Tycoon, der es mit dem Verlegen von Fernsehkabeln zum Ferrari gebracht hatte. Abend für Abend hingen sie zusammen mit Eugens alten Trinkerfreunden an der Theke und beschimpften oder retteten, je nach Stimmungs- und Nachrichtenlage, Volk, Land oder Welt. Holm hatte ein Auge auf Kasane geworfen und verbrachte möglichst jede freie Minute in ihrer Nähe. Trotz des Altersunterschieds von fast dreißig Jahren schien sie nach anfänglicher Verunsicherung dankbar für den Schutz, den er ihr in den Fährnissen des fremden Landes bot, und hatte offenbar keine Scheu, ihm im Gegenzug die Dienste einer Liebhaberin zu erweisen.

Möglicherweise infolge der langen Autofahrt litt Eugen, seit sie aus der Schweiz zurückgekehrt waren, unter unerträglichen Rückenschmerzen. Wenn er sich vom Stuhl erhob, brauchte er mehrere Schritte, ehe er aus einer rechtwinkligen Haltung in den aufrechten Gang zurückfand. Er hatte bereits in früheren Jahren mehrere Bandscheibenoperationen gehabt, aber diesmal wollte er sich nicht so schnell in die Hände der Ärztemafia begeben. Statt dessen schluckte er große Mengen starker Schmerzmittel, die er sich über dubiose Kanäle besorgt hatte, und kombinierte sie mit hohen Dosen Alkohol, was dazu führte, daß sich sein Gerede spätestens ab zehn weder thematisch noch hinsichtlich der Lautstärke von dem seiner Stammgäste unterschied.

»Das ist gar kein Restaurant«, fauchte Mitsuko: »Das ist eine *Kaschemme*!«

Achim sah sie erschrocken an. In ihrem Ton lag eine Bitterkeit, die nach Ende klang. Es war kurz nach elf, sie hatten den ganzen Abend außer drei Hausmacher-Wurstplatten keinerlei Essensbestellungen zu bearbeiten gehabt.

Eugen stand mühsam auf und sagte mit schwerer Zunge: »Für deine Japaner kannst du so kochen, wie du es dir immer gewünscht hast, und meine Freunde hier füllen uns Tag für Tag die Kasse. Was willst du mehr?«

Er hinkte zur Theke und schenkte sich einen doppelten Cognac ein.

Mitsukos Gesicht verschloß sich vollständig, sie murmelte: »Ich muß verrückt gewesen sein, ich muß verrückt gewesen sein.«

Früher hatte sie alles versucht, ihre Streitigkeiten zu verbergen, jetzt schien es ihr gleichgültig.

Eugen prostete Holm zu, der seinen Arm um Kasanes Schulter gelegt hatte, halb väterlich, halb wie ihr Freier.

»Auf die japanischen Frauen«, sagte Holm.

Eugen ging nicht darauf ein.

»Thailänderinnen sind auch nicht schlecht«, sagte Gernot und schlug Holm auf den Schenkel, von Kenner zu Kenner.

Mitsukos Gesicht versteinerte. Achim sah, daß sich eine Träne in ihrem Augenwinkel sammelte, daß sie Holm am liebsten die Kehle durchgeschnitten und Kasane angeschrien hätte: »Lauf weg, so lange du noch kannst! Siehst du nicht, was aus mir geworden ist?«

Doch sie biß die Zähne zusammen und wischte die Träne mit einem trotzigen Lächeln weg.

Eugen hatte eine Pavarotti-CD in den Spieler geschoben und diskutierte mit Gernot Möglichkeiten, im Osten das ganz große Geld zu machen. Phrasenweise, bei *La donna è nobile* und *Libiamo ne'lieti calici,* sang er mit.

»Kann ich dir helfen?« fragte Achim und rutschte näher an Mitsuko heran.

Seit dem Murmeltierabend waren fünf Wochen vergangen. Unausgesprochen hatten sie sich für ihr Verhältnis auf eine Art Ruhephase geeinigt, wobei es Achim trotz allem immer noch möglich schien, daß sich unterschwellig die Kraft sammelte, die bei passender Gelegenheit alle Schranken fortreißen würde.

»Ich glaube nicht.«

»Wird Takeshi dir helfen?«

Mitsuko wich seinem Blick aus und schwieg.

»Er will dich abwerben, oder?«

Sie schüttelte den Kopf, was ebensogut »nein« wie verzweifelte Ratlosigkeit bedeuten konnte.

»Was will er dann?«

»Ich hasse japanische Männer.«

»Das merkt man nicht, wenn er hier ist.«

»Wir leben zur Zeit von dem Geld, das er mit seinen Leuten bei uns ausgibt. Dafür stehe ich in seiner Schuld. Guck dir Eugen doch an, wie er dahängt. Er ist total kaputt. Sein Rükken ... und jeden Abend betrunken ... Wer weiß, wie lange er überhaupt noch stehen kann. Wenn er ausfällt, bin ich froh, daß Takeshi da ist und uns unterstützt. Oder mir eine andere Möglichkeit anbietet.«

»Warum ...«

»Er kennt alle Japaner, die hier in der Gegend zu tun haben. Er würde mir auch beim Einkauf und mit den Lieferanten helfen. Alleine könnte ich das gar nicht schaffen.«

»Was mich wundert, ist ...«

»Es hängt mit traditionellen japanischen Werten zusammen. Sie bedeuten ihm sehr viel, auch wenn man das nicht sofort sieht.«

»Aber er hat selbst ein erstklassiges Restaurant ...«

»Ich koche so, daß die Japaner sich wie zu Hause fühlen. Vor allem die, die nur kurz hier sind, um etwas zu erledigen, brauchen eine vertraute Umgebung, in der sie sich so benehmen können, wie sie es gewohnt sind. Die Beziehungen bei uns haben andere Regeln. Für viele dieser Dinge gibt es nicht einmal deutsche Wörter.«

Achim legte ihr die Hand in den Rücken, und Mitsuko lehnte sich hinein. Sie war dankbar, daß er weder nachbohrte noch sonst ihre Schwäche ausnutzte, und ließ sich gegen seine Schulter fallen, wie eine Frau es bei einem guten Freund tun konnte, ohne das Mißtrauen ihres Mannes zu wecken.

»Du mußt etwas ändern, sonst läuft sie dir weg«, sagte Achim, als er anderntags hereinkam und Eugen allein am Tresen vorfand.

»So schnell läuft sie nicht weg, und wo soll sie denn hin?« erwiderte Eugen und zapfte sich ein Bier.

Achim lag »Wie naiv bist du eigentlich?« auf der Zunge, doch er sagte nur: »Takeshi würde sie bestimmt nehmen.«

»Hat sie das gesagt?«

»Natürlich nicht.«

»Glaubst du, daß sie für ihn die Beine breit macht?«

»Kann ich mir kaum vorstellen.«

»Und was schlägst du vor?«

Achim holte tief Luft. All das, was geschehen müßte, damit aus dem Clubheim der Wanderfreunde Gurschebach e.V. wenigstens im Ansatz ein japanisches Restaurant werden würde, hatte er dutzendfach vorgeschlagen, und Eugen hatte es sich ebensooft scheinbar einsichtig angehört, die Vorschläge aufgegriffen und ins Uferlose weitergesponnen. Wäre auch nur die Hälfte von dem umgesetzt worden, was sie sich in lichten Momenten überlegt hatten, hätte Mitsukos Restaurant längst den großen Authentizitätspreis des rheinischen Gaststättenverbandes verliehen bekommen, doch die meisten dieser Visionen waren in derselben Nacht zusammen mit dem Alkohol in Eugens Blut abgebaut und ausgeschieden worden. Wenn er sich überhaupt daran erinnert hatte, war anschließend eine Woche lang schmalzige japanische Popmusik gelaufen, begleitet von Holms hämischen Kommentaren, und Eugen hatte seine Thekenhocker, wenn sie sich zu laut stritten, als »dusselige Saufköppe« beschimpft, die »die Schnauze halten« sollten, was den Eindruck der Restaurantgäste, falls überhaupt welche anwesend waren, kaum verbesserte.

»Ich kann im Moment nicht groß investieren.«

»Um Investitionen geht es weniger.«

»Worum dann? Wir haben Spitzenküche, einmalig in der Stadt, wir haben eine japanische Bedienung, japanische Musik, japanische Gäste. Du hast selbst gesagt, wenn man in einem ausländischen Restaurant die dazugehörigen Einheimischen sitzen sieht, dann weiß man, daß dort original gekocht wird. Also bitte: Wir haben immer Japaner hier, mehr als uns lieb sein kann.«

»Es saufen die falschen …«

Achim brach seinen Satz ab. Selbst wenn es Eugen theoretisch begreifbar zu machen wäre, daß Edelgastronomie und Dorfkneipe einander ausschlossen und infolgedessen die Theke ein für allemal von seinen Freunden geräumt werden müßte, konnte er ihm kaum sagen, daß er selbst der falscheste der falschen Säufer war und das größte Hindernis für den Erfolg seines eigenen Restaurants darstellte. Zugleich stand Achim in diesem Moment deutlich wie nie die Erkenntnis vor

Augen, daß es idiotisch war, Eugen Ratschläge zu geben, die Mitsukos Flucht verhinderten, wenn er tatsächlich mit ihr ins Bett wollte: Vermutlich würde es keine bessere Gelegenheit für diese eine einmalige Nacht geben als die wütende Phase, unmittelbar nachdem Mitsuko Eugen türenschlagend und tellerwerfend davongelaufen wäre und kurzfristig Trost sowie einen Schlafplatz benötigte.

»Wenn ich Holm raussetze, nimmt er Kasane mit«, sagte Eugen hilflos, »dann habe ich keine Japanerin für den Service, und der Sommer steht unmittelbar bevor.«

Achim grub sein Gesicht in die Hand und schüttelte den Kopf: »Holm hat sich wirklich dieses arme, verschüchterte Wesen unter den Nagel …«

»So schüchtern, wie sie tut, ist sie nach dem, was er erzählt, gar nicht.«

»Es geht mich auch alles nichts an. Ich hatte nur gedacht, weil Mitsuko mit der derzeitigen Situation so unglücklich ist, und wegen der finanziellen Abhängigkeit von Takeshi …«

»Genau deswegen brauche ich meine Kundschaft, die ihr alle so haßt. Und nach Möglichkeit mehr davon.«

»Ich hasse niemanden. Holm mag ich im Grunde sogar.«

»Du nicht – weiß ich. Aber verstehst du: Deshalb will ich meine Leute hier haben, und die Laufkundschaft, also die, die vom Sport kommen und Bierdurst haben, und die Oma, die mit ihrem Hundchen spazieren geht und ein Kännchen Kaffee möchte … Die machen mir den Umsatz, wenn ich nicht von der Gunst dieses Was-weiß-ich-was-Japaners leben will. Dazu habe ich nämlich keine Lust. Vielleicht will SIE das, aber nicht mit mir! Es war ein großer Fehler, sich von ihm das Hochzeitsessen schenken zu lassen. Nicht der einzige, doch damit hatte er endgültig seinen Fuß bei uns in der Tür – du weißt, was ich meine.«

Achim wußte es nicht und schwieg dennoch.

»Ich habe mir überlegt, daß wir jetzt – vorausgesetzt das Wetter bleibt so – draußen im Garten den Grill aufbauen. Anneliese hilft mir ein bißchen hinter der Theke mit den Getränken. Wenn den Leuten schon von weitem Bratwurstduft in die Nase zieht, werden sie in Massen über uns herfallen. Mit Hardy, meinem Birgelheimer Metzgerfreund, habe ich auch schon geredet: Er bekommt mein Familien-Rezept – für diese Würste sind die Leute damals fünfzig Kilometer weit angereist –, sie werden in guter, deutscher Handwerkstradition eigens für mich hergestellt. SIE kann weiter ihre Schlitzaugen bekochen, und wir machen hier draußen Grillfest, dann schauen wir mal, wer mehr verdient. Und darauf trinken wir jetzt einen. – Was nimmst du?«

»Williams, wenn es sein muß.«

»Muß sein!«

In den deutschen Zeitungen fanden sich an diesem Mittwoch, dem 29. Juni, nur Randnotizen über die möglichen Hintergründe des mysteriösen Giftgasanschlags in der japanischen Stadt Matsumoto, bei dem zwei Tage zuvor sieben Menschen getötet und 58 verletzt worden waren. Für die japanischen Gäste in Mitsukos Restaurant hingegen stellte der Vorfall tagelang das Hauptgesprächsthema dar. Selbst Mitsuko, die sich sonst kaum für Ereignisse in ihrem Heimatland interessierte, wurde von der Aufregung angesteckt und beteiligte sich an Spekulationen. Wiederholt fiel der Name einer Sekte, die, soweit Achim es verstand, Amerika und Rußland in einen Atomkrieg verwickeln wollte, um in den anschließenden Wirren, die Weltherrschaft an sich zu reißen. In seinen Ohren klang das alles völlig überspannt, und außerhalb Japans schien es niemanden sonderlich zu beunruhigen. Achim hatte, als er die Nachricht im Radio hörte, eher an den Ausbruch eines Bandenkriegs um Drogen oder den Handel mit philippinischen Prostituierten gedacht: Einem Volk, dessen Soldaten sich nach verlorener Schlacht den Bauch aufschlitzten oder mit Propellermaschinen kopfüber in Flugzeugträger rasten, traute er auch Kriminelle zu, die keinerlei Rücksicht auf Unbeteiligte nahmen, zumal sich die Yakuza, wie er gehört hatte, gerade was die Gleichgültigkeit gegenüber Leben und Tod betraf, als Wahrer der Samuraitradition begriffen.

»Du verwechselst da Dinge«, sagte Wolf. »Das ist nicht der Stil der Yakuza, glaub mir.«

Achim zuckte mit den Achseln: »Du wirst es wissen, das ist eher dein Fachgebiet.«

Sie saßen im Nachmittagsschatten des Wanderheims. In der Küche gab es nichts zu tun. Mitsuko war trotzdem drinnen geblieben, um den Anschein zu wahren. Eugen stand am Grill. Er wendete seine Würste und Steaks präzise und aufmerksam wie ein Handwerker alten Schlags, der die Arbeit, die er tat, ernst nahm. Mit einer langen Nadel stach er sie punktuell ein, damit das Fett abfließen konnte, dabei redete er ihnen gut zu, als hätten sie mindestens den Verstand eines Dackels. Überraschend schnell hatten auch die Japaner ihre Liebe zur deutschen Bratwurst entdeckt: Takeshi war bereits zum wiederholten Mal mit Geschäftsfreunden vorgefahren. Auch heute waren sie gekommen, um sich beim Bier die Bäuche mit Eugens Grillspezialitäten vollzuschlagen, statt Mitsuko nach besonderen Tagesgerichten zu fragen. Aus Gründen, die Achim nicht kannte, hatte Wolf ebenfalls im Wagen gesessen, sich dann aber aus der Runde zurückgezogen. Laut Wolfs Auskunft handelte es sich bei den beiden Männern, die Takeshi diesmal angeschleppt hatte, um einen bedeutenden Finanzinvestor und seine rechte Hand, die sich für zwei Wochen in Deutschland aufhielten, um einen größeren Abschluß zu tätigen. Der Investor, ein Herr Nakamura, war Ende Vierzig und besuchte Europa zum ersten Mal. In seinem Gesicht spiegelte sich nicht die geringste Gemütsbewegung, so daß Achim zunächst gedacht hatte, er litte an den Folgen eines Schlaganfalls oder sonstiger Lähmungserscheinungen. Sein Adlatus, Herr Ohi, war deutlich jünger und gab sich Mühe, ebenso unnahbar zu erscheinen, was jedoch dadurch, daß sein Boss ihm mit einem Zucken des Augenlids nach Belieben das Wort erteilen oder entziehen konnte, deutlich erschwert wurde.

Auch Takeshi hatte offensichtlich eine höhere Stellung, in welchem Hierarchiegefüge auch immer. Mehrfach wurde Herr Ohi wegen Kleinigkeiten zum Wagen geschickt: Er mußte den Autoatlas holen, eine angebrochene Rolle Pfefferminzbonbons oder ein großes weißes Taschentuch, mit dem Herr Nakamura sich die Schweißperlen von der Stirn tupfte. Achim hatte den Eindruck, daß Herr Ohi nicht einmal unaufgefordert an seinem Bier nippen durfte.

Auf der Straße hielt jetzt eine schwarze Mercedeslimousine mit getönten Scheiben. Auf Herrn Nakamuras Befehl hin, stand Herr Ohi schon bereit, als sich die Tür öffnete und ein weiterer verschlossen dreinblickender Japaner um die Fünfzig ausstieg. Herr Ohi verbeugte sich tief und geleitete den neuen Mann an den Tisch, während der Chauffeur den Wagen einparkte und sitzenblieb.

»Das ist Herr Yamada«, flüsterte Wolf, »er ist Anwalt, Gewährsmann, Resident, Dolmetscher, lebt zur Hälfte in Tokio und zur Hälfte hier.«

Wenn Achim die Begrüßungen richtig gedeutet hatte, stand Herr Yamada über Takeshi, aber unter Herrn Nakamura.

»Weshalb treffen sie sich nicht im Shabu-Shabu? Da herrschen ganz andere Rahmenbedingungen, und so schlecht ist die Küche nicht.«

»Herr Nakamura hat den Wunsch geäußert, etwas echt Deutsches zu essen, nach Möglichkeit an einem typisch deutschen Ort. Er liebt das Bayerische Restaurant in Tokio. Da lag es nahe, hierherzukommen: ringsum schöner deutscher Wald, und das Wanderheim ist das einzige Haus weit und breit, das wie ein Schwarzwaldhof aussieht, mitsamt Hirschgeweih über dem Eingang und karierten Gardinchen.«

Nachdem Kasane eine Runde frisch gezapftes Bier an den Tisch gebracht hatte, hob Herr Nakamura sein Glas, drehte es mit scharfem Blick vor den Augen hin und her, machte kurze, ruckartige Bewegungen, als prüfte er die Festigkeit des Schaums, nickte anerkennend. Dann stieß er einen langgezogenen, abrupt endenden Laut aus, der sich nicht deuten ließ, brach in kurzes explosionsartiges Gelächter aus, und wie auf Befehl hoben sie die Gläser.

»Ich muß mal eins von Eugens Steaks probieren«, sagte Wolf und winkte Kasane heran. »Willst du auch etwas? Ich lade dich ein.«

»Danke«, sagte Achim, »ich hab' in den letzten zwei Wochen mindestes zehn von Eugens Würsten und locker sieben Steaks gegessen.«

»Aber sie sind gut, oder?«

»Sie sind phantastisch. Das Beste, was du je von einem Holzkohlegrill gegessen hast.«

Eugen war bester Laune. Er hatte sich doch noch zu einem Besuch bei seinem Hausarzt durchgerungen und neue Schmerzmittel mit weniger starken Nebenwirkungen bekommen, so daß sich die Beschwerden einigermaßen aushalten ließen. Unter den hohen Bäumen war die Luft angenehm frisch, und das Licht brach in unzähligen Schattierungen durch die Blätter. Achim ließ sich ebenfalls ein Bier bringen und hatte für einen Moment das Gefühl, *so könnte es bleiben*, ganz gleich welche Schwierigkeiten ungelöst waren, welche Entscheidungen warteten.

»Unglaublich«, sagte Wolf, nachdem er den ersten Bissen seines Steaks in den Mund geschoben hatte. »Der Mann überrascht einen trotz allem immer wieder.«

»Man denkt leicht, daß er diese Art nervtötender Labersack ist, der angeblich jeden kennt und alles schon mal gemacht hat, nur nie in die Verlegenheit kommt, irgend etwas beweisen zu müssen, aber ...«

In diesem Augenblick klangen vom Tisch der Japaner aufgeregte Stimmen herüber. Stühle kippten, Gläser fielen zu Boden, Teller wurden fortgestoßen, zerbrachen. Herr Nakamura hielt sich mit beiden Händen den Hals, röchelte heiser. Er lief puterrot an, seine Augen sprangen aus den Höhlen. Er warf sich zurück, krümmte sich wie unter Krämpfen oder Stromschlägen – ein vergebliches Aufbäumen gegen einen weit mächtigeren Gegner. Takeshi war aufgesprungen, fuchtelte mit den Armen, raufte sich das Haar und schrie. Herr Yamada schrie ebenfalls. Herr Ohi lief wild gestikulierend um den Tisch herum, stürzte dann Richtung Wagen, auf halbem Weg besann er sich und rannte zurück.

Takeshi hielt einen kurzen Moment inne, wie um seinen Geist mit Hilfe einer geheimen autosuggestiven Technik neu zu organisieren und einen Notfallplan zu fassen. Seine Züge verrieten noch immer blankes Entsetzen, doch seine Bewegungen wirkten bereits wieder geordnet und zielgerichtet. Er vergaß allen Respekt, packte Herrn Nakamura bei den Schultern und schüttelte ihn, so fest es ging. Er schlug ihm mit der Hand auf den Rücken, griff ihm an die Kehle, schließlich ohrfeigte er ihn sogar. Schon waren andere Gäste hinzugetreten, Schaulustige kamen von der Straße. Sobald sie Herrn Nakamura aus der Nähe sahen, standen Bestürzung oder Ekel in ihren Gesichtern.

Takeshi ließ Herrn Nakamura los, der willenlos auf den Stuhl sackte und vornüberfiel. Ihm stand Schaum vor dem Mund, seine Farbe wechselte von rot zu blau. Takeshi rannte zu Wolf, rief schon von weitem: »Er hat etwas verschluckt, ich glaube eine Wespe. Er erstickt. Das darf nicht passieren, das darf auf gar keinen Fall passieren.«

»Scheiße«, sagte Wolf und lief ihm entgegen. Achim folgte unaufgefordert.

Herr Nakamura war halb vom Stuhl gerutscht, hatte sich Hose und Knie auf den grob schamottierten Pflastersteinen aufgescheuert, aus seinem Mund hing ein Stück dick geschwollene Zunge, von seinen Augen war nur noch das Weiße zu sehen.

»Tu etwas, du bist Arzt«, sagte Takeshi, und seine Stimme klang erstaunlich ruhig: »*Unser* Arzt!«

»Lassen Sie mich durch«, sagte Wolf und drängte die Menschentraube, die sich rund um den Tisch gebildet hatte, mit kräftigen Ellbogenstößen auseinander. Achim kam unmittelbar hinter ihm und rief: »Zur Seite, ich gehöre dazu.«

Dann fragte er in Wolfs Richtung: »Was kann ich tun?«

»Eugen soll einen Notarzt rufen, schnell! Dann komm her.«

Eugen war bereits auf dem Weg zum Telephon.

Achim sah Mitsuko auf der Treppe stehen, sie hatte die Hände vor den Mund geschlagen, hielt einen Schrei zurück.

»Wir müssen ihn hinlegen«, sagte Wolf: »Vorsichtig!« und dann halblaut: »Eine Koniotomie ohne alles. – Hast du so etwas schon mal gemacht?«

»Was?«

»Natürlich nicht. Tu einfach, was ich dir sage.«

Sie betteten Herrn Nakamura auf den Boden: »Hock dich hin, halte seine Beine hoch. Am besten, du legst sie dir auf die Schultern.«

»Herr Nakamura«, rief Wolf, »Herr Nakamura, hören Sie mich?«

Herr Nakamura zeigte keinerlei Reaktion. Wolf tastete an der Halsschlagader nach dem Puls, sagte halblaut und eher zu sich selbst: »Tachykard«, kniete sich hinter Herrn Nakamuras Kopf und streckte ihn mit einem Griff beider Hände so weit es ging in den Nacken: »Er atmet nicht mehr.«

Wolf löste Herrn Nakamuras Krawatte, riß ihm mit einem kräftigen Ruck das Hemd auseinander, Knöpfe flogen in alle Richtungen. Von den Schultern her griffen tätowierte Tigerpranken nach seinen Brustwarzen. Der Oberköper war mit roten Quaddeln übersät, als wäre ein Wespenschwarm über ihn hergefallen: »Das hatte ich befürchtet«, sagte Wolf.

»Sieht nicht gut aus, meinst du?«

»Er hat nicht nur einen Wespenstich im Hals, sondern außerdem einen anaphylaktischen Schock, wahrscheinlich allergisch bedingt.«

Er beugte sich über Herrn Nakamuras Gesicht und versuchte eine Mund-Nase-Beatmung, merkte jedoch gleich, daß sie keinerlei Wirkung zeigte: Die Atemwege waren zugeschwollen, ließen keinerlei Luft passieren.

»Notarzt kommt«, rief Eugen.

»Bring mir das schärfste Schälmesser, das du hast. Schnell. Sehr schnell. Und etwas wie ein Röhrchen. Oder ein Stück Schlauch. Vom Aquarium oder so ...«

Auch Herr Yamada und Herr Ohi hatten sich trotz oder wegen der äußerst besorgniserregenden Situation wieder gefangen und zusammen mit Takeshi einen Kampfverband gebildet, der mit knappen Befehlen und kurzen, aber nachdrücklichen Stößen die Gaffer abdrängte.

»Und ein paar Stoffservietten«, rief Wolf Eugen hinterher.

»Das wird knapp«, sagte er halblaut zu Achim. »Und dann haben wir ein Problem.«

Herrn Nakamuras Brustkorb hob und senkte sich nicht mehr.

»Was dauert das denn so lange, verdammt, der verreckt mir!«

Endlich kehrte Eugen mit dem Messer, den Servietten und einem Stück grünen Filterschlauchs zurück.

»Leg seine Füße auf einen Stuhl«, wies Wolf Achim an, »ich brauche dich jetzt hier.«

Er tastete noch einmal den Hals ab, nahm Maß und zog dann knapp unterhalb des Kehlkopfs einen waagerechten Hautschnitt: »Du tupfst das Blut weg, damit ich etwas sehe.«

Es blutete weit weniger stark, als Achim erwartet hatte. Wolf schob mit Klinge und Fingern behutsam die Haut vom Kehlkopf weg. Darunter wurden zwei weißliche Knorpelteilchen sichtbar. Zwischen ihnen verlief ein faseriges Band – auf den ersten Blick ähnelte es denen im Gelenk eines Hühnerschenkels –, in das Wolf senkrecht die Klinge stach, als wollte er Herrn Nakamura umbringen. Er zog sie sofort wieder heraus und schob gleichzeitig den Schlauch in die Öffnung. Herrn Nakamuras Brustkorb bewegte sich immer noch nicht.

»Keine Reaktion – hätte mich auch gewundert«, sagte Wolf und begann eine Beatmung durch das Rohr, die jedoch ebensowenig Wirkung zeigte. Er prüfte erneut den Halspuls: »Herzstillstand.«

Wolf wechselte die Position, kniete sich seitlich neben Herrn Nakamura, beugte sich über ihn, plazierte seine Hände übereinander auf dem Brustbein und begann laut zählend den Thorax einzudrücken, genau fünfzehnmal. Es knirschte unschön. Danach blies er abermals in das Röhrchen, begann von neuem mit der Herzdruckmassage.

Endlich war ein Martinshorn zu hören, das sich rasch näherte. Wolf nahm eine Serviette und wischte sich den Schweiß von der Stirn.

Ein Arzt und zwei Rettungssanitäter mit Koffern kamen herbeigerannt. Takeshi und Herr Yamada hatten ihnen bereits eine Gasse gebahnt. Wolf stand auf: »Er ist bewußtlos. Tachykard mit zugeschwollenen Atemwegen. Vermutlich ein anaphylaktischer Schock. Ich habe eine Koniotomie durchgeführt. Seit drei Minuten Herzstillstand.«

»Danke, Herr Kollege, wir übernehmen«, sagte der Notarzt.

Wolf zog Achim am Arm mit sich fort. Sein Gesichtsausdruck war mehr als besorgt. Dann veränderte sich seine Miene: »Ist schon länger her, daß ich in der Unfallchirurgie gearbeitet habe, und das habe ich überhaupt zum ersten Mal gemacht.«

Er verzog den Mund zu einem schiefen Grinsen.

»Glaubst du, daß er durchkommt?« fragte Achim.

»Ich weiß es nicht. Wir haben getan, was wir konnten. Ich hoffe, Takeshi ist in der Lage, das den Leuten in Tokio zu vermitteln.«

Einige hundert Jahre zuvor in Japan

Im Stimmengewirr der Insekten, einem schillernden Teppich über der Wiese, zeigt sich dem, der nicht taub ist, die Gestalt der Welt, wie sie war und sein wird. Das Flirren über den Blüten raubt dem Blick jeden Halt und geleitet ihn heimwärts.

Kōsei steht ein wenig vornübergeneigt im Eingang des Ofens. Soeben hat er die letzten Stücke des Brandes herausgeräumt und in die Werkstatt getragen. Was er murmelt, ist nicht zu verstehen. Mag sein, daß er Zwiesprache hält mit den mittleren Mächten, die nichts vermögen und ohne die doch nichts gelingt.

Das Feuer hat sich als freundlich erwiesen dieses Jahr, die Spannung der Formen bis zur Grenze gesteigert, sie mit leuchtendem Glas überzogen, gelb, grün, türkis und blau, darunter schimmern die Facettengesichter des Tons, von Daumen und Tageskräften geformt, in allen Nuancen rot.

Morgen wird Kōsei seinem Lehnsherrn Nachricht geben und ihm ausrichten lassen: Er mag kommen, wann immer es ihm beliebt, als erster die Ware in Augenschein nehmen und für sich die schönsten Gefäße auswählen: Das ist sein Recht.

Fürst Norishige hat seinen Rappen gesattelt, den Wallach bepackt. Die Tür seiner Hütte steht offen, darin ist nichts verblieben als nackte Erde. Keine Spur wird bezeugen, welche

Art Mann hier den Winter über gehaust, mit Glut und Wahn, Kälte und Lachen gekämpft hat.

Norishige trägt die denkbar einfachsten Kleider, niemand, dem er begegnet, soll ihn erkennen. Nur an den Scheiden der Schwerter sieht, wer ihre Zeichen zu entziffern versteht, daß er ein Fürst ist. Er geht festen Schrittes, weder eilig noch zögernd zu Kōseis Werkstatt, um Abschied zu nehmen und Dank zu entrichten, für Unterweisung und Reis.

Vor dem Eingang der Brennkammer stehen sie einander gegenüber. Acht Tage sind seit dem Erlöschen der Flammen vergangen.

»Nenn mir den wahren Grund deines Kommens«, sagt Kōsei.

»Die Wärme des Ofens, die Wärme der Sonne.«

Kōsei dreht sich um und verschwindet im Dunkel der Höhle.

Zwei Spatzen schießen in wilder Verfolgung an Norishige vorbei, wälzen sich zeternd im Staub, stieben in verschiedener Richtung davon.

Ein Wind fährt unter das Dach, als Kōsei aus dem Innern des Ofens zurückkehrt. In seiner Hand hält er, halb von einem Stück grünen Tuchs verhüllt, eine Schale. Sie glänzt sandfarben, wechselt zu weichem Orange, fahlem Braun. Vom Rand, den die Glut gewaltsam verformt hat, sind blaue Tropfen nach innen gelaufen, so licht und klar wie das Meer im Süden.

Kōsei verneigt sich und reicht Norishige die Schale: »Da ist kein Geheimnis«, sagt er.

Was dem Fürsten über ein Jahr den Verstand geraubt, ihn fast das Leben gekostet hat, nimmt er nun ohne Regung entgegen. Seine Augen verweilen in ruhiger Betrachtung. Daß es die Schale gibt, ist ein Wunder: Vom Rand bis zum Boden verläuft ein Riß. Gegen das allgemeine Gesetz hat er sich nicht in den Flammen geweitet und das Gefäß zerstört. Während der äußersten Hitze ist flüssiges Glas in ihn eingesickert und hat ihn wieder verschlossen. Ein flacher Wulst über einer verkrusteten Linie ist geblieben, als wäre die Wunde eines Schwertstreichs verheilt.

Nach längerem Schweigen sagt Kōsei: »Als sie geformt wurde, waren Bewegungen im Raum, die sie gesprengt hätten. Später sind andere dafür eingestanden, es zu verhindern.«

»*Die Narbenprinzessin*«, sagt Norishige.

»So heißt sie.«

Der Fürst verneigt sich tief, besteigt sein Pferd, spricht ihm ein leises Wort ins Ohr und reitet davon. Längst ist er den Blicken entschwunden, als die Schläge der Hufe in der Ferne verhallen.

Kōsei kehrt allein in die Werkstatt zurück.

16

Geburtstag zwischen Vögeln

Herr Nakamura hatte sich allen Wiederbelebungsversuchen erfolgreich widersetzt und war, ohne das Bewußtsein noch einmal wiederzuerlangen, im Garten von *Mitsukos Restaurant* verstorben. Der Obduktionsbericht stellte ausdrücklich fest, daß die von Wolf durchgeführten notfallmedizinischen Maßnahmen im Prinzip geeignet gewesen wären, sein Leben zu retten, jedoch aufgrund einer äußerst heftigen allergischen Reaktion erfolglos geblieben seien. Wolf hatte nichts anderes erwartet, war aber dennoch erleichtert.

Auf den ersten Blick hatte Herrn Nakamuras Tod keinerlei Auswirkungen auf das Beziehungsgeflecht rund um *Mitsukos Restaurant,* auch die Geschäftskontakte nach Japan litten offenbar nicht. Takeshi brachte nach wie vor regelmäßig Gäste mit, um Übereinkünfte voranzutreiben oder zu feiern. Gelegentlich begleitete Wolf ihn dabei. Manchmal saß er mit am Tisch und spielte eine scheinbar wichtige Rolle, an anderen Tagen wurde er nicht gebraucht und setzte sich zu Achim, als wäre er rein privat hier. Gleichwohl hatte Achim den Eindruck, daß alle sich deutlich angespannter verhielten als vor dem Unglück. Es kostete Wolf erkennbar Mühe, seine ironische Distanz aufrechtzuerhalten, und die überlegene Scharfzüngigkeit, mit der er ethnische oder kulturelle Eigenheiten auf den Punkt gebracht hatte, wirkte jetzt manchmal angestrengt, als ob ihm die Leichtigkeit, mit der er zwischen den Welten hin- und hergependelt war, abhanden gekommen wäre.

Abermals hing ein Jahrhundertsommer über dem Land. Der heißeste Juli seit Menschengedenken, verursacht von den Hochdruckgebieten »Alfred«, »Berti«, »Charlie« und »Ewald«, ließ Getränkeumsätze und die Herzinfarktrate steigen. Wegen dramatischer Ozonwerte wurden auf den Autobahnen Geschwindigkeitsbegrenzungen verhängt, und im Nievenheimer Baggersee verbrachte ein entlaufener Kaiman mit Namen »Sammy« unter großer öffentlicher Anteilnahme fünf Tage in Freiheit.

Da Eugens Rückenbeschwerden sich trotz der neuen Medikamente wieder verschlimmerten und die Umsätze der japanischen Küche nach wie vor stagnierten, stand Achim häufig mit Kochmütze und -schürze draußen im Garten und grillte.

Das Angebot Frank Kurzkes hatte er nach längerem Hin und Her ausgeschlagen. Das ganze Projekt war ihm zunehmend kindisch erschienen, zumal sein Honorar gerade einmal zweieinhalbtausend Mark betragen hätte – soviel verdiente er, wenn die Trinkgelder stimmten, in derselben Zeit auch hier, ohne sich dafür zum Affen machen zu müssen. Als Wolf wissen wollte, was aus der »Wohnzimmer-Performance« geworden sei, geriet ihm die Begründung allerdings viel zu weitschweifig. Auch wenn er sich seiner Entscheidung nicht schämte, nahm er doch an, daß Wolf sie als weiteren Beweis einer existentiellen Krise und bedrohlicher Stagnation ansehen würde. Anstatt einfach zu sagen: »Er zahlt nichts«, verlor er sich in Selbstrechtfertigungen. Zum Schluß verstieg er sich, nur um zu demonstrieren, daß er sehr wohl Perspektiven hatte und seine Zukunft entschlossen in Angriff nahm, zu der

Ankündigung: »Ich habe mir überlegt, daß ich wieder beim Theater vorsprechen werde, das Spielen hat mir immer Spaß gemacht«, obwohl ihm nichts ferner lag als das.

»Über den Standort Düsseldorf würde ich trotzdem noch einmal nachdenken«, sagte Wolf.

Unabhängig von der Frage, ob und wie seine Geschichte mit Mitsuko weiterginge, gelangte Achim zu der Überzeugung, daß er seine Japanstudien auf eine neue Basis stellen mußte, sollten sich die vergangenen beiden Jahre nicht am Ende als sinnlos vergeudete Zeit erweisen. Irgendeine Entscheidung, die eine grundlegende Veränderung herbeiführte, mußte gefällt werden. Seine Experimente zur Teezeremonie waren, da er nirgends eine Anleitung hatte finden können und den Weg zu Herrn Mayers Lehrmeister scheute, an einem toten Punkt angelangt. Wenn er hinreichend Ruhe fand, rückte er seine Schale ins rechte Licht und versuchte, ihr ein Geheimnis zu entlocken, wobei er ebensohäufig, wie er dann stille Freude empfand, den finsteren Verdacht hegte, daß er nichts weiter vor sich hatte, als eine schlichte, von einem routinierten, aber keineswegs herausragenden Handwerker gedrehte, bei sehr hoher Temperatur gebrannte Tonform. Da das Matcha-Pulver ohnehin herumstand und viel Geld gekostet hatte, schlug er sich gelegentlich einen Tee auf und fand, daß er sich, wenn schon nicht rituell, so doch zumindest geschmacklich einem zufriedenstellenden Niveau näherte. Nachdem er in der Wühlkiste eines Antiquariats eine »Kleine Einführung in die Praxis des Zazen« gefunden hatte, versuchte er sich einige Male an einer Meditation im doppelten Lotussitz. Grundsätzlich war er gelenkig genug, seine Füße entsprechend über die Knie zu schlagen, auch wußte er theoretisch, daß der Schmerz unveräußerlicher Teil der Zen-Übungen war, dennoch bekam er es mit der Angst zu tun, weil er anschließend jedesmal das Gefühl hatte, seine Gelenke sprängen aus ihren Angeln. Ohnehin hatte er während des Sitzens nicht die geringste Beruhigung des Herzens verspürt. Auf der weißen Wand, vor der er gesessen hatte, waren verzerrte, ineinander verschlungene Körper wild umhergewirbelt und hatten furcht- oder ekelerregende Grausamkeiten, Grotesken und Obszönitäten vollführt. Vor allem aber waren die inneren Stimmen, die abzuschalten den entscheidenden Schritt zur unbeabsichtigten Absichtslosigkeit bedeutete, kein bißchen leiser geworden, im Gegenteil: Je länger er gesessen und geschwiegen hatte, desto unerträglicher war das Geschrei in seinem Kopf geworden – als würden dort siebzehn Radiostationen gegeneinander Amok senden.

Meister Kyōgen sprach: »Es ist wie mit dem Mann auf einem Baum, der mit den Zähnen an einem Ast hängt; seine Hände können den Ast nicht ergreifen, und die Füße erreichen keinen Zweig. Angenommen, unter dem Baum stünde ein anderer Mann, der ihn fragte: ›Was ist der Sinn von Bodhidharmas Kommen aus dem Westen?‹ Wenn er nicht antwortet, handelt er gegen den Wunsch des Fragestellers. Wenn er antwortet, wird er sein Leben verlieren. Wie soll er sich in diesem Augenblick verhalten?«

Mit wachsender Unruhe sah Achim, wie die Tage vergingen und sein dreißigster Geburtstag näherrückte. Zwar war er noch immer der Überzeugung, daß die Zahl im Grunde keine Bedeutung hatte, doch allmählich wuchs sie sich trotzdem zu bedrohlicher Größe aus.

Er wußte nicht, was er mit diesem Tag anfangen sollte. Bei einem Blick in Eugens Kalender hatte er festgestellt, daß kein Eintrag vorhanden war, dementsprechend ging er davon aus, daß es im Restaurant keine Feier geben würde. Von seinen Freunden hatte ihm seit Jahren keiner zum Geburtstag gratuliert, und er nahm nicht an, daß sich mit dem dreißigsten daran etwas änderte. Seine Eltern würden anrufen, aber kaum auf die Idee kommen, ihn zu besuchen. Er überlegte, Wolf einzuladen, entschied sich dann aber dagegen: Wolf war nicht der richtige Mann für Gedenkfeiern.

Schließlich beschloß Achim, seinen Geburtstag allein zu verbringen: Er würde sich freinehmen und wandern, in der Hoffnung auf diese Weise eine Richtung für das neue Lebensjahrzehnt zu finden.

Am Morgen des 28. Juli verließ er um kurz vor zehn, nachdem er telephonisch die Glückwünsche seiner Mutter und seines Vaters entgegengenommen hatte, die Wohnung. Er spazierte ans andere Ende von A.-Gurschebach, um im *Rheingold* zu frühstücken, einem netten kleinen Café, das die besten Croissants der Stadt servierte. Von dort schlug er einen weiten Bogen durchs Industriegebiet: Keinesfalls wollte er Eugen oder Mitsuko begegnen. Um nicht von einem der Notrufe behelligt zu werden, die Eugen ohne Rücksicht auf Urlaub oder Krankheit führte, hatte er gelogen und ihm gesagt, daß ein Freund eine Party in Köln feiere, er also nicht in der Stadt sei und erst am nächsten Vormittag zurückkehre.

Er war lange nicht gewandert, obwohl er am Waldrand arbeitete. Noch immer spürte er ein leichtes Ziehen in den Kniegelenken von den Zazen-Übungen, doch bereits nach wenigen hundert Metern stellte sich das Gefühl von Freiheit wieder ein, dessentwegen er zuzeiten wochenlang durch Wälder gezogen war, und er fragte sich, wie er es hatte vergessen, mehr noch, wie er es so lange ohne diese Momente hatte aushalten können. Anders als orthopädisch riskante Meditationstechniken oder das Aufschlagen von Teepulver, beruhigte der Rhythmus der Schritte den Geist sofort, und bald hatte er den Eindruck, daß sich erste Verkrampfungen lösten.

Unmittelbar nachdem er die Autobahnbrücke überquert hatte, entdeckte er im Geäst einer Eberesche die rosafarbene Brust eines Dompfaffs. Es war über zehn Jahre her, daß er zuletzt einen Dompfaff gesehen hatte – am Tag seiner Abreise aus Huiswyck, wenige Wochen nach dem Abitur. Er erinnerte sich genau, denn es war nicht nur der letzte, sondern zugleich der erste Dompfaff seines Lebens gewesen, und er hatte ihn als gutes Omen für die Zukunft gedeutet. Er blieb jetzt lange stehen und schaute den Vogel an, der in Abständen einfache, gedehnte Pfeiftöne von sich gab, zwischendurch den Kopf schräg legte und zu ihm hinunterblinzelte, als dächte er nach. Schließlich hatte er eine Eingebung und flog davon.

Achim ging weiter, ziellos und ohne Zweifel, daß es die erste vernünftige Entscheidung seit Monaten gewesen war, diesen albernen Tag, der den endgültigen Übertritt von der Jugend ins Erwachsenenalter markierte, mit einer Wanderung zu begehen. Der Wald war wie leergefegt. Wegen der Sommerferien hielten sich ohnehin weniger Leute als sonst in der Stadt auf: Die Pubertierenden, die auf Fahrrädern die Wege entlangbretterten, waren auf diverse Inseln ausgeflogen worden, und die Rentner, denen man normalerweise in mehr oder weniger großer Zahl begegnete, hatten angesichts der Hitze Angst um ihr Leben und blieben zu Hause.

Achim entschied, sich nicht Richtung Rhein zu orientieren, sondern in nördlicher Richtung zu gehen, wo das Waldgebiet sich über fünfzehn Kilometer erstreckte, ohne von größeren Siedlungen unterbrochen zu werden. Da es ihn früher immer zum Fluß gezogen hatte, fand er sich bald auf Wegen, auf denen er nie zuvor gewesen war, doch auch ohne Karte hatte er keine Sorge, sich zu verlaufen: Aufgrund des Sonnenstandes wußte er, wo in etwa er sich befand, außerdem konnte er jederzeit nach Osten oder Westen abbiegen und würde binnen einer halben Stunde auf eine Straße stoßen. Nichtsdestoweniger kam er sich ein wenig wie ein Abenteurer vor, der allein ins Unbekannte zog, auf der Suche nach El Dorado oder einer neuen Passage für den Gewürzhandel. Längst hatte er die Hauptwege verlassen und betrat Pfade, von denen er nicht einmal sicher war, ob sie von Menschen oder von Tieren ausgetreten worden waren. Er gelangte in ein Gebiet, in dem große Mengen wilder Kirschen wuchsen, deren Früchte gerade reif waren. Anders als bei den kleinwüchsigen Plantagenbäumen vor der Autobahn, mußte er sich strecken, um an sie heranzureichen. Er zog weiter. Allmählich fanden seine Augen, die früher jede Bewegung eines Vogels, jede seltene Pflanze, die schillernden Käfer und Falter im Dickicht entdeckt hatten, zu Schnelligkeit und Schärfe zurück. Er hörte auf das Rauschen der Blätter, das Knacken der Äste, Bussardschreie und Laubsänger. Zusammen ergaben sie ein Klangbild, ebenso vielschichtig geordnet wie das, was man sah. Ein Eichelhäher schoß durchs Geäst, die blauen Federchen blitzten metallisch in einem Lichtstrahl auf.

Die Erleichterung, daß sich etwas bewegte, daß er selbst sich bewegte, einfach nur so, ohne ein Ziel zu verfolgen oder einen Ort erreichen zu wollen, erfüllte Achim mit einer Art Glück. Wiederholt dachte er an Bashōs »Schmale Pfade durchs Hinterland«, an Haiku von Kiefern und Kirschblüten, die er ebensowenig verstanden hatte wie die japanische Keramik, und auf einmal bildete er sich ein, daß er nur gehen mußte, zu Fuß, Schritt für Schritt, und daß dann alles einfach wäre, jenseits von Verstehen und Nicht-Verstehen: ein weicher Schatten, sommergrün, Wasserläufe und Irisblüten.

Die Wege hatten sich aufgelöst, er wanderte über mit trockenem Laub bedeckte Waldböden. Dann wechselte das Klima, die Luft wurde feucht und kühl, unter ihm zogen sich Wiesen aus Moos hin, durch das sich ein gluckerndes Rinnsal schlängelte. Wenn er sich konzentrierte, waren seine Schritte beinahe lautlos. Er entdeckte einen Grünspecht, der Maden aus einem abgebrochenen Buchenstamm zerrte, pirschte sich an. Ihm lag etwas auf der Zunge, in dem sich Ornithologie und Dichtung berührt hätten: Der Specht flog fort, und so ging sein Vers unausgesprochen verloren.

Markierungen eines Fuchses oder Marders zogen ihm in die Nase, verwesendes Fleisch und wilder Urin. Achim dachte an Bären, Wölfe, die es hier schon länger nicht mehr gab, als irgendein Gedächtnis zurückreichte, allen Märchen zum Trotz, die nach wie vor von Großeltern erzählt wurden. In einem Anflug von Schmerz und Sentimentalität vermißte er die großen Wildtiere, deren Reich einst unmittelbar hinter den Zäunen menschlicher Behausungen begonnen hatte. Mit ihnen war die Welt ehrfurchtgebietender und tiefer gewesen. Ihre Ausrottung hatte den unbeherrschbaren Bereich, den zu durchdringen jahrzehntausendelang mit äußerster Gefahr und jedweder Hoffnung verbunden gewesen war, immer weiter eingeschnürt und am Ende vernichtet. Nichts Unvorhersehbares sollte geschehen können, wenn einer das Dorf verließ und sich irgendwohin aufmachte. Alles war vermessen, in Planquadrate eingeteilt, rechtwinklig durchschnitten. In Wirklichkeit war dieses Land so langweilig und tot wie ein Golfplatz. Trotzdem lebten seine Bewohner in ständiger Angst. Er stellte sich vor, wie er sich mit einer Flinte oder besser noch mit Pfeil und Bogen durchs Dickicht schlug. Unter der Obhut eines großen Jägers und Waldgängers waren seine Sinne geschult, die Aufmerksamkeit geschärft worden.

Er hatte ihn in der Kunst des Pirschens unterrichtet, ihn in das Wissen um die Kräfte eingeweiht und Beschwörungsformen gelehrt, die sie geneigt stimmten. Jedes Fellbüschel, das sich zwischen Rinde verfangen hatte, wüßte er einem Tier zuzuordnen. Die kaum sichtbaren Fährten verrieten, wer wann vorübergehuscht war. Abgeknickte Äste wiesen den Weg zu einem Rudel Hirsche, einer Herde Wisente. Es war alles noch da. Dieselben Empfindungen, mit denen er als Fünfzehnjähriger, halb so alt wie seit heute, die Gegend um Huiswyck durchstreift hatte, schwappten warm und vorzeitig von innen gegen die Brust, nicht teilbar in Verlangen und Not, Furcht und Zuversicht. Zwischen lichten Buchen entdeckte er Reste einer Anschüttung, die vor Jahrhunderten einer Burg oder einem Kloster als Schutz vor Feinden und Hochwasser gedient hatte, Überbleibsel dunkler Mauern, verwittert, größtenteils abgetragen. Weiter vorn ragten Ruinen auf, freistehende gotische Fensterbögen, eine Steintreppe. Festgestampfte Wege, auf denen zuzeiten Mönche oder Ritter gegangen waren, führten zwischen Fragmenten gestürzter Pfeiler und Säulen hindurch. Ein Kapitell, das ein einfaches Ornament aus Eichblättern geschmückt hatte, ragte zur Hälfte aus der Erde.

Zwischen alle diese Vergangenheiten setzte Achim sich auf einen grob behauenen Felsblock, lehnte den Kopf in den Nacken, sah zwischen den Baumkronen ins blendende Weiß, suchte nach Worten für Erinnerungen, die hier überall achtlos verstreut lagen, nicht seine waren und doch mit ihm sprachen. Wenn überhaupt jemand sie für sich in Anspruch nehmen konnte, dann die Buchfinken und Kohlmeisen, die in ununterbrochener Generationenfolge hier lebten, einander zuzwitscherten, was an Gefahr drohte, an Futter bereitstand. Er streckte seinen Arm aus wie schon Hunderte Male in seinem Leben, damit sich ein kleiner Vogel voll Vertrauen darauf niederließe, und natürlich blieb auch dieser Versuch ohne Erfolg.

Achim schaute sich um, lauschte, ob irgendwo in der Nähe andere Menschen waren, und zündete sich eine Zigarette an. Er sah dem aufsteigenden Rauch nach, als könnte mit seiner Hilfe noch immer eine Verbindung zu den Mächten jenseits von Raum und Zeit hergestellt werden. Achim schlenderte weiter, staunend und sicher, als bewegte er sich durch sein eigenes Vergessen. Im Zentrum des Ruinenfeldes stieß er auf ein Geviert mit Steinen, die einmal Gräber bezeichnet hatten. Eingemeißelte Buchstaben, die, wenn überhaupt lesbar, sich nicht zu Namen fügten, gaben keinerlei Hinweis auf die, die hier geruht hatten oder noch ruhten. Abermals spürte er das starke Verlangen, den Moment mit einem Satz einzufangen, wie Bashō es angesichts von Tempeln, Heiligtümern und Aussichtspunkten getan hatte. Sein Mund machte Anstalten, Wörter zu formen, aber was auch immer die Sirenen in seinem Innern ihm vorgaukelten, er war so wenig Dichter wie Fährtensucher, Zen- oder Teemeister, und statt ein Haiku aufzusagen, schrieb er mit einer sonderbaren Armbewegung ein Loch in die Luft, das keine Bedeutung hatte. Er würde fortgehen. Nicht, um wiederum in einer deutschen Provinzstadt an einem drittklassigen Theater zu spielen, in überinterpretierten Kunstaktionen mitzuwirken oder als Leiche an Filmsets zu liegen. Er würde auch nicht in einer anderen, diesmal vielleicht griechischen oder italienischen Restaurantküche stehen und Gemüse hacken, Fleisch parieren, Spülmaschinen ausräumen: Er würde wandern. Solange er zurückdenken konnte, wollte er das: ein Wanderer sein. Gehen, so weit die Füße trugen, durch fremde Länder, in denen es das Offene noch gab, den unbekannten Horizont, die unermeßliche Weite. Aus den

Schritten, dem Licht, das durchs Geäst stürzte, dem Schrei eines Habichts schälte sich der Gedanke, Bashōs Wanderung zu wiederholen, 2400 Kilometer durch unwegsames Gelände in Japan. 150 Tage hatte Bashō dafür gebraucht. Ungeachtet aller technischen Entwicklungen der letzten 300 Jahre hatte sich die Schrittgeschwindigkeit nicht erhöht: Es würde immer noch fünf Monate dauern.

Sobald er am Abend zu Hause wäre, wollte er versuchen, die genaue Wegstrecke zu rekonstruieren. Im Anhang des Buches befand sich eine kleine schwarzweiße Karte, ausschließlich mit japanischen Zeichen beschriftet. Er konnte sie mit Atlanten und Reiseführern abgleichen. Notfalls würde Mitsuko ihm helfen. Er mußte ihr nicht gleich verraten, was er vorhatte. Vielleicht waren die Gegenden, die damals fernab der Handelszentren gelegen hatten, bis heute vom Wirtschaftswunder verschont geblieben. Angeblich spielte sich in Japan noch immer alles Leben entlang der Küsten ab. Das Landesinnere war dünn besiedelt und beinahe unberührt, so daß man Klöster fernab der Zivilisation, Einsiedeleien und wilde Landschaften finden konnte. Achim überschlug seinen Kontostand: Ohne es zu wollen, war er sparsam gewesen in den letzten anderthalb Jahren. Es hatten sich fast zehntausend Mark angesammelt. Für einen Flug und einige Wochen Aufenthalt, wenn er sich wie ein Wandermönch durchschlug, sollte das reichen.

Er konnte versuchen, Friedemann ausfindig zu machen, der mit Wolf und ihm in derselben Klasse gewesen war. Achim wußte von seiner Mutter, die dessen Mutter gelegentlich in der Stadt traf, daß Friedemann in Tokio eine Japanerin geheiratet hatte, die beim Goethe-Institut arbeitete. Angeblich ließ er regelmäßig ausrichten, daß er sich über Besuch aus Deutschland freue. Im übrigen hatte er selbst Tag für Tag mit

Japanern zu tun. Irgendeine Anlaufstation, von der aus man weitersehen könnte, würde sich finden, sei es über Takeshi oder Kasane, oder notfalls mit Hilfe von Mitsukos Vater.

Als Achim am Abend nach Hause kam, schien ihm der Gedanke folgerichtig und undurchführbar zugleich. Die Verzagtheit, die sich seiner in den letzten Jahren bemächtigt hatte, saugte an ihm wie Blutegel, und Achim war nicht sicher, ob er genügend Kraft aufbringen konnte, sie abzustreifen. Er öffnete eine Flasche Wein, setzte sich auf die Terrasse und schlug Bashōs Buch auf. Das erste, worauf sein Blick fiel, waren die Verse:

Bucht der Kieferninsel.
Leih dir die Gestalt des Kranichs
du Bergkuckuck!

Achim erzählte vorerst niemandem von seinem Plan. Wenn er andeutete, daß er sich mit dem Gedanken einer Japanreise trage, beschränkten sich die Reaktionen der anderen auf unverbindliche Ermutigungen oder Hinweise auf die damit verbundenen Kosten. Niemand in seinem Bekanntenkreis ging davon aus, daß er der Idee Taten würde folgen lassen, denn mehr oder weniger alle Pläne, die er während des vergangenen Jahrzehnts gefaßt hatte, waren im Sande verlaufen.

Er erkundigte sich bei Mitsuko, ob ein solches Vorhaben überhaupt durchführbar sei, wobei er die Frage hypothetisch formulierte, als handelte es sich um eine kulturgeschichtliche Spekulation. Sie sollte keinen Verdacht schöpfen. Mitsukos Stimmung war in diesen Tagen ohnehin nicht offen für Visionen, sie kam gar nicht auf die Idee, daß er über ein solches Vorhaben ernsthaft nachdachte, zuckte mit den Achseln und sagte: »Ich kenne niemanden in Japan, der das versucht hätte, aber wenn man unbedingt wollte, ginge es wahrscheinlich.«

Er lebte jetzt bewußt karg: Wenn er sich mit Blick auf das große Ziel nutzloser Lustkäufe enthielte, ließen sich den Sommer über noch ein bis zwei Tausender zusätzlich ansparen. Weil Eugen ständig unter Schmerzen litt und oft schon am Nachmittag angetrunken war, gab es reichlich Arbeit. Achim wechselte je nach Bedarf zwischen Grill, Küche und Theke. Den Gästen gegenüber benahm er sich wie der freundlichste und umsichtigste Mensch, den man sich denken konnte, was die Trinkgelder deutlich erhöhte.

Mitte August zog Kasane in Holms Wohnung. Am Abend nach dem Umzug, der lediglich drei Fahrten mit Holms altem 200er Mercedes-Kombi benötigt hatte, kamen sie ins Restaurant. Holm wollte ein kleines Fest feiern. Da es immer noch ungetrübt sonnig und brütend heiß war, brauchte es zum Biertrinken eigentlich keinen Anlaß, dennoch freuten sich die anwesenden Männer über eine zusätzliche Gelegenheit zu Sprüchen und freien Schnäpsen. Holm erklärte, daß er alle Getränke bezahle, ausdrücklich auch die für Eugen, Mitsuko und Achim. Eugen war froh, daß er nicht grundlos weitertrinken mußte, und übernahm im Gegenzug, kaum daß Holm seine Einladung ausgesprochen hatte, die erste Runde auf das Paar, feierlich und ergriffen, als hätten sie ihre Verlobung bekanntgegeben. Achim bekam von all dem nur am Rande etwas mit, denn zwischen acht und neun, wenn viele Spaziergänger hungrig aus dem Wald zurückkehrten, war eine der Hauptstoßzeiten beim Bratwurstverkauf.

Um kurz vor zehn schloß Mitsuko die Küche und kam zu ihm hinaus. Er stand noch immer am Grill, obwohl es nichts mehr zu tun gab. Der Abend hier draußen zwischen Lampions und ohne Musik, abgesehen vom Gesang der Amsel auf dem Dach, die jetzt von einer Nachtigall abgelöst wurde, atmete

Frieden. Der Himmel war in tiefes Azur getaucht. Im Westen wurde es ein dunkles Orange, über den Dächern jenseits des Sportplatzes zu warmem Gelb. Der Abendstern leuchtete, leichter Wind brachte ein wenig Kühlung.

»Holm veranstaltet eine Einweihungsparty.«

»Ich weiß.«

»Du kannst hier Schluß machen, hat Eugen gesagt. Sie wollen uns dabeihaben.«

Ihre Stimme klang ungewohnt versöhnlich.

Achim wußte nicht, wie er den Sinneswandel verstehen sollte. Normalerweise verbarrikadierte Mitsuko sich hinter ihrem Herd, wenn sich Saufgelage abzeichneten, begann einen besonders aufwendigen Fond zu kochen, Gemüse einzulegen, oder sie flüchtete sich – wenn japanische Freunde da waren – zu ihnen in die hinterste Ecke des Restaurants, mit dem Rücken zur Theke.

An den Tischen im Garten saßen noch ein älteres Ehepaar, das längst gegessen hatte, und eine Gruppe von fünf Studenten, die lediglich Getränke bestellten.

Achim zuckte mit den Schultern, sagte: »Hier ist nichts mehr los«, und dann halblaut: »Wenn jemand dringend eine Bratwurst braucht, Spezialität des Hauses, ich bin drinnen.«

Er nahm die Kühlbox mit dem Fleisch und die Schachtel, in der die Senf- und Ketchup-Flasche sowie Eugens selbstgerührte Grillsaucen standen.

»Ich mag Kasane«, sagte er, als sie die Treppe hinaufstiegen.

»Ich auch«, erwiderte Mitsuko. »Sie muß selber wissen, was sie tut.«

Bereits im Flur hallte ihnen ein lautes Durcheinander von Stimmen und Schlagern entgegen. Mitsuko verzog die Mundwinkel, sagte jedoch nichts. Sie wartete, bis Achim Bier und Fleisch in die Kühlung gebracht hatte.

An der Theke standen Holm und Kasane im Zentrum einer Traube. Holm hatte zärtlich den Arm um sie gelegt, Kasanes Kopf lehnte an seiner Brust, unmittelbar neben dem goldenen Leoparden im Dickicht der Haare, die aus dem weit geöffneten Hemdkragen quollen. Achim lächelte. Zumindest in diesem Augenblick paßten sie auf rührend verfehlte Weise zusammen. Um sie herum gruppierten sich Otto, Willi und Gernot, der dem staunenden Eugen einmal mehr die großen ökonomischen Zusammenhänge in ihrer Abhängigkeit von historischen Prozessen erläuterte. Wolfram hockte an der Theke und lallte bereits, während Werner wie immer ununterbrochen vor sich hin redete: über aussichtslose Schlachten am Roulettetisch, Untergänge erhobenen Hauptes mit fliegenden Fahnen, Selbstmorde und Millionengewinne. Außerdem waren da noch Heinz-Klaus, der Sänger, und seine Frau Margret, die hauptberuflich zusammen eine Lottoannahmestelle mit Kiosk betrieben und in letzter Zeit wieder häufiger hier aufschlugen. Sie erzählten Anneliese vom grauenhaften Essen in Weimar, immerhin der Stadt Goethes und Schillers, wo sie am vergangenen Wochenende mit einer Reisegesellschaft gewesen seien, einfach um zu sehen, wie die Sozis das ganze schöne Land hätten verkommen lassen. Anneliese zapfte und warf zwischendurch Bemerkungen ein, über die zumindest Willi lachte.

Achim ließ sich ein Bier geben, hielt es hoch und nickte Holm zu: »Auf euch.«

»Herr Professor, es ist mir eine Ehre«, sagte Holm und verneigte sich.

Mitsuko nahm ein Glas Wein und stieß mit Achim an. Sie standen dabei und doch abseits und schwiegen. Jeder verfolgte für sich das Geschehen, fing Gesprächsfetzen aus diesem und jenem Zusammenhang auf, spann die Gedanken fort, die er den Tag über oder seit längerem hin und her bewegte. Achim beobachtete Mitsuko aus den Augenwinkeln, ihr versteinertes Lächeln, die Art, wie sie an ihrem Riesling nippte. Er hatte ein Bild vor sich, in dem sie angetan mit einem leuchtend roten Kimono in einem menschenleeren japanischen Garten auf einer geschwungenen Holzbrücke stand, unter sich ein ruhiges Gewässer, ringsum herbstlich verfärbtes Laub. »Ich hätte Lust mit dir nach Japan zu fahren«, hörte er sich plötzlich sagen und erschrak über seine eigene Direktheit.

Mitsuko lächelte. Wahrscheinlich hatte sie seinen Satz viel aussichtsloser verstanden, als er gemeint war.

»Schade, daß man nicht einfach mal drei Wochen Urlaub machen kann, wenn man selbständig ist ...«, sagte Mitsuko. »Aber wer weiß, es kann sich auch alles schnell ändern.«

»Was würdest du mir auf jeden Fall zeigen?«

Mitsuko zögerte, als versuchte sie, sich zu erinnern, welcher Ort in dem Land, in dem sie aufgewachsen war, einen Fremden verändert entließe oder einem frisch verliebten Paar auf immer im Gedächtnis bliebe: »Vielleicht den *Genkō-an*-Tempel am Rand von Kyoto.«

Achim bemerkte auf einmal Eugens Blick, der zwischen ihm und Mitsuko hin- und herwanderte, meinte, einen Anflug von Mißbilligung über sein Gesicht gleiten zu sehen, und statt Mitsuko zu fragen, was es mit diesem Tempel auf sich habe, konzentrierte er sich auf Eugen, der offenbar einen Gedanken Gernots aufnahm: »Soll ich dir etwas sagen: Ich bin jetzt vierundfünfzig Jahre alt, und glaub mir, ich habe einiges erlebt, aber die Frauen verstehe ich immer noch nicht.«

»Wahrscheinlich weil du ihnen nicht zuhörst«, warf Anneliese ein, was mit gespielt empörtem Gelächter aufgenommen wurde. »Komm mir nicht damit! Wenn einer zuhören kann, dann doch wohl ich ...«

Angeregt durch das Beispiel des frisch verliebten Holm, vielleicht von der Sommerhitze, den leichten Kleidern befördert oder auch nur infolge der Phantasiegebilde, die den Flaschen entwichen, setzte Eugen sich plötzlich in Bewegung und schwankte auf Mitsuko zu, legte ihr den Arm um die Schulter und sagte: »Na, mein Schatz, wie steht's mit uns beiden: Gehen wir heute mal zusammen schlafen und nicht jeder für sich, wie sonst immer ...«

Mitsuko, die eben noch so gelassen gewirkt hatte, entwand sich angewidert seinem Griff und stellte sich beinahe provokativ hinter Achim. Eugen hätte ihn fortstoßen müssen, wenn er sie erneut anfassen wollte.

»Als ein echtes Ehepaar, das sein Bett teilt: Was hältst du davon?«

Eugen sprach sehr laut – wie es schien, mit voller Absicht: Jeder in der Runde sollte es hören. Vielleicht wollte er etwas demonstrieren, seinen Freunden zeigen, wer der Herr im Hause Schober war, doch wahrscheinlich hatte einfach einer der Strudel, die sich in betrunkenen Hirnen bildeten, plötzlich an Kraft gewonnen und riß jede Vernunft mit sich hinab. Alle spürten, daß sich eine Szene anbahnte, wie man sie selten zu Gesicht bekam, und die Gespräche verstummten. Selbst Gernots unendlicher Monolog brach ab. Mit einemmal herrschte eine bedrohliche Stille, in der das Ruhegeräusch des Kaffeeautomaten zum Dröhnen wurde und Wolfgang Petris Refrain, *Verlieben, Verloren, Vergessen, Verzeih'n, verdammt war ich glücklich, verdammt war ich frei,* ungeahnte Tiefenschichten offenbarte.

»Ich möchte das nicht vor den Leuten besprechen«, sagte Mitsuko.

»Es ist mir scheißegal, was du möchtest, du bist nicht die einzige, die hier Wünsche zu äußern hat. Das sind meine

Freunde, und die können ruhig wissen, was für eine Beziehung wir führen, wenn man das überhaupt noch Beziehung nennen kann.«

Er nahm einen großen Schluck klaren Schnaps aus einem reichlich gefüllten Cognacschwenker.

»Laß uns nachher zu Hause reden.«

»Was meinst du denn, wozu ich dich geheiratet habe? Um dir den Johann zu machen, den Hausdiener für die Samuraitochter, aber da bist du schiefgewickelt, ich kann immer noch jede Frau kriegen, die mir gefällt ...«

»Du hast zuviel getrunken, Eugen.«

»Ob ich getrunken habe oder nicht – abgesehen davon, daß das nicht stimmt: Es ändert nichts an der Tatsache, daß du kalt wie ein Brett bist ... wie ein Fisch ... Ein Fischbrett bist du! Aus Eis! Das kann sich kein Mensch vorstellen, der dich kennt, deshalb muß es mal offen ausgesprochen werden, damit unsere Freunde endlich ein klareres Bild bekommen ...«

»Du bist nur betrunken – jeden Tag!«

»Oder läßt du dich von deinen Japsen bespringen?«

»Ein kaputter Alkoholiker«, sagte Mitsuko leise, mehr zu sich selbst als zu ihm.

»Das kann natürlich auch sein: Was weiß ich denn, was du mit Takeshi und seinem Gesocks treibst, wenn ich nicht da bin? Japanischer Gruppensex, zusammen mit den perversen Medizinmännern, das ist doch alles das gleiche Pack, Mistkerle.«

Mitsuko war hinausgerannt, ohne noch etwas zu erwidern.

Achim hörte, wie die Küchentür knallte, der Schlüssel im Schloß umgedreht wurde.

»Kleinschwänzige Schlitzaugen!« brüllte Eugen. »Wenn ich einen von denen erwische, wie er sich an ihr zu schaffen macht, dem drehe ich eigenhändig den Hals um – nicht bildlich gesprochen, mein Lieber, das kannst du mir glauben.«

Den letzten Satz hatte er direkt an Achim gerichtet, und Achim war nicht sicher, ob es einfach daran gelegen hatte, daß er neben ihm stand, oder eine Warnung sein sollte.

»Wenn ich gewußt hätte, was ich mir da ins Schlafzimmer hole, wäre ich nicht so bescheuert gewesen, mir den Arsch für sie aufzureißen.«

Werner hob kurz den Kopf von der Theke und lallte: »So bekloppt sind nur Männer.«

»Das kannst du laut sagen! Wir sind die Deppen! Gutmütig, aber doof.«

Eugen klopfte ihm anerkennend auf die Schulter: »Man schiebt ihnen alles in den Hintern, aber ran darfst du trotzdem nicht, wenn der Anfang erst vorbei ist ... – Hör gut zu, Holm, daß du weißt, was da auf dich zukommt, alter Bock ...«

Holm sagte nichts.

»Die ist doch frigide, die dumme Fotze«, fuhr Eugen fort. »Da muß man sich gar keine Sorgen machen, daß sie jemand anderen hat, der schickt sie nach dem ersten Mal gleich wieder zurück, so tot ist die im Bett ...«

Achim sah Mitsukos Schatten hinter der Durchreiche. Natürlich hörte sie, was Eugen sagte. Er stand da und schüttelte den Kopf.

In kurzen Abständen verschwanden die Männer, während Eugen sich zunehmend weinerlich in Details ihres Ehelebens erging: »Meinst du, sie hätte mir mal einen ... französisch? Vergiß es! Dabei macht dir das jede Billignutte auf dem Straßenstrich für einen Zwanziger ...«

Die Lampen in der Küche erloschen. Achim hörte, wie die Tür geöffnet und wieder geschlossen wurde. Es folgten

Schritte auf dem Flur. Er rang mit sich: Er mußte ihr hinterhergehen – er durfte ihr keinesfalls hinterhergehen.

»Die soll sich mal bei einem Psychiater auf die Couch legen. Wenn du mich fragst, sind ihre Instinkte als Frau total gestört von dieser kranken Japsengesellschaft ...«

»Sie ist weg«, sagte Achim.

»Na und. Sie kann mich am Arsch lecken«, sagte Eugen. »Wir sind noch da. Das reicht. Was will sie denn ohne uns hier!«

Draußen auf dem Parkplatz neben dem Eingang wurde der Motor eines Wagens angelassen. Achim trat einen Schritt nach rechts und sah, wie Mitsuko davonfuhr.

Einige hundert Jahre zuvor in Japan

Der Töpferhof liegt still in der Sonne: ein Hort des Friedens. Auf dem sommertrockenen Boden wirbeln die Hufe von heranpreschenden Hengsten Staubwolken auf und kommen zum Stehen.

Nishida Hidekazu, der Herr über Tokoname, springt vom Pferd, wirft dem ersten seiner Gefolgsleute die Zügel zu, marschiert schnurstracks durchs Tor, gewandet in einen aus wildfarbigen Brokatflecken nach neuester Mode geschneiderten Rock, mit goldener Borte verzierten Hosen. Sein Haupt ist ungeschoren, das Haar hinten am Kopf zu einem Knoten zusammengefaßt. Ein kurzer Bart ziert Oberlippe und Kinn. Zwei seiner Männer folgen in gebührendem Abstand mit hastigen Schritten. Einer von ihnen ist der Teemeister Sasaki, der ihn in allen Fragen des guten Geschmacks berät.

Mit klaren Linien sind die Schatten des Ahorns, der Findlinge auf den Boden gezeichnet. Der Bambus rauscht leise im Wind.

Hidekazu steht breitbeinig im Eingang der Werkstatt, wippt in den Knien. Ein scharfer Faltenkeil hat sich zwischen den Brauen tief in die Stirn gegraben.

Kōsei erhebt sich und kommt ihm entgegen.

Hidekazu betritt an ihm vorbei den Raum, schaut sich um. »Das Feuer ist gut gewesen dies Jahr?«

»Ich hoffe, Ihr werdet zufrieden sein.«

Die Gesten des Herrn zeugen von Ratlosigkeit und mühsam beherrschtem Gefühl. Er geht unruhig auf und ab, greift nach diesem und jenem, während sein Teemeister stumm in der Tür Befehle abwartet.

»Zeig mir die Schalen.«

Kōsei geleitet den Herrn zum hölzernen Stellbord im hinteren Teil der Werkstatt, auf dem die Gefäße in undurchschaubarer Ordnung aufgereiht sind. Hidekazu nickt und murmelt, nimmt eine Vase, dreht sie fahrig in der Hand hin und her.

»Was ist das für eine Hütte, die dort vor dem Wald steht?«

»Ein Fremder hatte sie sich für den Winter errichtet.«

»Es heißt, du habest ihn versorgt.«

»Er wurde als Gast behandelt.«

Hidekazu schnaubt. Dann winkt er Sasaki herbei: »Es sind gute Stücke, die der Meister uns zeigt, was meinst du?«

Sasaki, dem Ehrgeiz und Hinterlist längst das Gesicht verdorben haben, sagt: »Er ist einer der Besten im Land, vielleicht der Beste von allen.«

Ein zwielichtiges Lächeln umspielt seinen Mund.

»Das will ich meinen«, knurrt Hidekazu.

Kōsei verneigt sich. Er weiß, daß etwas im Schwange ist.

»Es fehlt nichts von dem, was mir zusteht, nicht wahr?«

»Nichts von dem, was Euch zusteht, fehlt.«

»Es wurde auch nichts gestohlen?«

»Kein Dieb kann unbemerkt hier eindringen, das ist gewiß.«

Hidekazu scharrt mit dem Fuß, seine Augen sind schmal, er atmet tief aus: »Vergangene Nacht hat ein Mann versucht, auf verbotenen Wegen mein Gebiet zu verlassen.«

Er hält inne und sieht Kōsei erwartungsvoll an.

»Er konnte nach heftigem Kampf getötet werden.«

Kōsei schweigt.

»Vorher hat er sieben meiner Männer ums Leben gebracht.«

Kōsei nickt. Seine Züge drücken verhaltenes Mitgefühl aus.

»Es war ein Fürst aus dem Norden, der lange gesucht wurde.«

Beiläufig rückt Kōsei einen Krug zurecht.

»Sasaki«, sagt Hidekazu und seine Stimme vibriert vor Zorn, »zeig dem Meister, was im Gepäck des Mannes gefunden wurde.«

Sasaki zieht ein verschnürtes Bündel hervor, löst Knoten, schlägt das grüne Tuch auseinander, reicht seinem Herrn eine Schale. Hidekazu stellt sie mit finsterer Miene zu den anderen Gefäßen und sagt: »Die Ähnlichkeit ist verblüffend, nicht wahr? Als gehörte sie dazu. Sasaki meint, es bestehe kein Zweifel, daß sie dazugehört. Welche Erklärung gibt es dafür?«

Nach einer Pause sagt Kōsei lächelnd:

»Noch nie hat jemand eine Erklärung für irgend etwas gefunden.«

Hidekazus Hand zuckt gefährlich, hält kurz vor dem Schwertgriff inne. Ohne ein weiteres Wort zu verlieren, stürmt er hinaus.

17

Heißes Wasser für Tee

»Ich könnte versuchen, eine Teezeremonie für dich zu machen«, sagte Mitsuko.

Achim hielt vor Schreck die Luft an, drehte sich zur Seite und simulierte einen leichten Hustenanfall, als hätte er sich verschluckt.

»Das würdest du tun?«

»Morgen vielleicht? Oder Mittwoch, da wollte ich ohnehin schließen. Donnerstag kommt Eugen aus dem Krankenhaus. Dann hat es keinen Sinn mehr.«

Eugen lag zu verschiedenen Untersuchungen auf der orthopädischen Station des Universitätsklinikums B. Mit Hilfe von Wolfs Kontakten hatte er kurzfristig ein Bett in der Abteilung von Professor Daut bekommen, der als Kapazität bei der Behandlung von Bandscheibenschäden galt. Eine Woche zuvor, im Anschluß an Holms Fest und die Eskalation des Streits mit Mitsuko, hatte Eugen sich nahezu bewegungsunfähig und, wie er beteuerte, ohne jede Erinnerung an gar nichts mit dem Kopf auf der Tischplatte in *Ännis Grotte*, der übelsten Absturzkneipe von A., wiedergefunden. Was genau in dieser Nacht geschehen war, wußte niemand. Achim hatte ihn um kurz nach eins allein zurückgelassen, nachdem Eugen seinen dringenden Rat, ins Bett zu gehen, ebenso empört wie wortreich zurückgewiesen und sich ein Taxi in den *Club Rouge* bestellt hatte, mit der erklärten Absicht, in Ruhe weiterzutrinken und außerdem endlich einmal wieder als Mann zu seinem Recht zu kommen. –

»Morgen bin ich verabredet ...«, sagte Achim, nicht weil er wirklich etwas vorgehabt hätte, sondern um sich ein wenig Luft zu verschaffen. »Aber Mittwoch würde passen.«

»Ich bin nicht sicher, ob ich es überhaupt noch kann. Eigentlich muß man den Ablauf ständig üben. Nicht nur um Fehler zu vermeiden, sondern damit die Bewegungen so flüssig und selbstverständlich werden, wie ... wie beim Klavierspiel.«

»Du wirst es bestimmt wunderbar machen. Allerdings habe ich keine Ahnung, wie ich mich als Gast benehmen muß. Da gibt es doch ebenso strenge Regeln wie für den Teemeister. Wahrscheinlich wirst du mich nach fünf Minuten wegen ungebührlichen Verhaltens hinauswerfen.«

Er lachte, auch Mitsuko lachte, so ließ sich die Unsicherheit, die jeder von ihnen empfand, am ehesten überspielen.

»Dann übermorgen, gegen sechs«, sagte Mitsuko. »Bei mir in der Wohnung. Du warst noch nie dort, oder?«

Achim schüttelte den Kopf.

»Weinheimer Straße 24. Das linke der beiden Hochhäuser.«

»Ich weiß.«

»Elfter Stock.«

Den folgenden Tag verbrachte Achim hauptsächlich damit, darüber nachzugrübeln, ob Mitsukos Einladung zur Teezeremonie – ähnlich der hierzulande gebräuchlichen Frage: »Kommst du noch auf ein Glas mit zu mir?« – bedeutete, daß sie anschließend oder womöglich ohne sich überhaupt noch um den Tee zu kümmern, mit ihm ins Bett wollte, zumal sie in den vergangenen Tagen mehrfach angedeutet hatte, daß ihre Zeit mit Eugen in naher Zukunft beendet sein werde.

Mitsukos Fluchtversuch an besagtem Montag hatte, nachdem sie ihrem ersten Impuls, sich zu Mitsumi nach Zürich abzusetzen, nicht gefolgt, sondern anderthalb Stunden ziellos durch die Gegend gefahren war, kurz nach Mitternacht in der Parkgarage ihres Hauses geendet. Dort hatte sie eine weitere Stunde im Wagen gesessen, hin- und hergerissen zwischen blanker Wut und der Hoffnung, daß Eugen sich betrunken den Hals bräche oder auf sonst irgendeine Weise aus der Welt geschafft würde. Schließlich gegen halb zwei war sie mit pochendem Herzen und der Bereitschaft, ihm, würde er auch nur ansatzweise handgreiflich werden, ohne Vorwarnung zwischen die Beine zu treten, in den Aufzug gestiegen, hatte die Wohnungstür geöffnet und erleichtert festgestellt, daß er noch nicht da war. Sie hatte sich in ihrem Zimmer eingeschlossen, den Futon ausgerollt und bis zum Morgengrauen an die Decke gestarrt. Statt zu schlafen, war sie allen Empfindungen, die im Halbdämmer durch sie hindurchzogen, aufmerksam gefolgt und hatte festgestellt, daß Groll und Abscheu sich nicht verzogen und auch nicht wie früher von Sorge oder Eifersuchtsphantasien abgelöst wurden: Sollte er doch zu einer Nutte gehen, wenn es ihm Spaß machte. Schließlich, gegen fünf, war sie aufgestanden und hatte aus dem Fenster in die aufgehende Sonne geschaut, die leuchtend rot wie der Feuerball auf Japans Flagge jenseits der Industriegebiete aus dem weißen Dunst über dem Fluß gestiegen war. Sie hatte das Fenster geöffnet, die kühlfeuchte Frühluft eingesogen, und plötzlich war ihre Todmüdigkeit einer eigenartigen Klarheit gewichen. Mit einemmal hatte sie einen Ausweg gesehen, einen Entschluß gefaßt und konkrete Pläne entworfen, wie er sich in die Tat umsetzen ließe: Darüber wollte sie allerdings noch nicht sprechen. –

Das hatte sie Achim flüsternd und in mehreren Anläufen erzählt, nachdem er sie am Mittwoch, so taktvoll und mitfühlend es in Anwesenheit des gekrümmten, vor Schmerz stöhnenden Eugen möglich gewesen war, gefragt hatte, wie es ihr gehe und ob er ihr helfen könne.

Möglicherweise war die Einladung zum Tee bereits Teil dieses Ausstiegsszenarios.

Unabhängig von Mitsukos Entscheidungen sowohl im Hinblick auf ihre Zukunft mit Eugen, als auch, was die Chanoyu oder eine Liebesnacht anlangte, mußte Achim, bevor er allein mit ihr in der Wohnung stünde, für sich klären, ob er überhaupt noch willens war, mit ihr ins Bett zu gehen, oder ob seine Lust sich womöglich längst in Küchendunst aufgelöst hatte. Jetzt, wo sie sich ihm anscheinend auf dem Bambustablett präsentierte, reagierten zumindest Teilbereiche seiner Person mit Fluchtreflexen. Er erinnerte sich an den Anblick ihrer Nacktheit in der Hotelsauna, der ihn vier Monate zuvor merkwürdig kalt gelassen, ja sogar ein wenig abgestoßen hatte. Im nächsten Augenblick fiel ihm jedoch auch wieder die Gier ein, die später am Abend vor dem Fernseher über sie beide hergefallen war, die Mühe, die er gehabt hatte, seine Erregung zu verbergen, das Verlangen, mit dem sie sich gegen seine Schenkel, in seine Hand gedrängt hatte, während Bill Murray sich an Andie MacDowell versuchte. Er nahm das Büchlein mit den Utamaro-Holzschnitten aus dem Regal und folgte einmal mehr den Blicken des Spanners draußen aus der Dunkelheit auf säftzende Schamlippen, gewaltige Erektionen, stellte sich vor, wie die Stimmen klängen, die zu den bei aller Hingabe vollkommen verschlossenen Gesichtern der Frauen gehörten, überlegte einen kurzen Moment, ob er Mitsuko nicht jetzt sofort unter irgendeinem Vorwand anrufen oder noch besser an ihrer Tür klingeln sollte: Bestimmt würde sie ihn nicht fortschicken.

Er tat nichts dergleichen. Statt dessen legte er das Buch wieder fort und machte sich in aller Schärfe klar, daß er eine ungesunde Neigung hatte, sich in komplizierte Beziehungsgeflechte hineinziehen zu lassen, weil er, aus Feigheit, Bequemlichkeit oder sonst einer Charakterschwäche heraus, den Zeitpunkt für ein klares »Nein« verpaßte. Unter keinen Umständen war er bereit, irgendeine Zukunft mit Mitsuko ins Auge zu fassen oder gar ein Restaurant zu eröffnen. Er mußte fort aus dieser Stadt, wollte er nicht hier untergehen. Allenfalls würde er diese Nacht noch mitnehmen: Ab der zweiten begänne eine Beziehung, und zu der war er nicht imstande.

Mitsuko öffnete die Tür und begrüßte ihn, indem sie sich tief verneigte, statt ihn wie gewöhnlich in einer Umarmung auf die Wangen zu küssen. Sie trug einen fahlgrünen Kimono aus leichter, fließender Seide, auf die breite Klatschmohnbänder gestickt waren, leuchtender als wirkliche Blüten auf Sommerwiesen. Knapp unterhalb der Brust wurden die Stoffbahnen von einem breiten Obi in bläßlichem Hellblau zusammengehalten, unmittelbar darüber ragte die Ecke eines sorgsam gefalteten, orangefarbenen Seidentuchs aus dem Revers.

Achim hatte hin und her überlegt, ob er ein Gastgeschenk mitbringen sollte und wenn ja, welches? Schließlich hatte er sich für ein Kästchen belgischer Trüffel entschieden, die er ihr jetzt ungelenk in die Hand drückte.

»Danke«, sagte Mitsuko. »Das wäre nicht nötig gewesen.«

Auch ihre Stimme klang anders als sonst. Sie wandte sich um, stellte die Pralinenschachtel auf das Telephontischchen neben der Garderobe, und Achim war sicher, mit dem Mitbringsel seinen ersten Verstoß gegen japanische Benimmregeln begangen zu haben, noch bevor die eigentliche Zeremonie begonnen hatte.

Mitsuko wies ihm wortlos den Weg durch den Flur. Er wußte nicht, ob er vorgehen oder folgen sollte, tat einen forschen Schritt, so daß sie für einen Augenblick merkwürdig falsch nebeneinander standen, ehe Mitsuko, anders als eine deutsche Gastgeberin, die vielleicht: »Bitte, nach Ihnen«, gesagt hätte, sich entschied, die Führung zu übernehmen.

Am Ende des Flurs hing ein altes Rollbild, auf dem mit wenigen Pinselschlägen eine Wildgans vor bleichem Mond im Schilfgürtel eines Sees landete. Achim wußte, daß sie ein altes Symbol war, konnte es jedoch nicht deuten.

Mitsuko öffnete rechts die Tür und streifte ihre Holzpantinen ab. Sie stand jetzt in weißen Söckchen da, die jeweils zwischen dem großen und den übrigen Zehen gespalten waren, und sagte: »Könntest du die Schuhe ausziehen, wegen der Tatamis?«

Achim hockte sich hin, löste die Schnürsenkel und hoffte, daß er weder Löcher in den Strümpfen noch stinkende Füße hatte. Schließlich betrat er ihr Zimmer.

Gleich neben dem Eingang stand ein schwarzes Klavier mit geschlossenem Deckel, das samt Hocker als Ablage für Bügelwäsche diente. Eine Schrankwand, die Eugen offenbar selbst eingebaut hatte, reichte bis zur Decke. Weiter vorn war ein Schreibtisch, der aussah, als würde er selten benutzt, daneben ein Bücherregal, das hauptsächlich deutschsprachige Unterhaltungsromane enthielt, außerdem eine Stereoanlage mit Schallplatten- und CD-Sammlung. Hier vorn erinnerte der Raum an eine Studentenbude, deren Bewohnerin mit dem Organisieren ihres Haushalts überfordert war und hauptsächlich zum Schlafen abstieg.

Die andere Hälfte des Zimmers hätte, zumindest auf den ersten Blick, aus einem Museum für ostasiatische Kunst stammen können. Auf den zweiten sah man, ähnlich wie bei der Einrichtung des Restaurants, die Handschrift Eugens als japanischer Schreiner. Der Boden war vollständig mit Tatamis bedeckt, weiter vorn folgte ein vier Matten breites, um eine Stufe erhöhtes Podest. Da der Raum eine halbe Matte breiter war, hatte Eugen ein Einbauelement aus Tischler-Platten gezimmert, mit Antikwachs behandelt und links mit einem verwitterten Eichenbalken abgeschlossen, so daß eine beinahe klassische Tokonama-Nische entstanden war, wie man sie aus den berühmten Teehäusern in und um Kyoto kannte. Vor den Fenstern hatte er verschiebbare, mit weißem Papier bespannte Rahmen montiert, so daß Mitsuko je nach Stimmung zwischen dem weiten Blick aus einem modernen Hochhaus über ein europäisches Ballungsgebiet und der gedämpften Atmosphäre eines altmodisch japanischen Ambientes wählen konnte. Sie schloß jetzt das letzte der Papierfenster, so daß ein sanftes Licht blieb, das die Schatten zu gleitenden Übergängen werden ließ.

In der Nische hing ein weiteres Rollbild, auf dem ein ausgewachsener und ein junger Karpfen unter einem mächtigen Bananenblatt an die Wasseroberfläche stießen. Achim schoß mit Entsetzen der Gedanke »Mutter und Kind« durch den Kopf, doch im selben Moment war er sicher, daß Mitsuko bei der Auswahl an etwas anderes gedacht hatte. Hier oben, hoch über den Straßen, war es in diesem Moment so still, daß Achim meinte, das leise Schmatzen von Fischmündern zu hören. Rechts des Bildes stand ein kleines Räuchergefäß auf einem dunkelgrünen Seidengeviert und verströmte Sandelholzduft.

»Ich habe keine Ahnung, was ich jetzt tun soll«, sagte Achim, »du mußt mir jeden Schritt erklären.«

Mitsuko lächelte mit gesenktem Blick: »Wir machen es ganz informell.«

Sie wies ihm einen Platz an, etwa einen Meter von einem halbkugelförmigen Feuerbecken auf hohen Füßen entfernt, in dem eine Gasflamme einen verrosteten gußeisernen Wasserkessel beheizte. Dort kniete er sich hin. Achim war ein wenig enttäuscht, denn eigentlich hätten sich darin glühende Holzkohlen befinden müssen, die in Anwesenheit der Gäste – in diesem Fall des Gastes – kurz vor dem Bereiten des Tees noch einmal feierlich umgruppiert worden wären.

Mitsuko verließ beinahe geräuschlos den Raum. Kurz darauf meinte Achim, das Zischen von Öl zu hören, widerstand jedoch der Versuchung aufzustehen und ihr zu folgen. Nach wenigen Minuten kehrte sie mit einem dunkelroten, quadratischen Lacktablett zurück, auf dem zwei Deckelschalen, eine samtschwarz mit goldenem Bambuszweig und eine aus Porzellan, auf der sich geometrische Muster mit Blütengebinden abwechselten, sowie ein rechteckiger senfgelber Teller standen. Auf dem Teller lag ein dünnes Stück gebratenen Fischfilets, dazu ein wenig gedünstetes Gemüse. In der Porzellanschale war Reis, die lackierte enthielt eine Misosuppe.

»Ein kleines Kaiseki-Menü«, sagte Mitsuko.

Sie trippelte einige Schritte in seinem Rücken zu einem offenen Regal, holte ein Sake-Fläschchen und zwei winzige Becher aus weiß glasierter Keramik heraus, kniete sich neben ihn und schenkte ein.

»So war es, glaube ich, ursprünglich gedacht«, sagte sie, »zu Rikyūs Zeit: nur drei Gerichte, ganz schlicht. Heutzutage bekommst du ein Dutzend Gänge serviert, wenn du in ein Teehaus gehst.«

Sie hob ihren Becher, er tat es ihr nach, sie tranken jeder einen Schluck Sake.

»Ißt du nicht?« fragte Achim.

Sie schüttelte den Kopf.

»Aber ...«

Mitsuko nickte aufmunternd, so als wäre sie sich der Schwere der Aufgabe, die ihm bevorstand, bewußt. Achim zögerte noch immer.

»Es ist besser, vor dem Tee etwas Leichtes zu essen. Manche Leute vertragen ihn sonst schlecht«, sagte sie.

»Reden wir jetzt eigentlich oder findet das Ganze eher schweigend statt – ich meine: traditionell?«

»Wenn ich mich recht entsinne, darf während des Essen gesprochen werden, aber wie gesagt: Es ist zwanzig Jahre her, daß ich das gemacht habe. Und ich war auch nie eine besonders tolle Teeschülerin.«

Achim kaute.

»Hast du den Fisch anders zubereitet als sonst oder liegt es an der Atmosphäre, daß er anders schmeckt?«

»Besser oder schlechter?«

»Schwer zu sagen.«

Er spürte den Aromen in seinem Mund nach: »Schlechter auf gar keinen Fall. Sehr pur.«

»Bestimmt hängt es mit der Situation und den Gegenständen zusammen. Man konzentriert sich anders. Eines Tages werde ich ein Restaurant haben, das so ist.«

»Aber die Einrichtung hier – das hat alles Eugen für dich gebaut?«

Er merkte, daß er die falsche Frage gestellt hatte. Mitsukos Gesicht wurde zur Maske. Die Maske nickte.

Schweigend fischte Achim die letzten Reiskörner aus der Schale, dann legte er seine Stäbchen aufs Tablett.

»Das war sehr gut«, sagte er.

»Eigentlich müßtest du jetzt nach bestimmten Regeln dein

Geschirr reinigen, aber ich weiß auch nicht mehr, wie das geht.«

Sie nahm das Tablett und trug es hinaus.

Achim drehte sich um, schaute ihr nach, fragte sich, ob auch ihre Art zu gehen eine andere geworden war. Sein Blick, der sich die ganze Zeit über ausschließlich zwischen japanischen Dingen im Nachbau eines japanischen Raums bewegt hatte, blieb, ein wenig verwirrt, noch einmal im europäischen Sektor des Zimmers hängen, dessen Vorhandensein er beinahe schon vergessen hatte. Ihm schoß die absurde Idee durch den Kopf, sie nachher zu fragen, ob sie etwas für ihn auf dem Klavier spielte.

Mitsuko kam zurück. Mit beiden Händen trug sie ein schweres dunkles Tongefäß vor sich her, in dem sich kaltes Wasser befand, um das siedende im Kessel, wenn es zu heftig kochte, ein wenig abzukühlen. Sie kniete sich stumm hin, stellte das *Mizusashi* neben die Feuerstelle, richtete sich in einer langsamen und kompliziert wirkenden Bewegung auf, ohne mit den Händen den Boden zu berühren, huschte erneut hinaus. Als sie wenige Augenblicke später in der Tür erschien, trug sie ein kleines, hell glasiertes Keramikgefäß, die *Chaire*, in der Linken und in der Rechten die *Chawan*, in der ein Bambusschneebesen, der Teespatel sowie ein zusammengefaltetes, weißes Tuch lagen. Wieder kniete sie sich unendlich langsam hin, stellte die Gegenstände ab und erhob sich mit großer Mühe, wobei sie einmal kurz zu kippen schien, vielleicht, weil sie auf den Kimono getreten war. Sie fing sich im letzten Moment. Beim dritten Mal brachte sie eine offene Keramikschüssel, ein dickes Stück abgesägten Bambus sowie die langstielige Schöpfkelle an den Platz. All das bewerkstelligte sie mit derart nach innen gekehrtem Gesichtsausdruck, daß Achim seine eigenen Kopf- und Augenbewegungen, mit denen er ihr bis zur Genickstarre folgte, zunehmend unangemessen erschienen.

Während Mitsuko sich bemühte, die Dinge mit ruhigen konzentrierten Gesten so zu arrangieren, wie es für die Zubereitung des Tees vorgesehen war, blieb Achims Blick an der Chawan hängen. Sie strahlte eine Anwesenheit aus, wie er sie nie zuvor beim Anblick eines simplen Keramikgegenstandes gespürt hatte. »Ist das …«, setzte er an, doch Mitsuko führte den Zeigefinger an ihre Lippen, damit er schwieg.

Sie hielt die Kelle hoch, zögerte, legte sie schräg vor dem Feuerbecken auf den Boden, zog die Spülschüssel näher heran, strich sich eine Haarsträhne aus der Stirn, was sicherlich nicht vorgesehen war. Immer wieder machte sie Pausen, legte die Hände auf die Knie und schien zu überlegen, was als nächstes folgte.

Achims Atem verkrampfte, er seufzte auf, dann spürte er Juckreiz im linken Fuß, wagte jedoch nicht, sich zu kratzen, wodurch seine Aufmerksamkeit noch stärker abgelenkt wurde. Das Jucken sprang ins Genick. Mitsuko hob die Chawan ehrfürchtig hoch und stellte sie etwa zehn Zentimeter weiter links wieder ab. Er kratzte sich nun doch, wobei er Mitsuko ansah, doch auf ihrem Gesicht zeigte sich keine Regung, die darauf hindeutete, daß sie das Kratzen mißbilligte. Statt dessen atmete sie jetzt selbst tief und laut ein, blies die Wangen auf und ließ die Luft geräuschvoll wieder entweichen. Achim schaute sie erschrocken an, im selben Moment schlug sie sich mit der flachen Hand gegen den Mund, ein kurzes Kichern gluckste auf, das sie gewaltsam hinunterschluckte.

Achim spürte wieder den seltsamen Schmerz in der Brust, der von dem tiefen Riß herrührte, und kniff die Augen zusammen.

Nachdem Mitsuko ihre Fassung zurückgewonnen hatte,

nahm sie die Chaire, ein besonders hübsches kleines Gefäß, sandfarben mit einem grünen Fleck, der Deckel aus gedrechseltem Elfenbein, und positionierte sie feierlich vor der Schale. Dann zog sie das orangefarbene Tuch aus dem Revers, faltete es erst auseinander, anschließend nach einem neuen Plan wieder zusammen und strich über die Dose, wie um sie zu reinigen, obwohl sie kein bißchen verschmutzt war.

Achim fragte sich, ob all das, was Mitsuko tat, so langsam und zögerlich gemacht werden mußte, oder ob sie in einer Mischung aus Erinnerung und Improvisation vorging, bemüht, ihn nicht merken zu lassen, daß sie in Wirklichkeit längst nicht mehr wußte, wie die einzelnen Schritte aufeinanderfolgten, und vor allem, wie man sie so selbstverständlich ausführte, daß sie nicht als Auswüchse eines pedantischen, von Zwangsneurotikern erdachten Prozederes erschienen. Während Mitsuko das Tuch zum dritten Mal neu faltete, den Bambuslöffel abstrich und waagerecht auf der Teedose plazierte, den Schneebesen herausnahm, daneben stellte, abermals die Chawan um wenige Zentimeter verrückte, simmerte das Wasser im Kessel leise vor sich hin, doch zugleich knackte die Gasflamme unregelmäßig und zerstörte das Bild eines frischen Rinnsals im Wald, das eigentlich aus dem Gluckern auftauchen sollte. Achim bemerkte, daß sein Fuß inzwischen nicht mehr juckte, sondern eingeschlafen war und zu schmerzen begann. Mitsuko zog beinahe genüßlich den Stiel der Schöpfkelle zwischen den Fingern hindurch, was fast obszön wirkte, ehe sie den Deckel vom Kessel nahm und einen Schluck Wasser in die Schale gab, um sie gleichfalls zu reinigen.

Achim biß vor Schmerz die Zähne zusammen, dann entschied er, sich ein wenig umzusetzen, und verlor endgültig den Faden. Er dachte an Mitsukos Brüste, die kleinen, dunkelbraunen Warzen, an eine Geisha im alten Edo, die geheime Liebeszauber beherrschte, stellte sich vor, wie er ein Reisebüro betrat und sagte: »Ich brauche einen Flug nach Tokio – nur hin.«

Er fuhr aus seinen Abschweifungen hoch, weil Mitsuko sich laut räusperte. Offenbar war ihr nicht verborgen geblieben, daß er sich in Gedanken fortgestohlen hatte. Sie schwenkte die Schale, goß das Wasser in die Schüssel, nahm das weiße Tüchlein, um sie abzutrocknen. Mehr als von dem, was Mitsuko tat, wurde seine Aufmerksamkeit erneut von der Schale gefangengenommen. Sie schimmerte in warmen Braun- und Beigetönen, die sich an einer Seite zu einem satten Orange steigerten. Sie war sehr alt. Es schien, als hätte die Hitze sie während des Brandes gewaltsam verzogen. Anders als die berühmten Schalen Chojiros oder Hon'ami Kōetsus war keine Glasur aufgetragen, sondern die Verfärbungen und der Glasfluß verdankten sich ausschließlich der Flugasche.

Mitsuko stellte die gespülte und getrocknete Schale vor sich hin, verneigte sich vor ihr und nahm endlich die Teedose zur Hand. Sie hob den Deckel ab, legte ihn auf die Reisstrohmatte und gab drei Spatel des leuchtend grünen Matcha-Pulvers hinein. Anschließend klopfte sie den Spatel mehr oder weniger symbolisch am Rand der Chawan ab, öffnete das Mizusashi, nahm dann jedoch eine Kelle siedendes Wasser aus dem Kessel und goß sie über den Tee. Die Kelle legte sie mit einer seltsam manierierten Geste auf dem Kesselrand ab, ehe sie begann, den Tee in der Schale mit schnellen Vorwärts-Rückwärts-Bewegungen des Besens schaumig zu schlagen. Sie benötigte dafür deutlich mehr Zeit als er zu Hause. Schließlich wurden die Schläge langsamer, sie zog den Besen über den Rand hinaus, nahm die Schale in die Hände und drehte sie in zwei Anläufen zurecht, wobei Achim nicht erkennen konnte, nach welchen Kriterien sie dabei verfuhr. Er bereitete sich innerlich darauf vor, sie in Empfang zu nehmen, doch ohne daß Mitsuko sich ihm zuwandte oder irgendein Zeichen gab, stellte sie die Schale halb schräg vor ihm auf die Tatami-Matte.

Achim sah sie verwirrt an. Mitsuko hielt den Blick standhaft etwa einen halben Meter vor ihren Knien auf den Boden gerichtet, bis er flüsterte: »Ist das für mich?«

Sie nickte.

Er nahm die Schale vorsichtig erst in die linke, dann in beide Hände und führte sie zum Mund, wobei er aus den Augenwinkeln versuchte, irgendeine Reaktion auf ihrem Gesicht zu erkennen. Mitsuko rührte sich kein bißchen. Sie kniete da, als wäre nichts geschehen. Er selbst schien in diesem Moment gar nicht vorhanden zu sein.

Der Tee schmeckte nur geringfügig anders, als der, den er sich zu Hause zubereitete. Er leerte die Schale in vier Schlucken, schaute dann wiederum zu Mitsuko hinüber und sagte: »Und jetzt?«

Lediglich mit einem Nicken wies sie ihn an, die Schale dorthin zurückzustellen, von wo er sie genommen hatte.

Endlich verlor sie die Spannung, kicherte auf diese alberne und ärgerliche Weise, die er nie verstanden hatte, und sagte: »So ungefähr.«

»Jetzt können wir uns wieder unterhalten?«

»Zuerst muß ich sie noch ausspülen, dann können wir ein Gespräch in gemessenem Ton über den Tee, den du getrunken hast, die Schale und die anderen Gegenstände führen …«

Sie nahm eine weitere Kelle Wasser, goß es in die Schale, schlug es mit dem Besen wie vorher den Tee, schüttete es fort und trocknete die Schale dann erneut gründlich ab, diesmal jedoch nicht vorsichtig, sondern mit robusten Bewegungen, als hätte sie ein beliebiges Stück Geschirr vor sich, das naß aus der Spülmaschine gekommen war.

Achim sah ihr seltsam ernüchtert zu.

Chanoyu: Das bedeutet,
dessen soll man sich bewußt sein,
nur Wasser zu kochen,
Tee zu bereiten
und ihn zu trinken, hatte Rikyū gesagt.

Trotzdem: Es mußte etwas anderes gewesen sein, als das, dem er soeben beigewohnt hatte oder noch beiwohnte, das mehr als fünfhundert Jahre lang die edelste und weihevollste Handlung eines jeden Japaners mit Herz gewesen war, dessentwegen einige der hervorragendsten Männer des Landes sich hatten töten müssen oder getötet worden waren, dieses Ritual, das zahllosen Abhandlungen, Erzählungen, Gedichten und Bildern Anlaß und Thema gegeben hatte, dessentwegen die gesamte japanische Keramik in all ihrer verrätselten Schönheit überhaupt nur existierte. Selbst wenn man Rikyū beim Wort nahm und sich darüber hinaus klarmachte, daß Form Leere bedeutete, mußte im Zentrum, auch wenn es gar kein Zentrum gab, etwas anderes gestanden haben als diese unelegante, beinahe schon peinlich kleinkarierte Veranstaltung.

»Kann ich mir die Schale noch einmal ansehen.«

Mitsuko reichte sie ihm mit versteinertem Gesicht. Vielleicht – nein: Sicher ahnte sie, daß ihre Chanoyu nicht gut geraten war. Hinter der Fassade meinte Achim allerhand Bilder aus fernen Vergangenheiten vorbeiziehen zu sehen, doch vielleicht bildete er sich das auch ein. Er strich vorsichtig über die rauhe Oberfläche und sagte: »Sie ist ein Wunder.«

»Ja.« Mitsuko schluckte, als hätte sie einen Kloß im Hals: »Etwas in der Art.«

»Allein die blauen Glastropfen, die an der Innenseite hinunterlaufen, als hätte jemand das Meer ... nicht gefroren ... versteinert, vielleicht.«

Mitsuko starrte bleich und stumm vor sich hin.

Achim spürte wie sich ein Schrecken in seiner Brust ausdehnte, während er geistesabwesend die Schale in den Händen drehte. Er riß sich zusammen und sagte: »Hier sieht es aus, als wäre sie gerissen und anschließend wieder zusammengewachsen. Wie Baumrinde, die nach einem Schnitt vernarbt ist ...«

»Sie heißt *Kizu-Ato Hime*: *die Narbenprinzessin*.«

Achim wagte kaum Luft zu holen: »Wie alt ist sie?«

»Knapp vierhundert Jahre.«

»Weiß man, wer sie gemacht hat?«

Mitsuko atmete tief durch.

»Ich habe ja keine Ahnung«, sagte Achim, »und was ich denke, kann auch gar nicht sein ...«

»Was denkst du?«

»Sie sieht aus wie eine Schale von Tsujimura.«

Eine große Stille dehnte sich aus. Dann sagte Mitsuko: »Es ist eine Schale von Tsujimura. Angeblich eine aus seinem letzten Brand.«

Achim starrte auf das Ding in seinen Händen. Einen kurzen Moment lang bekam er es mit der Angst zu tun, schließlich sagte er sich, daß sie, selbst wenn sie ihm jetzt hinunterfiele, auf der Tatami-Matte nicht in Stücke brechen würde.

»Ich mag Tsujimura lieber als Chojiro und sein Raku«, sagte er, weil ihm so schnell nichts Besseres einfiel.

»In Japan gibt es zwei Fraktionen. Beide haben ihre Gründe.«

»Sie muß unfaßbar wertvoll sein.«

Mitsuko zuckte mit den Achseln, und Achim bemerkte

einen Anflug von Verachtung in ihrem Gesicht. Er war sicher, daß sie ihm galt.

»Darüber darf man nicht nachdenken«, sagte Mitsuko.

»Aber wenn du sie benutzt, hast du keine Angst, daß du irgendwo gegenstößt?«

»Wenn ich mir darüber Gedanken machen würde, müßte ich sie weggeben.«

»Und wo hast du sie her?«

»Mein Vater hat sie mir geschenkt. Als wir uns wieder versöhnt haben.«

»Aber wie ist sie in euren Besitz gelangt? Hatte einer deiner Ahnherren mit Tsujimura zu tun? Oder hat dein Vater sie gekauft? Wahrscheinlich kommt so etwas doch gar nicht in den Handel.«

»Wir haben sie schon lange. Irgendwelche Vorfahren sind zwischenzeitlich die Burgherren von Tokoname gewesen. Genau weiß ich es nicht. Ich habe mich nie für diese Geschichten interessiert. Als er sie mir geschenkt hat, habe ich auch nicht gefragt. Wahrscheinlich hätte man keine Freude daran, wenn man wüßte, was diese Leute, von denen man abstammt, im Laufe der Jahrhunderte an Grausamkeiten veranstaltet haben.«

Achim hörte etwas in ihrer Stimme, das ihn stutzig machte, und er fragte: »Hatten *diese* – *deine* Leute etwas mit Tsujimuras Tod zu tun?«

Mitsuko sah ihn nicht an und sagte nach kurzem Zögern »Nein!«.

So kurz, wie nur eine Japanerin »Nein!« sagen konnte.

Achim glaubte, daß sie log, und merkte, daß es ihm in diesem Moment egal war. Die Erregung, die ihn vibrieren ließ, hatte nichts mit der Frau neben ihm, sondern ausschließlich mit der Teeschale zu tun, mit dem, was sich in ihr bündelte, auch wenn er nicht wußte, um was es sich handelte: Es war nah und stark, wie eine Hand, die sich um den Herzmuskel legte. Er bohrte nach: »Aber es muß einen doch interessieren, wo man herkommt und was es mit den Dingen, die sich im Besitz der Familie befinden, auf sich hat!«

Achim ignorierte, daß Mitsuko offenkundig nicht willens war, ihm Auskunft zu geben, und sich weiter verschloß: »Jedenfalls stelle ich mir das wahnsinnig spannend vor ...«

»Ich bin unter anderem nach Europa gegangen, um mich aus diesen Verkettungen zu befreien«, sagte sie.

Achim hielt noch immer die Schale in der Hand, während Mitsukos Finger geistesabwesend mit dem Bambusspatel spielten. Sie biß die Zähne aufeinander, so daß ihr Gesicht einen verhärmten Zug bekam.

»Ich verstehe«, sagte er und zuckte mit den Achseln.

Er atmete langsam und tief und schaute sie an. Etwas in seinem Inneren rieselte in sich zusammen. Er trat aus sich heraus und sah dabei zu, wie sich sein Blick auf Mitsuko, ohne daß er etwas dagegen tun konnte, von Grund auf änderte oder vielmehr unerbittlich zu dem wurde, den er sich die ganze Zeit über verboten hatte. Plötzlich kniete neben ihm eine dieser geschlechtslosen ältlichen Japanerinnen, die in Gruppen mit khakifarbener Weste und lächerlichem Käppi vor dem Dom oder sonst irgendeiner Sehenswürdigkeit der Welt standen. Eine kurze Panik stieg in ihm auf, und er hatte den unwiderstehlichen Antrieb, so schnell wie möglich aus dieser Wohnung zu verschwinden, damit sie nicht auf den Gedanken käme, ihn zu verführen. Dann merkte er, daß sie ihn gleichfalls aus Augen ansah, in denen unzweideutig geschrieben stand, daß auch bei ihr, von dem, was zwischen ihnen geschwungen hatte, nichts mehr übrig war, wenn sie nicht ohnehin jeder auf seine Weise die ganze Zeit über einem Trugbild nachgejagt waren, das der Ahnung von etwas oder jemand anderem hatte Gestalt verleihen sollen.

»Ich werde nächsten Monat nach Japan fliegen und Bashos *schmale Pfade durchs Hinterland* nachgehen«, sagte er plötzlich, obwohl es dafür eigentlich zu spät oder noch zu früh war.

»Etwas in der Art hatte ich mir gedacht«, erwiderte Mitsuko. »Neulich schon. Bestimmt ist das eine gute Entscheidung. Du solltest von hier verschwinden, bevor es zu spät ist. Wir beide sollten das; ich auch.«

Einige hundert Jahre zuvor in Japan

Es scheint, als wüßte auch das Getier, daß dies für kein Wesen auf Erden ein Freudentag ist, und hätte entschieden, sich nicht zu regen: So still liegt das Land unter dem bleiernen Grau des Himmels.

Drei Tage hat der Töpfer Tsujimura Kōsei gefastet, seit ihm der Herr über das Gebiet, Nishida Hidekazu, durch seinen bestallten Teemeister Sasaki, das Kurzschwert überbringen ließ. Kōsei erkannte sogleich und ohne den Hauch eines Zweifels das Wakisashi Fürst Takanosu Norishiges. Wortlos und ohne Schreiben wurde es ihm überreicht, im sicheren Wissen, daß der Befehl verstanden und vollstreckt werden würde binnen angemessener Frist.

Im Morgengrauen hat Kōsei unter den Mitgliedern seines Hausstandes aufgeteilt, was an Gold und Habe vorhanden war, und sie allesamt fortgeschickt, einen jeden in eine andere Richtung. Anschließend hat er geordnet, was sich ordnen ließ, um dem, der das Anwesen übernehmen oder zerstören würde, seine Arbeit so leicht wie möglich zu machen.

Jetzt geht es gegen Mittag. Kōsei sitzt auf einem Kissen im Wohnraum des Hauses und ißt seinen Reis. In der Bildnische steht eine Schlegelvase aus dem letzten Brand. Auch auf ihr hat sich ein schmaler Tropfen Blau wie von südlichem Gewässer niedergeschlagen.

Ein grüner Bambuszweig steht darin, sonst nichts.

Kōsei stellt die Schale zur Seite und richtet sich auf. Vor ihm liegt das Schwert, vor dem Stichblatt mit einem Streifen Papier umwickelt, daneben ein Pinsel, etwas angeriebene Tusche in flacher Schale, ein weißes Blatt. Er nimmt den Pinsel und schreibt:

Da ist kein Schwert in niemandes Hand,
nur Erde und Feuer.
Schöneres als die dünne Fahne des Rauchs
über dem Schlot sah ich nie.

Kōsei sinkt langsam in den Fersensitz zurück, löst den Gürtel des Gewandes, entblößt seinen Oberkörper. Er hat keinen Helfer gebeten, ihn zu enthaupten, ehe der Schmerz ins Unermeßliche wächst, und doch zeigt sein Gesicht keine Spur von Unruhe.

Mit der Linken reibt er sich über den Bauch, als wollte er letzte Verspannungen lösen, dann nimmt er das Schwert in beide Hände, neigt sich ein wenig vor. Der Atem, den er holt und entläßt, ist weder beschleunigt noch angstvoll gedrückt. Er fließt, wie er fließen soll in Übungen der Sammlung oder der Hitze des Kampfes, unbehindert entströmt er den Lungen gemäß der Natur. In diesem Moment stößt Kōsei die Klinge mit aller Gewalt unter den Nabel, dort, wo die Seele ihren Sitz hat, hält inne, schnappt erneut Luft wie unter schwerer Anstrengung diesmal, während das Blut die grauen Beinkleider färbt, ins Binsengeflecht der Matten einsickert. Kraftvoll und mit einer einzigen harten Bewegung zieht er das Schwert von links nach rechts, schließlich eine Handbreit hinauf. Die geöffnete Bauchdecke klappt sich vor. Gedärm, weißlich schillernd, rutscht auf die Knie. Er hat die Schlagader getroffen, wie es sein soll, Wellen von Blut pulsen im Rhythmus des Herzens hinaus. Kōseis Wangen verlieren schnell alle Farbe, durchscheinend wie Pergament wird die Haut. Aus den Zügen weicht das Leben, schon verlieren die Augen an Schärfe. Fettgewebe und Darmschlingen haben sich um die Klinge gewickelt, die blutüberströmten Hände, besprengten Arme verkrampfen, ein grobes Zittern erfaßt den Körper, schleudert ihn hin und her. Der Seufzer, der jetzt den Lippen entfährt, ist schon weniger Schmerz, denn Erleichterung. Das Bewußtsein schwindet, die Muskeln erlahmen. Das, was noch eben der Töpfer Tsujimura Kōsei war, kippt seitlich nach vorn. Wo sich die Niere befindet, durchstößt das Schwert seinen Rücken. Steil und glänzend ragt die Klinge vor der weißen Papierwand auf, die das letzte verspritzende Rot gierig aufsaugt.

18

Wieder auf der Straße

Mitsukos Verschwinden in der darauffolgenden Woche kam auch für Achim überraschend. Die Möglichkeit, daß sie die drei Tage, die Eugen im Krankenhaus gewesen war – sah man einmal von der unglücklichen Teezeremonie ab –, dazu nutzen würde, ihren Ausbruch aus A. haarklein und doch so heimlich vorzubereiten, daß niemand Verdacht schöpfte, hatte trotz ihrer Andeutungen außerhalb seiner Vorstellungskraft gelegen. Es schien, als wäre Mitsuko dem Vorbild ihres berühmten Ahnherren Usebashu gefolgt, der in scheinbar ausweglosem Situation nach Finten und vorgetäuschten Ausfällen am hellichten Tag als blinder Bettler verkleidet den geschlossenen Belagerungsring rund um seine Burg durchbrochen und sich ins Lager der Verbündeten durchgeschlagen hatte, um seine Truppen neu zu formieren.

Als Eugen am Donnerstag aus der Klinik nach Hause zurückgekehrt war, hatte Mitsuko ihn zwar verhalten, aber keineswegs unfreundlich begrüßt. Wohl war er über die aufgeräumte Wohnung erstaunt gewesen, doch Mitsuko hatte das Restaurant seit Montag geschlossen und dementsprechend viel Zeit gehabt, Liegengebliebenes beiseite zu räumen und Ordnung zu schaffen. Daß zahlreiche Dinge aus Kommoden und Schränken, vor allem ihre mächtigen Schrankkoffer aus dem Keller verschwunden waren, hatte er nicht bemerkt –

ihm fehlte der Überblick über ihre Besitztümer, und im Keller war er einfach nicht gewesen. Mitsuko hatte während seiner Abwesenheit alle wichtigen und wertvollen Dinge in diese schönen alten, aus japanischer Fertigung stammenden Kisten gepackt und einer Spedition übergeben. Am darauffolgenden Dienstag war sie aus der Wohnung gegangen, um, wie sie sagte, einige Besorgungen zu machen, bei denen sie ihn ohnehin nicht brauche, so daß er sich schonen könne. Doch statt Geschäfte aufzusuchen, hatte sie sich am Gurschebacher Markt in die Straßenbahn gesetzt und war zum Hauptbahnhof gefahren. Dort hatte sie eine ebenfalls vorbereitete Reisetasche aus der Gepäckaufbewahrung geholt und die S-Bahn zum Flughafen genommen. Sie war in aller Ruhe durch das Flughafengebäude spaziert, hatte sich am *Quantas*-Schalter ihre Bordkarte ausstellen lassen, anschließend die Sicherheits- und Zollkontrolle passiert. An der Sushi-Bar im Transitbereich, über deren Meister sie von Takeshi wußte, daß er absolut vertrauenswürdig war, hatte sie ausgezeichnet zu Mittag gegessen, allerdings ohne Takeshi zu erwähnen: Falls früher oder später jemand auf die Idee käme, ihre Spur zu verfolgen, sollte er so wenig Anhaltspunkte wie möglich haben. Danach hatte sie Eugen angerufen, damit er sich nicht mehr als unbedingt nötig sorgte, womöglich gar die Polizei verständigte. Was ihren genauen Aufenthaltsort anlangte, war sie jedoch vorsichtshalber im Vagen geblieben. Sie hatte ihm erklärt, daß sie sich auf dem Weg nach Australien befinde, um einen neuen Abschnitt ihres Lebens zu beginnen, und zwar ohne ihn. Eugen war erstaunlich ruhig geblieben und hatte nach kurzem Schweigen geantwortet, daß sie tun müsse, was sie nicht lassen könne, er komme schon klar. Eines erwarte er allerdings von ihr: daß sie nach Ablauf des Trennungsjahres für eine saubere Scheidung noch einmal hier erscheine.

Als Achim mittwochs gegen halb vier zum Wanderheim kam, wunderte er sich zunächst, daß in der Küche kein Licht brannte. Im Flur stellte er fest, daß die Küchentür abgeschlossen war. Er betrat ein wenig verwirrt den Gastraum, wo Eugen mit Willi und Anneliese am Tisch saß. In einer einzigen Bewegung hoben sie die Köpfe und schauten ihn an wie Rindviecher hinter Stacheldrahtzaun, ohne ein Wort zur Begrüßung oder sonst irgend etwas von sich zu geben. Achim begriff, daß sie nicht einfach mangels Kundschaft in trauter Runde einen Vorabendwein genossen. Was hier und heute stattfand, war nicht der übliche Stammtischplausch, sondern eine Krisensitzung oder Schlimmeres.

Schließlich stand Eugen auf und sagte: »Nimm dir ein Glas und hock dich hin.«

Achim sah ihn fragend an, während Eugen ihm einschenkte: »Trink erst mal einen Schluck.«

Achim rechnete mit schlechten Nachrichten aus der Klinik, daß Eugen doch sofort operiert werden mußte, weil sonst die Gefahr einer Querschnittslähmung bestand, oder daß neue Befunde hinzukommen waren, katastrophale Blutwerte, Tumorschatten, denen zufolge sein Zustand weitaus ernster war, als ursprünglich angenommen.

»Es gibt kein japanisches Restaurant mehr«, sagte Eugen.

Achim horchte dem Klang der Worte nach, ohne recht zu verstehen, was sie bedeuteten. Er spürte Kribbeln auf der Haut. In der Magengegend breitete sich ein fahles Gefühl aus, und seine Finger hatten Mühe, eine Zigarette aus der Packung zu fischen. Als er sie anzündete, stellte er fest, daß seine Hände zitterten.

»Wie jetzt?« brachte er schließlich hervor.

»Sie hat sich abgesetzt«, sagte Willi. »Nach Australien.«

»Vorgestern war sie doch noch da.«

»Vorgestern war vorgestern, und heute ist heute. Tag für Tag etwas Neues.«

»Zu ihrer Tante Aiko«, sagte Eugen. »Erinnerst du dich: die Schwester ihrer Mutter, auch so ein durchgedrehtes Weib, wenn du mich fragst.«

»Vage.«

»Tante Aiko ist die, die mit dem Australier durchgebrannt ist, einem ehemaligen Luftwaffenoffizier. Sie betreiben in Sydney ein Flughafenrestaurant. Bei der will sie jetzt einsteigen, glaube ich.«

»Aber sie hatte doch aus den Bindungen und Abhängigkeiten von der Familie ...«

»Mehr kann ich dir nicht sagen, weil ich nämlich nicht mehr weiß. Sie hat mich gestern angerufen, ohne zu verraten, wo genau sie war. Jetzt sitzt sie entweder im Flugzeug oder in Hongkong oder Kuala Lumpur und wartet auf Anschluß. Vielleicht landet sie auch gerade. Direktflüge gab es keine, da habe ich mich erkundigt.«

In Achims Kopf wechselten sich Bilder, Szenarien und Rohstadien unterschiedlicher Gefühle ab. Beim Hereinkommen hatte er noch darüber nachgegrübelt, ob und in welcher Weise er bereits heute damit beginnen sollte, sein baldiges Ausscheiden aus dem Restaurant anzukündigen.

Er schaute von Eugen zu Anneliese zu Willi hinüber und wieder zurück. Die Tatsache, daß Eugen zusammen mit ihnen hier saß und sich nicht schon gestern, unmittelbar nach Mitsukos Anruf, bei ihm gemeldet hatte, legte nahe, daß für ihn bei den weiteren Planungen zur Fortsetzung des Restaurantbetriebes im Wanderheim keine entscheidende Rolle vorgesehen war.

»Deshalb beratschlagen wir, was wir jetzt machen: Es muß ja weitergehen«, sagte Eugen.

»Sie soll sich bloß nicht einbilden, daß wir hier ohne sie nicht zurechtkommen, da hat sie sich geschnitten, ganz gewaltig«, sagte Anneliese mit dem Selbstbewußtsein einer Frau, die nach Ansicht vieler den besten Zwetschgenkuchen aller Zeiten backte und jeden noch so großmäuligen Säufer vor die Tür beförderte, sobald sie seinen Abgang für angebracht hielt.

»Daran habe ich keinen Zweifel«, sagte Achim.

Auch wenn ihn die Selbstverständlichkeit, mit der Eugen ihn aus seinen Überlegungen ausgeschlossen hatte, ärgerte, war er auf der anderen Seite erleichtert, denn so mußte er mit seinem eigenen Entschluß niemanden verletzen, im Gegenteil, er hätte im Prinzip sogar das Recht gehabt, ein wenig gekränkt zu sein.

»Willi und Anneliese werden mir zur Hand gehen, und dann gibt es hier *Hausmacher,* was das Zeug hält, Opas Bratwürste, perfekt gezapftes Bier: wie es sich für ein Wanderheim gehört. Unter der Woche bieten wir vielleicht Stammessen an, gutbürgerliche Küche. Wahrscheinlich machen wir damit den doppelten Umsatz. Das Japanische ist zum Schluß doch kaum mehr gelaufen. Allein, was wir an Zeug weggeworfen haben, weil es schlecht war, wenn du dich erinnerst. Und nach dem, was vor zwei Monaten hier passiert ist, kann ich mir auch kaum vorstellen, daß Takeshis ›Geschäftsessen‹, in Anführungszeichen, noch lange hier stattgefunden hätten …«

»Ich …«, sagte Achim, doch Eugen ließ ihn nicht ausreden, »Selbstverständlich kannst du bei uns bleiben. Ich habe mir bloß gedacht, daß du wahrscheinlich andere Vorstellungen hast, was deine Zukunft betrifft. Dir ging es ja immer vorrangig um das Japanische bei uns. Deshalb haben wir erst mal ohne dich geplant.«

Für einen Augenblick schoß Achim der Gedanke durch den

Kopf, daß Eugen ihn schon lange nicht mehr beschäftigt hatte, weil er in der Küche vonnöten gewesen wäre, sondern um Mitsuko zu halten, und er fragte sich, ob seine Ankündigung, das Restaurant zu verlassen, womöglich der letzte Ausschlag für Mitsukos allgemeine Fluchtgedanken gewesen war.

Im Grunde konnte ihm das jetzt egal sein.

»Danke«, sagte er, »das ist nett von euch. Ich hatte mir tatsächlich überlegt, etwas Neues zu machen. Und als erstes will ich mir endlich das wirkliche Japan ansehen, nachdem ich die Küche jetzt ja halbwegs kenne …«

»Schade, daß sie dir ihr ganzes Zeug nie gezeigt hat, Teeschalen, Rollbilder, was sie so alles von ihrem Vater hatte. Keine Ahnung, weshalb sie damit derart eigen war. Zumindest dich hätte sie einladen können, wo ihr doch Freunde gewesen seid. Aber das ist jetzt alles auf dem Weg nach Australien, fürchte ich.«

Achim wurde rot und trank einen Schluck Wein: »Letztendlich begreift man wohl nie, wie und warum Menschen aus anderen Kulturen sich so oder so verhalten«, sagte er. »Gerade Japaner haben völlig andere Vorstellungen, was Nähe und Distanz betrifft …«

»Trotzdem hätte sie das machen können.«

»Finde ich auch«, warf Anneliese ein.

»Irgendwie war es typisch: sich um Himmels willen von niemandem in die Karten gucken lassen.«

»Etwas Ähnliches meinte ich«, sagte Achim.

»Mit der Art von Empfindlichkeit kannst du mich jagen.«

Annelieses Stimme klang nachhaltig gereizt, und Achim hatte nicht die geringste Lust, sich länger mit ihnen über Mitsuko zu unterhalten.

»Und dein Rücken?« fragte er. »Meinst du, er hält, wenn du jetzt richtig ranmußt?«

»Fürs erste hat der Professor ihn ganz gut hingekriegt. Wenn es wieder schlimmer wird, operieren wir, kurz und schmerzlos. Mit Mikro-, was weiß ich. Da bin ich nach ein paar Tagen wieder draußen.«

»Ich hatte zehn Jahre lang eine Kneipe«, sagte Willi. »Und Eugen weiß, daß er sich auf mich verlassen kann.«

Eugen schlug ihm auf die Schulter: »Im Keller liegt noch ein Fläschchen *Chablis Grenouilles*, das Beste, was es gibt: Ich würde sagen, den trinken wir jetzt.« –

Später kamen Holm und Kasane dazu. Auch sie waren bereits über Mitsukos Flucht informiert. Holm versicherte Eugen seiner uneingeschränkten Solidarität, versprach ihm jede erdenkliche Unterstützung, soweit sein eigenes Geschäft ihm Zeit lasse, und natürlich könne Kasane weiterhin bei ihm bedienen – vorausgesetzt, er habe die Nase nicht gestrichen voll von Japanerinnen.

Kasane gab sich empört, doch als ein verschwitzter Jogger fragte, ob er ein Bier bekommen könne, ging sie selbstverständlich hinter die Theke, band sich die Schürze um und zapfte es ihm. Ein Student wollte Geld für den Zigarettenautomat gewechselt haben, eine ältere Dame bestellte Weißweinschorle für sich und eine Schale Wasser für ihren Dackel.

Um kurz nach acht trat ein verwitweter Gymnasiallehrer ein, der regelmäßig ein- bis zweimal im Monat hier gegessen hatte, immer allein, ohne sich je einmal von Eugen in ein Gespräch verwickeln zu lassen. Er setzte sich an den Tisch neben dem Aquarium und wartete auf die Karte. Der fette *Platin-Ogon* war als einziger von ehemals fünfzehn kleinen Koi übriggeblieben, hing mit dem Maul an der Oberfläche und schnappte, weil er auf Futter hoffte. Kasane sah hilfesuchend zu Eugen hinüber, bis Achim ihn anstieß. Eugen knurrte: »Es muß wohl sein«, stand auf, schlurfte zu ihm hin und erklärte mit schwerer Stimme: »Die Chefin – also die Frau, die hier bis vor kurzem, genaugenommen bis vorgestern, die Chefin war, meine Frau, wenn Sie so wollen –, sie hat beschlossen, daß es ihr bei uns nicht mehr gefällt, und ist auf dem Weg nach Australien, deshalb kann ich Ihnen leider keine japanische Küche mehr obser…, offer… also nichts Japanisches mehr.«

Der Lehrer war unsicher, ob Eugen ihn veralbern wollte oder ob sich tatsächlich etwas Erschütterndes ereignet hatte, stand auf und stürmte, ohne sich noch einmal umzudrehen, zur Tür hinaus.

»Apropos«, sagte Eugen zu Achim, »du könntest mal auf die Tafeln schreiben: ›Heute feinste Hausmacherspezialitäten – Bis auf weiteres keine japanische Küche‹.«

Goso sagte: »Am Beispiel erläutert ist es so, als ob eine große Kuh durch ein vergittertes Fenster ginge. Hörner, Kopf und die vier Beine sind schon durch. Warum kann ihr Schwanz nicht auch noch durchkommen?«

»Aber Brasilien?« fragte Achim. »Ist das denn sinnvoll?«

Wolf trat das Gaspedal durch und beschleunigte den BMW auf zweihundert Stundenkilometer. »Ein Studienfreund von mir ist seit anderthalb Jahren dort und behauptet, es sei das Paradies.«

»Ich dachte, da herrschten Elend und Kriminalität.«

»Hängt davon ab, wo du bist. Man würde ja auch keine Privatklinik für plastische Chirurgie in, sagen wir – Duisburg-Marxloh aufmachen. Es gibt dort eine Oberschicht in Ipanema, Copacabana, was man so kennt halt, die unvorstellbar reich ist und für die Schönheit alles bedeutet. Ein Körperkult, den du dir nicht vorstellen kannst: optimale Verdienstmöglichkeiten also.«

Der Wagen schoß durch die sanfte Hügellandschaft Richtung Rheintal. Die Sonne schien, das Licht war bereits herbstlich gefärbt. Weingärten wechselten sich mit Obstwiesen, Hecken und Baumgruppen ab. Linker Hand stand ein Herrenhaus, das einer toskanischen Villa nachempfunden war, daneben ein Säulenpavillon. Achim dachte, daß es erhebend und entsetzlich zugleich sein müßte, dort zu leben.

»Wenn ich aus Japan zurück bin, komme ich dich besuchen, und wir machen eine Tour durchs Amazonas-Gebiet. Da wollte ich als Kind schon hin«, sagte er.

»Bis dahin weiß ich sicher, wo man sich amüsieren kann.«

»Ich könnte natürlich auch gleich über Rio fliegen, nach Westen statt nach Osten, beziehungsweise von Tokio aus ist es umgekehrt, oder?«

Zwei Wochen zuvor hatte Achim Wolf angerufen, um ihm zu erzählen, daß er einen Flug nach Tokio gebucht und seine Wohnung gekündigt habe, woraufhin Wolf in schallendes Gelächter ausgebrochen war und geantwortet hatte, auch er gehe fort, ebenfalls auf unbestimmte Zeit, allerdings in entgegengesetzter Richtung, nämlich nach Rio, was Achim aber nicht an die große Glocke hängen solle, vor allem Eugen gegenüber möge er bitte die Klappe halten.

Kurz darauf war Achim mit Schrecken bewußt geworden, daß er seinen Umzug in Angriff nehmen mußte, wollte er nicht am Ende des Monats zwischen einem Haufen Kisten mitten in A.-Gurschebach auf der Straße stehen. Er hatte eine Panikattacke mit Schweißausbrüchen und Ohnmachtsgefühlen bekommen, bis ihm plötzlich eingefallen war, daß Wolf vermutlich vor demselben Problem stand und sie sich eventuell zusammentun könnten. Wie sich herausstellte, hatte Wolf bereits eine Spedition beauftragt. Als Freund, der

Achims Organisationsschwäche und die daraus resultierenden Krisen seit langem kannte, war ihm gleich klar gewesen, in welchem Zustand Achim sich befunden hatte. Mit Hilfe der Suggestivkräfte, die ihm als Arzt zur Verfügung standen, war es ihm gelungen, ihn zu beruhigen. Anschließend hatte er mit einigen Telephonaten dafür gesorgt, daß der LKW, der seine eigenen Kartons transportierte, auch zu Achims Wohnung fuhr und dessen Kisten dazulud. Nun befand sich ihre gesamte Habe mehr oder weniger sorgfältig verpackt im Container eines Umzugsunternehmens auf dem Weg nach Cleve, wo sie in den Kellern beziehungsweise auf den Dachböden ihrer jeweiligen Elternhäuser eingelagert werden würde.

»Wir sind lange nicht mehr zusammen Auto gefahren«, sagte Achim.

»Neulich erst. Da hab' ich dich nach Hause gebracht, nachdem wir in diesem Biergarten gewesen sind.«

»Das war etwas anderes.«

»Du warst total besoffen.«

»Leicht angeregt.«

»Sternhagelvoll. Und rührselig.«

»Darf man in deinem Wagen noch rauchen?«

Wolf öffnete den Aschenbecher mit einem Daumendruck und sagte: »Wenn du nicht alles einsaust.«

Achim spürte, wie der Rauch seine Lungen füllte und sich besänftigend auf eine ganz und gar verworrene Gefühlslage senkte. Am Horizont tauchte der Gebirgszug auf, in den der Fluß sich seit dem Ende der letzten Eiszeit Meter für Meter hineingegraben hatte, und einen kurzen Moment wurde ihm schwer vor Abschied. Er drückte auf den Knopf, um das Fenster zu öffnen, und schaute zu, wie der Rauch durch den Schlitz gesaugt wurde.

»War vor kurzem nicht auch dein Geburtstag?« fragte Wolf.

Achim nickte.
»Herzlichen Glückwunsch nachträglich.«
»Danke.«
»Hast du gefeiert?
»Hätte es Grund gegeben?«
»Wenigstens im Laden: mit Mitsuko und Eugen?«
»Ich bin wandern gegangen.«

Es war angenehm, bei diesem Wetter in einem schnellen Auto zu fahren und zu rauchen, während der Wind einem gegen die Stirn blies und die Landschaft vorbeiraste wie im Zeitraffer. Achim sah Wolf von der Seite her an, ihm schossen Bilder durch den Kopf, wie er als gelackter Schnösel zwischen Takeshi und dessen Geschäftsfreunden gehockt und ihn in seiner Küchenmontur kaum noch gekannt hatte; wie er Mitsuko auf die Pelle gerückt war und sich dann als mieser kleiner Feigling aus der Affäre gezogen hatte. Statt ärgerlich zu werden, mußte er lachen.

»Was ist?« fragte Wolf.

Vielleicht war man dann jemandes Freund, wenn die Tatsache, daß sowohl man selbst als auch der andere sich zuzeiten wie ein Kotzbrocken benommen hatte, nichts zur Sache tat.

Achim ignorierte die Frage und sagte: »Aber es ist schon eine Flucht, oder?«

»Was jetzt?«

»Rio de Janeiro.«

»Nicht direkt«, erwiderte Wolf und grinste.

»Hat es mit dem Tod von Nakamura zu tun, daß du deine Zelte in B. abgebrochen hast?«

»Nur halb. Im Prinzip weiß jeder, daß ich da alles richtig gemacht habe. Was man natürlich schwer einschätzen kann, ist, wie die Oberhäupter in Tokio am Ende reagieren.

Wahrscheinlich passiert gar nichts. Mir wurde es zum Schluß insgesamt ein bißchen viel. Und die Japaner mit ihren Kompliziertheiten sind mir zunehmend auf den Geist gegangen.«

»Jetzt, wo es vorbei ist, könntest du mir endlich mal verraten, was ihr eigentlich gemacht habt? Ich finde, ich war lange genug ziemlich diskret.«

»Naja ...«

Wolf griff sich an die Nasenspitze und überholte einen Tanklastzug.

»Keine Sorge: Ich werde es nicht herumerzählen, außerdem bin ich ab nächster Woche in Japan.«

»Das ist es ja gerade«, sagte Wolf und lachte: »Wer weiß, in welcher Mission? – Abgesehen davon ist strenggenommen nichts von dem, was Wessinghage tut, verboten.«

»Aber die Leute, die ihr behandelt habt ...«

»Solange sie bei der Einreise nicht festgenommen werden, gehe ich davon aus, daß sie unschuldig sind.«

»Ich bitte dich: Daß sie nicht sauber waren, hat ein Blinder gesehen.«

»Sagen wir so: Wenn ich es richtig verstanden habe, versuchen einige der mächtigen japanischen Familien seit längerer Zeit, ihre Geschäftsfelder zu verlagern, weg von Schutzgelderpressung, Drogen, Glücksspiel, Prostitution hin zu Risikofonds, Immobilienspekulation, Giftmüll – dieser ganze graue Bereich. Da haben sie es aber teilweise nicht mit Kollegen aus dem Milieu zu tun, sondern mit ganz normalen Geschäftsleuten.«

»Du meinst nicht alte Samuraifamilien, sondern Yakuza-Clans?«

»Teilweise fällt das in eins. Jedenfalls von deren Selbstverständnis her.«

»Diese Leute lassen bei Wessinghage ihre Mädchen aufhübschen? Warum? Es gibt doch sicher auch in Japan gute Schönheitschirurgen.«

»Die Mädchen sind Nebensache. Eine Gefälligkeit, wenn einer der Männer seine Freundin dabeihat und die gern eine größere Oberweite oder prallere Lippen hätte. Das wird natürlich gemacht, aber dafür kommen sie nicht eigens nach Deutschland.«

»Sondern?«

Wolf sah ihn ebenso verschwörerisch wie amüsiert an: »Finger.«

»Will sagen?«

»Wenn ein Yakuza einen Fehler gemacht hat, hackt er sich bekanntlich ein Stück Finger ab und überreicht es seinem Boss, quasi als Wiedergutmachung. Das ist nicht nur im Film so, sondern auch im wirklichen Leben …«

»Und statt den guten alten Dolch zu nehmen, kommt der moderne Yakuza zum Chirurgen, um ihn medizinisch korrekt amputieren zu lassen?«

Wolf verdrehte die Augen: »Mit diesem verstümmelten Finger ist er zeitlebens als Gangster zu erkennen. Zumindest in Japan geht kein Mensch davon aus, daß der Herr im Armani, dem ein Fingerglied fehlt, es während seiner Schreinerlehre verloren hat. Außerhalb von diesen Kreisen kannst du nichts mehr werden. Keiner wird ein gewöhnliches Geschäft mit dir abschließen.«

»Und da habt ihr …?«

»Normalerweise gibt es Silikonfingerhüte. Für Aussteiger. Die stülpt man sich über den Stumpf. Auf den ersten Blick sehen sie ganz gut aus, bleiben aber unbeweglich. Wenn du länger mit jemandem zu tun hast, fällt es früher oder später auf.«

»Verstehe«, sagte Achim und schüttelte den Kopf.

»Wessinghage hat eine Methode, die normalerweise angewandt wird, um Leuten zu helfen, die bei Unfällen ihre Daumen verloren haben und nicht mehr greifen können, auf diese speziellen japanischen Bedürfnisse hin weiterentwikkelt: Er transplantiert Zehen.«

Achim sah ihn begriffsstutzig an.

»Der zweite Zeh«, fuhr Wolf fort, »der neben dem Dicken, hat bei den meisten Menschen etwa die Länge des kleinen Fingers, und man kann ihn so auf den Stumpf setzen, daß er nach einiger Zeit voll funktionstüchtig ist.«

»Aber er sieht doch komplett schäbig aus, ich meine, verglichen mit echten Fingern. Meine Zehen sind breitgetreten, die Nägel halb verkümmert.«

»Reine Belastungsdeformationen. Du quetschst sie die ganze Zeit platt mit deinen achtzig Kilo. Wenn das Gewicht erst wegfällt, wird er binnen kurzem ein hübscher kleiner Finger, mit dem du alles machen kannst, vorausgesetzt der Chirurg beherrscht sein Handwerk.«

»So wie du.«

»Genau.«

»Aber leider ist das Ganze illegal?«

»Nein, nicht einmal das. Wie gesagt: Nichts von dem, was Wessinghage dort macht, ist juristisch verboten.«

»Und wo liegt das Problem?«

»Erstens: Unsere Japaner wollen natürlich auf gar keinen Fall, daß irgend jemand zu Hause mitbekommt, was der Zweck ihrer Auslandsaufenthalte ist. Dadurch würde das ganze Gefüge aus Verpflichtung, Ehre, die Unumkehrbarkeit, die so ein abgeschnittener Finger bedeutet, wegfallen. Gesichtsverlust wäre die Folge, Vertrauenskrisen und, und, und.«

»Und zweitens?

»Die Sache ist zwar legal, gilt aber in Medizinerkreisen

als, wie soll ich sagen … Es widerspricht ungeschriebenen Gesetzen. Ein seriöser Handchirurg macht das nicht.«

»Warum?«

»Weil es sinnlos ist.«

»Silikonbrüste sind auch sinnlos.«

»Aber sie stellen nicht gleichzeitig eine Verstümmelung dar.«

»Wie man's nimmt.«

»Fest steht: Wessinghage hat eine hochangesehene und verdammt profitable Privatklinik, was, wie man sich unschwer vorstellen kann, nicht allen Kollegen gefällt. Zumal er auch nicht gerade ein umkomplizierter Mensch ist. Es gibt viele Leute, die ihn gerne am Boden sähen. Jetzt stell dir die Schlagzeile vor: ›Schönheitschirurg setzt Yakuza-Bossen Zehen für Finger an‹. Da kann er den Laden dichtmachen. In dem Moment bleiben nicht nur die Japaner zu Hause, sondern das Kerngeschäft, die reichen Europäerinnen, bräche ebenfalls weg.«

»Klingt ziemlich irre.«

»Du glaubst gar nicht, was es inzwischen an weltweitem Medizintourismus gibt. In Bad Oelze bauen sie jetzt eine Fünf-Sterne-Hotelanlage ausschließlich für den Troß irgendwelcher Golf-Sheikhs, die sich künstliche Gelenke einsetzen lassen. Der Professor, der dort operiert, hat vor zehn Jahren mal einem saudischen Prinzen die Hüfte neu gemacht, seitdem pilgern sie karawanenweise zu ihm hin.«

Achim sah ein blaues Schild näher kommen, auf dem das *Dreieck Nahetal* in tausend Metern angekündigt wurde. Statt auf der Autobahn über den Hunsrück zu rasen, könnten sie gemächlich am Rhein entlangfahren. Es wäre die letzte Gelegenheit für lange Zeit. Wolf scherte aus, um einen Holländer zu überholen, der seinen Wohnwagen gen Heimat schleppte.

Achims Blick fiel auf seinen kleinen Finger, er stellte sich vor, es wäre sein Zeh, im selben Moment verpuffte die kurze Gefühlsaufwallung, und er fragte nicht: »Sollen wir in Oberwesel zu Mittag essen, da gab es diesen Landgasthof, wo wir einmal gewesen sind, als du noch in Bonn gewohnt hast«, sondern: »Macht das eigentlich Spaß?«

»Es ist eine ziemlich schöne Operation, relativ anspruchsvoll, so daß du als Operateur wirklich gefordert bist. Wenn du es direkt wissen willst: Ja.«

»Aber in Rio kümmerst du dich wieder um Lippen, Brüste, Oberschenkel, diese ganzen Sachen.«

»Mal sehen, was sich ergibt«, sagte Wolf: »Da wird viel herumgeballert, Bandenkriege, Drogenmafia: Schußverletzungen ohne Ende ... Narben zum Beispiel wären auch ein Thema, dem man sich widmen könnte.«

Er lachte, schmutzig und zweideutig wie eh und je, so daß Achim nicht sicher war, wie ernst er es meinte, beziehungsweise welcher Art die Klinik war, bei der Wolf diesmal angeheuert hatte.

»Und du?« fragte Wolf: »Ich meine, nichts gegen das Wandern, aber spätestens übernächsten Monat wird das Wetter ungemütlich in Japan ...«

»Ich mache mir nicht viele Gedanken im Moment. Ich bin froh, daß ich es geschafft habe, dieses Flugticket zu kaufen. Damit werde ich hier herauskommen. Das ist das wichtigste: raus hier.«

»So schlimm fand ich die Gegend nun auch wieder nicht.«

»Ich meinte weniger die Landschaft: Ich habe mich jetzt zehn Jahre lang durchgemogelt, ohne mich ernsthaft mit etwas zu beschäftigen. Vielleicht war es einfach zu leicht, nicht vor die Hunde zu gehen. Immer gab es irgendeine Arbeit, irgendeine Frau. Nur keine wirkliche Herausforderung. In Japan beherrsche ich nicht einmal die Sprache, da werde ich mich anstrengen müssen, um durchzukommen.«

»Irgendwann ist dein Geld zu Ende. Wahrscheinlich eher früher als später.«

»Sag ich doch. Für den Anfang habe ich ein paar Adressen von Kasane. Und Friedemanns Telephonnummer: Friedemann hat mir über seine Mutter bereits ausrichten lassen, daß er sich freuen würde, wenn ich käme.«

»Er war nett. Du kannst ihn grüßen.«

»Und vor drei Tagen hat tatsächlich Mitsuko bei mir angerufen und gesagt, wenn ich es nach Japan schaffen würde, solle ich bei ihrem Vater vorbeischauen, sie hätte mich schon angekündigt. Außerdem könne ich selbstverständlich auch nach Sydney kommen und im Restaurant ihrer Tante arbeiten …«

»Das würde ich an deiner Stelle …«

»Vielleicht setze ich mich einfach bei einem Töpfer vor die Tür und falle ihm so lange auf den Wecker, bis er einsieht, daß er mich als Schüler nehmen muß.«

»Klingt nicht gerade realistisch.«

Auf dem Seitenstreifen lagen Reste eines toten Waschbären. Unmittelbar daneben hockte ein Bussard auf einem Baum und wartete, daß kein Auto mehr kam und er sich dem Kadaver widmen konnte.

»Alles wiederholt sich, findest du nicht?« sagte Achim.

»Was meinst du?«

»Ein bißchen ist es heute wie nach unserem gescheiterten Versuch, in Düsseldorf japanisch zu essen.«

»Ich kann mich an die Rückfahrt gar nicht erinnern.«

»Es hat in Strömen geregnet, du warst so verkatert, daß du nicht einmal mehr ein Matjesbrötchen essen wolltest, und als wir nach Hause kamen, hatte diese Freundin, mit der du damals zusammen warst …«

»Maria.«

» … sie hatte bei deiner Mutter einen Brief abgegeben, daß sie sich von dir trennt. Den hast du mir vorgelesen.«

»Stimmt. Er war gräßlich pathetisch, oder?«

»Ich war trotzdem gerührt.«

»Natürlich.«

»So ein armes, verletztes Mädchen kann einem doch leid tun.«

Wolf verzog das Gesicht in gespieltem Schmerz: »Und haben wir uns verändert? Wie siehst du das, als Dreißigjähriger?«

»Keine Ahnung. Warte noch zwei Monate.«

Wolf wechselte auf die rechte Spur, weil ein Porsche ihn überholen wollte. Nachdem sie eine Weile geschwiegen hatten, sagte er: »Immerhin haben wir inzwischen öfter als einmal in einem japanischen Restaurant gegessen. Du könntest dich sogar mit Fug und Recht als Kenner der japanischen Küche bezeichnen.«

»Und du hast mit echten Japanerinnen geschlafen.«

»Wenn du lange genug in Tokio bleibst, schaffst du das auch.«

»Vielleicht treffe ich ja eine Brasilianerin, die Japanologie studiert«, sagte Achim und steckte sich noch eine Zigarette an.

Dank

Besonders bedanken möchte ich mich bei dem Keramiker Jan Kollwitz aus Cismar, der mir seine Werkstatt geöffnet und mir sein reiches Wissen über japanische Keramik zur Verfügung gestellt hat – und nicht zuletzt dafür, daß ich bei der Feuerung seines Anagama-Ofens im Mai 2008 dabei sein durfte.